文春文庫

# アンタッチャブル

馳星周



文藝春秋

# 目次

# アンタッチャブル

# 1

ハムの連中の冷ややかな視線を背中に感じながら、宮澤武《みやざわたけし》は警察総合庁舎別館三階の廊下を早足で歩いた。

ハム――公安の連中に対する刑事警察の蔑称だ。公安の公の字を分解すればカタカナのハムになる。廊下をすれ違うハムの連中はだれもが没個性で、その辺を歩いているサラリーマンと見分けがつかない。十人十色、様々な個性がきら星のごとく寄り集まった捜査一課とはまるで毛色が違う。捜一では没個性は能無しと同じだと見なされる。

〈外事三課〉と書かれたプレートが貼ってあるドアをノックする。返事はなかった。宮澤はドアを開け、声を張り上げた。

「おはようございます」

だだっ広いフロアがロッカーで五つのスペースに区切られていた。人の気配はするのだが宮澤の挨拶に応じる者はいない。

舌打ちを押し殺し、宮澤はフロアを進んだ。五つに区切られたスペースを睥睨《へいげい》できるデスクに眠たそうな顔をした男が座っていた。年齢は四十半ば。外事三課の課長なら、階級は警視だろう。キャリアだ。

「滝山課長でしょうか？」

デスクの前で直立不動の姿勢をとる。男は宮澤に一瞥をくれようともしなかった。

「おまえが宮澤か？」

パソコンを睨みながら男は言った。

「はい。本日付で公安部外事三課に異動してきた宮澤武です」

「異動、か」男が笑った。「こっちは厄介者を押しつけられたとしか思えんのだがな。おれは課長の滝山だ」

宮澤は唇を嚙んだ。辱めを受ける心構えはできていた。これぐらいの侮蔑はどうということもない。

「刑事から公安への異動は滅多にない。うちは刑事の連中をほしいとは思わんし、刑事も同じだろう。ひとくちに警察と言っても活動内容が根本的に異なる」

宮澤は無言で耳を傾けた。

「それが突然の辞令だ。調べさせてもらったよ」

「当然だと思います」

「とんだお荷物を押しつけられたと思っている。普通なら懲戒免職だ」

「告訴は取り下げられました」

滝山が鼻を鳴らした。

「おまえの経歴には瑕《きず》がついた。それに変わりはない。とにかく、面倒は起こすな。おまえがなにかしでかせば、おれの責任にされる」

「心得ております」

「どうだか、な」滝山は眉をひそめた。「ナベさん、いるか？」

「はい、課長」

五つに区切られたスペースの中央で野太い声が響いた。ごま塩頭の中年がこちらに向かってくる。

「渡辺管理官、こいつが例のあれだ」

滝山がごま塩頭に言った。

「捜一の厄介者か」

渡辺はごみくずを見るような目を宮澤に向けた。

「今日からお世話になります、管理官」

宮澤は渡辺の視線を受け流し、敬礼した。

「ナベさん、こいつをやつのところへ」

「了解しました」

滝山と渡辺は宮澤の敬礼を見事に無視した。

「ついてこい」

宮澤はフロアを出て行く渡辺の後を追った。

「ぼくはどんな部署に配属されるんですか?」

「焦らなくてもすぐにわかる」

渡辺は振り返りもしなかった。廊下を奥へ進み、突き当たりを右に曲がる。やがて、資料室と書かれたドアが見えてきた。渡辺はノックもせずそのドアを開けた。

「管理官、資料室って……」

渡辺は資料室に入っていく。ドアの前で戸惑っていると、ハムの捜査官が廊下を歩いてきた。捜査官は無遠慮な視線を宮澤と資料室に向け、あからさまな侮蔑の笑みを浮かべながら歩き去っていく。

宮澤は肩をすくめ資料室に入った。部屋は薄暗かった。部屋の右奥からかすかに光が差し込んできているだけだ。二十畳ほどの広さがあり、スティール製の書棚が整然と並んでいる。

「椿《つばき》さん、いるかい?」

渡辺が光の方へ声をかけている。すぐに人影が光を遮った。

「どなたでしょう?」

人影が近づいてくる。それにつれて、甘いパイプ煙草の匂いが漂ってきた。

「渡辺だ」

「これは管理官。こんなところになんの用ですか？」

椿と呼ばれた男が渡辺の前で足を止めた。巨漢だった。百九十はあるだろうか。背筋を伸ばし、穏やかな目で渡辺を見下ろしている。相手に威圧感を与えないよう絶えず気を配っているように見えた。

「新しい部下を連れてきた。宮澤巡査部長だ」

渡辺に肩を押され、宮澤は椿の正面に出て敬礼した。

「宮澤です。よろしくお願いします」

「君は公安の人間じゃないな？」

質問ではなかった。

「刑事から来たんだ」

渡辺が言った。

「なるほど。刑事から公安への異動は珍しい。ということは、君はよほど優秀なのに違いない」

「そんなことはありませんが――」

宮澤は頭を掻いた。

「それじゃ、椿さん、こいつをよろしく頼むよ。煮るなり焼くなり好きにしてくれ」

渡辺が踵《きびす》を返した。

声をかけたが、渡辺は逃げるような速さで資料室を出て行った。

「あ、管理官――」

「宮君」

椿が口を開いた。

「はい？　今、なんと言いました？」

「宮君。君のことだよ。こちらへ」

椿は宮澤に背中を向けると光の方へ歩き出した。宮澤は舌打ちをこらえながら後に続いた。物心ついてからというもの、いろんなあだ名や呼び名をつけられたが『宮君』というのは初めてだった。皇族の尊称のようで尻のあたりがむず痒い。

光はブラインドの隙間から差し込んできていた。資料室に窓はひとつしかなく、その窓に向き合うようにして、椿のものと思しいデスクが置かれていた。三メートルほど離れたところにもうひとつ、デスクがある。椿はそれを指さした。

「君の机だ。好きに使っていいよ」

宮澤はうなずいたが視線は椿のデスクから動かさなかった。形の違うパイプが三つ、デスクの上に無造作に転がっている。灰皿もあった。

「あの、椿さんはパイプを吸うんですか？」

「うん」

椿は椅子に腰を下ろした。安物の回転椅子が椿の体重を受けて悲鳴を上げるように軋んだ。

「ここで？」

「うん。特注のブレンド葉なんだ。まえにパリに行ったとき、有名なパイプ専門店でブレンドしてもらってね。それ以来、葉っぱが切れそうになるとインターネットで注文して送ってもらってる。いい香りだろう？」

椿はデスクの引き出しから分厚い財布のような革の容れ物を取りだした。中には細かく刻まれたパイプ用の煙草葉がぎっしりと詰まっていた。

「君も吸うかい？」

煙草葉をパイプに詰めながら椿が言った。宮澤は首を振った。

「ここ、禁煙じゃないんですか？　というか、警視庁全体が禁煙になったの、だいぶ前じゃないですか」

「だれにも文句を言われたことはないよ」

椿は悪びれもせずスーツのポケットからデュポンのライターを出した。重い金属音を響かせ、火をつける。

「文句を言われたことはないって……ここは資料室で、燃えやすいものがたくさんあるし」

「聞かされてないのかい？　ぼくは公安のアンタッチャブルなんだ」

宮澤は椿の横顔を凝視した。ふざけている様子はない。椿はうまそうに煙を吐き出し、目を細めている。

「あの、失礼ですが椿さんの階級は？」

「警視だけど、それがどうかした？」

宮澤は曖昧に首を振った。椿は不惑前後に見える。四十そこそこで警視ということは叩き上げではない。だが、キャリアにしては出世が遅すぎる。

いわゆるキャリアと呼ばれる連中は警察に入ると同時に警部補の階級を与えられる。日本全国、様々な部署をまわりながら三十歳頃には警視になる。警視の上の階級は警視正、警視長、警視監。その上は警視総監と警察庁長官しかない。

順調に出世街道を歩いているキャリアなら、椿の年代には警視正として重要なポストについているはずなのだ。だが、椿は警視で資料室の片隅のデスクでパイプをふかしている。部下の姿も見あたらない。

舌打ちをこらえた。出世街道を外れて閑職にまわされた落ちこぼれキャリアの世話を押しつけられたのだ。懲罰人事なのだから当然と言えば当然だが、公安での新しい仕事に漠然とした期待を抱いていた分だけ失望が大きい。

「椿警視の役職は？」

「警視庁公安部外事三課特別事項捜査係係長。長いんだよね、役職名」

「本庁の係長って、普通、警部がなるものじゃないんですか？　公安は違うんですか？」

「普通はね。でも言っただろう。ぼくは特別なんだ。アンタッチャブル」

皮肉をまぶした言葉をぶつけても、椿には暖簾《のれん》に腕押しだった。

「特別事項捜査係って、なにをする部署なんですか？」

「無任所班だよ。専門事項は持たないんだ。外事一課、二課、三課の枠にとらわれず広く捜査し、ときには他の係や課の手助けをする」

要するに窓際部署なのだ。宮澤は両手を腰に当て、天井を見上げた。

「なかなか捨てたもんじゃないよ、ここも。ぼくは公安に配属されてからずっと働きづめだったからね、ここは時間の自由も利いて快適なんだ」

「そんなものですか……」

「君はここに来る前はどの部署に？」

「捜一です」

「捜査一課」

椿は感極まったような声を上げた。

「なんですか、いきなり」

「捜査一課と言ったら、刑事の憧れの部署じゃないか。双六《すごろく》で言ったらあがりと同じだ」

「双六ですか？」

椿は忙《せわ》しなくパイプをふかしはじめた。

「若い頃、地方の県警に行ってたときは刑事で管理官をやったりもしたんだけれどね。それ以外はぼくは公安一筋で来たんだ。刑事のことはほとんどなにも知らない。特に捜査手法とかね。捜査一課か……これは、君にいろいろ教えてもらわないとならないな」

「捜査手法って、特別なことはありませんよ。地取り捜査が基本。足を使ってなんぼですから」

「そう勿体《もったい》ぶらなくてもいいよ。宮君、今夜は暇？」

「ええ。特に予定はありませんけど」

「じゃあ、歓迎会をやろう。いいね？」

「はあ……」

宮澤は俯《うつむ》いた。パイプの甘い煙に胸焼けがしはじめている。

「店の選定とか、全部ぼくに任せてくれる？」

椿は遠足に出かける前の子供のように目を輝かせている。

「お好きにしてください」

宮澤は苦いものを吐き捨てるように言って、椿に背を向けた。

## 2

連れて行かれたのは六本木、芋洗坂を下った先の雑居ビルにあるバーだった。雑居ビル自体はこぢんまりとした造りだったが奥行きがあり、バーの中も予想よりは広々としていた。二十人ほどが座れそうなバーカウンターと、四人掛けのボックス席が五つ。客の入りは五分というところで、外国人ばかりだった。それぞれが葉巻やパイプをふかしながら酒を酌み交わしている。また胸焼けがぶり返し、宮澤は唇を舐めた。

椿は自分の庭のような足取りで奥へ進み、カウンターの左端に腰を下ろした。椿の巨軀も、外国人だらけのこのバーではそれほど目立たなかった。

「宮君、なにをぼんやりしてるんだよ。こっちこっち」

ストゥールを左右に揺らしながら椿が手招きする。右手にはすでにパイプが握られていた。宮澤は客の品定めをしながらカウンターに向かった。白人が四割を占め、黒人とヒスパニック、それに黄色人種が残りの席を埋めている。みな、いいスーツを粋に着こなし、腕時計やアクセサリーも高級品が目についた。

「なんの店ですか、ここ？」

隣に腰を下ろしながら、椿の耳元で囁く。

「各国の外交官御用達《ごようたし》のバーっていうことになってる」

宮澤はうなずいた。

「なるほど、外交官か」

「表向きはね」

椿が思わせぶりに微笑んだ。

「表向き？」

「まず、酒と食べ物を頼もうよ。ぼくが公安捜査のイロハを宮君に教えるから、宮君は捜一のことをよろしくね」

そう言うと、椿は宮澤の意見も聞かず、次から次へと食べるものを注文しはじめた。ミックス・ピザにソーセージの盛り合わせ、スペアリブ、フィッシュ・アンド・チップス。聞いているだけで胸焼けが酷くなっていく。その身体が示すとおり、椿は大食漢なのだろう。

「あ、それから、ターキーサンドももらおうかな。宮君、ここのターキーサンド、絶品なんだよ」

「そうなんですか」

宮澤はメニューに視線を走らせた。印刷されている写真を見る限り、食べ物の量も外国人サイズのようだった。日本人なら二皿も食べれば満腹になるだろう。

「飲み物はぼくはジン・フィズを。宮君は？」

「生ビールをお願いします」

宮澤は背後に視線を向けた。店内では数種類の言語が飛び交っている。英語にフランス語、中国語と朝鮮語は意味はわからなくても判別はついたが、初めて耳にするたぐいの言語もかなりあった。

「さっきの話ですけど」

「なに、さっきの話って？」

椿はまだメニューを睨んでいた。

「ほら。外交官御用達は表向きだっていう話ですよ」

宮澤は声を潜めた。

「そんな話したっけ？」

とぼけているのかと思ったが、椿は怪訝そうな顔を宮澤に向けた。

「いやだなあ。つい二、三分前に椿警視が――」

大きな手がいきなり宮澤の口を塞いだ。

「だめだよ、宮君。外で階級を口にしちゃ。刑事では普通だったかもしれないけど、公安じゃ絶対にだめ」

椿の手にはパイプ煙草の匂いが染みついていた。口を塞がれ、鼻で息を吸い込むとその匂いに噎《む》せそうになる。

「す、すみません」

「みんな、何気ない顔をしてるけど、こっちの話に聞き耳立ててるんだからさ」

「じゃあ、外交官っていうのは？」

「隠れ蓑だよ。日本はスパイ天国だっていう話、宮君も聞いたことぐらいはあるだろう？」

宮澤はうなずいた。

「スパイを取り締まる法律がないからみんなやりたい放題だ」

「法律がないのに、公安はどうやってスパイを摘発するんですか？」

囁き声が交錯する。椿の大きな顔が目の前にあり、パイプの甘ったるい香りを含んだ吐息がかかってくる。しかし、そうしなければお互いの声が聞こえない。

「微罪で捕まえるんだよ。文書偽造とかさ。ほとんどは罰金刑だけど、逮捕起訴することでこいつがスパイだってことはわかってるぞって宣言するんだ。正体のばれたスパイは使い物にならないってことで、本国に帰っていく」

「でも、代わりに別のスパイが来るだけなんじゃないですか？」

「そのとおり」

椿は急に声を張り上げた。視線が別の方向に向かっていく。頼んでいた酒とソーセージの盛り合わせが運ばれてくるところだった。皿には三種類のソーセージが三本ずつ並んでいた。椿の目はその皿に釘付けになっている。

「腹が減ってたんだ」

夢見るような声で椿が言った。

「どうぞ。ぼくには遠慮しないで食べてください」

宮澤はビールのグラスを受け取った。まだ胸焼けは続いている。食欲はまったくなかった。乾杯もそこそこに、椿はソーセージを貪りはじめた。

「このバーね、厨房にいるのは日本人なんだ。だから、どんな料理もいけるよ」

椿の言葉を聞き流しながら、宮澤はグラスを傾けた。そのついでに店内に視線を走らせる。スパイと言われてもピンと来なかった。

「一番奥のボックス席に座っている大柄な白人がいるだろう?」

椿と変わらない体格の白人が琥珀色の液体を飲んでいた。

「セルゲイ・シェフチェンコ。ロシア大使館の一等書記官が表向きの肩書きだけど、本当はGRUのスパイ」

「ゲーエルウー?」

「宮君、そんなことも知らないで公安に来たの?」

椿がソーセージの脂で濡れた唇を尖らせた。

「すみません。ハムに飛ばされると知ったの、ついこないだだったもんで。てっきり所轄の生活安全課にでも飛ばされるのかと思ってたんですよ」

「ハムって言い方、ぼくは嫌いだな」

「すみません」

謝ってばかりだなと思いながら宮澤は頭を掻いた。椿はソーセージを食べ終えていた。タイミングを計ったかのように次の皿が運ばれてくる。フィッシュ・アンド・チップスだった。

「GRUはロシアの諜報機関だよ」

椿の目に輝きが戻っていた。舌なめずりしながらフォークとナイフに手を伸ばしている。宮澤のグラスは空になりかけていたが、椿のグラスにはほとんど口がつけられていなかった。椿は食べることに熱中している。

「東洋人の席は中国と北朝鮮の情報部員。白人と黒人のコンビはＣＩＡだよ」

「よくわかりますね」

「それが仕事だから。宮君にもおいおい覚えていってもらわないとね」

「はい。頑張ります」

日本人のふたり連れがバーに入ってきた。どちらも冴えない風貌の中年男で、このバーの雰囲気にはそぐわなかった。

「日本人も来るんですね。この店」

「ぼくたちだって日本人じゃないか」

椿はふたり連れに視線を走らせると、露骨に不機嫌な表情を浮かべた。

「あのふたりもスパイですか？」

「知らない」

椿は紙ナプキンで口を拭った。べっとりとついた脂の量を見ると、このバーの食べ物が美味しいとはとても思えなかった。

日本人のふたり連れはカウンターのほぼ中央に陣取り、不躾《ぶしつけ》な視線を宮澤たちに向けてきた。

「なんだ、あいつら。こっちを睨んでますよ」

椿の返事はなかった。空になったフィッシュ・アンド・チップスの皿を凝視したまま彫像のように凍りついている。

「どうしたんですか、椿さん」

椿の顔は青ざめ、女のように長い睫毛が小刻みに震えている。

「椿さん。食い物が当たったっちゃいました？　脂が多すぎるんじゃないですか？」

背中をさすってやろうと手を伸ばした。

「触るな」

椿の鋭い声に制された。

「はい？」

「ぼくに触るな。触ると大変なことになるぞ」

伸ばしかけていた手を引っ込め、宮澤は舌打ちを押し殺した。これまではどこかのんびりとした雰囲気をまとっていたのに、今では刺々《とげとげ》しい感情を剝き出しにしている。

「あのふたりとなにかあるんですか？」

「知らない」

子供のように言って、椿は腰を上げた。

「椿さん……」

「ぼくは帰る」

どこから取りだしたのか、カウンターの上に一万円札を放り投げて、椿は大股で歩き去った。追いかける暇さえない早さだ。

「どうしたんですかね？」

宮澤は呆気にとられ、バーテンダーに声をかけた。バーテンダーは椿の置いていった札の上に乾いたタンブラーを置いた。

「さあ。でも、よくあることですよ。このお金、こうしておきますから」

「よくあるの？」

「ええ。変わった人ですから。お代わりはどういたします？」

バーテンダーは事務的な口調で言った。ビールは空になっていた。

「口つけてないみたいだから、これ、飲むよ」

宮澤は椿の残していったグラスに口をつけた。甘ったるいカクテルだった。胸焼けがさらに酷くなっていく。

「お待たせいたしました」

若いウェイターがトレイを持ってやって来た。ミックス・ピザとスペアリブ。スペアリブは脂にまみれてぎとついている。胃液が食道を逆流してきそうだった。

「やっぱり、ビールをもう一杯」

バーテンダーに告げ、宮澤は料理の皿に冷めた視線を向けた。椿が消えた今、この料理と闘えるのは宮澤だけだった。

『食べ物を残すと罰《ばち》が当たるよ』

母親の声が脳裏でこだましている。

「失礼ですが」

例のふたり連れの片方が宮澤の隣のストゥールに腰を下ろした。

「なんでしょう？」

「警視庁の方ですか？」

男は声を潜めて訊いてきた。

「なんですか、いきなり」

「身内ですよ。そう邪険にしないで」

「身内ってことはおたくも？」

「出向組です」

男は名刺を取りだした。内閣官房内閣情報調査室、西川洋と印刷されていた。

「内調？」

「あなたの名刺は？」

「ああ、申し訳ない。今日、異動があったばかりでまだ名刺はないんです。外事三課の宮澤です」

西川の表情が曇った。

「椿さんの下に？　もしかして、公安じゃなくて刑事から？」

「そうですが、それがなにか？」

「公安の人間は外事三課なんて言い方、身内同士では使わない。外三《そとさん》と言うんだ」

西川の顔に露骨な侮蔑の色が浮かんでいた。

「言ったでしょう。異動してきたばかりなんです」

「刑事でなにをしでかしたのか知らんが、こんなやつを椿さんの下につけるとは……」

「そういう言い方は——」

「今日が初日か？　それでここに連れてこられたのか？」

「え、ええ」

「椿さん、なにを言った？　ここの客全員がスパイだとでも？」

西川は畳みかけてくる。声を出すのが間に合わず、宮澤は何度もうなずいた。

「まったく、あの人ときたら」

「やっぱり、ここの客みんながスパイっていうのはでたらめですよね」

「一部はスパイだ」西川はさらに声を低くした。「だが、大半はまともな外交官だよ」

西川の横顔に刻み込まれた苦笑を眺めながら、宮澤はビールを舐めた。

「椿さんってどういう人なんですか？」

「なにも知らされてないのか？」

西川の目が丸くなった。本気で驚いていた。

「そりゃそうだよな。刑事から来たんだもんな。公安ならだれでも知ってることでも知らないか……」

「西川さん、教えてくださいよ」

「条件がある」

西川は真顔に戻った。

「条件？」

「あの人がここに来ると仕事がしづらいんだ。みんな、あの人が公安の人間だってことを知っている」

「気づかれてると気づいていないのは椿さんだけ？」

宮澤が訊くと、西川は素っ気なくうなずいた。

「どうだ。約束するか？　椿さんをこの店から遠ざけろ」

「どうやって？」

「自分もパイプをやってみたいと言ってみるといい。そうすりゃ、あの人はそっちに夢中になって、しばらくこの店には見向きもしなくなる」

「パイプですか……あの匂い、苦手なんですよね」

「それぐらい我慢しろよ」

西川の語気が強くなった。

「はい。我慢します」

敬礼しそうになって、宮澤は慌てて手をビールグラスに伸ばした。

「まあ、しばらくはどのパイプがいいだの、どの葉っぱがいいだの、東京中のパイプ屋に連れ回されるだろうけどな」

「もしかすると、西川さんも連れ回されたくちですか?」

西川の目が剃刀《かみそり》のように鋭くなった。

「あ、酒、自分が奢ります。情報提供料ということで」

空に近くなっていた西川のグラスを指さし、宮澤はバーテンダーと目を合わせた。バーテンダーは軽くうなずき、酒を作りはじめた。

「おい、奢りなら、いつものじゃなくて十五年ものにしてくれ」

西川の声に、バーテンダーの手は「八年」とラベルに書かれたウィスキーのボトルから隣に移った。

「十五年ものって、高いんじゃないですか?」

「ホテルのバーじゃないんだ。高いといったってたかがしれてるさ」

西川は新しい酒を機嫌良く受け取り、グラスを掲げた。

「じゃあ、ご馳走になる」

せこい野郎だ——言葉を呑み込み、宮澤は愛想笑いを浮かべる。

「お近づきの印にということで」

グラスを合わせ、酒に口をつける。

「やっぱり旨いなあ」

西川は感極まったような声を出し、グラスの中の琥珀色の液体に見入った。

「熟成の仕方が違うんだよ、熟成が。わかる?」

「西川さん、それより、椿さんの話をお願いしますよ」

西川は気分を害されたというように顔をしかめた。だが、咳払いを一つすると勿体ぶった声音で話しはじめた。

3

椿は同期入庁組でもトップグループに属すると目されていたスーパーキャリアだった。父は外務省キャリアで駐米大使を務めたこともある大物で、母方の祖父は流通業界で名を馳せる名物経営者だった。家柄と経済面の両方を兼ね備え、各方面に強力なコネクションを有して警察幹部の覚えもめでたかった。

だが、椿はただの純血種ではない。東大法学部を首席で卒業、国家公務員I種試験トップ合格という成績を顧みるまでもなく、その知性はずば抜けていた。いわゆる研修を終え、警部として公安警察幹部の道を歩きはじめると、椿は瞬く間に頭角を現した。

警視、警視正、警視長と順調に出世の階段をのぼり、やがて熾烈な権力闘争を勝ち抜いて警察庁長官になるのだろうと自他共に認めていた。

「それぐらい椿さんってのは切れる人だった。頭がいいだけじゃなくて、あのがたいだろう。押し出しもいいからな。同期入庁のキャリアたちも一目置かざるを得なかったのさ」

西川はウィスキーをちびちび舐めている。

「お連れの方は退屈じゃないんですかね？」

西川から聞いた情報を整理する意味も兼ねて、宮澤は話の腰を折った。

「あいつのことなら気にするな。下戸《げこ》だし、仕事以外に興味はない男だ」

確かに、西川の連れは酒も飲まず、かといって退屈しているふうもなく、店内の喧噪に耳を傾けている。

「椿さんは自分のことを警視庁公安部のアンタッチャブルだなんて言ってましたけど」

西川が苦笑いを浮かべた。

「そう焦るなよ。まだ話はあるんだ。お代わり、もらってもいいかな？」

「それ、一杯いくらするんですかね？」

「さあな。二、三千円だろう」

西川はさらりと言ってのける。

「他人事だと思って簡単に言ってくれちゃって」

宮澤は顔をしかめながらバーテンダーにうなずいた。

「それで？　西川さん、酔う前に全部話してくださいよ」

「椿さんが結婚したのは、あの人が三十歳のときだった。どこで知り合ってどう口説いたのか、どっちにしてもえらい別嬪《べっぴん》でな。顔もはくいが、手足がすらっと長くて出るとこは出てて、抜群のプロポーションってやつよ」

西川は下卑た笑みを浮かべ、お代わりのウィスキーを呷《あお》った。

「大切に飲んでくださいよ。一杯二千円なんだから。それで、椿さんはその奥さんに骨抜きにされて今みたいな状態に？」

「確かに椿さんは奥さんにベタ惚れだったみたいだが、だからといって公私を混同するような人じゃなかった。家庭は家庭、仕事は仕事。決して家庭の事情を仕事に持ち込むようなことはなかった」

「凄いですね。完璧なスーパーエリートじゃないですか」

「確かに。だが、スーパーすぎるのも問題だ。そうだろう？」

西川はグラスの中身を飲み干し、お代わり、と大きな声で叫んだ。

「もっとゆっくり飲んでくださいって」

「部下に任せると苛々するんだろうな。椿さんは自分でできることは全部自分でやった。切れ者だから、出世する。出世すると仕事はどんどん増えていく。それでも、部下に任せることができない。椿さん、酷いときは一日二十時間ぐらい、警視庁にいたんじゃないかな。それぐらいしないと仕事が終わらないんだ」

「ってことは、別嬪で抜群のプロポーションの奥さんは？」

「そりゃ、怒るだろうよ。女なんてものはな、出世しろ、でも自分にもかまえってわがまま言うもんなんだからな。とにかく、椿夫婦の間には亀裂が入った」

「でも、椿さんは奥さんにベタ惚れだったんですよね？」

西川はうなずき、バーテンダーからお代わりの入ったグラスを直に受け取った。

「うめえなあ、十五年ものは」

「西川さん――」

「別嬪の奥さんは椿さんと別れることを決めた。だが、椿さんは仕事が忙しいだけで奥さんに飽きたわけじゃない。おまけに、離婚っていうのはキャリアにとっちゃ出世の妨げになるマイナス要因だ」

「そうですよね」

キャリアに限らず、警察官は早めに結婚しろという不文律に似た空気が警察内にはある。家庭の支えがあってこそ捜査に打ち込める――宮澤も刑事になった頃、上官から何度も言われた。また、離婚するということは人間関係を円満に解決できないと見なされ、出世にも響く。理不尽だが、それが警察のやり方だった。

「離婚がしたい、でも、話すらまともに聞いてもらえない。で、別嬪の奥さんはどうしたと思う？」

「家出でもしたんですか？」

「浮気だ。それも、椿さんにすぐにばれるよう、堂々とな」

「やりますね、奥さん」

「相手はだれだと思う？」

西川の思わせぶりな言い方に宮澤は首を傾げた。

「焦《じ》らさないでくださいよ」

「椿さんの同期で、真っ先に出世レースから脱落した男と寝たんだよ。椿さんへの嫌がらせだな。出世第一の椿さんを真っ向から否定したかったんだろう」

「それで？」

「浮気はすぐに椿さんの知るところとなった。当然だ。向こうには隠す気がないんだからな。それでも椿さんは離婚には応じなかった。すると、別嬪の奥さんは家を出て、浮気相手のマンションで暮らしはじめた」

「すごい奥さんだなあ」

宮澤は惚《ほう》けたように呟いた。

「ここに至って、椿さんの親父が出てきた。椿家の体面に関わるってことでな、無理矢理ふたりを別れさせたんだ。それが四年前の話。別嬪の奥さんはその後、浮気相手と再婚した」

「その浮気相手って、まだ警察にいるんですか？」

西川は首を振り、ウィスキーを呷った。グラスが空になる。西川は宮澤に断ることもなくお代わりを注文した。

「ここ、クレジットカード使えますか？」

宮澤はバーテンダーに尋ねた。

「もちろん」

バーテンダーが答えた。

「見かけによらずせこい男だな。おい、今までの職場とは違うんだから、常に多めの現金、財布に入れておけ。いつなにがあるかわからんのだからな」

「ご忠告、肝に銘じます。それより、話の続きは……」

「浮気相手か？　とっくに辞めたよ。能力がないと判断された上に同期の女房を寝取ったんだ。警察にはいられないさ。今はたしか、どこかの商社に勤めてるんじゃなかったかな」

喉が渇いていた。椿が残していったジン・フィズもとうになくなっている。宮澤はビールを頼んだ。

「結婚、離婚の経緯はわかりました。椿さんは出世レースのトップを走っていた。でも、離婚で経歴に瑕がつき、そのレースから脱落したというわけですか」

それだけのことを知るのに、一杯数千円もするウィスキーを何杯も飲まれたのでは割に合わない。宮澤は顔をしかめた。

「それほど簡単なことでもないんだよな」

西川は独り言のように呟いた。

「まだ話の続きがあるんですか？」

「だって、椿さんがどうしてアンタッチャブルって呼ばれるようになったのか、知りたいんだろう？」

「是非是非」

西川はアルコールに酔った顔をほころばせ、空になったグラスを指さした。

「わかりました。こうなったらどんどんいっちゃってください」

宮澤は叫ぶように言った。

「椿さんは本気で奥さんに惚れてたんだ」西川の呂律《ろれつ》がおかしくなりはじめていた。

「それが同期の、キャリアとしてはだめだった男と浮気された。それだってゆるそうとしたのは惚れてたからだ」

「そうでしょうね」

「だが、結局は離婚することになった。それだけじゃない。別嬪の奥さんはそいつと再婚までしちまった。椿さんは自分の生き方や人格を全否定されたように感じたろうな。追い打ちをかけるように出世レースからも脱落した。いの一番に警視正になるのは椿さんだと思われてたのに、他の同期の連中にどんどん追い抜かれていったのさ」

焦れったい。宮澤は新しいビールを一気に飲み干し、お代わりを頼んだ。

「その頃から、椿さんの言動が少しずつ変になっていった」

「変？」

「まず、パイプだ。本庁ビルは喫煙所以外全館禁煙だっていうのに、ところかまわずパイプをふかすようになった。注意されると、パイプの葉っぱは煙草の葉とは全然違うんだとか、煙草の煙害と車の排気ガス、どっちが巨悪だと思うかなんてことを言い出して、相手を論破する」

「無茶苦茶ですね」

「あの頃、椿さんは外三の管理官だったんじゃないかな。外三ってのは対テロ防テロがその職務だ。だが、椿さんは外一や外二の縄張りを無視するようになりはじめた。ロシアのテロ計画をキャッチした、今度は北朝鮮が日本に対するテロを計画しているなんて大真面目な顔で訴えてさ。もちろん、上官の制止なんてどこ吹く風だ。だれがなにを言おうと、椿さんは相手を言い負かしてしまうんだ」

「でも、それはいかんでしょう。上司の命令は絶対。それが警察組織だし」

「一年ぐらい経つと、だれもが椿さんはおかしいと認識するようになった。ここのネジが吹っ飛んじまったんだな」

西川は自分の頭を指さした。

「頭を抱えたのは公安の幹部たちさ。椿さんを好き勝手にさせていたら、公安の捜査に支障を来しかねない。しかし、椿さん、見た目には普通だ。おまえ、頭がおかしいだろう。精神科に行って診断書もらってこい。馘《くび》にしてやる、とは言えないからな。椿さんが自主的に辞めるように仕向けるしかない」

「それであの資料室……」

「できれば他の部署に飛ばしたかったんだろうが、なにしろネジが吹き飛んでる。目の届かないところに追いやったらなにを言い出すかわからない。別嬪の奥さんと問題を抱えるまでは公安のエースだったんだ。いろんな極秘資料にだって目を通していたらしい。それが外部に漏れたら、公安警察は大打撃を受ける」

「辞めさせたくても辞めさせられず、ですか」

宮澤は溜息を漏らした。そんなこととはつゆ知らず、懲罰人事にしては軽い方だと浮かれていたのだ。自分の愚かしさに腹が立ってくる。

「そういうことだ。よっぽど羽目を外さない限り、椿さんがどこでパイプをふかそうが、だれもなにも言わない。椿さんが勝手な捜査をはじめても、それが他の部署の捜査に支障を来さない限り、見て見ぬふり。まあ、公安警察の捜査でひとりでできることなんてたかがしれてるから、実害はあんまりないんだがな」

「でも、西川さんの情報収集拠点であるこのバーに椿さんが出入りするのは大迷惑？」

「そういうことだ。よろしく頼むぜ」

「お勘定お願いします」

宮澤はバーテンダーに告げた。知りたい情報は手に入れた。これ以上、馬鹿高い酒を飲まれるのはごめんだった。

「知りたいことを知った途端、それか。おまえ、本当にせこいなあ」

「ご存知でしょうが、我々は安月給でこき使われてるんです。無駄な出費は極力抑えないと」

宮澤は愛想笑いを浮かべた。

「すぐに退職金をもらうんだろう。けちけちするな」

「退職金？　辞めるつもりは毛頭ありませんが」

西川が破顔した。

「仕事をしくじって、椿さんのお目付役を押しつけられた人間、どれだけいると思う？長くもったやつで半年だったかな。大抵は二、三ヶ月で尻尾を巻いて逃げ出したよ。もちろん、椿さんからだけじゃなく、警察からもな。おまえさんはどれぐらいもつかな」

「辞めたくても辞められないんですよ。手に職があるわけじゃなし、コネがあるわけでもなし。それに――」

宮澤は続く言葉を呑み込んだ。

「それに、なんだ？」

「なんでもありません。今夜は興味深い話、ありがとうございました」

バーテンダーが伝票を持ってきた。金額を見て、宮澤は目を丸くする。

「さ、三万八千円？」

「お連れの方が置いていった一万円がありますよ」

空のグラスの下に置かれたままの一万円札に宮澤は手を伸ばした。クレジットカードで支払いを済ませ、足早に店を出る。

「一時間ちょっといただけで、なんで四万近くもとられるんだよ。ぼったくりか」

バーの入っている雑居ビルを振り返り、小声で毒づいた。

「まあ、しょうがねえか」

頭を掻き、地下鉄駅目指して歩き出す。空には上弦の月が浮かんでいたが、輪郭が滲んでいた。まるで泣きはらした子供の目のようだった。

「やっぱり腹が立つな、もう」

宮澤は路上に転がっていた空き缶を思いきり蹴飛ばした。

## 4

資料室のドアを開けると、外出しようとしていた椿と鉢合わせした。

「おはようございます、警視殿――」

椿がじろりと宮澤を睨んだ。

「じゃなかった。椿さん。公安じゃ階級では呼んじゃいけないんでしたよね」

「おはよう、宮君。失礼するよ」

「お出かけですか？」

「うん。ちょっとね」

昨日のぱりっとしたスーツ姿とは違い、今日の椿はよれよれのトレンチコートを着ていた。コートの下は首まわりの緩んだTシャツで、下半身はサイズの合わないジーンズだった。

「お供しますよ。どちらへ?」

「ひとりで行く。情報提供者と会ってくるんだ」

「そんなつれないこと仰らないでくださいよ。ぼくは右も左もわからないけど新人なんですよ。椿さんに公安捜査のイロハを教えてもらわないと」

「どんな公安捜査官も自分の情報提供者を、たとえ同僚にだって教えたりはしないよ」

「途中まででいいです。情報提供者に会わせろと言ってるわけじゃありませんから。ね？」

「仕方ないなあ」

椿は頭を掻き、廊下を進みはじめた。宮澤はその後を追いかける。

「昨日は突然帰っちゃうから、驚きましたよ」

「そうだっけ？」

「いやだなあ。覚えてないんですか？　全然飲んでなかったのに。ほら、内調の西川さんが来た途端、椿さん、急に機嫌が悪くなって——」

「西川ってだれ？」

椿は真顔で聞き返してきた。

「え？」

「昨日は急用を思い出したんだよ。失礼したね」

「ああ、それはかまわないんですけど」

エレベーターホールでは三人の男たちがエレベーターを待っていた。男たちは一様に、椿と宮澤に視線を向け、小さく首を振った。

警視庁公安部のアンタッチャブル。椿を知らない者はいないのだ。おそらく、新しく椿の下につくことになった宮澤の名前も公安部の隅々にまで知れ渡っている。

エレベーターのドアが開き、椿と宮澤は他の三人と一緒に乗り込んだ。

「谷君、久しぶりじゃない。元気でやってる？」

椿は三人の中で一番小柄な男に声をかけた。くたびれたスーツ姿はやる気のない教師のようだった。

「え、ええ。元気でやってますよ」

「外二の裏部隊、なんか最近、忙しそうだね」

「椿さん、頼みますよ」

谷と呼ばれた男は唇に人差し指を当てた。他の二人は顔色も変えず階数表示のランプを見つめている。

「ああ、これは失敬。聞くだけ野暮だね」

「いったいどこからそんな情報を仕込んでくるんですか？」

谷が囁いた。

「内緒だよ。情報源を明かす公安捜査官がいるもんか」

椿は無邪気に笑い、谷の背中を遠慮なく叩いた。谷も笑ったが、目には濁った光が宿っていた。エレベーターが一階で停止した。ドアが開くと同時に谷が出ていき、残りの二人がそれに続いた。

「今の人は？」

「外二の六係長。前は裏を率いてたけど、今年から表に移ったみたいだね」

「なんですか、その裏とか表って」

「本当に君はなんにも知らないんだなあ」

「警視庁に採用されて十五年、刑事一筋で来たもんですから」

エレベーターを出て、宮澤は足を速めた。ただでさえ大柄な椿に大股で歩かれるとついて歩くのはしんどかった。

「裏っていうのは完全秘匿で敵を追尾監視するチーム。相手にその存在を感づかれないよう、徹頭徹尾息を潜める。表ってのはその存在をわざと明かすことで、相手を動揺させたりその他諸々」

「完全秘匿って、公安の人間もその裏の人たちがなにをしてるかわからないなんてことがあるんですか」

「当然だよ」

「だったらどうして、その裏が忙しく動いてるって椿さんにわかったんです？　谷って人、結構ショック受けてたみたいですよ」

椿は笑った。

「かまをかけただけだよ。大陸担当でも半島担当でも、裏部隊ってのは四六時中忙しく動き回ってるんだからね」

「椿さん、意外と人が悪いですね」

「彼らのぼくを見る目つきが気に入らないんだ。その仕返しだよ」

宮澤は椿の横顔を盗み見た。

「目つき？」

「みんなぼくに嫉妬してるんだ。なんといってもぼくは公安のエース、アンタッチャブルだからさ」

椿の言葉に裏はなさそうだった。頭に浮かんだことをただ口にしている。

「なるほどね」

総合庁舎を出ると徒歩で地下鉄駅へ向かった。

「しかし、椿さん、今日の格好はまた……」

「捜査のためだよ。公安は刑事より服装の自由がゆるされている。というより、ゆるしてもらわなければ公安捜査なんてできないと言った方が正確かな。若い捜査官なんて、髪の毛を金色に染めたり、ピアスを開けたりもしてるよ」

「金髪にピアスですか……」

「聞き込みをするわけじゃないからね。いかに背景に溶け込むか。公安捜査の基本はそういうところなんだ」

「さっそくのご教示、ありがとうございます」

「宮君はさ、ちょっと軽佻浮薄《けいちょうふはく》なところがあるね」

「ぼくが？　どういうところがですか？」

宮澤は唇を舐めた。確かに浮ついた性格ではある。だが、聞き込みなどの地取り捜査ではこの性格が相手の警戒心を解き、口を軽くさせることがよくあった。聞き込みの対象が主婦層の場合は重宝がられたものだった。

「受け答え。なんていうのかな、言葉に実《じつ》がない」

「そうですか？」

「そうだよ。時々、馬鹿にされてるのかなと思うことがある」

「それは考えすぎですよ」

「どうかな。とにかく、自分の言葉にもう少し重みを持たせた方がいいよ」

「以後、気をつけます」

「その言い方。全くもって実がない」

「すみません」

宮澤は頭を掻いた。こうして話をしている限り、椿は一風変わった性格ではあるが話し方も話の内容もまともに思える。

通勤時間帯を過ぎた丸ノ内線のホームは人の姿もまばらだった。椿と宮澤は新宿方面へ向かう電車に乗り込んだ。座席は空いていたが、椿は戸口に立って手すりを摑んだ。

「目的地は新宿ですか？」

「ついてくればわかるよ。でも、どうして新宿だと思ったんだい？」

「電車の行き先」

「これは荻窪行きだよ。終点まで行くかもしれないし、途中で下車するかもしれないじゃないか」

　電車が動き出した。宮澤は手すりを摑んだ。

「今日の椿さんの格好です。ちょっとホームレスっぽい。背景に溶け込むのが公安捜査の基本なら、ホームレスのいるところに行くのかな、と。だったら、丸ノ内線荻窪行き、降りるのは新宿でしょう。四谷や荻窪にだってホームレスはいますけど」

「ふむ」

　椿は何度もうなずいた。どこか病的な、発作の類を思い起こさせるような仕草だった。

「当たりですか？」

「当たらずといえども遠からず。宮君は軽佻浮薄だけど、頭の回転は悪くないよ。うん。とってもいいことだ」

　生徒を褒《ほ》める教師のような口調だった。宮澤は頰が熱くなるのを感じた。

「うん？　顔が赤いよ、宮君。風邪でも引いたかい？」

「褒められて照れてるんですよ」

宮澤は言った。椿が怪訝《けげん》な表情を浮かべる。

「だれが君を褒めたって？」

「今、椿さんが褒めてくれたじゃないですか。頭の回転は悪くないって」

「ぼくが？」

椿は惚けたように口を開けた。視線を宙にさまよわせたまま人形のように動かなくなった。

「椿さん？」

宮澤が声をかけると椿は瞬きを繰り返した。いつの間にか脂汗で濡れた顔が青ざめている。

「どうかしました？」

「ううん。なんでもない」

平坦な声で答え、椿は視線を落とした。

＊＊＊

新宿駅で山手線に乗り換え、結局、椿は新大久保で電車を降りた。当たらずといえども遠からず。ここから先はひとりで行くと椿は言い、宮澤は高田馬場まで行って電車を乗り換え、新大久保の改札を通過した。

この辺りには土地鑑がある。宮澤はホームレスがたむろしている場所を歩いてまわった。

三十分ほどで椿を見つけた。初老のホームレスと話し込んでいる。持参したスポーツ新聞の競馬欄を見るふりをしながらふたりの様子を窺った。十分もしないうちに椿はホームレスに茶封筒を押しつけ、歩き去った。

「封筒の中身は情報提供料か……しかし、あのホームレスがなにを知ってるっていうわけ?」

椿と別れたホームレスは、近くのゴミ集積所を漁りはじめていた。椿が戻って来ないことを確認して、宮澤はホームレスに近づいた。

「すみません」

バッジを見せる。ホームレスはばつの悪そうな表情を浮かべた。

「今の人なんですけど……」

「おれはなにも知らないよ」

「まあ、そう言わずに」

ホームレスの肩を抱き、路地の奥へ誘う。

「あの人、面倒なことにはならないと言っていたのに……」

「なにを話してたのか、それだけ教えてもらえれば面倒なことにはなりませんよ」

宮澤は愛想笑いを浮かべた。

「なんの話って、いつものように朝鮮総連のことだとか、この界隈の在日連中の動きだとか——」

「おじさん、総連と関係があるんですか？」

宮澤の無遠慮な視線にホームレスはたじろいだ様子を見せた。

「まさか。おれはただのホームレスだよ」

「じゃあ、なんだってわざわざおじさんにそんな話を？」

「いかれてるんだよ」ホームレスは吐き捨てるように言った。「おれは生まれも育ちも東京だ。正真正銘の日本人。なのに、あの人はおれを在日と勘違いしてるんだ」

「勘違い？」

「ちょうど一年ぐらい前になるかな？　ゴミ漁りをしてたらあの人に声をかけられてね。キムさんだろうって言うんだ。おれは違うと言ったのに、聞く耳を持たないんだな、あの人は」

「そういうところ、ありそうだな」

「北朝鮮の工作員がこんなところでなにしてるんだ、なんて言いやがってさ。最初のうちはおれも否定してたんだけど、だんだん面倒くさくなって、話を合わせてやったんだ。北朝鮮が嫌になって逃げてきたんだとかでたらめ言ってね。そうしたら——」

「そうしたら？」

「あの人、金をくれて、自分のスパイになれって。真顔で言うんだぜ」

宮澤はこめかみに親指を押し当てた。頭痛がしてきた。

「こういう暮らしだから、もらえるものはもらっておかなくちゃ。だろう？」

「ええ。そうですね」

「だからさ、おれはあの人のスパイになってやったの。知りたがってることを教えてあげるんだよ。月に一度、あの人が来て、話をして、金をもらう。向こうも承知の上だからね。詐欺とかじゃないよ」

「でも、おじさん、正真正銘の日本人、おまけにホームレスなわけでしょう？　どうやって情報集めるの？」

ホームレスは得意げに微笑み、宮澤が脇に差しているスポーツ新聞を指さした。

「あの人、新聞も読まなければテレビのニュースも見ないみたいだね。新聞に書いてあることをそのまま教えてやると、いつも嬉しそうにするんだよ。毎月金もらってるんだけど、時々申し訳なくなる」

「金っていくら？」

途端に、ホームレスの顔に警戒の色が浮かんだ。

「取ったりしないから安心しなよ」

「五万。少なくて済まないって、あの人、毎回悲しそうな顔で言うんだ。天下のキムなんとかさんに、これだけの情報提供料しか払えないなんて、日本の法律は間違ってるなんて言ってね」

「それ。そのキムなんとか。正確にはなんて？」

「キム・テウン。確か、そう言っていた」

「キム・テウンね」宮澤は手帳に書き取った。

「おじさん、今日はあの人になにを聞かれたの?」

「ほら、北朝鮮の潜水艦が韓国の軍艦を魚雷で撃沈したって事件があっただろう?」

「ああ、あの事件ね」

「あれにかんして、調べてくれって頼まれたんだ。一週間後に会いに来るから、そのときまでにできるだけのことを調べてくれって」

「調べるの? 新聞で?」

ホームレスは辛そうに首を振った。

「さすがにこれはやばそうだからさ。あの人が次に来る前に縄張りを変えるよ。金は惜しいけど、あんな大事件のこと、おれにわかるわけないしね」

ホームレスは首を振ると、またゴミ集積所に向かっていった。宮澤はまたこめかみを揉んだ。

頭痛はどんどん酷くなっていく。

## 5

キム・テウンは実在した。ネットに接続してその名前で検索をかけるとおびただしい数の情報がヒットした。日本全体を騒がせた北朝鮮によるスパイ事件の中心人物だった。

二〇〇三年の早春、警視庁公安部は他人名義の外国人登録証を所持していたとして、北朝鮮国籍のキム・テウンを逮捕した。キム・テウンは北朝鮮の諜報機関、統一戦線部の工作員で七〇年代に密入国した後、在日朝鮮人、在日韓国人、パク・イルグクを密かに殺害して身分を強奪した。そのまま朝鮮総連に潜り込み、及び、ビジネスや観光で日本へやってくる韓国人を北朝鮮のスパイとして教育する任務を遂行していた。

同胞であるはずの在日朝鮮人を殺してその身分を手に入れたというやり口がショッキングで各メディアを賑わせたことを宮澤もかすかに覚えていた。しかも、その殺人はとうに時効を迎えており、キム・テウンは微罪で有罪判決を受け、国外退去処分になっただけだった。

北朝鮮の人殺しをそのままにしていいのか――保守系の新聞や雑誌に国の弱腰を批判する見出しが連日のように躍っていたことを覚えている。

逮捕されたときのキム・テウンは五十二歳。あのホームレスと年齢は重なるが、まともな頭の持ち主なら同一人物だなどとは思えない。

内調の西川が言ったように、椿警視はいかれているのだ。

「参ったな」

宮澤は溜息を漏らした。いかれたキャリアのお守《も》りをするために警察官になったのではない。あまりに多くのことを見過ぎて摩耗してはしまったが、社会正義の番人としての警察官に憧れ、大志を抱き、入庁した。法を犯した連中を全身全霊を込めて追いかけ、この手で捕まえる。ホシにワッパをかけたときの達成感は忘れられない。

特別ではないにしろ、そこそこ優秀な刑事だったはずだ。交番勤務の三年間で、職務質問から窃盗犯ふたりと強盗犯ひとりを逮捕、それが上の目に留まって二十六歳で所轄《しょかつ》の刑事になった。そこでも死に物狂いで職務に励み、待望の捜査一課に配属されたのが四年前。住宅街での地取り捜査に重宝がられ、上の覚えもめでたかったはずだ。

「それなのに……」

宮澤はまた溜息を漏らす。辞めるなら三十半ばの今しかない。不景気とは言っても、元警視庁捜査一課の刑事、さらに働き盛りともなれば贅沢さえ言わなければ仕事は見つかる。だが、捜査一課にまだ未練があった。いろんなことが信じられなくなってはいるが、それでも、自分たちの頑張りが遺族の哀しみを少しでも癒すことができるのだという思いは胸の奥でくすぶっている。

「あれ。宮君、いたの？」

薄暗い資料室に光が差し込んできて、椿の間の抜けた声が響いた。

「ここがぼくの職場ですから」

「それもそうだね。異動してきたばかりでやることもない、か。宮君、今夜の予定は？」

椿は自分の机に座り、パイプを銜《くわ》えた。デュポンのライターで火をつける。途端に甘い香りが漂ってきた。

「とくにありませんけど」

「じゃあ、今夜もあのバーに行こうか」

西川の顔が宮澤の脳裏を横切った。

「あの、椿さん。パイプってやっぱり煙草とは違いますか？」

椿の顔が輝いた。まるで日が差してきたかのようだった。

「宮君、パイプに興味があるの？」

「いや、そういうわけじゃないんですけど……気になって」

「ぼくはね、宮君、煙草を吸う連中の気が知れないんだ」

椿の口から唾が飛んだ。

「そうなんですか」

「あれはさ、葉巻を作った後の残り滓《かす》や、パイプ用に刻んだ葉の余りをかき集めて、燃焼剤やらなにやら身体に悪いありとあらゆるものを混ぜ込んでるんだ。そりゃ肺癌になるさ。血もどろどろになるよ。だけどね、もともとの煙草葉ってのはとても健康にいい植物なんだ。野菜と一緒だよ」

椿がまくしたてる。口から飛んでくる唾の量も半端ではなかった。

「キューバにね、ロバイナっていう有名な煙草農園のお爺さんがいたんだ。毎日、葉巻を四、五本吸って、九十歳をすぎても元気で生きてた。残念ながらこないだ死んだけどね。ロバイナ爺さんは、風邪を引いたら薬を飲む代わりに葉巻を吸ってたっていう有名な逸話があるんだ。煙草葉は身体にいい。これは間違いない。宮君、わかる？」

混ぜもののない煙草の葉っぱでも、ニコチンやタールは充分に含まれている。それを一日何本も吸って健康に害がないとは言い切れないはずだ。だが興奮してまくしたてる椿にそんな常識が通用するとは思えなかった。

「西川の野郎――」

宮澤は呟いた。

「宮君、なにか言った？」

「いえ。なにも」

「だからさ、宮君もパイプか葉巻を吸うべきだよ。いや、吸わなきゃだめだよ。パイプ選びから煙草葉選びまで、全部ぼくがレクチャーしてあげるから、大船に乗ったつもりでいていいよ。じゃあ、行こうか」

椿は鞄を手に取った。

「行くって、どこへ？」

「パイプ屋さん」

「まだ勤務時間中じゃないですか」

「善は急げって言うじゃない。大丈夫。ぼくは公安のアンタッチャブルだからだれにも文句は言われないから」

「椿さんはアンタッチャブルかもしれませんけど、ぼくはただの平刑事です」

「なに言ってるの。宮君はアンタッチャブルの部下だよ。ってことはつまり、宮君もアンタッチャブルってことじゃないか」

意味がわからなかった。宮澤にわかったのは、椿は仕事を放り出してパイプ屋に行くのだろうということと、間違いなく自分もそれに付き合わされるのだということだけだった。

＊＊＊

五軒の喫煙用具専門店を連れ回され、結局、初心者用のパイプを一本、掃除用具一式、それから、パイプ用の煙草葉を買わされた。

代金はしめて一万二千八百円。西川に飲まれた酒代と合わせれば泣きたくなるような出費だった。

パイプ一式を買って解放してもらえるかと思ったのはやはり大間違いだった。そのまま六本木まで連行された。用事があると言っても、椿は聞く耳を持たなかった。

「せっかく買ったんだから、今すぐにでも吸ってみなきゃ」

壊れたレコードのように同じ言葉を繰り返しながら、椿が向かったのは一軒のシガーバーだった。店内に入った途端、なにかを燻したような香りが鼻をつく。椿は勝手知ったる顔で店内を歩き回り、一番奥のボックス席に腰を下ろした。

まだ早い時間のせいか、薄暗いバーには客が一組いるだけだった。男のふたり連れで、ともに太くて長い葉巻をくゆらしている。

「椿さん、おれ、今月懐具合が厳しいんですよ。このバー、高そうじゃないですか」

「お酒飲まなきゃ大丈夫だよ。コーヒーか紅茶にしておけばいいのさ。どっち？」

「じゃあ、コーヒーを」

宮澤は露骨に顔をしかめてみせたが椿は目もくれなかった。宮澤のパイプセットをテーブルに並べ、舌なめずりしている。

「ぼくは紅茶。宮君、注文しておいて」

ちょうど注文を取りに来たウェイターにコーヒーと紅茶を頼み、宮澤は椿の真向かいに腰を下ろした。

「パイプに葉を詰めてみて」

「どうやればいいんです？」

「ぼくのすることを真似して」

椿は自分のパイプ用具を鞄から取りだした。宮澤は見よう見まねでパイプに葉を詰めた。

「これで、火をつければいいんだ」

「葉巻はふかすだけって言いますけど、パイプもそうですか？」

「普通はね。中には肺まで吸い込む人もいるけど、香りと味を楽しむんだから」

椿は至福の表情で煙を吐き出した。宮澤も椿のライターを借り、火をつける。口の中に流れ込んできた煙は意外なことに心地よいものだった。

「どう？　いいだろう？」

「結構いけますね」

宮澤は二度三度とパイプをふかした。

「だめだめ、煙草みたいに吸っちゃ。葉の温度があがって香りと味が損なわれちゃうんだ。こういうのはじっくりかまえて、ゆっくり味わわなくちゃ」

何度も噎せそうになりながら、宮澤は椿のリズムに合わせて煙を吸った。少しずつ、口の中に入ってくる煙の量をコントロールできるようになっていく。煙を多めに口に入れれば苦みとえぐみが強くなる。だが、適量ならば煙草葉本来の旨味とフレイバーが味わえる。

「本当に美味しいですね」

「そうだろう。みんな、試してみもしないでパイプや葉巻を敬遠するんだよ。愚かにもほどがある」

コーヒーと紅茶が運ばれてきた。コーヒーを啜ってからパイプをふかすと、また異なった味わいが口の中に広がった。

「宮君とはうまくやっていけそうだな」

椿が呟いた。

「どういうことですか？」

「今まで、ぼくの下についたやつらはぼくがどれだけ誘ってもパイプを吸ったことがない。でも、君は別だ。刑事から来たせいかな」

「そうですね。ぼくには右も左もわからないから、椿さんにくっついてるしかない。だから、パイプを吸う羽目になっているのかもしれませんね。椿さんはどういう経緯でパイプをやるようになったんですか？」

「もう十年ぐらい前になるかな。研修でイギリスのスコットランドヤードを訪れることになったんだ。三ヶ月ほどロンドンに滞在してさ。そのときお世話になったのがエヴァン・フランシス大佐」

「大佐って、その人警察官じゃないんですか？」

「軍人上がりなんだよ。警視と呼ばれるより大佐と呼ばれる方が好きなんだ。フランシス大佐は貴族の末裔でね。紳士たるもの、葉巻やパイプを嗜《たしな》まないでどうするってどやされてね。燕尾服やらタキシードを着込んでいる紳士が集まるパーティに連れて行かれて、そこではじめてパイプを吸った。それまで、煙草すら吸ったことがなかったのにね」

「へえ。キャリアともなれば、公費でロンドンに行けるんですね」

「キャリアだからじゃないよ」

椿の口調が変わった。威圧感のある鋭い声と共に目つきまで変化した。ぎらついた目の奥に刃物が隠れているようだった。宮澤は背筋が冷えていくのを覚えた。この手の目つきは殺人事件の捜査で何度も出くわしたことがある。その気になれば平気で他人を殺すことができる人間の目だ。

「ぼくが優秀だったから、上層部がそう判断したんだ。キャリアならだれでも同じだってわけじゃない」

「す、すみません」

宮澤は頭を下げた。途端に、椿が破顔する。危険な目の光もどこかへ消えた。

「ぼくはアンタッチャブルだから。ね？」

「え、ええ。その後もパイプ一本槍ですか？」

宮澤は愛想笑いを浮かべた。

「うん。フランシス大佐に選んでもらって、パイプ用具一式はロンドンで入手したんだけどね、日本に帰ってきてはたと困った。ロンドンで吸っていた葉は、フランシス大佐が行きつけの店でブレンドさせているもので、あの味が恋しかったんだけど、日本じゃ売っていない。仕方がないんでフランシス大佐に手紙を書いて、時々葉を送ってもらってたんだ。でもね、けっこう高い葉っぱらしくて、しょっちゅう送ってもらうのも悪くてね」

「そうでしょうね」

「それからしばらくしてぼくは結婚することになって――」

結婚という言葉を口にしたとき、椿の目尻が不自然に痙攣した。

「新婚旅行でパリに行った。そこで、最高のパイプ用の葉と出会ったんだ。あのときの感激といったらないなあ」

「本当によかったですね」

宮澤はパイプをふかした。だが、煙は出て来ない。とうに吸い尽くし、火が消えていた。

「椿さん、よかったらその葉、少し分けてもらえませんか?」

「いいよ。もちろん」

分けてもらった葉を自分のパイプに詰め、火をつける。さっきまでとは比べものにならない香りが口の中で爆発した。

「うまっ……」

「だろう。しかし、宮君は不幸だよ。パイプをはじめたその日にこんなに美味しい葉を吸っちゃったら、他のが全部味気なく感じるようになる。ぼくもそうだったんだけどね」

「そういうもんですかね。しかし、新婚旅行でパリかあ」

「そういえば、宮君は独身だよね?」

椿は紅茶のカップに大量の砂糖を投入していた。見ているだけで胸焼けがしそうだった。

「ええ」

「食事はどうしてるの？」

「この十年、ほとんど外食ですよ」

「それはだめだ。今度、うちに遊びにおいでよ。ぼくの奥さん、料理が上手いんだ」

「へ？」

煙が気管に流れ込み、宮澤は噎せた。何度も咳き込んで、椿に背中をさすってもらう。視界が涙で歪んでいた。

「どうしたの、宮君。いい調子で吸ってたのに、急に噎せるなんて」

「あの……椿さんは離婚なさったと聞いたんですが」

「だれに？」

また椿の目に危険な光が宿った。

「だ、だれにって、特定のだれかから聞いたんじゃなくて、なんとなく、それなりにですよ……」

椿の目に見つめられていると、冷や汗が背中を流れ落ちていった。

「わかったぞ。塚本だな、そんなでたらめを君に吹き込んだのは」

「そうじゃないって言ってるじゃないですか。だれですか、その塚本って」

「ぼくと同期入庁した男だ。自分の能力が劣ってることは棚に上げて、ぼくのことを妬《ねた》んでるんだ。嫌なやつだよ」

宮澤はうつむき、ぬるくなったコーヒーを啜った。椿の病んだ精神は、妻と離婚してからの時間経過を拒絶しているのかもしれない。

「そうか」

宮澤は呟いた。ばりばりのキャリアなら、椿の年なら警視正になっていなければおかしい。だが、椿の頭の中では離婚前、いや、妻の浮気の発覚前で時間は止まっているのだ。だから、階級が変わらなくても矛盾が生じない。現実と妄想の齟齬《そご》に苦しむこともない。椿はスーパーエリートのままでいることができるのだ。

「よくできてるよなあ」

「そうだよ。いいパイプっていうのは、一流の職人が腕によりをかけて作るんだ。よくできてるに決まってる」

「ちょっとお手洗いに行ってきます」

宮澤は席を立った。トイレで顔を洗う。ハンカチで拭いながら鏡を睨んだ。

「おまえ、どうするんだよ。本当にあんないかれたやつの下で働き続けるつもりか？

捜一に戻る目はないぞ。どうする？」

鏡に映った宮澤はなにひとつ答えてはくれなかった。

## 6

「椿さん、なにしてるんですか？」

トイレから戻ると、椿がテーブルの一点を見つめたまま人形のように動かないでいるのに気づいた。

「静かに。早く座って」

「どうしたんですか、急に？」

「気づかれないようにカウンターを見て」

一組のカップルがカウンターの端で談笑していた。宮澤がトイレに行っている間にやって来たのだろう。

「あのふたりがなにか？」

「男の方はさっき話してたやつ」

「さっき？」

「ほら。ぼくを妬んであることないこと吹聴《ふいちょう》してるやつだよ」

椿の顔が歪んだ。激しい怒りを押し隠しているようだった。

「あいつはね、外二の管理官なんだよ。わかる？　外二」

「外事二課ですよね。東アジア専門の」

「そう。一緒にいる女、朝鮮人だよ」

宮澤は伸びをするふりをしてもう一度カップルに視線を飛ばした。男の横顔はなんとか視認できるが、女の顔は見えない。ふたりともスーツをスマートに着こなしていた。

「どうして朝鮮人だってわかるんですか？」

「ふたりが店に入ってくるとき、顔を見たんだ。あの女、キム・ヒョンヒにそっくりだった」

「だれですか、それ?」

椿が顔をしかめた。

「大韓航空機爆破事件、宮君だって知ってるでしょ。その実行犯がキム・ヒョンヒ。子供だって知ってるよ」

「あの女性がそのキム・ヒョンヒに似てるから朝鮮人だって言うんですか?」

「そうだよ。決まってるじゃないか。塚本は外二の管理官だし、間違いないよ。塚本が女から情報を引き出してるか、女が塚本を籠絡《ろうらく》して情報を引き出してるか、どっちかだよ。塚本は馬鹿だから後者の可能性が高いなあ」

椿は相変わらずテーブルの一点を見つめたままだ。キム・テウンこと新大久保のホームレスの顔が脳裏をよぎった。宮澤は漏れそうになる溜息をこらえた。

「宮君、悪いけど先に店を出てもらえるかな? ふたてに分かれて追尾しよう」

「あのふたりを尾行するんですか?」

「もし塚本が籠絡されてたら大変なことになるよ。事の真偽を確かめなくちゃ。さ、早く行って。ここはぼくが奢るから」

珍しく有無を言わせぬ口調だった。いかれていようがいまいが相手は警視。こちらはしがない巡査部長。階級の差は絶対だ。

「わかりました」

宮澤は再び席を立ち、シガーバーを出た。バーの入っている雑居ビルから離れたところで足を止める。電柱の陰から雑居ビルの出入り口を見張ることができた。

「だからさ、どうするのよ、宮澤君?」

宮澤はジーンズのポケットから百円玉を取り出した。

「自分じゃ決められないから、運命の神様に決めてもらう?」

百円玉を親指で弾いた。コインは回転しながら上昇する。

「表だ」

空中のコインを右手で掴み、目の前で広げた。百円玉は裏返っていた。

「くそ。とことんついてねえな、おれってよ」

電柱の根元を蹴り、宮澤は何度も嘆息した。

＊　＊　＊

携帯が鳴った。宮澤がシガーバーを出てから二時間近くが経過している。空腹で喉も渇き、宮澤の苛立ちは頂点に達しようとしていた。

「なんですか?」

電話の主はもちろん椿だった。

「今、会計しているところ。もうすぐ出るよ。尾行、絶対に気づかれないようにね」

「了解」

乱暴に言って電話を切り、宮澤は携帯をジーンズの尻ポケットに押し込んだ。代わりに反対のポケットからデジタルカメラを取りだした。厚みはあるが、ほぼクレジットカードと同じ大きさだった。捜一から追い出される前に、必要を感じて買った最新型のカメラだ。小さいがレンズは明るく、二百ミリまでの望遠が利く。高感度での性能も充分だった。一秒間に五コマの連写性能もありがたい。

設定を施し、カメラを掌で軽く握る。そうすると親指の付け根でシャッターボタンを押すことができるのだ。

雑居ビルから例のカップルが出てきた。宮澤はシャッターボタンを押した。カメラから断続的に機械音が出るが、距離がありすぎてカップルの耳には届かない。

ある程度シャッターを切ったところで撮影を終了し、尾行態勢に入る。シガーバーは六本木六丁目交差点近くの雑居ビルに入っていた。ふたりは六本木通りを横切り、六本木ヒルズ方面に向かっていく。

携帯が鳴った。

「こちら宮澤、マルツイ中です」

宮澤は電話に出た。警察用語で相手を追尾中だと椿に伝えた。

「対象ふたりは六本木ヒルズ方面に徒歩で移動中」

「了解。このまま携帯は切らないでおいて。気づかれないでね」

「わかってます」

「ぼくは宮君の背後、二十メートルのところをあるいてるから」

「了解」

ふたりは六本木ヒルズには目もくれず、麻布十番に向かっていた。

「六本木ヒルズは素通り。麻布十番方面に移動中」

不思議なもので尾行がはじまった途端、だらけた気分が吹き飛んでいた。たとえ椿の思い込みではじまった尾行でも、相手に気づかれないよう細心の注意を払うことは気持ちと身体に緊張感を与えてくれる。

宮澤は尾行に自信があった。捜一でも尾行の必要性がある捜査ではよく駆り出されたものだ。

「宮君、追尾が下手だね。刑事の尾行ってそんなものなの？」

携帯から流れてくる声が宮澤の高揚した気分に水を差した。

「これでも、捜一じゃ尾行名人って呼ばれてたんですけどね」

「それじゃ気づかれちゃうよ。相手はただの人間じゃないんだよ。きちんとした訓練を受けてる工作員なんだから。ちょっと、位置を替わろう。ぼくが前に出るから、宮君はぼくの後ろへ移動して」

「了解」

舌打ちをこらえて、宮澤は足を止めた。メールを打つふりをして椿が自分を追い越していくのを待つ。しかし、椿はなかなか姿を現さなかった。

「なにやってんだよ、あのおっさん。見失っちゃうぜ」

宮澤は視線でカップルの後ろ姿を追い、携帯を取り落としそうになった。大きな背中が視界を遮っていた。椿だ。いつの間に追い抜かれたのだろう。

「椿さん、いつ追い抜いたんですか?」

携帯を耳に当て、慌てて後を追う。

「宮君の背後にいるとは言ったけど、真後ろにいたわけじゃないよ」

「でも――」

「余計なお喋りしてる暇はないよ。集中してよ、宮君」

「は、はい」

宮澤は唾を飲み込んだ。椿の巨軀はどこにいても目立つはずなのにそうではなかった。なにをどうしているのか、街並みに溶け込んで違和感がない。逆に平均的体格の宮澤の方が目立っているように感じられた。

「椿さん、幽霊みたいだ」

宮澤は感嘆して呟いた。

＊　＊　＊

ふたりは地下鉄大江戸線の麻布十番駅の構内に入っていった。ふたりとも切符は買わずに改札を抜けていく。ふたりはホームに降りると二言三言、言葉を交わした。それから、男は両国方面行きの電車が入ってくる方向に身体を向けた。女は逆だった。

「女を追いかけるよ。電話、切るからね」

携帯から椿の小さな声が流れてきた。

「了解」

宮澤は電話を切った。ホームへ降りていくと、どこで調達したのか椿は『夕刊フジ』を読みながら電車を待つ列に並んでいた。女はその数メートル先にいる。夜道と違ってここでは椿の巨軀が目立ちすぎる。同じ車両に乗るわけにはいかないだろう。

宮澤は女の隣の列に立った。女は携帯に視線を落としていた。鋭い視線を感じ、そちらに顔を向けた。椿が憤怒の表情を浮かべて宮澤を睨んでいた。

「やっぱ、近すぎるか……」

呟き、ひとつ隣の列に移動した。だが、椿の表情は変わらない。さらに隣へ。さらにもうひとつ隣へ。やっと椿の表情が和らいだ。女からは五メートル以上離れてしまった。

宮澤と椿で、女の乗る車両を前後から挟む形で尾行を続けることになる。

電車がホームに入ってきた。なにげない顔で乗り込み、隣の車両を監視しやすい位置に立った。女は車両のほぼ中央の席に腰を下ろしていた。

アナウンスが出発時間が迫っていることを告げた。次の瞬間、女がなにかを思い出したというような顔をし、腰を上げた。そのまま車両を降りていく。

「なんだよ」

宮澤は慌てたが遅かった。扉が閉じ、電車が動きはじめたのだ。

女は振り返ることもなく真っ直ぐ改札に向かって歩いて行く。その後ろを椿の巨軀が影のように揺れながら歩いていた。

「あ――」

宮澤は絶句したまま椿の大きな背中を凝視した。

## 7

いつもより三十分早く登庁した。麻布十番駅でドジを踏んだ後、何度も椿の携帯に電話をかけたのだが繫がらなかった。朝になっても状況は変わらない。電話をかけても、電源が入っていないか電波が届かないというメッセージが流れるだけだ。

椿の姿はなかった。もう一度電話をかけたがやはり繫がらない。宮澤は資料室を出て外三――外事三課のオフィスに向かった。まだだれもいないオフィスで渡辺管理官が書類仕事に没頭していた。

「管理官、おはようございます」

宮澤が声をかけると渡辺は書類から顔を上げた。

「おはよう……君はだれだっけ？」

「いやだなあ、管理官。先日、ぼくを資料室に連れて行ってくれたのは管理官じゃないですか」

渡辺は瞬きを繰り返した。

「ああ、捜一から来た——」

「そうです。宮澤巡査部長です。滅多に顔を合わせることがないからって、部下の名前を忘れるのはなしにしてくださいよ」

「その宮澤巡査部長がなんの用だ。ここはおまえが出入りしていいところじゃないぞ」

「ぼくも一応外三の捜査員なんですが——」

「おい、勘違いするな」渡辺のまなじりが吊り上がった。「確かに所属は外三ということになっているが、お情けでそうしてやっているだけだ。外三に限らず、公安部各所は部外者の出入りは厳禁だ。おとなしく椿のお守りをしていろ」

「なるほど、そういうことですか」

「そういうことだ。わかったら出ていけ」

「お伺いしたいことがあるんですよ。お手間は取らせませんから」

「貴様、おれの言っていることが——」

怒鳴ろうと口を開けた渡辺の目の前に、デジタルカメラのモニタ画面を突きつけた。昨日撮ったカップルの写真だ。男の顔を拡大してある。

「この男、塚本っていう人じゃないですかね。外二の管理官の」

渡辺はモニタを凝視していた。しきりに唇を舐め、額に汗の粒が浮き上がってきた。

「本当に管理官なんですか？」

「元管理官だ。警察はとっくに辞めたよ。椿の女房を寝取った男だ」

宮澤は額に手を当てた。昨夜、椿の顔に宿った怒りはそのせいだったのだ。

「おい。どうして椿が塚本を追い回してるんだ？　もう離婚協議も終わってケリはついたんだぞ」

「じゃあ、こちらの女性はどうです？」

宮澤はカメラを操作した。女の顔を拡大してモニタに映し出す。

「この女性が椿さんの奥さん？」

今度は反応が違った。渡辺は即座に首を振った。

「こんな女は知らん。それより、椿と一緒になってなにを企んでいるんだ？」

「なにも。ぼくらになにができるっていうんです？　外事課のお荷物なのに。ということで、邪魔者は失礼します」

宮澤は敬礼の真似事をして踵を返した。渡辺の声が降りかかってくる前に外三を飛び出た。資料室に戻り、パソコンを立ち上げる。警察内部のデータベースにアクセスし、塚本の経歴を調べた。

塚本は四年前に警察を辞め、丸藤商事という大手商社に再就職していた。

「宮君、おはよう」

間延びした声と共に椿がやって来た。

「椿さん、携帯の電源、入れておいてくださいよ」

「あれ？　ぼくの携帯、電源切れてる？」

「昨日から何度も電話してるのに、全然繋がらないんだから」

「あ、本当だ」鞄から取りだした携帯を見つめながら椿は頭を掻いた。「ごめん、ごめん。うっかりしてたよ」

「尾行はどうなりました？」

「宮君、だめだよ、あれじゃ」

椿は顔をしかめて腰を下ろし、パイプを銜えた。

「昨日、ドジを踏んだのは認めます。申し訳ありませんでした」

宮澤は素直に頭を下げた。

「ドジっていうかさ、基本がなってないんだよね。敵は必ず点検作業をするんだからさ、電車に乗ったからって油断してちゃだめでしょう。子供じゃないんだから」

「点検作業？」

「そんなことも知らないで公安に来たの？」

椿に馬鹿にされるとプライドがいたく傷つく。宮澤は俯いた。

「ぼくたちが監視、追尾するのは専門的な訓練を受けてきたプロの工作員なんだよ。やつらはどんなときでも尾行されていないかどうか確かめるのが癖になってるわけ。それが点検作業。急に立ち止まったり、出発間際の電車から飛び降りたりってのは序の口ね」

「はあ」

顔が上げられない。女の突然の動きに椿は対処し、宮澤はできなかった。それは動かしようのない事実だった。

「まさか、刑事の尾行があんなに杜撰《ずさん》なものだとはねえ。知ってたら、ぼくも宮君にちゃんとアドバイスしてあげたのにさ」

宮澤は顔を上げた。ハムに刑事を馬鹿にされたまま黙ってはいられない。

「刑事と公安じゃ、捜査方法も追うホシの質も違うんです。刑事は刑事でちゃんと――」

椿が惚けたような顔で宮澤を見ていた。

「椿さん?」

「宮君、なにを熱くなってるの? 宮君はさ、もう公安の人間なんだよ。刑事のことなんて忘れて、公安のプロにならなきゃ」

「そ、そうですね。すみません」

「今度、暇なときに公安式の追尾のイロハ、教えてあげるよ」

「ありがとうございます。でも、椿さんはキャリアじゃないですか。公安じゃキャリアも尾行の訓練をしたりするんですか?」

「宮君――」椿は舌を鳴らしながら突き立てた人差し指を左右に振った。「まだわかってないみたいだね。ぼくは公安の――」

「アンタッチャブル」宮澤は椿の言葉を奪い取った。「そうでした。椿警視に不可能はない」

「そういうこと」

椿はお気に入りのおやつをもらった子供のような笑みを浮かべた。

「それで、昨日の女の尾行は？」

「彼女は東中野で電車を降りた。ええと――」椿は警察手帳を広げた。「中野区上高田一丁目のグランメゾン上高田というマンションに入っていった。多分、七〇二号室。彼女がマンションに入って少ししてから部屋の明かりが点いたからね。二時間待ってみたけどそれ以上動きがなかったから、近所の交番で話を聞いて帰った」

「それだけ？」

「グランメゾン上高田七〇二号室の住人は、イ・ヒョンジョン――字はこう書くらしい」

椿は手帳を宮澤の方に向けた。李賢廷と書き留められていた。

「韓国籍の三十二歳の女性。ここに住みはじめてほぼ二年」

「短時間でよくそこまでわかりましたね」

「交番の巡回連絡簿に記載してあったんだ」

各交番が近隣の家屋、マンション、事業所の家族構成、勤務先、従業員数などを戸別訪問して調べたものを巡回連絡簿と呼ぶ。昔はそれなりに機能していたが、昨今では個人情報保護の観点から警察官の質問に応じない世帯も増えている。

「怪しいと思わない？」

「なにがですか？」

「日本人ならともかく、外国人にはこの巡回連絡簿のシステムは肌に合わないんだ。明らかなプライバシーの侵害だからね。それなのに、このイ・ヒョンジョンはきちんと警官の質問に答えている。職業は濁したらしいけどね。カモフラージュだよ。非合法工作のためにまじめな外国人を装っているんだ」

「そうとは言い切れないんじゃないですか？」

「キム・ヒョンヒの若いころにそっくりなんだ。間違いないよ」

椿の論理はしばし飛躍する。開いた口が塞がらなかった。頭のネジが緩む前は本当に優秀なキャリアだったのだろうか。

「早速だけど、宮君、今日からこの女の監視に入るよ」

「管理官や課長に報告しなくてもいいんですか？　この女が本当に北朝鮮の工作員だとしたら、外二の管轄ですけど」

「アンタッチャブルに管轄なんて関係ないよ。それに、ぼくは各部署の管轄にこだわらずに捜査する権限を持っている」

「だれがそんな権限を与えてくれたんですか?」

「警察庁長官だよ。他にだれがいるのさ」

どこまでが冗談でどこからが妄想なのか判断がつかない。宮澤は考えるのをやめ、肩をすくめた。イ・ヒョンジョンは工作員でもなんでもないのだ。無実の外国人を椿が飽きるまで監視したところで外二と摩擦を起こすこともないだろう。それで気が済むのなら付き合ってやればいいのだ。椿は根は悪い人間ではない。

「わかりました。でも、今日の昼間はちょっと野暮用があるんです。申し訳ないですけど、夜になったら合流しますから、昼間は椿さんひとりで監視をお願いできますか?」

「任務より大切な用事があるわけ?」

椿の目がくすんだ光を放った。

「引き継ぎです、引き継ぎ。捜一にぼくの代わりに入った新人君に継続中の捜査のあれやこれやを——」

「ああ、なるほど」

目に宿っていた危険な光が消え、穏やかな笑みが戻った。百面相を見ているかのようだ。

「それならしょうがないや。じゃあ、後でね」

椿は鞄を手にして資料室を出て行った。体重は百キロを超えるだろうに、その重さをまったく感じさせない足取りだった。

＊＊＊

浅田浩介がベッドで眠っているだけで、病室には他にだれもいなかった。生命維持装置に繋がれた浅田はほとんど動かない。時々瞼《まぶた》が痙攣《けいれん》するが、それはただの反射だった。意思が潜んでいる様子は微塵もない。

「浅田さん、警視庁の宮澤です」

宮澤はベッドの脇に立ち、浅田に声をかけた。むろん、反応はない。浅田が植物状態に陥ってから、もうすぐ三ヶ月が経つ。

「お加減はどうですか？ 少しはよくなってますか？」

子供にするように話しかけ、持ってきた花束をサイドボードの上に置いた。窓際の一輪挿しの花は家族が持ってきたものだろうか。

「浅田さん、また来ます。次に来るときには目覚めてくれるといいんですけど……」

深々と頭を下げてから、宮澤は浅田に背を向けた。病室の入口で立ち尽くす女に気づき、動きを止める。

「なにしに来たんですか？」

女は身構えるように胸の前で両腕を交差させていた。

「お見舞いです」

「よく――」

女は唇をわななかせ、絶句した。

「時間がゆるす限り、見舞いに寄らせてもらう。この前もそう言いました」

「わたしは来ないでくださいとお願いしたはずです」

「今まではお嬢さんのいない時間帯を狙って来てたんですが……以後、この顔をご家族には見せないよう、気をつけます」

女の名は浅田千紗《ちさ》。浅田浩介の娘だ。平日のこの時間帯は仕事をしているはずだった。

「看護師さんに聞いたんです。毎週、父に花を届けてくれる人のことを。そうしたらあなたで、わたしたち家族のいない時間帯を見計らって、空き巣のようにやってくるって」

「空き巣は酷いなあ」

宮澤は頭を掻いた。

「だから、今日、会社を休みました。あなたにもう来ないでともう一度はっきり告げるためです」

宮澤は応えず、視線を足下に落とした。

「わたしたちを苦しめるのがそんなに楽しいんですか？」

「そんなつもりはありません。ただ、浅田さんが目覚めるまでは――」

「迷惑なんです。どうしてわかってくれないんですか。父が目覚めるまで見舞いに行けと警察の幹部の方に言われたんですか？」

「そんなことはありません」

浅田の事故は示談でかたがついた。二度と関わるなと、上からは厳命されている。警察という組織の総意は触らぬ神に祟りなしなのだ。宮澤が謝罪の気持ちからあらぬことを口走って、それを言質に取られることをなによりも恐れている。

「もし、母があなたとここで出くわしたら、母まで病人になってしまう」

「いつも、浅田さんにお見舞いの声をかけて、花を置いて帰るだけです。もしお母さんがいたら回れ右しますし――」

「あなたが自分のしたことを後悔して反省していることはわかっているんです。だから、これはお願いです。もう二度と――」

「わかりました。もう、見舞いには来ません」

宮澤は千紗に背を向け、浅田に敬礼した。

「ゆるしてくれるとは思っていません。また、ゆるされることをしたとも思っていません。ただただ、浅田さんが目覚める日の来ることを心から祈り続けます」

敬礼を終え、また千紗に向き直る。千紗は泣いていた。

「では、失礼します」

千紗の脇を通り、病室を出た。

「くそっ」

千紗に聞こえないように吐き捨てた。

＊　＊　＊

椿に教えられたアパートはグランメゾン上高田に背を向けるようにして建っていた。二階建ての古いアパートで、〈リバーハイツ東中野〉という看板の下に、空室有りの張り紙がある。錆の浮いた鉄製の階段をのぼり、二〇二号室をノックする。

「どうぞ」

椿の間延びした声が聞こえてきた。ドアを開けると小さな三和土《たたき》があり、そのすぐ先はもう居間だった。六畳間と三畳間がひとつずつ。狭いキッチンにユニットバス。いわゆる2Kの間取りの部屋だ。六畳間の隅っこに布団が二組、畳んで置いてあった。替えたばかりなのか、畳は真新しい。だが、すでにパイプの匂いが充満していた。

椿は窓際に腰を下ろし、三脚にセットしたデジタル一眼レフカメラのファインダーを覗いていた。

「この部屋、どうしたんですか？」

「昨日、空室有りの張り紙を見てたから、今朝、不動産屋に寄って家主と掛け合ったんだ。日本の治安を守るために部屋を貸してくれってね。どうせ空いてるんだし、もし店子《たなこ》が決まったらすぐに出ていくからって」

「この布団は？」

「大家のサービス。店屋物のメニューも持ってきてくれたよ。親切な人なんだ」

宮澤は椿の真後ろに立った。なるほど、グランメゾン上高田に出入りする人間を漏れなくチェックすることができる。

「案外早かったね。宮君が合流してくるのは夜になってからだと思ってたけど」

「意外と早く引き継ぎが終わりまして。椿さん、昼飯はまだでしょう？　コンビニの菓子パンですけど、よかったら――」

「悪いけど、ぼく、コンビニで売ってるものは食べないんだ」

「へ？」

「女房が言うんだよ。コンビニで売ってるものはみんな身体に悪いって。だから、食べちゃだめ。どんなに忙しくてもちゃんとした飲食店で栄養のある身体にいいものを食べてねってさ。いい女房なんだよ」

「奥さん、パイプのことはなにも言わないんですか？　身体に悪いからやめなさい、とか」

意地の悪い気分になっていることを自覚しながら宮澤は訊いた。椿はカメラのファインダーを覗き続けている。宮澤の問いに答えるつもりはないようだった。

「椿さん、だんまりはずるいですよ」

椿が顔を上げた。

「うん？　だんまり？　なんのこと？」

他人が口にする妻の話題は椿の耳を素通りするのだろうか。

「いえ、なんでもないっす」

「そういうわけだからさ、宮君、ちょっと監視替わってくれる？　ぼく、飯食いに行かなくちゃ」

「どうぞどうぞ。ここはぼくに任せてください」

椿が腰を上げた。屈まなければ頭頂部が天井につかえてしまいそうだ。

「それにしても、ずいぶん都合のいい病気だな」

椿の足音が充分に遠ざかるのを待って、宮澤はひとりごちた。

## 8

午後二時過ぎ、イ・ヒョンジョンがマンションから出てきた。

「椿さん、ターゲットが行動をはじめました。追尾します」

宮澤は携帯で椿と連絡を取った。

「宮君、絶対に気づかれないでね。近づきすぎちゃだめだよ。それに、彼女は頻繁に点検作業するはずだから、充分注意すること。ぼくが合流するまで無茶はしない」

「了解です」

宮澤はアパートを飛び出た。イ・ヒョンジョンは早稲田通りに向かって歩いている。真っ昼間の住宅街は人通りも少なく、尾行には難しい状況だった。宮澤は百メートルほど距離を取り、後をつけた。

早稲田通りに出ると、イ・ヒョンジョンは左折した。宮澤は走った。早稲田通りに辿り着く直前に足を緩め、呼吸を整える。なにげない素振りで左折する。イ・ヒョンジョンはすぐさきの交差点で信号待ちをしていた。サングラスをかけ、左手にシャネルのバッグ。身体にぴったりはりついた淡いピンクのTシャツにジーンズ、サンダルという出で立ちだ。

宮澤は彼女の後ろを通り過ぎ、山手通りを横断した。歩いている途中で歩行者用信号が点滅しはじめた。反対側に辿り着くと、今度は早稲田通りを横断するための歩行者用信号が青に変わる。イ・ヒョンジョンに向きそうになる視線をこらえ、宮澤は横断歩道を渡った。

携帯が鳴った。椿からだった。宮澤は足を止めた。

「今、グランメゾンの前。彼女はどっち？」

「東中野の駅に向かっているようです」

イ・ヒョンジョンは椿の言う点検作業をする素振りすら見せず、山手通りを南下していく。

「了解。電車に乗るのかな？　急がなきゃ」

「もしそうなっても大丈夫ですよ。ぼくがちゃんと尾行を続けますから」

「宮君だから心配なんじゃないか。くそっ。ちゃんとした公安警察官が部下だったらな」

電話が切れた。宮澤は憮然としながら尾行を再開する。イ・ヒョンジョンは山手通りを挟んだ反対側の歩道、およそ五十メートル先を歩いている。いつの間にか携帯でだれかに電話をしていた。

宮澤は歩調を速めた。イ・ヒョンジョンを追い越し、JR東中野駅前の交差点を左折して足を止める。すぐ前方に東中野駅が見えた。携帯でメールを打つふりをしながら振り返る。イ・ヒョンジョンは電話で話しながら、駅前の交差点で信号を待っていた。

「よし」

携帯のフラップを閉じ、パスモを用意した。かつては切符を買うのに手間取って容疑者を見失ったりしたこともあったが、世の中は便利になった。このカードが一枚あれば、電車、地下鉄での尾行も容易にできる。

イ・ヒョンジョンは電車に乗る。そう確信して宮澤は改札を抜けた。キオスクで雑誌を見繕いながらイ・ヒョンジョンが来るのを待った。中野方面に向かうのか、それとも新宿方面か。いずれにせよ、イ・ヒョンジョンは改札を抜けてホームに向かう。

五分経ったが、イ・ヒョンジョンは姿を現さなかった。

「まさか……」

宮澤は額に浮いた汗を拭った。脇の下はさらに大量の汗で濡れていた。

さらに三分が経った。信号を渡り、改札を抜けるまでにそんなに時間はかからない。

「嘘だろう」

宮澤は駅職員にバッジを見せて改札を逆に抜けた。山手通りに出る。イ・ヒョンジョンの姿はどこにもなかった。

携帯が鳴った。宮澤は鳴るに任せた。やがて着信音がやみ、また鳴りはじめる。

「宮君、なに交差点で突っ立ってるの？　それじゃ敵に気づいてくれって喚《わめ》いてるようなものだよ」

「すみません」

宮澤はうなだれた。

「すみませんって……まさかまさか、見失ったの？　追尾をはじめて十分ちょっとしか経ってないよ。それなのに、宮君、見失っちゃったの？」

「すみません」

返事の代わりに聞こえよがしな溜息が聞こえてきた。

意識しているかどうかにかかわらず、椿は人の神経を逆撫でするのが上手い。

「ネジが緩んでたってキャリアはキャリアか……」

「なにか言った？」

「いえ。申し訳ありません。おれのミスです」

「しょうがないよ。所詮、訓練を受けた工作員をひとりで追尾することに無理があるんだ。一度、アパートに戻ろう」

「あの女を捜さなくてもいいんですか？　まだ近くにいるはずなんですけど――」

「だめだめ。見失った相手をむきになって捜してると、こちらの情報を相手に摑まれることになる。見失ったら退散、これ、公安の鉄則ね」

「わかりました。これから部屋に戻ります」

宮澤は電話を切り、駅前の交差点で四方に視線を走らせた。イ・ヒョンジョンの姿はない。ただの偶然か、それとも巧妙にまかれたのか。

後者だとすれば、椿のいかれた妄想と現実がシンクロしていることになる。

「そんなはずはないさ。偶然、偶然」

宮澤は苦笑し、来た道を戻りはじめた。

＊＊＊

「それだよ、それ」

宮澤がイ・ヒョンジョンの行動の詳細を語っていると、椿が突然声を張り上げた。

「それ？」

「携帯。今さ、真っ黒な待ち受け画面が流行ってるの知ってる？」

「さあ。そういうことには疎いもんで」

「鏡の代わりになるんだよ。化粧直しをするときに便利だっていうんで、女性を中心に大人気」

「へえ……」

「あの女は携帯を使うふりをして、後方を確認したんだと思うな。それで君の尾行に気づいた。変形版の点検作業だよ」

宮澤は首を傾げた。椿の言うとおりなら、やはり、イ・ヒョンジョンは訓練を受けた工作員だということになる。しかし、若いころのキム・ヒョンヒに似ているという理由だけで工作員だということを看破《かんぱ》されたら工作活動などやっていられないだろう。

尾行が失敗したのは偶然なのだ。宮澤は彼女が電車に乗るものと決めつけたが、実際には彼女には電車に乗るつもりがなかった。それだけのことだろう。

「宮君もさ、刑事時代のことは忘れて、一日も早く公安の警察官になってもらわなきゃね」

「その言葉、肝に銘じます。それで椿さん、今後はどうするんですか？」

「このまま監視を続けるよ。彼女がまた外出したら、追尾を再開」

「でも、本当に点検作業でおれの尾行に気づいたら、次からはもっと慎重にやらないと――」

「本当にってどういう意味？」

椿の目尻が吊り上がっていた。

「言葉の綾です。深い意味はありませんよ」

「ならいいんだけどさ」

声のトーンは下がったが、椿はなおも疑り深い目で宮澤を睨んでいた。

「これからは必ず、追尾するときはぼくと宮君が一緒にする。絶対に単独行動はしないでね」

コンビニで売っているものは食べないと言って、監視中に食事に出たのは椿だ。自分のミスを棚に上げて部下に責任転嫁するのはキャリアの常道だった。

「以後、気をつけます」

腹が立っても階級差を埋めることはできない。とち狂っていても警視は警視。巡査部長には逆立ちしたって抗《あらが》いようがない。理不尽だが、それが警察のルールだ。

「あの女も出かけたばかりでしばらく帰ってこないだろうから、宮君、一旦警視庁に戻ってよ。車両を一台調達してきて欲しいんだ」

「それはいいですけど、でも、車を持ってきても停めるところが――」

「このアパートの大家が近所で青空駐車場も経営してるんだ。一台分空きがあるから使っていいって許可をもらってる」

「椿さん、やることにそつがないですね」

椿が嬉しそうに笑った。

「当然だよ。だって、ぼくは公安の――」

「アンタッチャブルですもんね」

宮澤が言うと、椿の笑みがますます大きくなった。

ちょっとしたことで拗ね、また、ちょっとしたことで気分がよくなる。図体のでかい子供だ。しかし、その子供はキャリアの警察官であり、自分が腕利きだと信じ込んでいる。

上手に子守をしないととんでもないことになりそうだった。

「だから、みんなすぐ辞めちゃうんだろうな……」

宮澤は呟いた。

「なにか言った？」

「いいえ。なにも言ってません。じゃあ、車両を調達してきます」

宮澤は部屋を飛び出た。冷たい汗で、シャツが背中に張りついていた。

＊　＊　＊

「おい、落ちこぼれ」

警察車両を使用するための手続きを終えた直後、背中に声がかけられた。

「落ちこぼれってだれのことですか？」

宮澤はむかっ腹を立てながら振り返った。滝山課長が冷たい目を宮澤に向けていた。

「おまえのことに決まってるだろう。捜一の落ちこぼれ」

腹を立てても意味がない。宮澤は愛想笑いを浮かべた。

「そういう言い方は勘弁してくださいよ、課長」

「どうして車両が必要なんだ？」

「それはまあ、いろいろと」

「ふたり揃って朝から出かけっぱなしだそうじゃないか」

宮澤は瞬きを繰り返した。

「資料室は監視下に置かれてるんですか？」

「もう気がついただろうが、椿警視は危険人物だからな」

「まさか、隠しカメラに盗聴器とか……いくらなんでも身内にそんなことはしないですよね？」

滝山が咳払いをした。

「一体全体、おまえたちはなにをやってるんだ？」

「椿警視の妄想にお付き合いしております」

「妄想？」

「はい。街で見かけた韓国人女性を、大韓航空機爆破事件のキム・ヒョンヒに似ていることから、椿警視が北朝鮮の工作員だと断定しまして……」

「まさか、その女性を監視下に置いているのか？」

「その通りであります」

滝山が顔をしかめた。

「ちょっと来い」

滝山が踵を返す。宮澤は後を追った。滝山は非常ドアを開けて先へ進んだ。非常階段の踊り場で立ち止まり、振り返る。

「おまえの仕事は椿のそうした行動を止めることだ」

「どうやって止めるんです？」

「なんだと？」

「向こうはキャリアの警視殿。こっちは一介の巡査部長です。たとえ頭のネジが緩んでたとしても、警視の命令には逆らえませんよ」

「やつは——」

「それに、基本、頭のいい人ですから、ぼくがなにを言っても論破されちゃいます。論理の飛躍はあっても口の上手さや知識の豊富さでは椿さんの方が圧倒的に上ですから」

「いいか、落ちこぼれ」滝山は顔をしかめたまま口を開いた。「そんなことはおまえに言われなくてもわかっている。椿警視との付き合いはこっちの方が長いんだ」

「だったら——」

「それでも、あいつを止めるのがおまえの仕事だ。それができないなら警察を辞めちまえ」

「放っておけばいいじゃないですか」

宮澤は言った。

「なに？」

「今までだって好きなようにさせてたんだから、これからも好きにさせてやればいいんですよ。今回、監視下に置いてる女性も工作員なんかじゃない。何日か監視してなにも摑めなかったら椿警視も諦めるんじゃないですか。そりゃあまあ、国民の血税をいくらか浪費することにはなりますが、警察内部の裏金に比べればたいした額じゃないし――」

・

「宮澤――」

「やっと名前を呼んでくれましたね」

「本当にその女は工作員じゃないんだな？　椿の妄想だな？」

「それは間違いありません。ただ――」

「なにかあるのか？」

滝山の唇が血の気を失っていく。

「その女性、椿さんの奥さんの浮気相手と一緒にいたんですよ」

「塚本か……椿は塚本に気づいたのか？」

「当然です」

滝山が呻《うめ》いた。

「それで椿の妄想が止まらなくなったのか……ここしばらくは静かだったのに」

「というわけなんですよ」

宮澤は笑いを堪《こら》えながらそう言った。

「塚本に会ってこい」

滝山が言った。

「は？」

「おまえが行くことは塚本に伝えておく。塚本と会って、その女が何者か確認を取るんだ」

「課長――」

「それで身元に問題がなかったら、椿の遊びに付き合ってやれ。だが、気をつけろよ」

滝山が声をひそめた。

「なにに気をつけろと？」

「その女が工作員らしい行動を取らないと、椿はとんでもないことをしでかすかもしれん」

「たとえば？」

「証拠の捏造《ねつぞう》」

「まさか」宮澤は笑った。「証拠の捏造なんて、警察官がするわけないじゃないですか」

滝山の目がぎょろりと動いた。

「おれたちは刑事じゃないんだ。国を守ってなんぼの仕事をしてるんだぞ。明らかにスパイとわかるやつを、証拠がないというだけで見過ごすことができるか。どうせ、微罪でしょっ引いて国に送り帰すだけだからな。証拠の捏造でもなんでもやるさ。ありもしない犯罪を作り出すことだってある」

生唾が口に溢れた。

「椿はその手の仕事が得意だったんだ」

「信じがたいな。あの椿さんが……」

「警官になろうなんてやつはたいがいがタカ派で、公安の刑事なんてのはその中でもきついタカ派が揃ってるんだが、椿はタカ派中のタカ派だ。ここがこうなっても――」

滝山は自分の頭に向けた人差し指で何度も円を描いた。

「元の性格が変わるわけじゃねえ。国益を守るためならなにをやってもゆるされる。まともな頃のあいつはそう考えていたし、今も同じだ。だからな、落ちこぼれ――」

滝山の腕が伸びてきて肩を抱かれた。強い力で引きつけられる。

「目の玉ひんむいて椿を見張れ。一秒たりとも目を離すな。まずいことになりそうだったら、真っ先におれに報告しろ。わかったな？」

「りょ、了解しました」

滝山の身体はニンニク臭かった。宮澤は吐き気をこらえながらうなずいた。

## 9

塚本の勤務する丸藤商事は丸の内に自社ビルを持っていた。受付で用件を告げると三十階の会議室に案内された。会議室は清潔だったが建物自体は古く、空調の効きが悪かった。

五分ほどすると塚本がやって来た。

「どうも。お忙しいところ、申し訳ありません。外三の宮澤と申します」

宮澤は愛想笑いを浮かべながらあらかじめ用意しておいた名刺を塚本に差し出した。

「公安がわたしにいまさらなんの用だ？」

塚本は名刺を受け取ろうとしなかった。宮澤は肩をすくめ、名刺をしまった。

「わたし、椿警視の下で働いてるんですが」

椿の名を口にした途端、塚本の目尻が痙攣した。

「ふん。まだ警視のままなのか。出世頭と言われていた男が不様《ぶざま》なものだ」

虚勢を張っているのは明らかだった。塚本は椿を恐れている。

「奥様はお元気でいらっしゃいますか？」

「それを君に答える謂われはないだろう」

「ごもっとも。実は、本日うかがったのはこの女性の身元を確認したくてですね」

宮澤はイ・ヒョンジョンを隠し撮りした写真を見せた。塚本は顔色が変わりそうになるのを必死で堪えている。

「ご存知ですよね。昨日、六本木のシガーバーでデートしてらした」

「デートじゃない。仕事の打ち合わせだ」

「仕事ですか？」

「彼女はフリーランスの通訳なんだ。来月、韓国からクライアントが来る。そのための打ち合わせをしていた」

「彼女の身元は確かなんですか？」

「わたしだって元は公安警察官だ。それもキャリアのな。身元のあやふやな者と仕事をするはずがないだろう」

宮澤は椅子に腰を下ろした。

「彼女のことを詳しく聞かせてもらえませんか？」

「なんだって言うんだ？　まさか、公安はあの人を北朝鮮の工作員だと疑ってるのか？」

「椿が？」

「公安じゃなくて、椿警視が、です」

また塚本の目尻が痙攣した。

「シガーバーで偶然見ちゃったんですよ。塚本さんと彼女が仲良く飲んでるところを。ほら、塚本さんは椿警視の奥さんを寝取っちゃったわけじゃないですか。だから、椿さん、俄然やる気になってるんですよ」

「寝取っただと……人聞きの悪いことを言うな。あれは早紀子《さきこ》が椿との結婚生活に疲れてだな――」

「まあ、その辺は結構です。とにかく、椿警視があの女の正体を暴いて塚本に目にもの見せてやると息巻いてるんですよ。聞いてらっしゃるでしょう？　奥さんと離婚してからの椿さんがどうなっちゃったか」

「あ、ああ」

塚本は歯切れが悪い。

「椿さんを抑えるためにも、このイ・ヒョンジョンという女性が工作員なんかじゃないってことを確認したいんですよ」

「彼女はソウル生まれのソウル育ち。家族にも親しい知人にも北朝鮮と関係のある人物はいない。ソウル大学で日本語と日本文化を学び、五年前、来日した。慶応大学で三年学び、一昨年から通訳として暮らしを立てている。北朝鮮の工作員だと？　馬鹿馬鹿しい」

宮澤は手帳を取りだした。

「彼女の両親の名前は？」

「そんなことまでは知らん」

「ソウル大学を出て、それから、慶応に留学？」

「そうだ」

「学部は？」

「文学部。三島由紀夫を学んでいたと聞いた」

「担当教授なんかは……」

塚本が険しい目を向けてきた。宮澤は口笛を吹いた。

「生年月日は？」

「それぐらい自分で調べたらどうだ」

「少しは協力してくださいよ。情報をなにも持って帰らないと椿警視、怒るんですよね。もしかしたら、自分で塚本さんに話を聞くと言い出すかも——」

塚本が生唾を飲み込む音がはっきりと聞こえた。

「そんなに椿さんが怖いんですか？」

「だれが。椿なんか怖くもなんともない。あんなやつ、図体がでかいだけの独活《うど》の大木じゃないか」

そう言いながら、塚本は左の脇腹をさすりはじめた。椿の大きな顔が脳裏に浮かんだ。椿の耳は左右ともカリフラワーのように変形している。柔道かレスリングに真剣に取り組むとそうなるのだ。

「椿さんってあの身体だから、柔道も相当強そうですよね」

塚本がまた生唾を飲み込んだ。

「背負い投げでも喰らって、そのままあの体重を浴びせられたら肋骨ぐらい簡単に折れそうだもんなあ」

脇腹をさする塚本の手がとまった。

「折られたんですか、そこ？」

「知らん。なにも知らない。ちょっと痒いだけだ」

最愛の妻を寝取られ、怒り狂った椿が目の前の男を投げ飛ばす姿が容易に想像できた。

「彼女の生年月日は？」

「生まれ年は知らないが、誕生日は九月三日だと聞いている」

「現住所は？」

「知らん。どうしてわたしが通訳のプライバシーを知っていなきゃならないんだ」

「彼女は本当に北朝鮮とは関係ない？」

「当たり前だ。SMAPのコンサートに嬉々として出かける工作員なんて聞いたことがあるか？」

「彼女、SMAPのファンなんですか。やっぱり、キムタクですかね」

「吾郎ちゃんだそうだ」

生真面目に答える塚本の顔が奇妙に思えて宮澤は思わず笑った。

「なにがおかしいんだ？」

「いえ、なにも。お手間を取らせました。またなにかお聞きしたいことができたらお邪魔するかもしれませんが、お手柔らかに」

「二度と来るな。公安の幹部に知り合いもいるんだ。今度その面を見せたら、黙ってないからな」

塚本は一気にまくし立てると忙しない足取りで会議室を出て行った。

「やれやれ」

宮澤は頭を掻いた。キャリアという人種が度し難いという認識がさらに深まった。

＊＊＊

「なにをやってるの？」携帯から聞こえてくる椿の声は露骨に不機嫌だった。「車両を借りるのにこんなに時間がかかるはずはない。宮君、どこかで油売ってるんだろう？」

「そんなことないですよ。滝山課長に捕まって、言い訳するのに必死だったんですから」

「滝山？　あんなやつどうだっていい。宮君の上司はぼくだよ。わかってる？」

「椿さんはアンタッチャブルだからいいけど、ぼくは一介の巡査部長なんですよ。課長を無視するわけにはいきませんよ」

宮澤は声を落とした。近くを通りすぎる学生たちが奇異の視線を向けてくる。

「じゃあ、君もたった今からアンタッチャブルだ」

「椿さん」

「君が忠誠を誓うのはぼくにだけだよ。いいね？」

「はいはい」

「はいは一度でいいよ。早く戻っておいでよ。退屈で寂しくて死んでしまいそうなんだ」

椿は湿った声で言った。

「子供じゃないんだから我慢してください。今、慶応大学にいるんです。これから戻りますから」

「慶応大学？」

「彼女がここの留学生として来日したという情報を掴んだんです。それで、身元確認のために――」

「どこでその情報を掴んだの？」

いかれていいようといまいと椿は鋭い。物事の本質に一気に詰め寄ってくる。

「それはもう、捜一の捜査手法で。公安のやり方とは違うでしょうけど、刑事だって捨てたもんじゃないんですよ」

「そうか。宮君は捜一のエースだったんだよね。今度さ、捜一の捜査のやり方を教えてよ」

「喜んで。アンタッチャブル同士、仲良くやっていきましょう」

「宮君、ここだけの話だけどね」

「なんでしょう？」

「今までの部下の中で宮君が一番使えるし、面白いよ」

面白いの意味がわからない。しかし、宮澤は聞き流すことにした。

「それで学生課で彼女に関する書類を見せてもらったんですけどね、怪しいところが見あたらないんですよ」

「当たり前じゃないか。北朝鮮当局が満を持して送り込んできた工作員だよ。身元からなにからがっちり固めてあるに決まってる。些細なことでぼろを出すようなことをするはずがないんだ。彼女はクロだよ。間違いない。余計なことしてないで、早く戻っておいで」

なにがどうあっても、イ・ヒョンジョンがただの一般人だということを椿に納得させることはできそうもなかった。

「了解。今から戻ります」

「早くだよ。一分でも一秒でも早く。ほんとに退屈なんだから」

「はいはい、わかりました」

「はいは一度でいいと言っただろう?」

「はい」

勢いよく言って、宮澤は電話を切った。頭痛がする。椿の下で働き続ける限り、この頭痛とは縁が切れないのかもしれない。

溜息を押し殺し、宮澤は慶応大学のキャンパスを後にした。

# 10

「彼女だ」

デジタル一眼レフのファインダーを覗いていた椿の口調が変わった。

「出てきたんですか？」

「うん。尾行はぼくがするから、宮君は車を頼む」

「了解」

宮澤は監視用に借りているアパートを飛び出た。すぐ近くの駐車場まで駆け、車に乗る。茶番だとはわかっていても、いざ尾行がはじまるとなると緊張に背筋が伸びた。前回の尾行ではドジを踏んでしまった。自分に同じ失敗をゆるしてはならない。

携帯をハンズフリーにして椿に電話をかけた。

「車に乗りました。どっち方面に向かってます？」

「東中野駅方面。宮君は駅に先回りして待機してて」

「了解」

電話を繋げたまま車を出した。イ・ヒョンジョンと鉢合わせしないように道を選び、早稲田通りに出る。すぐ先の交差点で山手通りを右折し、ＪＲ東中野駅の手前でハザードを点滅させた。路肩に車を停める。

「駅前に到着しました。そちらの様子は？」

「現在、商店街を南下中。五分程度で駅に到着予定」

「了解。このまま待機します」

じりじりと時間が過ぎていく。しばらくすると、商店街の奥からイ・ヒョンジョンが姿を現した。ジーンズに赤いTシャツ、足下はサンダルで顔にはサングラスをかけている。椿の姿は見つからなかった。

「監視対象を目視。椿さんはどこにいるんですか？」

「対象のすぐ後ろにいるよ」

目を凝らしてやっと見つけた。イ・ヒョンジョンの三メートルほど後ろを歩いている。あれだけ大きな身体なのにまったく目立たない。少なくとも椿は尾行に関しては名人の域に達している。

「前回はこの辺りでまかれたんだよね」

「はい」

苦々しい思いがこみ上げてくる。

「こまめに点検してるよ。よくよく訓練されたプロだな。宮君がまかれるのもしょうがないよ」

「なにがプロだよ。彼女は稲垣吾郎が好きなただの女だっての」

宮澤は小声で毒づいた。

「なにか言った？」

「いいえ。なにも言っておりません」

「おかしいな。信号待ちだ。このままいけば、間違いなく目的地は駅だよ」

「その場合、おれはどうします？」

「宮君はそのまま車で待機。彼女がどっち方面の電車に乗るか判明したら教えるから、中野か新宿方面に向かってもらうことになる」

歩行者用信号が青に変わった。横断歩道を渡ろうとして、イ・ヒョンジョンがなにかを落とした。携帯か財布か——判断はつかなかった。イ・ヒョンジョンは足を止め、屈んで落としたものを拾っている。その横を椿が何気ない顔をして通過した。

「見た？　今のが点検作業。素人や新人君だとあそこで焦って尾行を見破られちゃうんだ」

「ただ落とし物をしただけじゃないんですか？」

「相手は高度な訓練を受けたプロの工作員。それを忘れちゃだめだよ、宮君」

イ・ヒョンジョンが再び歩きはじめた。拾ったものをショルダーバッグに押し込んでいる。素知らぬ顔を決め込んで横断歩道を渡りきった。迷う素振りも見せず、駅舎に向かっていく。

「間違いなく駅に入りますね」

「うん。今の点検作業で尾行者はいないと確信したんだね。ぼくって凄くない？」

「凄いですよ。なんたって、警視庁公安部のアンタッチャブルなんだから」

返事の代わりに嬉しそうな笑い声が聞こえてきた。宮澤はこめかみを指で押さえた。頭痛が酷くなっていく。

椿の背中が駅舎に消えた。そのすぐ後をイ・ヒョンジョンが歩いていく。しばらくすると携帯から椿の声が流れてきた。

「宮君、新宿方面」

「了解」

宮澤はギアをドライブに入れた。山手通りを南下し、中野坂上の交差点で青梅街道を左折する。道は混雑していた。

「渋滞にはまりました。新宿、西口ならいいんですが、東口までなら三十分はかかりそうです」

「電車、今大久保に着くところ。降りる気配はないよ。とにかく、渋滞はどうにもならないんだから、焦らないでいいから」

「別に焦っちゃいませんけどね」

返事の代わりに電車のブレーキ音が聞こえてくる。車は遅々として進まない。

「また点検作業だ」椿が言った。「発車直前に席を立ってドアのところまで行ったけど、思い直したという素振りを見せてまた席に戻ったよ」

「本当に？」

「ぼくが宮君に嘘をつく意味ないだろう？」

確かにそうだった。だが、イ・ヒョンジョンは一般人だ。東中野駅での出来事も、点検作業というよりはうっかり落とし物をしてしまったのだと考えた方が納得がいく。彼女の視線は落としたものに向けられたままだった。

彼女のするありとあらゆる行動を、椿は点検作業と結びつける。

「妄想ってのは恐ろしいな……」

宮澤は独りごちながらクラクションを鳴らした。車列が動き出しているのに目の前の軽トラックが動かない。その間に他の車線の車が次から次へと割り込んでくる。

「ぼけっとしてんじゃねえよ」

宮澤は軽トラに向けて中指を突き立てた。

＊　＊　＊

「今どこですか？」

宮澤は早足で歩きながら携帯を耳に押し当てた。コインパーキングを見つけるのに手間取り、気ばかりが急いてしまう。

「区役所通り。風林会館の少し先、道を挟んだ反対側にコンビニがあるんだけど、そこにいる」

「三分で合流します。彼女は？」

「くればわかるよ」

椿の口調はどことなく沈んでいた。宮澤は電話を切り、走った。コインパーキングは職安通り沿いにある。区役所通りの入口はすぐそこだった。陽が沈みかけて、歌舞伎町は息を吹き返しつつあった。勤めに出る夜の住人たちが歩道にひしめいている。

コンビニはすぐに見つかった。椿が雑誌コーナーで退屈そうに週刊誌をめくっている。

宮澤は呼吸を整え、コンビニに入った。

「お待たせしました。彼女はどこに？」

「あそこ」

椿は区役所通りの向かいの雑居ビルを指さした。

「雑居ビルか……店が何軒も入ってますから、特定は難しいかな」

「彼女は地下に降りていったよ」

「地下ですか？」

ビルの入口はふたつに分かれていた。右側はエレベーターホールへ続いており、左側は地下へと降りる階段になっている。階段の周辺には下品な看板が下品な電飾を瞬かせていた。

〈コリアンクラブ　ラブ・シンドローム〉

看板には日本語とハングルでそう書かれていた。

「あそこへ？」

「そう。多分、本当の身分を誤魔化すためにホステスとして働いてるんじゃないかな。キム・ヒョンヒ似だから美人だし」

「おかしいな」

宮澤は首を傾げた。

「おかしいってなにが？」

「彼女、通訳で生計を立ててることになってるんですけどね」

塚本が勤めているのは名のある商社だ。世間体を考えるまでもなく、ビジネスの通訳にホステスを使うとは考えにくい。

「捜一って凄いなあ。たった数時間でそこまで調べがついちゃうの？」

「まあ、いろいろとコツがありまして」

「でも、おかしくはないよ。工作員っていうのは情報を収集するために、ありとあらゆることをするんだ。仕事もそう。昼は通訳、夜はホステス、そういう韓国人女性も多いから疑われないし」

「しかし――」

宮澤は口を閉じた。気をつけなければ塚本から話を聞き出したのだということが椿にばれてしまう。

「さあ、行こうか」

「行くって、どこへ？」

「あの店だよ。〈ラブ・シンドローム〉」

「本気ですか？」

椿がうなずいた。

「本来の公安の捜査は、もうただひたすら監視する。相手がぼろを出すか、だれかと接触するか、情報をだれかから盗むか、そういう事態が起こるまでひたすら監視するんだ。でも、ぼくたちはふたりきりでそんな悠長なことをしている余裕はない。それになによりぼくたちは公安の――」

「アンタッチャブル」

「そう。アンタッチャブル。独自の捜査方法で国を守る。ね。だから、行こう」

「ちょっと待ってください」

宮澤は歩き出そうとした椿の腕を摑んだ。分厚い筋肉の束で出来た太い腕だった。宮澤のふくらはぎより太いかもしれない。

「自分たちがふたりしかいないのは事実ですし、通常の捜査方法がとれないこともわかります。でも、直に顔を合わせるのはやっぱりまずいんじゃないですか？　この後も監視を続けるわけでしょう？　もし本当の工作員なら、ばれる可能性が高くなりますよ」

「もしもクソもない。彼女は本物の工作員だよ、宮君」

椿は辺りを憚ることのない声で言った。店内にいた客たちが椿に注意を向けている。

「声が大きいですよ、椿さん」

「ああ、ごめん、ごめん」

「ごめんは一度でいいんです」

「ごめん」

「だから、工作員なら直に接触するのはまずいでしょうって言ってるんです」

「でも、このまま監視を続けていても埒があかないよ。長時間の監視をふたりで続けていたら疲れてくるし、集中力も鈍ってくる。そんな時に彼女が行動を起こすことになって出し抜かれたら目も当てられない。ここはさ、宮君、リスクを承知で押すべきだと思うんだ」

「まあ、椿さんがそうすると言うなら、部下のおれは従いますけど」

「宮君、自分のこと『おれ』って言うようになったね。それって、ぼくに親しみを感じてくれているって受け取っていいのかな？」

「その話はまた後で。どうするんです？」

「行こう」

「でもね、椿さん」

「なに？」

椿は荒々しく鼻から息を出した。

「まだ七時前なんですよ」

「それが？」

「ああいう店が混みはじめるの、普通は八時過ぎてからなんですよね。まだがらがらの状態で入っていったら、椿さん、凄く目立つはずなんですよ。行くのはいいんですけど、どこかで時間を潰してからにしませんか」

「じゃあ、ラーメン食べに行こう」

「は？」

「この近くに味噌ラーメンと餃子が美味しい店があるんだ。さっきからそこで食べたいってずっと考えてたんだよ。行こう、行こう。ラーメンと餃子食べに行こう」

椿は宮澤の手を振りほどき、遠足に出かける朝の小学生のような足取りでコンビニを出て行った。

## 11

椿がげっぷをした。強烈なニンニク臭が漂ってくる。宮澤は顔をしかめたが、椿は満足そうだった。小一時間の間に、椿は味噌チャーシュー麺の大盛り、ノーマルな餃子一皿、しそ餃子一皿、チーズ餃子一皿、さらにチャーハンを胃袋に詰め込んだ。食の細い人間なら見ているだけで吐き気がしてくる量だった。

「ね、宮君。あの店、ラーメンも餃子も美味しいだろう？」

「そうでしたかね」

宮澤は不機嫌さを隠そうともしないで答えた。

「なに怒ってるの？」

「ぼくは塩ラーメンを一杯食べただけです。残りはみんな椿さんが食べた。それなのに、割り勘だなんてあり得ないですよ」

「あ、『おれ』が『ぼく』に戻った。宮君、本気で怒ってる？」

「本気で怒ってます」

「どうして怒るかな？　ぼくはね、子供のころから父親に厳しく言われてきたんだ。飲食店に他人と一緒に行ったら、どんなときでも割り勘で払いなさいってね」

「お父さんの言った意味はそうじゃないと思いますが」

「どうして？　ぼくの父じゃない君にどうしてぼくの父の考えていたことがわかるわけ？」

「もういいです。でも、これだけは言わせてください。今後、椿警視とは二度と一緒に食事には行きませんから」

「宮君も意外とケツの穴が小さいなあ」

椿を蹴り倒してやりたかった。だが、自分の攻撃がこの巨漢に通じるとは思えない。コンビニで腕を摑んだときにはっきりとわかったが、椿の身体は筋肉の鎧で覆われているのだ。生半可な打撃ではこの巨漢に苦痛を与えることはできない。

「椿さん、ジムにでも通ってるんですか？」

「ぼく、ウェイトトレーニングはしないよ。週に三日、マッスルビートに通ってるけど」

「なんですか、そのマッスルなんとかって」

「総合格闘技の道場だよ」

思わず溜息が漏れる。

「さあ、着いたぞ」

〈ラブ・シンドローム〉のきらびやかな看板の前で椿が立ち止まった。

「本当に入るんですか?」

「うん」

軽くうなずいて、椿は階段をおりはじめた。宮澤は後に続いた。

「いらっしゃいませ」

ドアを開けるのと同時に、甲高い女たちの声が響いた。入口の周辺にお茶を引いているホステスたちが集まっている。イ・ヒョンジョンの姿もそこにあった。

「お二人様、どうぞこちらへ」

流暢《りゅうちょう》な日本語を操る黒服がやってきた。客の入りは三分というところだろうか。空席が目立った。

「当店は初めてでしょうか?」

「ええ」

椿がなにかを言う前に宮澤は口を開いた。

「指名はどうしましょう？　特になければこちらで選んだ女の子をおつけしますが」

「入口のところにいた赤いドレスの子と、白いドレスの子、それに水色のドレスの子」

椿が言った。黒服が振り返ってホステスを確認した。

「赤と白と水色ですね。承知しました」

店のほぼ中央のボックス席に案内された。椿と宮澤は腰を下ろした。

「お飲み物は水割りのセットでよろしいでしょうか？」

椿がうなずいた。

「すみません。おれ、酒飲めないんで、ウーロン茶かなにかをお願いします」

「かしこまりました。では、少々お待ちください」

黒服が去っていくと椿が耳打ちしてきた。

「宮君、お酒飲めないんだ？」

「飲めますよ。でも、ふたりとも酔っぱらうわけにはいかないじゃないですか。一応、仕事なんですから」

「ぼく、ウィスキーならボトル二本ぐらい飲まないと酔わないんだよ。だから、気にすることなかったのに」

確かに、椿の身体ならアルコールには強いだろう。相撲取りやプロレスラーと同じレベルなのだ。

「それより椿さん、ホステス見繕うの早かったですね。おれはイ・ヒョンジョンの水色のドレスにしか目が行きませんでしたよ」

「適当に言っただけだよ。赤も白も絶対にあると思ったんだ。だいたい――」

椿が急に口をつぐんだ。

「いらっしゃいませ」

椿の選んだホステスたちがにこやかな笑みを浮かべてやって来た。

「大きい。お客さん、プロレスラー？」

赤いドレスを着たホステスが嬌声を上げながら椿の横に座った。

「失礼します」

白いドレスのホステスとイ・ヒョンジョンが宮澤の両脇に腰を下ろした。

「プロレスラーなんかじゃないよ。ぼくは普通のサラリーマン」

「うそ。こんなに大きな身体なのに」

「うそじゃないよ」

椿は屈託のない笑みを浮かべていた。こういう男は水商売の女にもてる。自分を飾らないからだ。

「お客さん、お名前は？」

イ・ヒョンジョンが宮澤に聞いてきた。

「おれが田代、こちらは友枝《ともえだ》さん」

宮澤はあらかじめ打ち合わせておいた偽名を口にした。田代も友枝も捜査一課のいけすかない刑事だ。

「順子です」

赤いドレスの女が名刺を椿に渡した。白いドレスの女は美穂、イ・ヒョンジョンは紗《さ》奈《な》と名乗った。

「日本語の源氏名なんだ」

宮澤は受け取った名刺を眺めた。美穂の名刺には携帯の番号が手書きで記されていたが、イ・ヒョンジョンの名刺には店の電話番号があるだけだった。

「韓国の名前だと、お客さん、よく覚えてくれないでしょ」

イ・ヒョンジョンが言った。順子も美穂もそこそこ流暢に日本語を話すが、イ・ヒョンジョンのそれは別格だった。

「日本語上手だねえ」

「ソウルの大学で日本語を勉強してから来たんです」

「わたしたちは日本に来てから覚えたね。だから、紗奈のより下手くそよ」

美穂が言った。順子はこちらの会話には無頓着で、椿の肉体に触れては感嘆の声をあげるか溜息を漏らしている。

「お連れの方、本当に大きいですね」

「身体が大きいだけじゃないよ。ぼくは心も広いんだ」

椿がテーブルの上に身を乗り出してきた。イ・ヒョンジョンの右手を取り、甲にキスをする。

「君、綺麗だね」

イ・ヒョンジョンが微笑んだ。椿の言葉がお世辞でもなんでもないことがわかっている。

「ありがとう、友枝さん」

「ちょっと、わたしたちも綺麗でしょ。そうでしょ？」

順子がイ・ヒョンジョンの手を取ったままの椿の腕を引き戻す。

「うん。君たちも綺麗だよ。みんな綺麗だ」

椿はそう言って嬉しそうに微笑んだ。

＊　＊　＊

「あまり収穫はなかったですね」

店を出ると宮澤は言った。ウーロン茶の飲み過ぎで胃に膨満感がある。

「そうでもないよ」

椿は空を見上げていた。いびつな月が東京を見下ろしている。

「当たり障りのない話しかできなかったじゃないですか。まあ、しょうがないって言えばしょうがないけど」

「これをもらった」

椿はスーツのポケットから名刺を取りだした。紗奈という文字が見える。

「名刺ならぼくももらいましたよ」

「でも、携帯の番号は書いてないだろう?」

「え?」

宮澤は椿が手にした名刺を受け取った。確かに、ボールペンで携帯の番号が書き込まれている。

「おれにだけ番号のない名刺をくれたのか……」

「いつもは番号は書き込まないって言ってたよ。ぼくだけ特別だって」

「椿さん、いつの間に?」

「宮君がトイレ行ってる間。ほら、あのうるさい女が他のテーブルに呼ばれて行って、彼女がぼくの隣に移ってきただろう」

宮澤はうなずいた。ちょうどいいタイミングだと思い、トイレに立ったのだ。

「あの白いドレスの子、名刺に携帯の番号は?」

「書いてありますけど」

「宮君、明日電話しなよ。食事にでも誘って、それとなくイ・ヒョンジョンのことを聞き出すんだ」

宮澤は唇を噛んだ。公安に飛ばされてからというもの、予想外の出費が続いて懐が寒いことおびただしい。

「どうしたの？　浮かない顔して」

「椿さん、ものは相談なんですけど……」

「金の無心なら断るよ」

椿はにべもなく言った。

「まだなにも言ってないのに……」

「父の教訓なんだ。金の貸し借りをするとどんな関係も必ず歪む。だから、人に金を貸してはならない」

「どういうお父さんなんですか？」

「立派な人格者だよ。それじゃ、ぼくはこれで。また明日ね、宮君」

「どこに行くんですか？」

「ちょっとね」

椿の足は新宿駅ではなく大久保方向に向いていた。宮澤は小さくうなずいた。例のホームレス——キム・テウンと椿が思い込んでいる男に会いに行くつもりなのだ。だが、あのホームレスはもういない。ねぐらを変えたはずだ。

「それじゃ、椿さん、おやすみなさい」

宮澤は椿の背中に手を振った。

「どけちなんだから、もう」

口の中で呟いた瞬間、椿が振り返った。怪訝そうな目で宮澤を見つめている。

「なんでもありません。行ってらっしゃい」

宮澤は椿に背を向けた。しばらく歩いてからそっと息を吐き出した。

「おまけに地獄耳。頭だけじゃなく、胃も痛くなってきたぜ」

財布を取り出し、中身を見る。千円札が三枚入っているだけだった。

「定期崩すか……」

宮澤はうなだれた。

## 12

椿は沈んだ表情を浮かべ、忙しなくパイプをふかしていた。資料室は煙と甘い香りが充満し、息をするたびに噎せてしまいそうだった。

「どうしたんですか。朝っぱらから不機嫌な顔して。あ、もしかして、昨日、早速イ・ヒョンジョンに電話したとか。それであっさり振られたとか」

「エスが姿を消したんだ」

椿の声は普段からは想像できないほど重く沈んでいた。

「エス？」

「情報提供者だよ。ぼくのエスは北朝鮮の諜報機関内に深く入り込んでいた。それが姿を消したんだ。なにかが起こりつつあることのなによりの証拠だよ、宮君」

「ちょ、ちょっと待ってくださいよ。なにがなんだかわからない。もっと詳しく説明してください」

宮澤は自分の椅子を椿の目の前に置いた。勢いよく腰を下ろした。

「ぼくが管理運用していたエスがいるんだ。そうだな、仮にパク・テウンという名前にしておこう。パクはかつては大物工作員だったけれど、今は現場を離れている。それでも、大物であることに違いはない。ぼくは彼を手なずけ、祖国を裏切らせることに成功した」

「はい」

宮澤はうなずいた。

「彼はホームレスのふりをして日本国内に潜伏している。そうやって日本国内の情報を集めてるんだ」

「ちょっと待ってください。椿さん、たった今パクは現場を離れてると言いましたよ。それなのにホームレスに身なりを変えて情報収集に当たってるんですか?」

椿の目尻が痙攣した。

「現場が好きな男なんだ。上の方から現場を離れろと命じられたが、それを無視している。言うのを忘れた」

椿の痙攣は止まらない。

「なるほど。それで？」

「月に一度か二度、ぼくは彼に会っていた。北朝鮮の非合法工作に関する情報を受け取るためにね。彼はぼくを気に入っていたし、ぼくも彼を気に入っていた。それなのに……」

「そのパクさんが姿を消した？　任務を終えて国に帰ったんじゃないですか？」

椿が首を振る。

「ぼくに無断で姿を消すような男じゃないんだ。聞き込みをしてみたら、数日前、胡乱《うろん》な男が会いに来て、その直後、パクは姿を消したらしい」

宮澤は指先で頬を掻いた。胡乱な男とはおそらく自分のことだろう。

「自らの意思で姿をくらましたのか、あるいは消されたのか……真相はヤブの中だけど、宮君、なにかが起こっているのは確かだよ」

藪を突いたら蛇が出てきた。あのホームレスが消えたことが椿の妄想を補完したのだ。

宮澤はこめかみを親指の腹で押さえた。頭痛が耐え難かった。

「パクには例の、北朝鮮が韓国の軍艦を魚雷で沈めた事件に関する情報を集めるよう頼んであったんだよ。もしかすると……」

椿はパイプの柄を灰皿に叩きつけた。パイプが途中で折れ、火がついたままの煙草葉の塊が床に飛んだ。宮澤は慌てて靴底で踏み消した。

「パイプ、折れちゃったじゃないですか。気をつけてくださいよ」

「代わりはいくらでもあるから……あ、全部、家か」

椿は唇を尖らせ、無残な姿になったパイプを見つめた。

「よかったらおれの使いますか？　やっぱり、パイプは合わないみたいで」

「いいの？」

「ええ。どうぞ」

宮澤は鞄からパイプ用具一式を取りだした。

「じゃあ、遠慮なく――」

「二万円です」

宮澤のパイプに伸ばしていた椿の手が止まった。

「ん？　宮君、今なにか言った？」

「このパイプ用具一式、二万円でお譲りします」

「ぼくから金を取るつもり？」

椿のこめかみに血管が浮かんだ。

「買っていただけないなら結構です」

宮澤はパイプ用具を鞄にしまった。

「宮君」

椿が右手を握った。巨大な石のような拳だった。

「死んだ父の遺言でして、口をつけて使うものは決して貸し借りするな。箸でもコップでもなんでもです。まあ、いいですよ買ってくれなくても。家にたくさんあるんだから、ちょっとの間我慢すればいいだけですもんね」

「本当にお父さんの遺言なの？」

「ええ。潔癖性だったんです」

「じゃあいいよ」

椿はふて腐れ、頰を膨らませた。

「この話はこれでお終いということで、パクなんとかさんの件に戻りますけど」

「パク？」

「パク・テウン。椿さんのエスの話ですよ」

「ああ。韓国の軍艦を吹き飛ばして沈めた話だったよね。あの件で韓国が大騒ぎしてるだろう？　国連で制裁決議が採択されるかもしれない。まあ、中国が反対するだろうけどさ」

宮澤は神妙にうなずいた。外交問題にはとんと疎い。これから勉強しなければならないのかと思うと、また頭が痛くなる。

「北の将軍様は今、大変な時期を迎えてるんだ。わかってるよね？」

「後継者問題ですか？」

雑誌の見出しが辛うじて記憶の奥から浮かび上がってきた。

「そう。長い闘病生活で指導力に翳りが見えているとも言われてる。ここらで一発凄いことをやらかして、将軍様の権威を高めないといけないんだ。そうしておいてから、長男でも三男でもだれでもいいけど、譲位する」

「もし、国連で制裁決議が採択されたら、その権威が……」

「そもそも、韓国の船を沈めたのだってその権威のためだからね。制裁決議が採択される。もしそんなことになったら、もっとどでかい花火を打ち上げなきゃならなくなる」

「テロですか……」

はじまりはとんでもない妄想だが、椿の口にする理屈には破綻がない。

「声高に北朝鮮を非難してるのは韓国、それに欧米、日本だ。韓国も欧米も大規模なテロを起こすには警戒が厳しすぎて難しい。となると、残る標的は日本」

「そうなりますか」

「そうなるね。日本はスパイ天国、非合法活動天国なんだからさ。将軍様はキム・ヒョンヒに似てるイ・ヒョンジョンを使って大韓航空機爆破テロに匹敵するテロを画策してるんだよ」

せっかくまとまっていた理屈が飛躍する。

「キム・ヒョンヒに似てるからですか？　それだけ？」

「将軍様は偏執狂なんだ。将軍様だけじゃないよ、独裁者のほとんどは偏執狂。そういう研究結果があるんだ」

迷いもなく断言されれば、こちらはうなずくしかない。

「ぼくたちが将軍様の狂った計画を阻止しないと」

もしかすると椿の言うとおり、北朝鮮では将軍様の後継者問題をまとめるためになにかを計画しているのかもしれない。その計画は大規模なテロなのかもしれない。しかし、そのテロの実行役がイ・ヒョンジョンだというのがいただけない。

「聞いてる、宮君」

「あ、はい。聞いてますよ。そうです、そうです。公安のアンタッチャブルである我々がテロを阻止しないと」

「うん。ぼくたちアンタッチャブルがね。じゃあ、宮君、早速昨日の白いドレスの彼女に電話して。うまくやるんだよ」

「椿さんはイ・ヒョンジョンですか？」

「彼女が気に入ったのはぼくの方みたいだからね」

宮澤は鼻を鳴らし、腰を上げた。

「どこかに行くの？」

「ちょっと銀行へ」

「気をつけてね」

椿はパイプを口にくわえようとして真っ二つに折れていることに気づいた。パイプを放り投げたが、口寂しいのか、親指を口に含んだ。

「じゃあ、行ってきます」

宮澤は鞄を肩にかけた。

「宮君、待って」

「なんですか？」

「パイプ、買うよ」

椿は恨みがましい目で宮澤を睨み、財布から金を抜き出した。

＊　＊　＊

美穂と名乗ったホステスは宮澤の誘いに簡単に応じてきた。午後六時に職安通り沿いのドン・キホーテの前。食べたいものがあるから連れて行ってと彼女は言った。懐具合が気になったが、椿から巻き上げた二万円が財布に入っている。なんとかなるだろうと高をくくり、宮澤は総合庁舎を後にした。椿はイ・ヒョンジョンの電話が繋がらず、ふて腐れて定時前に退庁していた。

ドン・キホーテ前に到着したのは五時五十分。美穂を待つ間、同期の警官に電話をかけ、八時前後に携帯に電話を入れるよう頼み込んだ。

約束の時間を十五分過ぎて、すっぽかされたかと不安を覚えた矢先、彼女が姿を現した。

「田代さん、待った？」

「ちょっとだけね」

「ごめんなさい」

美穂は宮澤の右腕に自分の腕を巻きつけてきた。自然な仕草だった。

「気にしなくていいよ。で、食べたいものってなに？」

「カムジャタン」

「か、かむ……？」

「ジャガイモと豚の背骨を煮たスープ。美味しいところあるけど、量たくさん。ひとりじゃ食べきれないよ。ちょうど今日、カムジャタン食べたい思ってたの。そしたら、田代さんが電話くれたから」

宮澤は胸を撫で下ろした。高級焼肉店ならいざ知らず、この界隈の韓国料理屋なら値段もリーズナブルに決まっている。

美穂は迷いのない足取りで宮澤を路地裏へ誘っていく。周辺はラブホテルが林立していた。この時間でも事を終えてラブホから出てくるカップルがちらほらといた。

「あそこよ」

一際派手なネオンを瞬かせる二軒のラブホテルに挟まれて、民家と見間違えるような料理屋が営業していた。カウンターと四人掛けのテーブル席が六つあるだけの狭い店だったが、ひとつを除いてテーブルはすべて埋まっていた。流行っているのだ。つまり、味は保証付きということだった。

ひとつだけ空いていたテーブルに向かい合わせで座り、注文はすべて美穂に任せた。

ジョッキのビールと盛りだくさんのお通しが運ばれてくる。乾杯をし、他愛のない世間話を交わした。

カムジャタンはイモにスープがしみこんでいて驚くほど旨かった。滝のように汗が流れたが、それでも食べるのをやめられない。

美穂の本名はカン・グニョン。釜山生まれの釜山育ちで日本には六年前にやって来た。来日の目的は福山雅治のコンサートを見るため。福山熱が高じて日本に定住するようになり、三年前からホステス稼業に手を染めている。

「福山かあ。日本でも人気あるからな、彼は」

「格好良いでしょ？　韓国にはあの手のスター、いないの」

「なるほどね。そういえば、紗奈ちゃんだっけ、彼女はＳＭＡＰの吾郎ちゃんが好きだって言ってたな」

「そうなの？　そんな話、はじめて」

「そういう話はしないのかな」

「みんなはする。でも、紗奈はしない。真面目なの」

「へえ」

「田代さん、本当に好きは紗奈？」

美穂の眉が下がった。

「いや、そうじゃないよ。昨日、彼女、おれの連れに携帯の番号入りの名刺を渡してたんだ。友枝っていう大きいやつ」

「覚えてる。凄く大きい人」

「ああ見えて、あの人単純でね。よく女に騙されるんだ。それがちょっと心配でさ」

「それなら大丈夫。心配ないよ。彼女、超真面目。お客さんとデートしたこともないんだから。店長から名刺に携帯の番号書けって言われても書かないの。あの大きい人に惚れたね、きっと」

「でも、そんなに話してなかったよ、昨日は」

「恋はインスピレーション」

インスピレーションを美穂は見事な英語で発音した。

「美穂ちゃん、英語の発音上手だね」

「福山雅治がいなかったら、日本じゃなくてアメリカに行きたかったの」

美穂はそう言ってジャガイモの塊を口に放り込んだ。

＊　＊　＊

携帯が鳴った。八時五分。最高のタイミングだった。そろそろ店に行こうと美穂が言い始めていた。

「ちょっとごめん」

宮澤は携帯を握って店の外に出た。

「この時間で良かったのか？」

同期の警察官だった。

「ああ、助かった。恩に着るよ。今度久々に飲みに行こうぜ」

「来週はどうだ？」

「今月は金欠なんだ。来月。悪いな」

電話を切り、店に戻る。

「ごめん、美穂ちゃん。急な仕事が入って、これから会社に戻らなきゃならなくなっちゃった」

「だめよ」

美穂は露骨に顔をしかめた。

「この埋め合わせは必ずするからさ。今夜はゆるして」

宮澤はウィンクし、伝票に手を伸ばした。レジで会計を済ませる。腹一杯食べて飲んだのに五千円もしなかった。

粘ろうとする美穂を振り切り、副都心線の駅に向かった。そのまま地下鉄に乗り、荻窪のマンションに戻った。

風呂付きの1LDK。築年数は古いが建物の造りはしっかりしていた。家賃を考えれば郊外に移りたいのだが、捜査本部が立ち上がる——帳場が立ったりすれば深夜だろうがなんだろうが駆けつけなければならない。その場合のタクシー代は自腹だ。高い家賃に目をつぶっても、都内に住んでいた方が結局は安くつく。

「それも本庁の捜一だったからだけどな」

宮澤はひとりごち、冷蔵庫から缶ビールを取りだした。上着を脱いでソファに腰を落とす。美穂から聞きだした情報をメモに書き移した。

イ・ヒョンジョンはソウル近郊の生まれ。三人姉弟の長女。ソウル大学を出て慶応大学に留学。テレビ局のディレクターとたまたま顔見知りで、そのテレビ局が有名な韓流スターを来日させたときに通訳として雇われた。それがきっかけで、慶応大学を卒業後、彼女はフリーランスの通訳として働くことになる。

仕事は順調らしいが、実家は貧しく、高校生の末っ子の学費のために夜はホステスをやって金を稼いでいる。

「みんな年を取ってからの子供なんだって。お父さんもお母さんもいい年で、働かせるのは悪いから、自分が弟を大学に行かせてやるんだって言ってたよ」

美穂はそう言った。

宮澤はメモを取る手を止めた。辻褄が合わない。

実態は知らないが、首都の名がつく大学なら名門だろう。もしかすると日本の東大のような大学だ。家が貧乏で両親が高齢なら、名門大学を出たらそのまま就職するのではないか。それで両親の面倒を見るというのが普通ではないか。東大なら不況とはいっても就職先は引く手あまただ。ソウル大も同じだろう。それを日本に興味があるからといって留学し、その口で高齢の両親を働かせたくないと言う。

宮澤は首を捻った。

「韓国って、確か、親を異常なほど大切にするんだよな？　だったら、留学が終わったら韓国に戻って就職するってのが普通なんじゃないの？　そんなに吾郎ちゃんが好きなわけ？」

缶ビールを呷った。げっぷが出る。口の中にニンニクと唐辛子の匂いが広がった。

〈要調査〉

メモに書き記す。

携帯が鳴った。美穂ちゃんからだった。

「もしもし？　美穂ちゃん。ごめん、今仕事中なんだ」

声を潜めて電話に出た。

「あの人、来てるよ」

「あの人？」

「あなたのお友達。身体の大きい人」

「ああ、つば……友枝さんね。紗奈ちゃんがよっぽど気に入ったんじゃないの」

時計を見た。もう少しで十時になる。

「おれは仕事が終わらないから、よろしくって友枝さんには言っておいて」

「待って。友枝さん、泣きながらお酒飲んでるの」

「泣きながら?」

「うん。それにね、ウィスキーをアイスバケットに全部あけて、それを飲んでる」

「ウィスキー、何本目?」

「三本目だって。わあわあ言いながらウィスキー飲んで、他のお客さんと喧嘩しそうになってる」

「すぐ行く」

宮澤は電話を切り、メモを閉じた。

## 13

店の外まで椿の声が聞こえてくる。なにかを喚いているのだが言葉が意味をなしていない。獣の咆哮のようだった。

ドアを開けると異様な光景が広がっていた。客もホステスも黒服も、つまり、店にいる全員が輪になって椿を取り囲んでいる。その中央で、椿はアイスバケットを両手で摑み、中の液体を飲んでいた。飲むのをやめると泣き、泣き終えると飲むの繰り返しだ。ただ泣くのではない。声を張り上げて号泣するのだ。

「お、お客さん、なんとかしてください」

昨日、宮澤たちを席まで案内した黒服が泣きついてきた。

「なにがあったんだ？」

「わかりません。最初は普通に飲んでいたのに……途中からアイスバケットにウィスキーをどばどば入れて飲むようになって、それからしばらくしたら大声で泣き喚きはじめたんです」

「泣き出したのはウィスキーをどれぐらい飲んでから？」

「二本かな」黒服は首を傾げた。「多分、それぐらいです。それまではホステスたちも喜んで飲ませてたんだけど」

ウィスキーなら二本ぐらい飲まないと酔わない――椿はそう言っていた。調子に乗って限界を超えたのだ。

「早く止めてください。ぼくたちが行くと、立ち上がってもの凄い顔で睨んでくるんです」

「わ、わかったよ」

宮澤は客とホステスを掻き分けて椿のテーブルに近づいた。

「つば……友枝さん。友枝さん」

声をかけた瞬間、椿が振り返った。顔はくしゃくしゃにゆがみ、涙と鼻水でずぶ濡れになっている。

「君、だれ？」

椿の声はかすれていた。

「やだなあ。いくら酔っぱらったからって部下の顔忘れないでくださいよ」

「部下？　ぼくには部下なんていないぞ。仕事も部下も女房も、みんなやつらに奪われてしまった」

「酔ってるからそう思うんですよ。さあ、帰りましょう」

そっと椿の肩に手をかける。その瞬間、椿の目尻と唇が吊り上がった。

「ぼくに触るな」

鼓膜が破れるかと思うほどの大音声《だいおんじょう》だった。宮澤は両手で耳を塞いだ。

「触るな、触るな、触るな」

椿は叫びながら両腕を振り回した。風が唸っている。これではだれも近づけない。振り回した腕に当たったら骨が砕けてしまいそうだった。

「ちょ、ちょっと、落ち着いてください」

宮澤は身体を低くしながら声をかけた。だが、その声も振り回す腕が風を切る音にかき消される。

「参ったな、こりゃ」

小学生に大酒を飲ませたようなものだ。理性もへったくれもない。

しばらくすると椿は暴れるのをやめ、アイスバケットの酒を飲みはじめた。宮澤は店内を見渡した。イ・ヒョンジョンが憐れむような目で椿を見ていた。今日の彼女は目の覚めるような青いドレスを身にまとっていた。

宮澤は人垣を掻き分け、イ・ヒョンジョンに近づいた。

「紗奈ちゃん、紗奈ちゃん」

「田代さん……友枝さん、どうしちゃったんですか？」

「紗奈ちゃんにふられたと思ってやけ酒飲んでるんだよ」

「わたしに？」

イ・ヒョンジョンは目を丸くした。

「そう。紗奈ちゃん。君、今日友枝さんに誘われたでしょ？　でも、断った。違う？」

「それはそうですけど……」

「あの人、そういうのに慣れてないんだよね。ちょっと自信過剰なところがあってさ。紗奈ちゃん、悪いんだけど、あの人をなだめてきてくれない？」

「でも、あんなに暴れてるのに」

「大丈夫。あの人、紳士だから絶対女性には手を出さないんだ。おれが保証するから。ね？」

口から出任せをまくし立てながら、宮澤は椿を盗み見た。アイスバケットの中のウィスキーを飲みながら泣いている。

「だけど――」

「このままじゃ、あの人も店も大変なことになっちゃうよ。止められるのは紗奈ちゃんだけなんだから。今日だけでいいんだよ。今日だけ、あの人のことを気に入っているふりをしてくれれば」

「わかりました」

イ・ヒョンジョンがうなずいた。意を決したというようにまなじりを吊り上げ、椿の席に足を踏み出した。人垣が左右に割れた。だれもがイ・ヒョンジョンを見つめている。まるで救世主を見守るような視線だった。

イ・ヒョンジョンは青いドレスの裾を翻らせ、椿の横に立った。そっと肩に手をかける。

「友枝さん、ちょっと飲み過ぎじゃない？」

アイスバケットを覗きながら泣いていた椿が身体を震わせた。人垣が後退する。スーツの内側で椿の筋肉が盛り上がるのがはっきりとわかったからだ。スーツは今にも弾けてしまいそうだった。

「少しペースを落としましょう。ね？」

イ・ヒョンジョンは自然な仕草で椿の隣に腰を下ろした。

「君、だれ？」

椿が間延びした声で訊く。

「やだ。友枝さんのお気に入りの紗奈よ。忘れちゃったの？」

イ・ヒョンジョンの日本語は完璧だった。日本で生まれ育ったかのように滑らかな言葉を椿に投げかけている。

「ああ、紗奈ちゃん」

椿が笑った。据わっていた目に光が点った。

「こんなに酔っぱらっちゃって、もう」

イ・ヒョンジョンは椿の顔を覗きこんだ。見る間に椿の頰が赤くなっていく。

「だって、いくら待っても紗奈ちゃんが席に戻ってきてくれないからさ、ぼく、退屈で死にそうだったんだ。それで、退屈しのぎにウィスキーをアイスバケットに入れて飲んでてさ」

椿は子供のような口調で言い訳をはじめた。

「紗奈、そういう飲み方する人好きじゃないな。お酒は楽しんで飲まなきゃ。違う？」

「うん、紗奈ちゃんの言うとおりだね。ぼくが悪かったよ」

人垣が崩れ、客やホステスたちが自分たちの席に戻りはじめた。宮澤はその流れに紛れ込み、出口を目指した。

「やってられねえよな。なんでおれがこんなことまでしなきゃならないんだよ」

店を出る前に振り返った。鼻の下を伸ばした椿がイ・ヒョンジョンの横顔を見つめている。

「やってられねえ」

同じ言葉を吐き捨て、宮澤は店を後にした。

＊＊＊

病院は静まりかえっていた。スニーカーの靴底と床がこすれる音がやけに大きく反響する。面会時間はとうに終わっていた。なにかあればバッジを出せばいいとわかってはいても冷や汗が背中を伝っていく。

個室のドアを開けた。薄暗い病室で浅田浩介に繋がれたモニタが青白い光を放っていた。浅田浩介はいつもと同じで死んだようにベッドに横たわっている。

「失礼します」

宮澤はベッドの脇に置かれていた椅子に腰を下ろした。

「失礼します」

もう一度ことわりを入れ、浅田浩介の手に触れてみた。むくんだ手は冷たかった。本当に死体のようだ。

「浅田さん、このまま目覚めないいんですかね。だとしたら、おれ、本当に申し訳なくて」

宮澤は浅田浩介に語りかけた。

「こんな時間にすみません。昼間だとお医者さんや看護師さんが出入りしたり、奥さんやお嬢さんがいらしたりしてじっくりお話しできないものですから」

喋りながら視線を足下に落とした。浅田の死体のような顔は直視するには辛すぎた。

「謝ったってゆるされるわけじゃないことはわかってます。でも、謝らずにいられないんです。これからも何度でも来ます。ゆるしてもらえますか？」

顔を上げてみた。もちろん、返事はない。宮澤はまた俯いた。

「この件で、おれ、左遷されちゃったんですよ。飛ばされた先が酷いところで、酷い上司しかいなくて。毎日腸《はらわた》が煮えくりかえる思いがするんですけど、これも浅田さんへの償いだと思って、自棄《やけ》を起こすこともなく仕事してます。おれが嫌な思いをすればするほど、浅田さんが目覚める時が早くやって来るんだって信じながら。甘いっすかね？」

宮澤は苦笑いを浮かべた。

「今夜も、上司が泥酔して飲み屋で暴れて、おれは家にいたんですけど、呼び出されて……もう散々ですよ。仕事ならともかく、プライベートなトラブルなんですよ。おれなんか関係ないじゃないですか」

口を閉じる。途端に深い沈黙が宮澤を包んだ。時間さえその沈黙の重さに耐えかねて流れるのを止めてしまったかのようだった。沈黙を破るために咳払いをした。しかし、咳払いをやめればまた沈黙がのしかかってくる。

「こんな自分勝手なこと言うために、夜遅くに見舞いに来たりして、おれ、本当に馬鹿ですよね。すみません。また来ます」

立ち上がり、深々と頭を下げた。回れ右をして病室を出る。浅田千紗が廊下の壁に背中をつけて立っていた。宮澤は生唾を飲み込んだ。

「あ、あの――」

「呆れた。二度と来ないでって言ったのに、時間を変えてこんな夜中に来るなんて」

「す、すみません。でも、浅田さんこそ、こんな時間にどうして？」

「忘れ物を取りに来たの。ちょっと待ってて」

有無を言わせぬ口調で言い、浅田千紗は病室に入っていった。宮澤はドアの前で呆然と立ち尽くした。

「お待たせ」浅田千紗はすぐに病室を出てきた。「行きましょう」

「行くってどこへ？」

「ここで立ち話するわけにもいかないでしょう？　とにかく病院を出るの」

「あ、それもそうですね」

宮澤の言葉が終わるのを待たず、浅田千紗は歩きはじめた。大股でリズミカルに廊下を進んでいく。身長は百七十センチ近くあるのだろうか。手足が細く長かった。

エレベーターに乗り込むとかすかな香水の香りが鼻をくすぐった。宮澤は彼女と並んだ。

「どうも、すみません」

「お酒が飲みたいわ。どこかに連れて行ってくれる？」

「これからですか？」

「そう。これから」

「おれはかまわないですけど」

「じゃあ、お願い」

相変わらず有無を言わせぬ口調だった。浅田千紗は三十二歳、三軒茶屋で友人とガーデニングの店を経営していた。そのせいか、かすかに日焼けし、髪の毛も茶色く焼けている。

「どんな店がいいですか？　この辺りだと居酒屋ぐらいしかないと思いますけど」

「飲めるならどこでもいい」

「わかりました」

エレベーターが止まった。浅田千紗がさっさと降りる。宮澤はその後を追いかけた。

「あの、ひとつ訊いてもいいですか？」

「なに？」

「おれが病室で浅田さんに話してたこと、聞きました？」

「嫌な思いをすればするほど父が目覚めるのが早くなるとかなんとか、その辺りから」

浅田千紗は振り返りもしなかった。宮澤は顔をしかめ、頭を掻いた。

＊　＊　＊

「信じられないわよ」

浅田千紗はチューハイの入ったジョッキをカウンターに乱暴に置いた。すっかり目が据わって別人のような顔つきになっている。

「すみません」

宮澤は頭を下げた。

「すみませんですんだらあんたたち警察はいらないでしょうに。そもそもあんたが警官だし」

「はあ……」

椿はウィスキーをボトル二本飲んだところで人が変わっていくらしいが、浅田千紗はチューハイ三杯で人が変わった。

「パパが交通事故にあった理由を聞いたとき、わたし、冗談かと思ったわよ。だれでもそう思うわよね？」

「すみません」

「謝るしか能がないの、あんた？」

「今はもう、とにかく謝るしか――」

「とにかく？　とにかくって言った」

「いいえ。今はもう謝るしかないと、そう言いました」

「ほんとに？　とにかくって言わなかった？」

「言ってません」

この場合は強気で押し通すに限る。

「ふーん」浅田千紗はジョッキを傾け、中身を飲み干した。「お代わり」

「もうそれぐらいにしておいた方が……明日もお店があるんでしょ？」

「人の父親を植物状態にしておいて、よくそんなことが言えるわね」

「いや、それとこれとは関係ないと思いますけど……」

「あんたは加害者。わたしは被害者の娘。わたしが関係あると言ったら関係あるの。わかった？」

「……わかりました」

「ならよろしい」

浅田千紗は宮澤に身体をもたせかけてきた。

「大丈夫ですか？」

「大丈夫じゃない。保険はおりたけど、パパがあんなことになって、ママは毎日泣きじゃくってるだけだし、わたしだって毎日見舞いに行って大変なんだから」

浅田千紗は泣き出した。目の周りの化粧が涙で滲んでいく。

「本当に申し訳ありません」

「あんたなんか警察馘になって路頭に迷えばよかったのよ」

「そうですね」

「それなのに、警察は過失はなかったの一点張り。そんなわけないでしょ。あなた、サイレンも鳴らさずに猛スピードで車を飛ばしてて、おまけに追いかけていたのは犯人でもなんでもないただの酔っぱらいだったんでしょ?」

宮澤は俯いた。渋谷のバーから出てきた男の横顔を見たときは、間違いなく芹沢保だと思ったのだ。強盗殺人で指名手配されている男だ。後から考えれば、そんな男が渋谷のど真ん中で酒を飲み、BMWを飲酒運転するはずがない。だが、芹沢だと思った瞬間、刑事の本能がすべてに優先した。追いかけろ、捕まえろ——それしか考えられなくなり、近くに停めていた車に飛び乗ったのだ。

あの夜は非番だった。車は友人から借りたもので、当然無線などついてはいないし、赤色灯もない。携帯で捜一の班長に連絡を入れ、芹沢保を発見、追尾中と報告した。BMWはスピードを上げていく。間違いない、芹沢保はこちらの追跡に気づき、逃走を図ろうとしている。

だが、BMWに乗っていたのは芹沢保ではなく、飲酒運転による逮捕を逃れたいという一心の一般人だった。

BMWとの距離は五十メートル。前方の交差点は青に変わったばかりだった。その差を詰めようとアクセルをベタ踏みし、交差点に進入する直前、自転車が交差点に飛び出してきた。

自転車に乗っていたのが浅田浩介だった。

後で勘違いと判明はしたが、犯人追跡中、しかも、浅田浩介の信号無視ということで、警察は徹底して宮澤を擁護した。この度の事故は遺憾ではあるが、宮澤巡査部長は職務規程に違反しておらず、過失は一切ない。

もちろん、それは外向けの顔だ。警察内部では宮澤は激しい叱責を受け、捜査一課の刑事失格の烙印を押された。

あの時、浅田浩介が信号無視をしなければ――何度そう考えたかわからない。浅田浩介のせいで宮澤の警察官としてのキャリアに決して消えない汚点がついてしまったのだ。

だが、植物状態の浅田浩介を見てしまうと、それ以上恨むことはできなかった。逆に罪悪感が増し、家族にどれだけ罵られても病院に足が向いてしまうのだ。

「犯人を捕まえたいという一心だったんです。すみません」

「だから、犯人じゃなかったじゃない」

浅田千紗は声を張り上げ、固く握った拳で宮澤の胸を殴りはじめた。店員や客の視線がふたりに集中していた。

「浅田さん、落ち着いてくださいよ。おれを殴りたいなら、店を出てから」

宮澤は浅田千紗の拳を摑んだ。浅田千紗の腕から力が抜けていく。涙を湛えた目が宮澤を見つめていた。

「どうしました？」

「責任を取れ」

「え、ええ。おれにできることならなんでもして償います」

「じゃあ、行こう」

浅田千紗は宮澤の腕を引いた。

「行くって、どこへ?」

「どこでもいい」

目だけではなく浅田千紗の声も潤みはじめていた。

「どうしたんですか、浅田さん?」

「したくなった」

「はい?」

「女だってしたくなるの。ちょうど生理前だし。さ、行こう」

「ちょ、ちょっと待って——」

「さっき、責任取るって言ったでしょう」

「いや、それはあの、お父さんへの責任であって」

「わたしを発情させた責任を取りなさい」

浅田千紗の目は潤んでいるが、据わっていることに変わりはなかった。

＊　＊　＊

尿意で目が覚めた。起き上がろうとして、だれかが上半身に覆い被さっているのに気づいた。全裸の浅田千紗が宮澤の身体を枕代わりにして眠っている。

「あちゃー」

宮澤は顔をしかめた。泥酔した浅田千紗に押し切られる形でラブホテルに宿泊してしまったのだ。もちろん、やることはやった。二度も。

浅田千紗は酒乱であり、淫乱でもあった。病室で宮澤を叱りつけていたときの顔からは想像もできないほど奔放で貪欲だった。

尿意は限界に近かった。起こさないように少しずつ身体をずらす。だが、その努力は無駄だった。浅田千紗が眉をひそめ、次いで目を開けた。寝ぼけまなこで身体を起こし、宮澤を見つめる。

「宮澤さん？」

「お、おはようございます」

「どうして？」

そう言ってから、浅田千紗は自分が全裸であることに気づいたようだった。シーツを引き上げて胸を隠し、悲鳴をあげた。その悲鳴の凄まじさに尿意も消えた。

「浅田さん、浅田さん、落ち着いて。ね？」

宮澤は浅田千紗の口を塞いだ。

「そんな悲鳴をあげられたら誤解されるじゃないですか——てっ」

掌に痛みを感じ、宮澤は手を離した。掌の真ん中にくっきりと歯形がついている。

「これはどういうことなの？」

「どういうって……」嚙まれた手を上下に振りながら宮澤は言った。「昨日、一緒にお酒を飲んで、そしたら、あなたがしたくなったとおっしゃるから、こういうことに」

「わたしが?」浅田千紗の目尻が吊り上がっていく。「わたしがあなたと? 冗談でしょう?」

「冗談なんかじゃないですよ。だって、浅田さんの合意がなかったら、こんなふうになることなんてあり得ないじゃないですか」

いきなり平手が飛んできた。容赦のない殴打だった。衝撃が頭から尾てい骨に走り抜ける。途端に、忘れていた尿意がよみがえった。

「わたしに飲ませたんでしょう? わたしを泥酔させて、意識がなくなったのをいいことにこんなところへ連れ込んで——」

「待ってください。飲んだのは自分の意思でしょう。おれはなにもしてませんよ」

宮澤は股間を押さえ、もじもじしながら言った。漏れてしまいそうだった。

「そうじゃなかったらわたしがあなたなんかと寝るはずがないわ。酷い。パパをあんな姿にしただけじゃなく、娘のわたしまで——」

「いや、そうじゃなくて……ちょっと待っててください」

宮澤はベッドをおりた。

「逃げるつもり?」

「違います。漏れそうなんです」

トイレに駆け込んだ。

「人を強姦しておいておしっこも我慢できないなんて、酷い。人を馬鹿にするにもほどがあるわ。覚悟しなさい。訴えてやるから」

浅田千紗が喚いている。陰茎から出る小便はいつまで経ってもやむことがなかった。

14

「宮君、いよいよ敵が動き出したよ」

宮澤が部屋に入るなり、椿が声を張り上げた。

「動き？」

「そう。昨日、あのイ・ヒョンジョンがぼくにハニートラップを仕掛けてきたんだ。色仕掛けでぼくを籠絡しようとしたんだよ」

椿は窓に指先を向けた。イ・ヒョンジョンの住むマンションの外壁が見える。

「ちょ、ちょっと待ってください。昨日って、椿さんがあの店で泥酔した昨日のことですか？」

宮澤は首を捻った。

「泥酔？　宮君、なんの話をしてるんだい？」

「いやだなあ。椿さん、昨日、あの店でウィスキーのボトル丸ごとアイスバケットにあけて飲んで、泥酔して暴れたんですよ。おれ、店の子に呼び出されて、止めるのに必死だったんですから」

椿が首を傾げた。

「宮君、夢でも見た？」

「夢じゃないですよ。その後も大変な目に遭ったんだから……」

「ぼくはこの身体だから、お酒には滅法強いんだ。泥酔なんかしないよ」

椿は自分の胸を叩いた。

「ウィスキー、ボトル二本以上飲むと酔うと言ってたじゃないですか。昨日は、おれが着いたときにはもう三本目をあけてて、泣くわ暴れるわで大変だったんですよ」

椿のグローブのように分厚い手が宮澤の額を押さえた。

「なにやってるんですか？」

「熱はないみたいだね。でも、宮君、おかしいよ。病院へ行った方がいいんじゃない？」

「椿さん、本当に覚えてないんですか？」

「ぼくは二十歳で酒を覚えてからこの方、記憶をなくすほど泥酔したことはないよ」

椿も浅田千紗もくそくらえ——宮澤は胸の奥で吐き捨てた。酒乱ほどたちの悪い輩はいない。

「じゃあ、昨日の夜のこと、全部覚えてますか？」

「もちろんだよ。食事の誘いは断られたけど、ぼくはとりあえずあの店に行った。しばらくすると彼女が席にやってきたんだ。ふたりで十二時近くまで飲んで、そろそろ帰ろうかと思ったら、彼女がアフターで飲まないかって言ってきた。すぐに飛びつくと不審に思われるから、また今度と言って昨日は帰ったけどね」

「たったそれだけ？」

「そうだよ」

話を端折るにもほどがある。宮澤は腕を組んだ。

「店に行ったのは何時ですか？」

「ご飯を食べてから行ったから、八時過ぎだと思うけど」

椿は畳の上に座り、パイプをくわえた。

「店を出たのが十二時前後？」

「そう」

「四時間も店にいたのに、話はそれだけですか？」

「確かに、時間の流れは速く感じてたかもしれないけど」

「泥酔してたからですよ。その間の記憶が消えてるんです」

「宮君もしつこいねえ。もしかして巳年？」

宮澤は首を振った。椿との会話は無益だ。意味がない。テーブル代わりに使っている段ボールの空箱の上にノートを広げ、ボールペンを手に取った。

「宮君、ぼくの話を聞いてよ。イ・ヒョンジョンがね――」

「忙しいんです。後にしてください」

「これ、仕事の話だよ」

「おれにはもう、関係ありません。辞めるんですから」

宮澤はノートに『退職願』と書いた。

「どうして辞めるのさ。これから君とぼくとで北朝鮮の秘密工作を暴こうっていう時に。宮君、君、警察官だろう？　悪を放っておくつもり？　それでも平気なの？」

「平気じゃないですけどね、辞職しなくても馘になるんです」

「どうして？」

椿がにじり寄ってきた。まだ相当に酒臭い。

「おれのことは放っておいてください」

「そうはいかないよ。ぼくは君の上司だよ。それにぼくたちは公安のアンタッチャブル、最高のコンビじゃないか。それなのに君が警察を辞める理由がわからないなんておかしいよ」

「知ったって椿さんにはなにもできませんよ」

「それでもいいよ。君を説得しようなんて思っちゃいない。ただ、君が苦しんでいる理由を知りたいんだ」

椿の目には同情が溢れていた。初めて見る目の色だった。

「わかりました」

宮澤は浅田千紗との顚末を語りはじめた。

＊＊＊

「もう、最後はどうでもよくなって、好きにすればいいって吐き捨てて出てきたんですよ」

一通り話し終えると、宮澤は缶コーヒーに口をつけた。数日前から鞄に入れっぱなしだったもので、ぬるく、不味い。

「いや、驚いた。その子の酒乱ぶりは凄いね。宮君、災難だよ、災難。地震に遭ったようなものだよ」

椿が他人事のように言った。

「でしょ？　椿さんもそう思いますよね？　酔ったときとそうでないときの差が激しすぎるんですよ」

椿の横っ面をひっぱたいてやりたいという衝動をこらえながら、宮澤は言った。

「でも、災難に遭ったって笑ってる場合じゃないよね。その子が本当に訴えたら、裁判では勝てたとしても、宮君の警察官としてのキャリアは終わりだよ。ニストライクでアウトの組織だからね、ここは」

「だからこうして辞表を書いてるんです」

「その子の連絡先はわかる?」

「どうするつもりですか?」

「説得してみるよ」

椿は真剣な眼差しを宮澤に向けていた。

「椿さんがどうしてそんなことを?」

「だって、宮君がいないと困るじゃないか。君はぼくのたったひとりの部下なんだからさ」

「どうしておれなんですか? おれが来る前にも部下はいたんでしょう。みんなすぐに辞めていったという話は聞きましたけど、椿さんが止めたっていう話は聞いたことがないですよ」

「だって、ほかの連中は馬鹿だったんだ」

椿は腕を組んだ。

「は?」

「自分は頭がいいと思い込んでる馬鹿。そういうの、最低だよ」

「おれは馬鹿じゃないんですか?」

「うーん、どうだろう」椿は何度も首を傾げた。「少なくとも宮君は、自分が頭がいいとは思ってない」

「まあ、それはそうですけどね」

「それにぼくは宮君が好きだ」

「はい？」

椿は真顔だった。なんと答えていいかわからず、宮澤は意味もなく缶コーヒーに印刷された文字を読んだ。

「ぼくは人見知りするたちなんだけど、宮君のことは一目見て気に入ったんだよ。ぼくの第一印象は間違ってなかった。ぼくと宮君は最高のコンビだよ」

「そ、そうなんですか？」

宮澤は胸が熱くなるのを感じた。不覚にも、椿の言葉に感動してしまったのだ。

「宮君のためにぼくが一肌脱ぐよ。それが上司として、友人としての務めだと思うんだ」

「本当にそう思ってくれてるんですか？」

「もちろんだよ。その子の連絡先は？」

「ちょっと待ってください……」

宮澤は携帯を取りだした。浅田浩介の自宅の番号を登録してある。

「いいですか？　自宅の固定電話ですけど番号、読み上げますよ」

椿も携帯を手にしていた。巨大な手の中に収まったそれはちゃちな玩具のようだった。

＊＊＊

十二時過ぎにイ・ヒョンジョンが姿を現した。これまでとは違い、タイトミニのスーツ姿でブランド物のハンドバッグを左手に持ち、顔にはサングラスをかけていた。やり手のキャリアウーマンといった出で立ちだった。

「椿さん、なにやってんのかなあ、もう」

宮澤は顔をしかめながら部屋を出た。椿は浅田浩介の家に電話してくると言って姿を消したままだった。

イ・ヒョンジョンを尾行しながら椿の携帯に電話をかけたが話し中だった。

「まったくもう。おれ、今日で警察辞めるつもりだったんだぞ」

野球帽をかぶり、サングラスをかけた。イ・ヒョンジョンには素顔を知られている。尾行はこれまで以上に困難なものになるはずだった。訓練を受けた公安の刑事ならもっとましな変装をするのだろう。だが、頼みの綱の椿は電話にさえ出ない。

イ・ヒョンジョンはJR東中野駅で電車に乗った。点検作業は一切せず、いくつかの路線を乗り継いで台場で降りた。脇目もふらず、ショッピングモールに入っていく。

ショッピングモールの入口ではチラシが配られていた。韓国の電機メーカーが日本のテレビ市場に参入するためのキャンペーンの一環として、人気韓流スターを招いてイベントを開催すると記されている。

「通訳の仕事か？」

イベントの開始は午後三時。韓流スターが目当てなのか着飾った中高年の女性がやけに多い。

イ・ヒョンジョンはモールの一番奥の『関係者以外立ち入り禁止』と書かれたドアに近づいた。ドアの脇には民間の警備員がふたり立っている。韓流スターをガードするためだろう。

イ・ヒョンジョンが話しかけると、警備員のひとりがドアを開けた。イ・ヒョンジョンはにこやかな笑みを振りまいてドアの奥へ消えた。

「参ったな」

バッジを見せれば中に入ることはできるだろう。しかし、ドアの向こうがどうなっているかわからない以上、迂闊な行動は取れない。

もう一度、椿に電話をかけた。今度は繋がった。

「椿さん、いったい、どこでなにやってるんですか？」

「なにって、宮君のためにあちこち奔走してるんだよ。なのに、どうしてそんなに怒ってるの？」

椿の声は拍子抜けするほどのんびりしていた。

「イ・ヒョンジョンが外出したんです。今はお台場にいます」

「お台場？」

「ショッピングモールで韓国の電機メーカーのイベントがあるんですが、そこに通訳として呼ばれたみたいですね」

「韓国の電機メーカー？　もしかしてチュモン電機かな？」

「ええ」

宮澤はうなずいた。チュモン電機は韓国第三位の売上高を誇る電機メーカーだ。とはいっても、上位二社との間にはかなりの差があり、近年、なりふり構わぬ方法でシェアを伸ばそうと躍起になっていると聞いたことがある。

「あそこは怪しいよ、宮君。売り上げを伸ばすために、北朝鮮にも軍事機密に関わるような製品を売っているという噂のある企業なんだ。それに副社長のひとりが学生時代、左にかぶれててね、北朝鮮の思想教育を受けたことがあるんじゃないかと目されている。危険な企業だよ」

「そうなんですか」

宮澤は欠伸《あくび》を嚙み殺した。椿にかかればだれだって北朝鮮の工作員にされてしまうのだ。馬鹿馬鹿しい。

「すぐに行くから。絶対に彼女から目を離さないでね」

「でも、彼女、建物の奥に入っていっちゃったんですよ。関係者以外立ち入り禁止の場所です」

「それはまずいよ……とにかく、すぐに行くから」

電話が切れた。宮澤は野球帽と上着を裏返しにした。どちらもリバーシブルになっている。同じ人間がそばにいても、身につけているものの色が違えば同じ人間だとは認識しづらくなる。それを狙ってのちょっとした衣装替えだった。

十分ほどすると、イ・ヒョンジョンが姿を現した。いかにも広告代理店という澄ました顔の男が一緒だった。ふたりはモールを出、ホテル・グランパシフィックに入っていく。

おそらく、ゲストの韓流スターが宿泊しているのだ。

ロビィで人を待つふりをしながらふたりの背中を目で追った。ふたりはロビィを横切り、エレベーターに乗り込んだ。宮澤はエレベーターホールに向かいながら階数表示ランプを見つめた。エレベーターには複数の客が乗っていた。ふたりがどの階でおりたのか、確かめる術がない。

踵を返し、フロントに向かった。

「ご宿泊のお客様でしょうか？」

にこやかに微笑む女性スタッフにバッジを見せる。

「警察です。警備上のことで確かめたいことがありまして、ご協力お願いいたします。オム・ジュウォンさんが泊まっているのは何号室ですか？」

宮澤は韓流スターの名を口にした。

「あ、はい。二二一〇号室になりますが」

「ありがとう。あ、このことは内密にお願いいたします」

「かしこまりました」

フロントを離れ、椿に電話をかける。

「彼女は移動しました。ホテル・グランパシフィックの二二一〇号室です」

「宮君、まさか部屋の前まで尾けていったの？」

「まさか。チュモン電機のイベントに、オム・ジュウォンっていう韓流スターがゲストとして出るんです。フロントで彼が泊まっている部屋を訊いたんですよ」

「じゃあ、彼女が絶対その部屋にいるっていう確証はないんだね？」

「確証はありませんが、普通に考えれば——」

「相手はプロの工作員なんだよ。常識は通じないと考えないと出し抜かれるからね」

「はい」

宮澤を叱責するときの椿の口調は冷徹なキャリアのそれだった。階級の差を思い知らされ、反抗する気力をはなから奪われる。

「首都高が意外にすいてるから、あと十分ぐらいで着くよ」

ノンキャリの巡査部長は電車移動だが、キャリアとなればタクシーを使うのだ。そもそも給料が違う。

「なのにいつも割り勘ってのはどういうことだよ」

「宮君、今なんて言った？」

「いえ、なにも言ってません。失礼します」

慌てて電話を切った。

# 15

電話を切ってから正確に十分後、椿がエントランスから入ってきた。スイートルームに宿泊する金持ちに見えたが、ここではその方がかえって目立たない。

椿は宮澤には目もくれず、コーヒーラウンジへ向かった。しばらくすると携帯に電話がかかってきた。

「宮君、それ、変装のつもり？」

椿からだった。

「取るものもとりあえずって感じでして」

「まあ、なにもしないよりはましだけどね。それはそうと、イ・ヒョンジョンは広告代理店から依頼を受けて、正式な通訳としてイベントに参加することになってる」

「どうしてわかるんですか？」

「調べたからだよ。世界一大きな広告代理店にはいろいろコネがあるんだ」

「なるほど」

間があいた。ウェイトレスが椿のもとに飲み物を運んできたところだった。椿がカップを傾けるとなにかを啜る音が携帯から聞こえた。

「おそらく、そのイベント会場に北朝鮮の工作員が紛れ込んでいる」

「どうしてそれがわかるんですか？」

宮澤は同じ質問を放った。

「それがこの世界の常識だからだよ。工作員同士の接触は暗がりでひっそり行うか、白昼堂々、衆人環視の中で。木を隠すなら森の中ってやつだよ」

「なるほど」

宮澤は気のない返事をした。北朝鮮の工作員という言葉にはうんざりだった。確かに、日本には北朝鮮のスパイがうようよいるのだろう。だが、断言してもいいが椿の周辺にはそんな者はいない。あのホームレスもイ・ヒョンジョンも非合法活動とは無縁の市民なのだ。

「今彼女はこのホテルの一室で、司会者、韓流スター、チュモン電機日本法人の広告部長、広告代理店の社員と打ち合わせをしてる最中」

「コネでそんなことまでわかるんですか？」

「うん。父のコネだから強力なんだ」

宮澤は溜息を押し殺した。頭脳明晰で血筋も抜群。まともに出世街道を駆け上がっていれば、宮澤など会うこともかなわないような大物になっていたのだろう。

「おそらく、もう少ししたら彼女はイベント会場に戻ると思う。そこからは気合を入れて監視するからね。頼むよ、宮君。ぼくたち、公安のアンタッチャブルが北朝鮮の野望を打ち砕くんだ」

「はい、頑張りまーす」

「そう言えば、あの子、いい子じゃないか」

椿の口調が変わった。

「あの子？」

「浅田千紗さん。酒を飲むと人が変わるのかもしれないけど、普段の彼女は礼儀正しくて頭の回る立派な女性だね」

「会ったんですか？」

宮澤は携帯を握り直した。

「うん。宮君を強姦で訴えるっていうの、考え直してくれたよ」

「どうやって会ったんですか？　どうやって説得したんですか？」

「ご母堂に部下のことでどうしてもお嬢さんとお話ししたいと丁寧に頼み込んで、彼女の携帯の番号と店の場所を聞いたんだよ。どうやって説得したかって言うと、宮君の誠意を彼女に理解させたんだけどね」

「おれの誠意？」

「来た。電話はこのままで。いいね」

エレベーターからイ・ヒョンジョンが降りてきた。ひとりだった。ロビィを横切りながら携帯で電話をかけはじめる。椿はまだ飲み物の支払いに手間取っているようだった。

宮澤は携帯を耳に押し当てたまま、イ・ヒョンジョンの後を追った。

「おれが先に行きます」

「焦らなくていいからね。どうせイベント会場に戻るだけだから」

「了解」

宮澤は充分な距離を置いて後を追った。イ・ヒョンジョンは電話に夢中で後ろを振り返ることもない。

「二時の方向に不審人物」

携帯から椿の声が流れてきた。宮澤は右斜め前方に視線を向けた。迷彩柄のパーカを着た若い男が立ち止まり、イ・ヒョンジョンを見つめている。

「どうします？」

「ぼくの面識には引っかからないんだ」

椿が言った。公安には右翼左翼を問わず、危険分子と目される人間たちのリストがあるという。公安の刑事たちは暇があればそのリストに目を通し、顔と名前、経歴などを頭に叩き込む。リストにある名前と顔をどれだけ覚えたかを面識率と呼び、互いに競い合っているらしい。

「じゃあ、無視ですか？」

「いや少し様子を見よう。ぼくは八時の方向、二十メートル後を歩いているから」

「わかりました」

振り返って椿の位置を確認したいという誘惑を振り切ってイ・ヒョンジョンの後を追

い続けた。迷彩柄の男も動き出した。明らかにイ・ヒョンジョンを追っている。

「迷彩が動き出しました。どうします？」

「なにもしないで」

迷彩柄の男は重そうなズックのショルダーバッグを左肩にかけていた。右手がバッグの中に潜り込んでいる。

「迷彩はバッグの中に右手を入れています」

「ぼくからも見えるよ」

「イ・ヒョンジョンを狙っているんですかね？」

「無駄口叩いてないで尾行に集中して」

椿の口調はにべもなかった。

イ・ヒョンジョンが電話を切った。軽快な足取りで真っ直ぐショッピングモールへ向かっている。迷彩柄の男が彼女との距離を少しずつ詰めていた。

「宮君、あの男を職質して。彼女はぼくが後を追う」

「わかりました」

電話を切り、携帯をポケットに押し込んだ。代わりにバッジを取りだし、迷彩柄の男に近づいた。

「すみません。警視庁の者ですが」

男の右肘を摑み、バッジを見せる。男の顔色が変わった。

「ちょっとお話を聞かせてもらいたいんですが」

にこやかな笑みを浮かべ、声を抑える。傍目には知り合い同士が話しているように見えるはずだ。視界の隅でイ・ヒョンジョンがモールの中に消えていく。

「な、なんだよ。おれはなにもしてねえよ」

「今、防犯週間の特別警備の最中なんだよね」口からでまかせを並べたてた。「ちょっとバッグの中見せてもらえないかな」

「やだよ。これ、職質だろ？　令状があるわけじゃねえんだろ？　見せる必要ねえよ」

「職質に慣れてるみたいだねえ。だったら、そこの所轄に行こうか。おれはどっちでもいいんだよ。叩けば埃が出るのはそっちみたいだし」

「あんた、ほんとにおまわりかよ？　普通、ふたり一組だろう？」

「おれは公安なんだよ」

男の目が泳ぎはじめた。

「さあ、どうする？　おれは公安だから、普通の刑事事件には興味がないんだ。ただ、そのバッグの中身が知りたいだけ。もし、シャブや大麻が入ってても逮捕したりはしない」

「そんなもん、持ってねえよ」

「どうしてあの女を尾けてた？」

宮澤は口調を一変させた。男の肘を摑んだ指先に力を込めた。男が顔をしかめた。

「ミニスカだったからだよ」

「はい？」

「最近、あの手のタイトミニ穿いてる美脚の女、少ないんだよ。だから――」

「バッグの中を見せろ」

男は観念し、ショルダーバッグをアスファルトの上に置いた。中に入っているのは数台のデジタルカメラ、ビデオカメラ、小道具の数々だった。

「盗撮？」

「まだなにもしてねえから。チャンスがあったら撮ろうかなって思っただけだから。思っただけでも犯罪になるのかよ？」

「犯罪にはならないけどねえ」宮澤は男の胸ぐらを摑んだ。「二度とこの辺りに面《つら》見せるな。今度おまえを見つけたら、ありとあらゆる罪状でっち上げて逮捕するからな」

男をその場に残し、宮澤はショッピングモールに向かって走り出した。椿に電話をかける。

「あの男はただの盗撮マニアでした。問題なしです。椿さん、どこですか？」

「五階のカフェ。宮君は店内には入らないで外から見張って」

「了解」

ショッピングモールに入ると、エスカレーターを駆けのぼった。甘い匂いが漂っている。椿の言ったカフェはクレープを売りにしているようだった。入口から中を覗くだけで椿の巨体がすぐにわかったが、イ・ヒョンジョンは確認できなかった。

「到着。椿さんの姿しか確認できません」

「彼女は奥にいるよ。男となにか話し合ってる」

「男？」

「うん。朝鮮語で話してるよ。男の方には見覚えがあるんだけど、思い出せない」

「おれはまだ待機してますか？」

「うん。宮君、カメラ持ってる？」

「はい。小さいやつですが、二百ミリまでズーム可能なコンデジがあります」

「ふたりが店を出たら、男の方、顔を撮って。イベントが始まるまで時間がないから、もうすぐ出ていくと思う」

「了解」

宮澤は物陰に移動し、写真を撮る準備を始めた。

＊＊＊

イベントは肩すかしに終わった。極めてオーソドックスな宣伝イベントで、集まった観客の目当てはチュモン電機のテレビではなく、韓流スターのオム・ジュウォンだった。

イ・ヒョンジョンは出番ではそつなく仕事をこなし、それ以外はステージ脇でおとなしく待機していた。不審者との接触どころか不審な行動ひとつない。

イベントが終わるとスタッフたちと銀座へ移動し、打ち上げと称する宴会に参加したが申し訳程度に飲み食いしただけで、八時過ぎには電車に乗り、〈ラブ・シンドローム〉に出勤した。

「どうします。今夜もあの店で飲みますか？」

宮澤の言葉に椿が首を振った。

「今夜は無理だね。カメラ、ちょうだい」

「どうするんですか？」

「ぼくは家に戻って、あの男の身元を調べてみる」

モールのカフェでイ・ヒョンジョンと話していたという男のことだ。宮澤はコンデジカメラを椿に渡した。

「データはいいですけど、カメラ返してくださいよ。おれの私物なんですから」

「うん。じゃあ、また明日ね」

カメラを受け取ると、椿は上着のポケットから丁寧に折り畳んだメモ用紙を取り出して宮澤に渡した。

「なんですか、これ？」

「千紗ちゃんの携帯の番号」

「千紗ちゃん？」

いつの間にちゃん付けするほど仲が良くなったのだろう。

「そう。浅田千紗ちゃん。今夜中に電話してあげて。そうじゃないと訴えられちゃうよ。じゃあね、おやすみ」

椿は思わせぶりに笑うと人混みに紛れていった。

「訴えられちゃうよって、あの……」

メモを開く。定規を使ったかのような角張った字で浅田千紗の携帯の番号が記されていた。

## 16

迷いに迷った挙げ句、宮澤は電話をかけた。五回コール音が鳴っても相手が出なければ切ろうと心に決めて。

しかし、コール音が三回鳴ると、回線が繋がった。

「もしもし？」

遠慮がちな声がした。

「あの……宮澤ですけど」

「千紗です」

そのまま浅田千紗は沈黙する。これまでとは勝手が違った。

「あのぉ、ぼくの上司の椿が今夜中に電話しろとうるさく言うものですから……あ、迷惑だったらすぐに切ります。そう言ってください」

「椿さんって立派でいい方ね」

「はい？」

「電話でだけど、今日、たくさんお話ししたの。おかげで誤解も解けたわ」

「たくさん、ですか？」

「二時間ぐらい話したかしら。母も、あの人は本当にいい人って太鼓判押してたし」

千紗の声は真綿のように柔らかかった。いつもの声と比べると別人のようだ。

「あのぉ、椿とはどんな話を？」

「あなたの話よ」

「ぼくの、ですか？」

「あなたが父に対してどれだけ責任を感じているのか、母とわたしにどんな思いを抱いているのか。真剣に話してくれたわ」

椿にはことのあらましは話したが、それ以外のことは一切語っていない。いったい、椿はどんな手品を使ったのだろう。

「まさか、あなたがそこまで考えていてくれたなんて」

浅田千紗は涙ぐんでいる。

「浅田さん、椿が話したこと、もう少し具体的にお教え願えませんか」

「他人行儀な言い方ね」

「はい？」

「わたしとあなたは男と女の関係になったのよ」

「ええ、まあ」

「それなのに、なんだか尋問されてるみたい」

「そんなことはないですよ。ぼくはですね、礼節を持って接したいな、と」

「本当にそれだけ？」

「ええ。他意はありません」

「やっぱり、椿さんの言ったとおりなのね。感激だわ」

「椿はなんて言ったの？」

宮澤は口調を変えた。

「わたしに一目惚れしたんですって？」

宮澤は口を閉じた。

「でも、あなたは加害者で、わたしは被害者の娘。どう考えたって交際なんか申し込めない。あなたは悩みに悩んだ末に決めたって椿さんは言ってらしたわ」

「なにを？」

宮澤は短く訊いた。言葉が震えている。

「わたしと結婚するの。入り婿として、父をあんなふうにした責任を取るの。母のことも最後まで面倒を見て……わたしを酔わせてあんなことをしたのも、責任感とわたしへの想いからだって――」

「あ、キャッチホンが入っちゃった。仕事の連絡かな。すみません、千紗さん。また、電話します」

宮澤は電話を切った。全身が汗で濡れていた。

「あのくそ野郎」

震える指で携帯を操作し、椿の電話番号を呼び出した。目眩を伴った憤怒で身体が震えている。

「宮君、わかったよ。今日、彼女がカフェで会っていた男。パク・チスといって――」

「椿さん」

宮澤は声を張り上げた。

「な、なに。いきなり大声出して。どうしたの宮君？」

「どうして浅田千紗にあんなでたらめを吹き込んだんですか？」

手の中で携帯が砕けてしまいそうだった。怒りを押し殺し、言葉を吐き出した。

「ああ、その件。もうね、大変だったんだよ。彼女、訴えるの一点張りでさ。そこをなだめすかしてなんとかこっちの話を聞いてもらえる状態にして、どうやったら訴えるのをやめてもらえるかとその辺を探りながら話してたらああいうことになった」

「ああいうことになったじゃないでしょう。おれの人生ですよ」

抑えようとしても声が昂ぶってしまう。

「訴えられてもいいの？　宮君、アンタッチャブルでいられなくなるんだよ」

いかれている。椿はとことんまでいかれている。

「それとこれとは話が別でしょう。彼女はおれと結婚する気で」

「宮君だって彼女のこと、嫌いなわけじゃないだろう？」

宮澤は言葉に詰まった。

「そうじゃなきゃさ、いくら相手が酒乱で大変だったからって、ベッドを共にしたりはしないじゃない。ぼくはそう結論づけたんだけど、間違ってる？」

あのきつい性格さえなければ、浅田千紗は顔立ちもよく、プロポーションも申し分なかった。椿の言うとおり、気に入ったところがなければあんな酒乱の相手をする謂われはない。

「警察を辞めなくても済む、おまけに彼女たちの哀しみを癒すこともできる。しかも、宮君は浅田浩介さんに対する責任を取ることもできる。一石三鳥だと思ったんだけどなあ」

「しかし――」

「千紗ちゃんも宮君のこと、憎からず想ってたみたいだよ。ただ、出会いの状況が状況で、父親をあんな目に遭わせた男に心を動かされるなんて、そんな自分が腹立たしくてなおさら宮君に辛く当たってたたって。泣きながらそう言ってた」

「だからって――」

「昨日の夜だって、本当ならお互いの愛情を確かめ合ってからああいう関係になりたかったのに、ふたりが結ばれるその瞬間をまったく覚えてなくて、それが悲しいやら腹立たしいやら」

「じゃあ、おれを訴えるっていうのはなんだったんですか」

「止めて欲しかったんだよ。決まってるじゃない。宮君、女心がわかってないねえ」

椿の溜息が聞こえた。

「止めて……」

「それをさ、宮君、自棄を起こして好きにすればいいなんて捨て台詞吐いて出ていくから、彼女、本当に傷ついたんだよ」

「だったら素直に言ってくれればいいじゃないですか」

「だから、女心。それがわからないと、宮君、公安じゃ大成しないよ」

全身から力が抜け、宮澤はソファに倒れ込んだ。

「だけど、いきなり結婚とか入り婿とか、話が極端すぎますよ」

「いやなら断ればいいんだよ、宮君」

椿は簡単そうに言った。

「断っていいんですか？」

「まあ、その後の修羅場を覚悟してね。ぼくはとりあえずやれるだけのことはやったから、あとは宮君次第だよ」

電話が切れた。宮澤は天井を見上げ、額に浮いた汗を拭った。携帯が振動した。メールが届いている。

〈ダーリン♪　このメアドは椿さんに教えてもらいました。今度はいつ会えますか？　お酒抜きでまったりした時間を過ごして、一緒に朝を迎えられたら素敵だなと思っています。千紗〉

「ダーリンって……」

宮澤は頭を掻きむしった。椿に付き合っていると現実がどんどん歪んでいく。

携帯が鳴った。椿からだ。

「まだなにかあるんですか？」

「ごめんごめん、もっと大事な用件があったんだ」

「おれにはあれ以上大事な用件なんて考えられないですよ」

精一杯の皮肉は椿に完璧に無視された。

「あの男の名前はパク・チス。チュモン電機の宣伝部副部長だけど、韓国の公安部のブラックリストに名前が載っていた。学生時代、社会主義思想にかぶれて、ロシアに――当時はソ連だけど、留学してるんだ。そこで北朝鮮の工作員と接触して洗脳されたおそれがあるらしい」

「ちょっと待ってください。なんですか、その韓国公安部のブラックリストって。情報共有の秘密条約でもあるんですか？」

「コネだよ、コネ。ぼくのじゃなくて、父親のだけど。宮君、悪いけどさ、今からぼくの家に来てくれないかな。今後の捜査のこと、話し合いたいんだ」

「明日じゃだめなんですか？」

「昼間はイ・ヒョンジョンの監視で話をじっくりしている余裕ないじゃない。夜食もあるし、家の風呂はでかくて広いよ。風呂上がりのビール、最高だよ」

友達の少ない孤独な男が必死で仲間を誘っているような声だった。

「ついでに、浅田千紗を今後どうするかっていう相談にも乗ってもらえますか？」

「もちろんだよ。すぐにおいで」

椿は小学生のようにはしゃいだ声で言って、電話を切った。

＊　＊　＊

「マジかよ……」

広大な敷地に視線を這わせながら宮澤は呟いた。住所を聞いたときから嫌な予感はしていた。大田区田園調布。しかし、目の前の現実離れした豪邸は宮澤の想像力を足蹴にしてくれる。

インタフォンを押すと男の声がし、モーターの音と共に門扉が開く。門から豪邸の玄関まで数分は歩く羽目になった。邸宅は洋館だった。築年数は古そうだが、その偉容の前では意味を持たない。見る者はただ圧倒されるだけだ。

「宮澤様でいらっしゃいますか？」

黒いスーツを隙無く着こなした老人が宮澤を出迎えた。

「はい、宮澤ですが」

「お坊ちゃまがお待ちです」

「お坊ちゃまですか……」

男の持つ厳格な雰囲気に気圧されながら、宮澤はスリッパを探した。そんなものはなかった。この家は洋館なのだ。靴のまま中に入っていく。

「こちらへどうぞ」

男が宮澤に背を向け、廊下を進みはじめた。廊下は大理石だった。

「済みませんが、あなたは？」

「執事の渡会《わたらい》と申します」

「執事さん……ですか」

「父の代からずっとこの家に奉公させていただいております」

宮澤は口を閉じた。これ以上なにを訊いても自分が場違いな訪問者であることを確認させられるだけだ。階段をのぼり、同じく大理石の廊下をしばらく歩いた。やがて、金ぴかのドアの前で渡会執事が足を止めた。

「お坊ちゃま、宮澤様がいらっしゃいました」

「入ってもらって」

椿の声は妙に遠くから聞こえた。

「失礼します」

渡会執事がドアを開けた。宮澤は目眩を覚えた。某高級ホテルで殺人事件が起こり、その際、最高級のインペリアルスイートという部屋を見たことがあるが、この部屋は広さと豪華さであのインペリアルスイートを凌駕していた。なんというサイズかは知らないが、ベッドは象の親子が寝られそうだ。南の壁は一面が造りつけの書棚になっており、本がぎっしりとつまっている。直角にふたつ並べられているソファは二十人ぐらいは簡単に座れそうだったし、薄型テレビは小さな映画館が泣き出しそうなぐらいに大きかった。

「宮君、ようこそ」

「なんなんですか、この部屋は？」

「これでも、二階で一番狭い部屋なんだ。国家公務員としては忸怩《じくじ》たる思いなんだから、察してよ」

椿は忸怩たる思いの片鱗も見せず、ソファに座ったまま宮澤を手招きした。

「シャンパンとキャビアでもお持ちいたしましょうか？」

渡会が言った。

「ビールでいいよ」

「しかし――」

「渡会、この宮君にクリュッグの味がわかると思う？　キャビアとイクラの味の違いがわかると思う？」

「失礼いたしました。それでは、ビールと簡単なおつまみを持って参ります」

「そうして」

背中でドアが閉まる音がした。宮澤はソファの端に腰を下ろした。椿がはるか彼方にいるように感じられる。

「もっと近くにおいでよ」

「はぁ……」

宮澤は移動した。

「あの、クリュなんとかってなんですか？　キャビアとイクラに関してはさりげなく馬鹿にされたってことはわかるんですが」

「馬鹿にしたわけじゃないよ。事実を口にしただけ。クリュッグっていうのはシャンパンの銘柄だよ。宮君、シャンパンって言ったらドンペリしか知らないだろう？」

「ええ、まあ。そのドンペリにしたって飲んだことは数えるぐらいしかありませんけど」

「そういう人間にクリュッグなんか飲ませたら罰が当たる」

椿はさらっと言ってのけた。こういう邸宅に住む人間は人を馬鹿にするのも洗練されているのだ。

「しかし、凄いお屋敷ですね」

宮澤は話題を変えた。

「椿家は元々伯爵家だったんだ」椿がつまらなそうに言った。「それも大正時代に没落してね。財産も土地も家屋も全部手放すことになったらしいんだ」

「伯爵ですか……」

「なにか功績を挙げたわけでもないのに、明治維新のどさくさに紛れて爵位をもらっただけだよ。まあ、とにかく、没落したの。それがね、曾祖父《ひいじい》さんには我慢できなかったらしくて、戦前、戦中、戦後とえげつないやり方で金を稼いだんだ。椿伯爵家の栄光を取り戻すんだってね。この家はその名残。莫大な金を一代で稼いだんだ。祖父さんも親父もぼくも、その財産を食いつぶしてるだけ」

「田園調布にこれだけの土地ですもん、相続税だって相当なものでしょう？」

椿はうなずいた。

「それでも平気なんだ？」

「今のところはね。ぼくの孫の代までは問題ないんじゃないかな」

「それなのに食事は割り勘か……」

「それとこれとは話が違うだろう、宮君」

椿の声が跳ね上がった。

「はいはい、すみません。つい、口が滑りました。謝ります」

宮澤は頭を下げた。強張っていた椿の表情が緩んでいった。

「わかってくれればいいんだけど」

「しかし、それにしても広いなあ」

宮澤は部屋を見渡しながら額に浮いた汗を拭った。

「広すぎるのもいいことばかりじゃないよ。おかげで、帰宅しても滅多に女房の顔も拝めないんだから」

宮澤は顔の筋肉が強張るのを感じた。椿の脳味噌は離婚という現実を受け入れるのを本当に拒んでいるのだ。

「奥さん、ですか……」

「うん。今度紹介するよ」

なんと答えるべきか迷っているうちにドアがノックされた。渡会執事が銀のトレイを持って部屋に入ってくる。ビールとつまみをテーブルに並べると、渡会は椿に恭《うやうや》しく頭を下げた。

「お坊ちゃま、お話の最中に申し訳ありませんが、宮澤様を少しお借りしてもよろしいでしょうか？」

「どうして？　どうして宮君に用事があるわけ？」

「お帰りの車の手配のことなど、少しお伺いしたいことがありまして」

「宮君は今夜は泊まっていくよ。後で客室に案内してあげてよ」

「それでは、パジャマのサイズや歯磨き粉の味などお伺いしますので、宮澤様、こちらへどうぞ」

わけがわからぬまま促され、宮澤は立ち上がった。渡会執事が背中を押してくる。有無を言わせない力が宿っていた。

「大変申し訳ありません」

廊下に出ると渡会執事が謝った。

「なにかあったんですか？」

「別れた奥様の話題になっていらっしゃるようでしたので」

「ああ、そういうことですか。助かりました」

「ということは、宮澤様はお坊ちゃまの病気のことをご存知で？」

「ええ、とりあえず……」

「なら、これだけは肝にお銘じください。奥様の話はお坊ちゃまの前では御法度《ごはっと》です」

話しながら渡会執事は背中を震わせた。

「そんなにまずいんですか？」

「本当はお坊ちゃまの部屋は一階にあったんです。ところが、ある夜、酔って帰られた旦那様が——あ、お坊ちゃまのお父様ですが——おまえは離婚したんだ、あの女はもうこの家にはいないとお坊ちゃまの部屋まで行って、怒鳴ったんでございますよ」

「それで？」

「旦那様は肋骨の骨を数本折られて入院です。お坊ちゃまの部屋は完膚無きまでに破壊されて、修理改装に半年かかりました」

イ・ヒョンジョンの勤める店で泥酔していた椿の姿がよみがえった。渡会執事と同じように宮澤も背中を震わせた。

「お坊ちゃまに悪気はないんです。なんといっても病気なのですし……」

「奥さんの話は御法度。わかりました。肝に銘じます」

「よろしくお願いいたします」

渡会執事はぺこりと頭を下げると親しげな笑みを浮かべた。共に生死の境を彷徨う戦友に向けるような笑顔だった。

## 17

「パク・チスのことなんだけど、少し調べてみたらいろいろ出てきたよ」

部屋に戻ると椿はノートパソコンを広げていた。実の父親に大怪我を負わせるほど精神を病んでいるとはその姿からは想像もつかない。

「なにがわかったんですか？」

「ロシアへの留学から戻った後、一年かけてソウル大学を卒業、ヒュンダイに入社した」

「チュモンじゃないんですか？」

「チュモン電機に転職するのはその七年後。ヒュンダイにいたんじゃ北朝鮮が必要とする精密機械を輸出することができない。あそこはそんなことをする必要のない大企業だからね。おそらく、シェアを伸ばすためならなんでもするチュモン電機に移れと北から指令が来たんだ」

ただの推測ですよね——宮澤は言葉をのみ込んだ。

「ヒュンダイではこれといった功績もなくて大勢の社員の中に埋もれてたんだけど、チュモンに移った途端、出世街道を猛烈な勢いで駆けていくんだ。北の後押しがあるからだよ」

それも推測にすぎない。だが、宮澤は口を開かなかった。

「パク・チスは管理官だ。イ・ヒョンジョンに命令を出し、監視している。間違いない」

「はい」

「北はパク・チスとイ・ヒョンジョンを使ってテロを起こそうとしている。これも間違いない」

「はい」

「宮君はさ、明日からしばらくパク・チスを追ってほしいんだ。調べたところ、日本に一週間は滞在する予定なんだ。テロもパク・チスが帰国する前後に起こると思う」

「おれひとりでですか？」

「本当なら応援を呼びたいところなんだけど、上の連中、馬鹿ばっかりだからね。下手をすると北に情報が漏れかねない。ここはぼくたちアンタッチャブルが頑張るしかないんだよ」

「わかりました」

「というわけで、飲もうか」

椿はビール瓶に手を伸ばした。

「お注ぎします」

宮澤は椿より先にビールを持ち上げた。

「仕事の話はこれで？」

コップにビールを注ぎながら椿の様子を窺った。

「うん。今夜はここまでにしておこう。お風呂入りたかったら用意させるよ」

「それより、どうしてあんなことになったんですか？」

「あんなこと？」

椿はビールを一息で飲み干した。

「浅田千紗のことですよ。いきなり結婚だなんて――」

「ああ、あれね。宮君、腹括っちゃいなよ」

「他人事だと思って勝手なこと言わないでくださいよ。おれ、結婚だなんて考えたこともないんですから」

「じゃあ、やめれば」

椿はお代わりを注げと言わんばかりに空になったコップを突き出してくる。宮澤は注ぐ代わりにビールをテーブルに置いた。

「向こうはすっかりその気になってるじゃないですか。椿さんのせいですよ」

「なんだよ。まるでぼくが悪者みたいな言い方じゃないか。よかれと思ってやってあげたのに」

「よかれと思ってくれたのはわかってます。問題は結婚なんて話を持ち出したことですよ。おれ、どうしたらいいんですか」

「そんなに彼女と結婚するのがいやなわけ？」

「冗談じゃないです」

「どうしていやなの？　いい子じゃない」

「そりゃ、悪い人間ってわけじゃないですけど……」

椿が首を傾げた。

「自分の過失で植物状態にさせてしまった相手の娘と寝る。でも、結婚はしない。宮君のモラルってどうなってるの？」

「そ、それは……」

「ぼく、宮君ってもっと男らしい人間なのかと思ってたけど」

宮澤は口を閉じた。いつの間にか形勢が逆転している。

「ちょっと時代錯誤だけど、今の世の中、そういう人間が部下なのも貴重だなって思ってるんだけど」

「だからって――」

「千紗ちゃんのお父さんさ、一応保険が利くみたいで治療費に困ることはないみたいだけど、大黒柱が働けなくなったんだよ。困るよねえ」

「え、ええ」

「まあ、警察の給料じゃたいしたことできないけどさ、せめて娘さんの面倒はみさせてくださいぐらいのこと、寝たきりだとしても、お父さんにお願いしてみてもいいんじゃない」

口の中がからからに干上がっていた。宮澤はビールをラッパ飲みした。

「ただ見舞うのだけが宮君の責任の取り方なわけ？　だったら失望するなあ」

「じゃあ、結婚はなしで、給料の中から生活費をいくらか渡すというのは……」

ビールのおかげで少しだけ口が滑らかになった。

「なんでも金で解決しようっていうんだね……」

「いや、そうじゃなくて――」

「そうじゃなかったらなんなの？」

椿もビールのラッパ飲みをはじめた。宮澤は負けじと瓶を傾けた。

「ま、宮君のプライベートなことだから、結局どうするか決めるのは宮君だよ」

「わかりました。結婚すればいいんでしょ、結婚すれば」

「決めたの？　千紗ちゃん、喜ぶよ」

椿が破顔した瞬間、メール受信をしらせる着信音が鳴った。浅田千紗からだった。

〈ダーリン、ずっと返信を待ってるのに、どうしたの？　わたし、やっぱり弄ばれただけなのかしら……〉

「簡潔な文章だけど、千紗ちゃんの揺れ動く心がはっきりと表れてるね」

いつの間にか椿が携帯を覗きこんでいた。

「他人宛のメールを盗み見するのやめてくださいよ」

宮澤は携帯のディスプレイを手で覆った。いまさら遅いが気恥ずかしくてなにかせずにはいられない。

「千紗ちゃん、傷ついてるんだろうなあ。無理矢理飲まされて酔わされて、手籠めにされて、それでもゆるして結婚しようと決めたのに……」

「手籠めってなんですか。あれは――」

また着信音が鳴った。今度はメールではなく、電話だった。かけてきたのはもちろん、浅田千紗だった。

考える前に身体が動いていた。だだっ広い部屋を駆け抜け、廊下に出る。

「もしもし？　宮澤さん？」

浅田千紗の声は涙に濡れていた。その声を耳にした途端、顔が熱くなり、口の中が干上がった。昔から、女に泣かれるのがなにより苦手だった。どう対応していいのかわからなくなる。

「宮澤さん？」

浅田千紗が不安げな声を出す。なにか言わなければと思えば思うほど口の筋肉が強張っていく。

「わたしとは話もしたくないの？　そういうこと？」

なにか言え。なんでもいいからなにか言え——左手で頭を叩いた。

「わかりました。もう二度と電話もメールもしません。ひとりで舞い上がって馬鹿みたい。ごめんなさい」

浅田千紗の声が遠ざかっていく。電話が切られる。そう思った瞬間、口の筋肉がゆるんだ。

「ダ、ダーリンでーす」

自分の言葉が恥ずかしくて汗がふき出てきた。シャツやパンツがあっという間に濡れていく。もし、ドアの内側で椿が聞き耳を立てていたら自殺したくなるだろう。

いや、その前に椿を殺してやる。椿を殺して、自決するのだ。

「ダーリン？」

「はいっ。あなたのダーリン、宮澤武でございます」

「本当にダーリン？　なんだか、声が違うみたい」

確かに、いつもよりオクターブがあがっている。宮澤は咳払いをした。

「これでどうですか？」

「あ、ダーリンの声」

語尾にハートマークがついているのを強く感じるほど浅田千紗の声が軽やかに躍った。

「すみません。仕事中でメールの返信できませんでした」

「いいの。わたしこそ、ダーリンのお仕事知ってるのに、馬鹿みたいなことしちゃって……」

「いや、まあ、それはね……」

「逢いたいの」

浅田千紗の声がまるで大量の砂糖をまぶしたみたいに甘くなった。そのトーンに胸がきゅんとなる。

「はい？」

「逢いたくて逢いたくてたまらないの。だから、仕事中かもしれないって思ったのにメールを出して。返事が来ないならせめて声だけでも聞きたいと思って。ごめんなさい」

「いや、あの、ぼくも逢いたいです」

心臓がでたらめに脈を打っている。頭に血が上りまともに考えることができない。

「本当？　今夜、逢える？」

「ええ、大丈夫です」

「わたし今、渋谷にいるの」

「おれは——ぼくは田園調布です。急いで行きますから」

「待ってる。ダーリンが迎えに来てくれるの、待ってるから」

待ち合わせ場所を決め、電話を切った。椿の部屋に声をかける。

「椿さん、すみません。急用が出来たので今夜はこれで失礼します」

「全部聞こえてたよ、宮君」

顔が火照り、目眩がした。壁もドアも分厚いのだ。電話の内容が椿の下まで届くはずがない。ドアに耳をあて、盗み聞きしていたのだ。

いつか、殺してやる。

宮澤は唇を嚙みながら階段を下りた。玄関で渡会執事が直立している。

「渡会さん、すみませんけど、タクシーを呼んでいただけませんか」

「もうすぐ到着します」

「て、手回しがいいですね」

「はい。失礼ですが、電話での宮澤様のお声、すべて聞こえておりました」

「な——」

「宮澤様」渡会執事が耳打ちしてくる。「この手の古い洋館は音がよく通るのです。今後はご注意を、ダーリン」

しかめっ面の渡会執事だったが、唇の端が細かく震えていた。

こいつも殺す――頭の中のブラックリストに渡会執事を書き加え、宮澤は外へ出た。

＊　＊　＊

甘い時間は長くは続かなかった。酒が進むにつれ、浅田千紗の目は据わり、言葉遣いが荒くなっていった。

「酒」

空になったグラスを宮澤の目の前に突きつけ、少しでも反応が遅れると平手が飛んできた。だが、宮澤を見つめ続けるその目は優しく潤んでいる。

「ホテルに行くわよ」

促されるというよりは命令され、バーを出た。勘定はもちろん、宮澤持ちだった。ホテル代も宮澤が出さなければならない。

部屋に入るとすぐに押し倒された。ジッパーをおろされ、ペニスを引き出され、しゃぶられ、乗られた。

まるで強姦だ。宮澤の意思は完璧に無視された。そのくせ、浅田千紗の目は潤み続けている。

浅田千紗の腰の動きが速くなっていく。

「ちょっと待って」

宮澤はスキンに手を伸ばした。

「中で出して」

「いやいやいやいや、それはまずいでしょう」

「いいから中で出しなさい」

上から両肩を押さえつけられ、唇で唇を塞がれた。浅田千紗の舌が宮澤の口内を舐め回す。その間も、浅田千紗の腰は動き続けている。結合した部分が淫靡な音を立てている。

膣壁がペニスを締めつけてくる。浅田千紗が獣の叫びのような声を放つ。宮澤は射精する。浅田千紗が痙攣しながら倒れ込んでくる。宮澤はその身体を抱きとめる。

「千紗さん？」

声をかけるが反応はない。浅田千紗は絶頂に達したまま意識を失い、そのまま眠ってしまった。

宮澤はベッドを抜け出し、頭を掻く。

「参ったな。妊娠したらどうするつもりだよ……あ、おれたち結婚するのか」

呆然と宙を見つめる。植物状態となった義父の代わりに浅田家を支えるだけでも大変だというのに、子供ができたらさらに金がかかる。自分の未来を想像すると自殺したくなってくる。

浅田千紗が鼾《いびき》をかきはじめた。男勝りの性格そのままの男のような豪快な鼾だった。

「ああ、もう」

宮澤はさらに激しく頭を掻きむしり、そのままんじりともしないで朝を迎えた。

「おはよう、ダーリン」

午前六時ぴったりに浅田千紗が目を覚ました。すでにアルコールは抜け、清々しい笑顔を宮澤に向けてくる。

「お、おはよう」

「そんなところでどうしたの？」

「いや、あの、鼾が……」

宮澤は蚊の鳴くような声で答えた。

「え？」

「別になんでもないよ。ちょっと、仕事のことで考え事を――」

「ちゃんと仕事に行かせてあげるから、もう少しわたしのダーリンでいて」

少女のような声で言い、浅田千紗は宮澤に抱きつき、キスをせがんできた。すぐに乳首が尖っていく。

「ここを出る前にもう一度して」

羞恥に頬を染めながら浅田千紗が懇願した。泥酔したときと同じ人間とは思えない。

今度は宮澤がリードした。宮澤が敏感な箇所に触れるたびに浅田千紗は小さな声を上げ、恥ずかしいという言葉を繰り返し、しかし、奔放に身体をくねらせた。

宮澤には好ましい反応だった。彼女の快感のポイントを発見するたびに愛おしさが募っていく。

挿入し、抽送し、相手の反応を確かめながら自分の快楽を高めていく。

同時に絶頂に達し、お互いの身体を強く抱きしめ合った。快楽と幸福感が交わる瞬間を、宮澤と浅田千紗は確かに分かち合った。

酒を飲ませなければいいんだ――快楽の余韻に浸りながら宮澤は思う。酒さえ飲ませなければなんということもない。

「千紗さんは、家では――」

「いや。千紗って呼んで、ダーリン」

猫撫で声も耳に心地よかった。

「千紗は家で酒を飲んだりするの？」

「毎晩」

嫌な答えがすぐに返ってきた。

「毎晩？」

「わたし、お酒がないと眠れないの」

背中の肌が粟立っていく。

「か、家族になにか言われたことはない？」

浅田千紗は首を振った。

「わたしがお酒を飲みはじめると、父も母も居間からいなくなるのよね。どうしてかしら？」

「さ、さあ……」

宮澤は浅田千紗に背中を向けた。家庭と職場に超弩級《ちょうどきゅう》の酒乱を抱えることになる。どうしてこんなことになったのだろう。

「どうしたの、ダーリン？」

「あのね――」宮澤は腹を括って浅田千紗と向き合った。「もし、おれたちがこのまま結婚するなら、どうしても理解しておいてほしいことがあるんだ」

「なに？」

「君は刑事の嫁になるってこと」

「わかってるわよ、そんなこと」

「いいや、わかっちゃいない。刑事の仕事ってのは君が考えてるほど楽じゃないんだ。非番だろうがなんだろうが、事件が起こればすぐに現場や署に飛んで行かなきゃならない。捜査本部ができたら、事件が解決するまで何日も泊まり込みでの捜査が続く」

「わたし、耐えられると思う。ダーリンがずっとわたしのことを愛し続けてくれるなら」

浅田千紗はそう言うと頬を染め、シーツで顔を隠した。

「そんなわけだから、奥さんが毎晩酒に酔ってると困るわけ。わかる？」

浅田千紗がシーツを下げ、顔を出した。

「それもそうね。でも、わたし……お酒がないと本当に眠れないの」

それじゃアル中だろう——宮澤は喉まで出かかった言葉をのみ込んだ。

「眠れないんなら、心療内科とかに行って、睡眠薬を処方してもらえばいい。とにかく、毎晩飲むのはやめてもらわないと、結婚はできない」

「そんな……」

浅田千紗の目が涙に潤んだ。途端に弱気の虫が顔を覗かせる。

「いや、飲むなと言ってるわけじゃないんだよ。あのね、その、毎晩飲むなってことでさ——」

「じゃあ、一日置きならいい？」

「ちょ、ちょっと多いかな……」

「じゃあ、週に三日。それ以上は絶対に飲まない。わたしのダーリンに約束するから。お願い」

涙で潤んだ目が宮澤を見つめている。懇願している。

宮澤は首を縦に振った。

「ありがとう、ダーリン。やっぱり、お互いを気遣わないと結婚生活はうまくいかないわよね。ダーリンがわたしを尊重してくれて、本当に嬉しい」

弾けるような笑顔を盗み見ながら、宮澤は溜息を押し殺した。

# 18

パク・チスが姿を現したのは十時少し前だった。ロビイを横切り、脇目もふらずに外へ出て行く。台場駅でゆりかもめに乗ったが、次の駅でホームに降りた。革靴の紐を締め直しながら、左右に視線を走らせた。

「点検？」

宮澤はスポーツ新聞で顔を隠した。電車に乗ったのにその次の駅で降りるのは不自然だ。もし、パク・チスが尾行の有無を確かめるための点検作業をしているのだとしたら、椿のネジが緩んだ脳味噌が導き出した当てずっぽうが現実のものだったということになる。

「まさか、ね」

次の電車が来ると、パク・チスはそれに乗りこんだ。宮澤は隣の車両に乗った。その後はなにも起こらず、パク・チスは新橋でゆりかもめを降りた。JR新橋駅の構内を突っ切り、一旦日比谷口を出たが、突然、回れ右をして来た道を戻りはじめた。

間違いない。点検作業だ。宮澤は野球帽をかぶった。この先も点検作業が続くなら、顔を覚えられる可能性が高くなっていく。

携帯で椿に電話をかけた。

「おはよう、宮君。千紗ちゃんからおのろけメールが届いて参ったよ。宮君も、やるときはやるね」

「パク・チスを尾行中です」

宮澤は椿の揶揄をきっぱりと無視した。

「あ、そう。こっちにはまだなんの動きもないけど」

「お台場からゆりかもめで新橋に移動して来たんですが、その間、二度ほど点検作業が入りました」

「本当に？」

「ええ。いかにもって感じでプロっぽくはないんですけど、間違いなく点検作業です」

「パク・チスは訓練を受けたプロってわけじゃないからね。そうしろと言われてることを彼なりに実行してるんだろうな。それで、尾行はまだばれてない？」

まだ、という言葉にかちんと来た。いや、椿のやることなすこと、すべてが頭に来る。

「ばれてはいません」

「宮君、今日はなんだか言葉遣いが他人行儀だよ」

「仕事中ですから」

「そう？」

「そうです。じゃあ、またなにか動きがあったら電話します」

「尾行がばれないようにって変なことしちゃだめだよ。わかってる？」

「わかってます」

宮澤は電話を切った。パク・チスは銀座口を出るところだった。駅を出ると中央通りを銀座四丁目交差点方面に向かっていく。それなら、ゆりかもめを降りた足で真っ直ぐ進めばいい。やはり、パク・チスは意味のない道路の横断を繰り返し、やがて銀座六丁目の先の路地を折れた。百メートルほど進んだところにある古い喫茶店に入っていく。

窓際には植木鉢が飾ってあり、外から中の様子を窺うのは困難だった。腹立たしいが、椿の判断をあおぐほかなかった。宮澤は電話をかけた。

「宮澤です。パク・チスは銀座六丁目の喫茶店に入りました。外から中の様子は窺えません。どうしますか？」

「どんな喫茶店？」

「古いですね。純喫茶と看板に書いてあります。ビルの形状からして、四人掛けのテーブルが五、六卓入ればいいぐらいかなあ」

「その狭さだと、無闇に中に入るのは考え物だなあ。よし、そのまま外で監視して」

椿の口調は落ち着いていた。

「それでいいんですか？」

「パク・チスが出てきても放っておくんだ。パク・チスがだれと会っていたのか、それを知るのが最重要事項。いいね？」

に走らせた。

「了解です」

宮澤は電話を切り、喫茶店の出入り口を監視するのに最適な場所を求めて視線を左右に走らせた。

＊＊＊

小一時間ほどでパク・チスが出てきた。何度も前後左右を確認しながら中央通りに向かっていく。やがて、その姿は見えなくなった。

宮澤が監視している間、喫茶店に出入りした人間はひとりもいなかった。中に何人客がいるのかはわからないが、次に出てくるのがパク・チスの相手である可能性が高い。

掌に握りこんだ小型のデジタルカメラが汗で濡れていた。

喫茶店のドアが開いた。内蔵ズームレンズの倍率を最大にして、デジタルカメラを喫茶店に向けた。背面液晶画面に出てきた男の顔が大写しになる。どこかで見た顔だった。

「塚本？」

シャッターを切りながら口にした。間違いない。椿の妻を寝取った元キャリア、今は丸藤商事に勤めている塚本だ。そもそも、椿がありもしないテロ事件を捜査すると決めたのはイ・ヒョンジョンと塚本が一緒にいるのを見たからだった。

「マジかよ？」

パク・チスの点検作業。パク・チスと密会する塚本。椿の妄想が次から次へと現実化していく。

塚本は背後を気にする素振りも見せず、パク・チスと同じように中央通りに向かっていった。宮澤は携帯を取りだした。

「椿さんですか？　パク・チスが会っていた相手がわかりました」

「だれ？」

「塚本です」

宮澤は塚本の後を追って中央通りを左に折れた。通行人の中に塚本の背中が見える。

「塚本って、外二の塚本？　管理官の？」

椿の頭の中では塚本はまだ警視庁に勤務していることになっている。

「ええ、その塚本です」

「間違いないの？」

「確認したわけではありませんが、パク・チスの後に喫茶店から出てきたのが塚本なんです。勤務先が近いわけじゃないし、パク・チスと会っていたと考えるのが自然でしょう」

椿に無用な誤解を与えないため、宮澤はわざと勤務先という曖昧な言葉を使った。

「そうだな……宮君、今は塚本を追ってるの？」

「ええ、そうです」

「そのまま尾行を続けて。ぼくも後で合流するから」

「合流？　どうして？　イ・ヒョンジョンの監視はどうするんですか？」

「ぼくが直接塚本を問い詰めるよ」

「だめです、だめです。そんなことをしたらせっかくの完全秘匿の捜査が台無しになるじゃないですか」

泥酔した椿の姿がよみがえる。妻を寝取った男と相対したとき、椿がどんな行動に出るか想像もつかなかった。

「宮君の言うことにも一理あるけど――」

「一理どころか十理も百理もあります。椿さん、ここはぼくの言うことを聞いてください。頼みます」

「宮君がそこまで言うなら、わかったよ。でも、塚本は外二の管理官だからね。いずれ、なんらかの形で話を聞かないと――」

「いずれです、いずれ。いずれ話は聞きますが、今じゃない。それでいいですね？」

「うん。そういうことにしよう。じゃ、尾行頑張って、宮君」

電話が切れた。宮澤は額に浮いた汗を拭った。塚本が地下鉄銀座駅へと階段を下りていくところだった。歩く速度を速め、後を追う。パク・チスより楽な尾行だった。塚本は点検作業をするどころか、尾行を気にする素振りひとつ見せない。

結局、塚本は寄り道もせず、丸藤商事に戻っただけだった。点検作業はなかった。不審な行動はなにもなかった。

なぜ、パク・チスはあんな不審な行動をし、塚本と会ったのだろう？

塚本がもし敵の工作員に籠絡されてるんだとしたら、大変なことになるよ——あの夜、シガーバーで椿が口にした言葉が耳の奥でこだました。

「ええい、くそ」

考えていても埒があかない。推理より勘、頭より足を使う。元々がそっちのタイプの刑事なのだ。ビルの中に入り、受付の社員に塚本に会いたい旨を伝えた。

「どちら様でしょうか？」

「警視庁の宮澤です」

そう答えても受付嬢の笑顔が歪むことはなかった。

前回と同じ会議室に通され、十分ほど待たされた。

「困るよ、君」

塚本は怒鳴りながら会議室に入ってきた。

「警視庁の人間だと名乗ったらしいな。なんて非常識なんだ」

「でも、塚本さんが警察キャリア出身なのはこの会社の人なら知ってるんじゃないんですか？」

「それでも非常識だ」

塚本は宮澤の向かいに回るとテーブルを思いきり叩いた。

「次からは気をつけます」

「次はない。もう二度と来るな」

キャリアがノンキャリの警察官に下す命令のような口調だった。

「来るか来ないか、決めるのは塚本さんじゃありませんよ」

宮澤は言った。塚本の目尻が吊り上がる。

「チュモン電機のパク・チスとはなんの話をなさってたんですか？」

開きかけていた塚本の口が途中で止まった。

「パク・チスさん。さっき、銀座の喫茶店でお会いになってますよね？」

「おれを監視してるのか？」

「まさか」

宮澤は笑った。

「椿の指図か？」

「塚本さんを尾行していたわけじゃありませんよ。パク・チスを尾行していたらたまたま塚本さんと待ち合わせをしていた」

「すぐにばれる嘘はやめろよ。なんのためにおれを監視してるんだ？　椿はなにを企んでる？」

「パク・チスとはなんのお話を？」

宮澤は塚本の目を覗きこんだ。

「企業秘密だ。答えられん。それより、いつからおれを監視してる？　この前会いに来たときからか？」

「だから、あんたなんか監視してないってば」

「なんかとはなんだ。あんたなんかとは」

「塚本さん」

宮澤は腹の底から声を絞り出した。低いが圧倒的な音量を伴った声だ。塚本が口を閉じた。

「あなたを監視下に置いたことは一度もありません。いいですか？」

「し、しかし、それならなぜ、おれがチュモン電機の人間と会っていたことが……まさか、本当にパクさんを監視してるのか？」

宮澤はうなずいた。

「馬鹿な。彼は韓国でも一流企業の人間だぞ。北とは無関係だ」

「ぼくもそう思います」

いくつかの疑念を無視して宮澤は言った。

「じゃあ、どうして？」

「椿さんが――」

それだけで塚本はすべてを把握したようだった。

「あいつはまだ病気が治ってないのか？」

「ええ。残念ながら」

「とっと誠にして追い出せばいいものを……」

「上層部も椿さんのことに関しては苦慮してるみたいですけど」

「椿のネジの緩んだ頭の中でパクさんが北の工作員だという妄想が広がってるわけか」

「でも、ただの妄想といって片付けるには引っかかるところもあるんですよ。ぼくが彼を尾行している間、何度か点検作業をしましたし」

「点検作業？　パクさんが？」

塚本は首を捻った。

「ええ」

「君――宮本君と言ったか」

「宮澤です」

「宮田君、本来は捜一の刑事なんだろう？」

「宮澤です」

「宮迫君の尾行が下手で、パクさんに気づかれたんじゃないのか？　本当に尾行されているかどうか確かめようとしたとか」

「宮澤です」

宮澤は塚本を睨んだ。

「ああ、すまん。昔から人の名前を覚えるのが苦手なんだ。それで、宮浦君、今ぼくが言ったことをどう思う」

わざと名前を間違えているのだ――宮澤は確信した。まったくキャリアという連中は度し難い。警察を辞めてもそれは変わらない。

「そうは思えません。公安一筋の刑事から見ればぼくの尾行はまだまだかもしれませんが、だからといって相手にすぐに見破られるような尾行はしませんよ」

塚本が苦笑いを浮かべた。

「昔、刑事警察と公安警察をふたつに分けるべきだという意見があった。同じ警察といってもやることはまるっきり違うんだからな。刑事警察は刑事警察で、公安は公安で独自に人材を確保して訓練した方が効率的だってね。そうなってたら、宮川君のような人間が公安に来ることもなかった」

「宮澤です」

「パクさんは熱心で有能なビジネスマンだ。おまけに、人間としても信用できる。椿の妄想だよ」

「それを確かめるためにも、パク・チスとなんの話をしていたのか教えてもらえませんか?」

「商談だ。それ以上のことは言えない」

「塚本さん――」

「帰ってくれ。それから、次は必ずアポイントを取ってから来ること。アポなしなら会わないからな」

有無を言わせぬ口調だった。

「わかりました。今日はこれで失礼します。ただ、ひとつだけお願いが――」

「なんだ」

「今の話、パク・チスには内密にお願いします」

「当然だ。北の工作員だと疑われてるだなんてそんな馬鹿げた話、パクさんにできるわけがない」

塚本は会議室を出て行った。宮澤は音を立てて閉じられたドアを見つめた。

塚本は宮澤が捜一から公安に異動してきたことを知っていた。だれかに聞いたのだ。現役の公安幹部に。

「だれだろう？」

思い当たる人間はひとりもいなかった。

## 19

パク・チスはホテルに戻ってはいなかった。携帯で椿と連絡を取り、イ・ヒョンジョンの監視に使っているアパートに戻ることにした。中央線で新宿に向かっている途中、椿から電話がかかってきた。

「外出した。今、ＪＲ東中野駅。新宿方面に向かう中央線のホーム」

小さな声だった。

「ぼくは今、中央線で新宿に向かってます。とりあえず新宿で降りて、椿さんからの連絡を待ちます」

「そうして」

電話が切れた。尾行をしているときの椿はどこからどう見てもプロフェッショナルだ。話し方すら変わってしまう。キャリアとはいえ有能な公安警察官だったに違いない。それがどうしてああなってしまうのだろう。

電車が新宿に到着する前にまた電話がかかってきた。

「大久保で降りた。大久保通りから職安通り方向に移動中」

「了解」

新宿駅で電車を乗り換え、新大久保で降りた。コリアンタウンと呼ばれる界隈に足を向けた。

電話が鳴る。

「職安通りと区役所通りの交差点近くの喫茶店」

「椿さんは外ですか、中ですか?」

「向こうに顔を知られてるんだよ。外に決まってるじゃないか」

「あ、そうっすね。五分で合流します」

喫茶店はすぐに見つかった、というより椿がすぐに見つかった。ガラス張りの喫茶店を道路の反対側から見張っている。目は手にした携帯に向けられている。

宮澤は椿に近づくことはせず、電話をかけた。

「彼女、だれと会ってるんですか？」

「パク・チスだよ。彼女が喫茶店に入って、三分後にやつが来た」

「本当ですか？」

「宮君に嘘をついてどうするの」

「なにを話してるんでしょうかね」

「それがわかったら公安の仕事なんて簡単だよ」

とりつく島もない。

「位置を交代しましょう。椿さん、結構目立ってますよ」

「うん。さっきからまずいなとは思ってたんだ。でも、うまく身を隠す場所が見つからなくって。頼むよ、宮君」

椿は携帯を耳に押し当てたまま歩きはじめた。道路を渡り、喫茶店の三軒隣のコンビニに入っていく。宮澤は椿が立っていた場所に移動した。ガラス張りの喫茶店は店内をはっきり確認することができる。イ・ヒョンジョンとパク・チスが向かい合って座っていた。パク・チスがなにかを喋り、イ・ヒョンジョンが笑っている。

「ずいぶん仲が良さそうですね」

「でしょう。クライアントとフリーランスの通訳って感じじゃないよね」

「工作員って感じでもないですけど」

皮肉をまぶしてみたが、椿には通じなかった。

「よっぽど高度な訓練を受けてるんだよ、あのふたりは。なにをするにしても自然にこなすんだ」

パク・チスの点検作業はお世辞にも自然とは言えなかった。しかし、点検作業をしたことに間違いはない。

「ちなみに、あの喫茶店の経営者は総連系の人間だ。日本に潜入してる北の工作員の溜まり場なんだよ」

高度な訓練を受けた工作員があんな喫茶店を溜まり場にするだろうか。そこに出入りしているだけで公安に目をつけられてしまう。

東京電力の作業員が左手から近づいてくる。宮澤は椿との会話をやめた。

「おい、おまえ、外三の新入りだろう。距離を置いてついてこい」

作業員がすれ違いざま、早口に言った。

「はい？」

作業員は宮澤には目もくれず明治通りの方角へ歩いていく。

「外二のやつかな」

携帯から椿の声が流れてきた。

「外二？」

「いいから、あいつについて行って。ふたりはぼくが見張ってるから」

電話が切れた。宮澤は携帯をポケットに押し込み、その場から離れた。作業員は百メートルほど先に停まっているヴァンに乗り込むところだった。車体には東京電力の社名とロゴがあった。

宮澤は一旦道路を渡って先の交差点まで進んだ。信号が青になるのを待ってまた道路を渡った。不審者は見あたらなかった。ヴァンの後部ドアが開き、さっきの作業員が宮澤に手招きした。

「早く乗れ」

「はいはい」

乗ると同時にドアが閉められた。宮澤は瞬きを繰り返した。ヴァンの後部座席はシートのほとんどが取り外され、代わりにいくつものモニタと機械類が設置されている。乗っているのは三人。運転席にひとり、後部にふたり。

「おまえら、あそこでなにやってるんだ？」

作業員が食ってかかってきた。

「なにって、捜査ですけど」

「公安のお荷物が捜査だ？」

「お荷物かもしれませんが、捜査です」

「てめえ――」

作業員が胸ぐらに摑みかかってきた。宮澤はその手首を摑んだ。

「なんの真似ですか、これは？」

「須藤、落ち着け」

機械類の前に座っていた男が声を発した。よれたスーツにノーネクタイ。くたびれたサラリーマンにもホームレスにも見える。

「すみません、班長」

作業員が頭を下げた。

「まったく、椿警視が現れたときには肝を冷やしたぜ」班長と呼ばれた男が宮澤に向き直った。「こっちの秘匿捜査がおじゃんになるところだった。おまえ、名前は？」

「宮澤です」

「宮澤か、しかし、ひでぇ点検作業だったな。なんだありゃ？」

「なにって……」

「信号のないところで道路渡って、今度は丁寧に信号を渡って。おれは不審者ですよって叫んでるようなもんだ」

班長の言葉は剃刀のように鋭利だった。

「すみません」

「たしか、捜一でへましでかして椿さんのところに送られてきたんだったな。とっとと辞表を書いちまえよ」

「辞表を書く書かないは自分で決めますのでご心配なく」

「口の減らねえ野郎だな。あの喫茶店になんの用だ？」

「捜査上の秘密です」

「宮澤巡査部長——」班長の声がさらに鋭くなった。「だよな？　まさか巡査長とかヒラの巡査ってことはねえよな？」

「巡査部長です」

「宮澤巡査部長、おれは小林警部補だ。上司として聞く。あの喫茶店になんの用だ？」

「直属の上司の許可がなければお答えできません」

「てめえ」

作業員が歯ぎしりしていた。

「ただし、小林警部補があの喫茶店をなんのために監視しているのかお教えいただければ、バーターでお答えします」

「おめえ、おれを舐めてるのか？」

「とんでもない」宮澤は顔の前で手を振った。「本当なら今すぐなにもかも話してしまいたいんですが、椿さんを怒らせたら五体満足でいられなくなるかもしれませんから」

「椿警視か……困った人だよな」

小林は腕を組み、渋面を作った。理性を失った椿がどんな暴れ方をするのか知っているのだ。

「班長、困ったで済ませるんですか？　おれたち、この秘匿捜査に何ヶ月もかけてるってのに――」

須藤と呼ばれた作業員が言った。

「余計な口は開くな」

小林の鋭い声に、須藤と呼ばれた警官は背を丸めて小さくなった。

「なあ、宮澤君よ、ものは相談だが――」

「はいはい、なんでしょう？」

「どこでもいいから椿さんを連れてってくれ。新宿以外ならどこでもいい」

「そうは言われても、向こうは警視殿ですし、ぼくがどうこうできるわけないじゃないですか」

「そこをなんとかしろ」

「そんな無茶な」

「おい」小林はおもむろに立ち上がり、宮澤を睨んだ。「冗談を言ってるわけじゃねえんだ。あの独活の大木をどこかに連れて行け。さもねえと――」

「さもないと？」

「面倒くせえことになるぞ」

「好きにしてください。もうとうの昔に面倒くさいことになってるんですから、こっちは――」

「班長、やつが店を出ます」

運転席で野太い声がした。

「なに？」

小林がモニタに顔を向ける。あの喫茶店が映っていた。初老の男が出てくるところだった。

「てめえら、今度は見失うなよ。細心の注意を払って尾行しろ」

小林がモニタに向かって怒鳴る。どこかにマイクがあり、車の外で待機している捜査員と繋がっているのだろう。

「そいつを叩き出せ」

小林が言った。その言葉が終わる前に襟首を摑まれた。ドアが開き、外に押し出される。

「なにしやがる」

振り向く前にドアが閉まっていた。文句のひとつでも言ってやろうと思ったが、その前に携帯が鳴った。

「やっぱり外二の連中だった？」

「おそらく」

「パク・チスを監視してるのかな――」

「違いますよ。たった今店を出た男を監視しているようです」

「宮君、いいようにあしらわれたんじゃないの？　本当は連中もパク・チスを追ってるのかも――」

「いいえ。それはありません」宮澤はきっぱりと言った。「連中が監視してるのは別の人間です」

「あ、そう」

拍子抜けするほどあっさりした答えだった。

「どうします？」

「どうもこうもないよ。やつらは外二、ぼくらは外三。お互いなにをしようが関係ないからね。ぼくらはぼくらで監視を続けよう。宮君、最初の場所に戻ってよ」

「了解しました」

刑事警察にもセクト主義の弊害はある。刑事たちは自分の手でホシを挙げるために苦労して入手した情報をひた隠しにしたがる傾向がある。同じ捜査一課でもそうなのだから、部署の違う二課や三課と情報を共有することはまずない。それどころか、ひとたび殺人が起これればそれまでの捜査の苦労が報われるどころか捜一にすべてを持って行かれてしまう。詐欺事犯も窃盗事犯も、殺人事件の前ではかすんでしまうのだ。だから、二課も三課も他の部署も捜一の刑事たちを目の敵にしている。

しかし、椿や小林の話を聞く限り、公安のセクト主義はもっと徹底されているようだった。右手のしていることを左手が知らないどころか、左手は右手のことなど眼中にないのだ。

宮澤は帽子と上着を脱いだ。同じ格好で同じ場所に立つのはさすがにまずいだろう。だが、帽子の他に変装の役に立ちそうなものは持っていなかった。もし、イ・ヒョンジョンに気づかれたら偶然を装うしかない。

小林の班は何人態勢なのだろう？　あのヴァンが指令車で、老人を監視尾行するために数人の公安警察官が待機していたはずだ。

「それなのにこっちはたったのふたり……」

おまけに、ひとりは頭のいかれた警官で、もうひとりは公安捜査に関してはど素人の警官だ。なにを捜査するにしても最初から無理がある。

イ・ヒョンジョンとパク・チスは相変わらず楽しそうに会話を続けていた。椿はコンビニの雑誌コーナーで立ち読みをしている。

とっとと辞表を書いちまえよ——小林の言葉が耳の奥にこびりついていた。捜査一課に戻れる見込みがないのなら、このまま椿の下で無益な仕事に従事し続けなければならないのなら、いっそ辞めた方が楽になれるのかもしれない。

携帯が振動してメールの受信を知らせた。浅田千紗からのメールだった。

〈ダーリン、忙しいのにごめんなさい。どうしても知りたいことがあって。ダーリンの給料っていくらぐらい？　その金額次第じゃ、結婚後もわたし働き続けなきゃならないでしょ？　いろいろ考えなきゃいけないから。時間の出来たときにご返事ください。ダ

リンの千紗より〉

宮澤は目を閉じ、闇雲に叫びたいという衝動と戦った。

## 20

元の場所に戻ってくると、パク・チスとイ・ヒョンジョンが喫茶店から出てきた。イ・ヒョンジョンが手を振り、ふたりは別々の方角に歩いていく。コンビニの脇に立っていた椿がパク・チスの後を追った。イ・ヒョンジョンは宮澤の担当ということだ。

イ・ヒョンジョンはどこへも寄り道をせず、まっすぐマンションへ戻った。宮澤は張り込み用のアパートに入り、椿からの連絡を待った。

椿は一時間半ほどで戻ってきた。

「まっすぐホテルに帰った。彼女は」

「彼女もです。寄り道はなし。不審者との接触なし」

「ふむ」

椿は畳の上に胡座をかき、首を捻った。

「ぼくと宮君だけじゃいかんともしがたいね」

「そうですよ。応援を呼ぶしかないんじゃないですか」

宮澤は意気込んだ。公安の他の部署が椿に力を貸すはずがない。となれば、この意味のない捜査は打ち切りにするほかなくなるだろう。

「なんとか、彼女の持ち物……できれば携帯に盗聴器を仕込みたいなあ」

椿はのんきな声を出した。

「盗聴器？」

宮澤は目を丸くした。

「そう。盗聴器」

「なに言ってるんですか。日本は法治国家ですよ。それにぼくたちは警官です。盗聴なんて違法行為をしたことが公《おおやけ》になったらどうなると思ってるんですか」

「公になる？　宮君、本気で言ってる？」

「もちろんです」

宮澤は胸を張った。椿が溜息を漏らした。

「なんで溜息なんですか？」

「公安の捜査は捜一の捜査とは全然性格が違うんだよ。宮君、まだわかってないの？」

「はい？」

宮澤は肩を落とした。なにか間違ったことを口にしてしまったのだろう。しかし、それを椿に指摘され叱責されるのは精神的にかなりきつかった。

「公安警察。警察って言葉がついてるから勘違いするんだろうけど、ぼくらの仕事の実際は防諜活動だよ。スパイ摘発、テロ防止が最大の任務。事件が起こる前に捜査を終了させることが肝要なの。わかる？」

「まあ、なんとなく」

宮澤は曖昧に笑った。

「スパイを見つけたら微罪で逮捕してお帰り願う。テロ犯を見つけたらテロを起こされる前に計画を潰す。できれば、テロ犯が日本に来る前に計画を察知して入国を阻止する。公安が取り扱った事件が刑事や民事の裁判になるなんて下の下なんだよ。スパイ連中もそのへんは心得てるからさ、スパイだという証拠を握られたところで活動を中止して国に帰るんだ。盗聴、おとり捜査その他諸々、違法捜査なんて当たり前だよ。だって、裁判にはならないんだから。どうやってその証拠を得たか、合法性を証明する必要がないんだ」

「なるほど」

「やっとわかったのか……」

椿が肩を落とした。心底落胆したのがよくわかる。いたたまれない思いに宮澤の胃が収縮する。

「盗聴って公安じゃそんなに頻繁に行われてるんですか」

「頻繁ってわけじゃないよ。被疑者がスパイだ、あるいはテロ犯だという確証を得て、そこから手続きを踏んで上から許可をもらうんだよ」

「え?」

「なに? どうしたの?」

「椿さんは彼女がテロの実行犯だっていう確証を得てるんですか? だから盗聴する?」

「当たり前だよ。っていうか、宮君もぼくと一緒に捜査してるんだからわかるでしょ。

彼女は間違いなく北から送り込まれたテロ犯だよ」

宮澤は頭を掻いた。これまでの捜査で、イ・ヒョンジョンへの疑惑は薄れていく一方だ。それなのに椿は根拠のない妄想にしがみついている。

「いいですか、椿さん」宮澤は真顔になり、椿を見つめた。「彼女はどう考えても――」

「宮君、これ」

椿は嬉しそうに微笑みながら上着のポケットに手を入れた。再び現れた手はなにかをつまんでいる。極太の親指と人差し指の間に極小の電池のようなものが挟まれていた。長さにして五ミリぐらいだろうか。

「椿さん、人の話聞いてます？」

「これ、なんだと思う？」

椿が宮澤の話を意に介していないことだけははっきりとわかった。

「なんですか、それ」

宮澤は露骨に顔をしかめたが椿の顔から笑みが消えることはなかった。

「盗聴器。これを仕掛けようよ」

「許可は取ってるんですか？」

「まさか。この盗聴器、ぼくの私物だもの。去年、個人的にアメリカに旅行に行ってね、そこで顔見知りのCIA職員に会ってさ、こっそりわけてもらったの。CIAが使ってる最新の盗聴器だよ。凄くない？」

「どうしてCIAが椿さんにそんなものをくれるんですか」

「パパに紹介してくれって言うから、なにか見返りがないと嫌だって答えたんだ。それでこれをもらった」

「そんな、見返りが盗聴器だなんて、普通あり得ないですよ」

「ぼくは公安の警察官だからね、こういうものに目がないんだよ」

意味がわからなかった。

「それで盗聴するにしても、どうやって上の許可を取るんですか」

「許可なんていらないよ」椿は急に声を潜めた。「だって、ぼくらは――」

「公安のアンタッチャブルだから？　そんな馬鹿な。いくらなんでもそれは無理でしょう。だって、盗聴ですよ」

「アンタッチャブルはなにをしてもゆるされるんだよ。国を守るためならね」

大真面目で言う椿の目が据わりはじめた。

「でも、違法捜査は違法捜査なんだから、いくらアンタッチャブルといってもどこかで線を引かないと」

「線は引いてあるじゃないか。彼女はテロ犯なんだから」

椿の声が震えている。正論だとはいえ、宮澤がこれ以上押せば暴れ出すに決まっていた。

「わかりました。でも、今回だけですよ。しばらく様子を見て、彼女がテロには関係ないとわかったら、盗聴器を回収して捜査を終了させましょう」

椿が憐れむように首を振った。

「彼女はテロ犯。間違いないよ」

「はい、そうですね。ぼくが間違っておりました。それで、どうやって盗聴器を仕込むつもりですか?」

「今夜あの店に行こう。彼女をアフターに誘うから、隙を見て宮君が仕込んで」

「そんな大雑把な計画ありですか?」

「大丈夫。いい店があるんだ」

椿はそう言って、悪戯小僧のように微笑んだ。

＊＊＊

イ・ヒョンジョンと店を出たのは午前一時近い時間だった。仕事だという思いがあるせいか、椿はちびちびと酒を飲み、乱れることもなかった。

椿が声をかけたのはイ・ヒョンジョン――紗奈にだけだったが、美穂が当然のように自分も行くと言い出した。男女ふたりずつ、断るのは不自然だ。

タクシーを捕まえると、椿は行き先を四谷と告げた。タクシーが乗りつけたのは四谷三丁目の交差点近くに建つ雑居ビルの前だった。

「さ、降りて、降りて」

椿は女たちとさっさと車を降りた。

「ちょっと椿――友枝さん、タクシー代」

椿は振り返りもせず、女たちと雑居ビルの中に入っていく。宮澤は舌打ちした。

「またこれだよ。聞こえないふりしてるに決まってる。ほんっとにケチなんだから」

宮澤は愚痴をこぼしながら代金を支払い、タクシーを降りた。雑居ビルに駆け込むとちょうどエレベーターのドアが閉まるところだった。

「友枝さん」

声を飛ばしたがエレベーターのドアは無情に閉じた。

「くそ」

エレベーターは下降し、地下二階でとまった。宮澤は階段を駆け下りた。

「友枝さん、酷いよ。友達、置いてけぼりにするなんて」

階段の途中で美穂の声が聞こえた。

「置いてけぼり？　だれを？」

「田代さん」

椿の惚けた声とイ・ヒョンジョンの非難するような声が続く。

「田代君？　ほんとだ。いない。どこに行ったんだろう」

「田代さんがタクシー代払ってる間に友枝さん、さっさとエレベーターに乗っちゃったの」

「なんだ。待ってくれって声をかけてくれればいいのに」

むかっ腹が立ってきた。宮澤は残りの階段を一気に飛び降りた。

「ほんとに酷いですよ、友枝さん」

「あれ、早いね、田代君」

「早いねじゃないですよ」

宮澤はタクシーのレシートを椿に突きつけた。

「割り勘でお願いします」

「割り勘って、千円とちょっとじゃないか。せこいなあ」

腹立ちが膨れあがっていく。もうごめんだ。こんなケチでいかれた男に振り回され続けるぐらいなら警察なんて辞めてやる。

そう考えた瞬間、どこかのドアが開き、凄まじい音が流れてきた。

「どう？　ぼくの行きつけのジャズクラブ。ビッグバンドが演奏してるんだ」

椿はレシートを無視し、女たちの背中に両腕を回した。

「わたし、ジャズわからないよ」

美穂が言った。

「わかる必要はないよ。感じればいいんだから」

イ・ヒョンジョンが振り返り、同情するような視線を送ってきた。宮澤はレシートを握り潰し、椿の背中を睨んだ。

広く大きな背中は宮澤の凝視を簡単にはね返す。

「くそ」

もう一度呟いて、宮澤は三人の後を追った。

店の広さはちょっとしたコンサートホールも顔負けだった。一番奥のステージでビッグバンドが演奏を続けている。四人掛け、六人掛けのボックスシートがフロアを埋め、左手の奥にバーカウンターがある。中央の空いたスペースで、白髪の男女がバンドの演奏に合わせて踊っていた。

「今時、こんなジャズクラブあるんですね？」

宮澤は声を張り上げた。

「バブルが弾けた後に一度潰れたんだけどね。五年前、物好きな金持ちたちが出資し合って再オープンしたんだ。ジャズ好きには有名な店だったんだよ」

椿も負けじと声を張り上げる。すぐに店員が来て席に案内された。女たちはジャズそっちのけで料理のメニューを覗きこんだ。

椿は顔なのだろう。なにも注文していないのに、ウィスキーのボトルと水割りのセットが運ばれてきた。ボトルに椿の名前が書き込まれていてはまずい。女たちがメニュー選びに迷っている隙に、宮澤はボトルを手に取った。

ボトルは新品だった。首からキープボトル用の札がかけられているがまだ名前は書き込まれていない。

「まさか、ここの支払いもおれが持たされるんじゃないだろうな……」

宮澤の不安をよそに、椿はパイプをくわえ、ジャズの演奏に聴き入っていた。

曲が終わると耳鳴りがした。女たちが食事を注文し、宮澤の作った水割りで乾杯する。

再び演奏がはじまると、会話はまったく困難になった。

だが、女たちは椿と一緒に嬉しそうに身体を揺らしている。イ・ヒョンジョンの顔にも美穂の顔にも笑みが浮かんでいた。

アップテンポの長い曲が終わると、今度は一転してミドルテンポの演奏がはじまった。

「ねえ、ちょっと踊ってこようよ」

すかさず椿が女たちを誘った。美穂も一緒だ。そうでなければ盗聴器を仕掛けられない。渋るふたりを椿は強引に立たせた。

「行こう、行こう。踊ろうよ」

椿がちらりと視線を向けてくる。宮澤は素早くうなずいた。

「田代さんは？」

美穂が言った。宮澤は首を振った。

「おれ、踊り全然駄目なの。三人で楽しんできて」

それ以上無理強いすることもなく、三人はダンスフロアに向かっていった。イ・ヒョンジョンのハンドバッグは席に置いたままだ。だれもが知っているブランドのものだった。すぐには手は伸ばさず、踊る三人を見つめた。それを見て、他の客もちらほらと踊りはじめた。

イ・ヒョンジョンが踊りに没頭していくのを確認し、宮澤はバッグに手を伸ばした。なるべく位置をずらさないように気をつけながらバッグを開ける。中には財布と化粧ポーチ、それに携帯が入っていた。視界の隅でイ・ヒョンジョンの動きを確認する。彼女の携帯を取りだした。

掌が汗で濡れている。極小の盗聴器が汗ですべって落ちそうになる。あらかじめ用意しておいたツールナイフを使って携帯の筐体を開け、椿に教わったとおりに盗聴器をセットする。

曲が変わった。今度はスローなバラードだった。椿とイ・ヒョンジョンが向かい合い、優雅に踊り出す。美穂はこちらに戻って来ようとしていた。慌てて携帯を元通りにし、バッグに戻した。

美穂は席には戻らず、化粧室の表示のある方へ歩いて行く。

「寿命が縮むぜ」

宮澤は額に浮いた汗を拭った。息を吐いたその瞬間、ズボンのポケットの中で携帯が振動した。心臓が止まりそうになった。溢れてきた生唾を飲みこみ、携帯を手にした。

千紗からのメールが届いていた。

〈ダーリン、まだ忙しいのかしら。こんな時間まで働かされるなんて可哀想。それとも、どこかで浮気してるのかしら。いろいろ考えてると気が滅入ってくるの。寂しい。ダーリンの声が聞きたい。死にたい〉

最後の文章が目に焼きついた。

「死にたいって、ちょっと待ってよ」

確かに千紗は気丈で酒癖が悪い。しかし、父親が植物状態に陥ったままなのだ。精神状態が不安定になったとしてもおかしくはない。

宮澤は席を立った。演奏の音が大きすぎて店内では電話などかけられない。一旦外の廊下に出て、千紗に電話をかける。

「もしもし？」

「ダーリン？」

「そそ、ダーリン。あのさ、悪いんだけど、まだ仕事中なんだ」

「ほんとに仕事？　浮気してるんじゃない？」

「してない、してない。浮気したくても、仕事が忙しくてそれどころじゃないし」

「浮気したいの？」

千紗の声がいきなり刺々しくなった。

「いやいやいやいや、そんなはずありません。そうでしょう、そんなわけあるはずがないでしょう」

「そうよね。ダーリンはそんな人じゃないわ。でも、こんな時間でもお仕事なの？　ダーリン、身体は大丈夫？」

「うん。慣れてるから。捜査本部ができたりすると、二、三日徹夜は当たり前だし、事件が解決するまで家にも帰れないしね。だから、心配はいらないよ、うん」

視界の隅でなにかが動いた。トイレから出てきた美穂だった。踊りで身体を動かしアルコールが回ったのか、足下がふらついている。

「時間ができたらメールもするし、電話もするよ。今夜はもう遅いから」

「たっしろさーん」

廊下に美穂の声が響き渡った。宮澤は携帯の送話口を手で覆った。

「大好き、たっしろさーん」

「なによ、今の声。女？」

携帯から流れてくる千紗の声は氷のように固く冷たかった。

「今、張り込みの最中。酔っぱらったホステスが客に声をかけてるの」

「たっしろさん、なにしてるのー？」

「ほんとに？」

「田代とか叫んでるでしょ？　酔っぱらって客に絡んでるんだよ。じゃあね。切るよ」

千紗の返事が来る前に電話を切った。美穂が抱きついてくる。

「田代さん、わたし、なんだか酔っぱらっちゃったよ」

宮澤はまた額の汗を拭った。心臓が早鐘を打っている。

「勘弁してよ。ほんと、寿命が縮むんだから」

宮澤は天井を見上げ、首を振った。

## 21

二日酔いの頭を抱えながら登庁した。イ・ヒョンジョンの携帯に盗聴器を仕掛けたときの緊張の反動か、あの後思いの外飲んでしまったのだ。別れ際の椿もへべれけだった。おそらく、今朝は遅刻するだろう。幸いだったのは飲み代を請求されなかったことだ。店員に話を聞くと、椿はあの店の勘定はいつも請求書を送ってもらい、銀行振り込みで支払っているということだった。

資料室には先客がいた。椿のはずはないと思い、何度も瞬きを繰り返した。椿にしては背が低く、身体も小さい。

滝山課長だった。滝山は椿のデスクに座り、パソコンをいじっていた。

「おはようございます、課長。なにかご用で？」

滝山が不機嫌さを隠そうともせずに顔を上げた。

「おまえら、外二の連中の秘匿捜査を邪魔したんだって？」

「邪魔だなんて人聞きの悪いことを。たまたま捜査対象を監視してたら、外二の連中が監視してるところに行き当たっただけですよ」

「それが、職安通りの喫茶店か」

「ええ」

「おい、落ちこぼれ。この前聞かされた話、あのまんまの筋で信じていいんだろうな？」

「筋？」

「すべては椿警視の妄想で、おまえたちが追ってる女は北とはなんの関係もないって言っただろう」

「ああ、それですか。間違いないと思いますけど」

「思います？」

滝山の眉が吊り上がった。

「間違いありません」

宮澤は言い直した。だが、滝山の顔は曇ったままだ。

「ちょっと付き合え」

滝山は大股で資料室を出て行った。

「あ、ちょっと、課長。付き合えってどこへ？」

宮澤は慌てて後を追った。エレベーターに乗っている間も、総合庁舎を出た後も滝山は無言だった。

「課長、どこに行くんですか？」

「朝のコーヒーだ」

宮澤と滝山は官庁街の外れにある古い喫茶店に入った。

「ホットふたつ」

宮澤の意見も聞かずにオーダーし、滝山は腕を組んだ。

「最初から話せ」

「はい？」

「おまえたちが追ってるヤマだ。確か、どこかで塚本が女といるのを見たのがなんだとか言っていたな」

「課長、いいんですか？　忙しい方がぼくなんかに時間を使っても」

「いいから話せ」

滝山の口調は真剣そのものだった。

「わかりました。まず最初は——」

宮澤は順を追って話しはじめた。滝山はしかめっ面のまま耳を傾ける。イ・ヒョンジョンとパク・チスがこちらの尾行の最中に点検作業を行ったという件になると滝山の瞼が痙攣した。

「とまあ、そんな感じです」

椿がイ・ヒョンジョンの勤めるクラブで泥酔し暴れたことと彼女の携帯に盗聴器を仕込んだことは話さなかった。

「そのふたり、本当に点検作業をしたのか？」

「ええ。稚拙なやり方でしたけど、間違いなく尾行の有無を確認する動作でした」

「ふむ」

滝山はコーヒーカップに手を伸ばした。

「でも、おかしいのはそれだけですよ。後は全部椿警視の妄想で――」

「あいつは昔から勘がよかった」

「は？」

滝山はコーヒーを啜り、窓の外に視線を向けた。どんよりとした曇り空が広がっている。

「刑事もそうだろうが、公安の捜査官にもセンスのあるやつとないやつがいる。センスのないやつはただ足を使って情報を集めてくるしかないが、センスのあるやつってのはふとしたことから事件の全貌に繋がるきっかけを摑んだりする」

「ええ。わかります、わかります」

宮澤は何度もうなずいた。

「持って生まれたものもあれば、現場で長く働いているうちに身につくものもあるんだろう。残念ながら、おれたちキャリアは持って生まれたものに頼るしかない。現場にはほとんど出ないんだからな。センスがなきゃ、ただの飾りに甘んじるほかない。現場に口出ししても煙ったがられるだけだ。だが、椿には——」

「センスがあった？」

滝山がうなずいた。

「鼻持ちならない男だが、公安捜査に必要なセンスがあった。それに、頭も切れる。キャリアだから当然だが。それで、出世街道をトップで走ってたんだ。警視に昇進したのも同期で一番。警視正になるのも一番だろうと言われていた。ドジを踏まなきゃ将来は警察庁長官か警視総監に間違いなくなると思われてたんだがなあ」

滝山の目が虚ろになっていく。想い出に心を奪われているようだった。

「課長、椿さん、あんなふうになっててもその頃のセンスは健在だと？」

「おれにもわからん。しかし、昔の椿を知っているともしかしてと思ってしまう」

「でも、イ・ヒョンジョンが北から送り込まれたテロの実行犯だって決めつけた理由もパク・チスが北の工作員だっていう理由もみんなでたらめですよ」

「そこが問題だな……辞めてくれないかなあ」

滝山は惚けたように呟いた。

「辞めさせる方法はないんですか？　今の椿さんじゃまともな仕事はできません。ところかまわずパイプをふかすこととか、そういうことを理由に——」

「あいつがただのキャリアならな。やりようはある。だが、あいつの親父さんやらなんやらがな。いろんな方面に強いコネを持ってるんだ。下手に鹹にしたらどんなとばっちりが来るかわからん。それでみんな慎重になってるんだ」

みんなというのはキャリアの中のキャリア。警察上層部のことだろう。

「昨日の件も、外二の現場の連中はかんかんだったらしいが、課長、部長がなだめ役に回ってな」

「はあ……」

「まあ、外二の課長も痛い目に遭ってるからなあ。あのときあいつはまだ管理官だったか……」

「あのとき？」

「まだ、椿がまともだったころの話だ。外二に椿と馬の合わない班長がいてな。叩き上げの警部だ。椿のやつ、自分の捜査にかこつけて、その班長が半年かけて内偵していた捜査の監視現場に現れやがってな。その秘匿捜査班は中国の外交官の隠れ蓑をかぶったスパイを見張っていたんだが、そいつが椿が現れたことで尻に火がついてることを悟ったんだ。大慌てで帰国した」

「偶然だったんじゃないんですか？」

「わざとだ」滝山の口調がきつくなった。「椿の根性は曲がってる。あいつほど底意地の悪い人間をおれは知らん」

「あのときの外二は大騒ぎだったな。当時の外二の課長は椿を嫌っていてな。あいつを追い出そうと躍起になったんだが、末は警察庁長官になると目されている若手の有望株だ。キャリアの中にも権力争いがあって派閥がある。椿は有力派閥から目をかけられていた。おまけに、親の七光り。結局、外二の課長は地方に飛ばされて、椿と馬の合わなかった警部は庶務に左遷だ。あれ以来、みんな椿には触らぬ神に祟りなしって態度になった」

「椿さんがですか？」

「椿さんがそんなことを……」

「おまえも気をつけろよ。今はああなって人当たりもよくなったが、本質は変わらんはずだ」

「しかし……」

確かに扱いづらい性格ではあるだろう。傍若無人で気が利かず、空気も読めない。というより端から読む気がない。おまけにどケチだ。それでも鷹揚なところもあり、滝山の言うように根性が曲がっているとまでは思えなかった。

「もうこんな時間か」滝山が腕時計に視線を走らせた。「落ちこぼれ、これからは捜査の進展状況を逐一報告しろ。なにもなけりゃそれでいいが、万が一、椿の勘が当たってたら一大事だ」

「あのふたりがテロを起こすって言うんですか？」

「テロの話はともかく、北が送り込んできた新手の工作員かもしれん。もしそうなら、あの椿には任せておけんからな」

滝山は腰を上げ、店の入口に足を向けた。

「課長、椿さんの勘が当たってる確率、どれぐらいだと思いますか？」

宮澤はその背中に声をかけた。

「七三かな」

滝山は振り返らずに答え、店を出て行った。

「椿さんの勘ねえ」

カップの底に残っていたコーヒーを啜った。目の隅になにかが映る。伝票だった。

「あー、課長。コーヒー代」

叫んでみたが手遅れだった。もう、滝山の姿はない。

「くそ。公安のキャリア連中はどいつもこいつもどケチ揃いかよ」

宮澤は吐き捨て、頬を膨らませた。

## 22

「遅刻だよ」

資料室に戻ると椿がパイプをふかしていた。

「すみません。ちょっと二日酔いで」

「あれしきの酒でだらしないね、宮君も。今朝は大変だったよ。千紗ちゃんから電話がかかってきて、宮君が浮気してるんじゃないかって」

「椿さんにそんな電話を？」

腰が抜けそうになって、宮澤は自分の椅子に座った。

「千紗ちゃん、宮君にめろめろだね」

嫉妬深い酒乱にめろめろになられても嬉しくはない。宮澤は目を閉じた。今日の天気と同様、自分の未来が鉛色の雲で覆われているような気がしてきた。

「宮君は浮気なんかするような男じゃないと言っておいたからさ、ぼくを嘘つきにしないでよ」

もし浮気をしてそれがばれたら、間違いなく宮澤は殺されるだろう。

「浮気なんかしませんよ」

電子音が鳴った。椿がスーツのポケットから携帯を取りだした。

「はい、椿。ああ、どうもどうも、ご苦労様。うん、これから向かうから一時間ぐらいで着くかな。なにか動きは？　ないのね。はい、わかりました」

椿は電話を切ると鞄に手を伸ばした。鞄がいつもより膨らんでいる。

「さ、行こう。また彼女の監視だよ」

「だれからの電話ですか？」

「プライベートな電話だよ」

椿の答えはそっけなかった。

「その鞄、妙に膨らんでますけど」

「受信機が入ってるんだ」

「受信機って盗聴器の？」

「そ。盗聴器を仕掛けたって、それを受信して聞けなかったら意味がないだろう？」

椿は嬉しそうに微笑んだ。

＊＊＊

受信機から流れてきたのは朝鮮語だった。当然だ。イ・ヒョンジョンは韓国籍の人間なのだから。

宮澤は椿と視線を交わした。

「宮君、朝鮮語は？」

宮澤は首を振った。

「椿さんは？」

椿が腕を組んだ。

「英語は完璧にこなせる。仏独伊西は日常会話ならなんとか。でも、朝鮮語はまったくわからない」

「仏独伊はわかるんですけど、せいってなんですか?」

「西と書いて、スペインを指すの」

椿の顔にあからさまな侮蔑の色が浮かんだ。

「見事に欧米に偏ってるんですね」

「忸怩たる思いがあるよ。二年ほど前から中国語も勉強してるんだが、朝鮮語はまだだ。ぼくとしたことが、抜かった」

受信機から流れてくる朝鮮語が途絶えた。イ・ヒョンジョンが電話を切ったのだ。宮澤も椿も眉間に皺を寄せたまま受信機を睨み続けた。しばらくすると受信機から電子音が聞こえてくる。イ・ヒョンジョンはいたって普通の着信音を使っていた。

また朝鮮語が流れてきた。

「どうします?」

「通訳が必要だね。宮君、悪いけど、出かけてくるよ。知り合いに通訳にうってつけの人間がいるんだけど、電話じゃなかなか捕まらないんだ」

「いいですけど……」

「電話の中身はすべて録音しておいて、いいね」

椿は慌ただしく部屋を出て行った。録音するもなにも、椿が用意した受信機にはデジタルレコーダーが組み込まれており、声がすれば自動的に録音する仕組みになっている。

電話が切れ、受信機は沈黙した。

「ぼくとしたことが、抜かった」宮澤は椿の声音を真似た。「なぁにが。抜かりっぱなしじゃないか」

空腹に胃が鳴った。椿のせいで今月は財政難に陥っている。ここ数日、朝食を抜いていた。

「腹減ったなあ。牛丼特盛り食いてえなあ」

また電話が鳴った。

「ヨボセヨ？」

イ・ヒョンジョンが電話に出た。

「紗奈ちゃん？　大久保だけど」

「あら、大久保さん。お久しぶりです。どうしたんですか？」

朝鮮語から日本語への切り替えは驚くほどスムーズだった。

「ちょっと紗奈ちゃんにお願いしたいことがあってさ。ここんとこ店にも顔出してないから頼みづらいんだけど」

「そんなこと気にしないでくださいよ。店には来られるときに来てくればいいんだから」

言葉だけ聞いているとネイティヴな日本人が話しているのかと勘違いしそうだった。同じ店に勤めている美穂の日本語とは大違いだった。元々耳がいいのだろう。

「じゃあ、厚かましくお願いしちゃおうかな。実はうちの女房が今度、ピアノのコンクールに出ることになってさ」

「わあ、凄い」

「コンクールっていっても、素人の集まりの発表会みたいなものなんだけどね。日頃外で悪さしてる分、こういうときはなにかしてやらないとまずくてさ。ネックレスが欲しいって言うんだ。舞台で映えるようなの。でも、おれ、そういうのわからないし、でも、紗奈ちゃんならセンスいいし、一緒に見てもらえると助かるんだ」

「いつですか？」

「急で悪いんだけど、明日から出張が入っちゃって、時間、今日しかないんだよ。今から出られないかな？　昼飯奢るから」

「場所は？」

「伊勢丹で買おうかなと思ってるんだけど」

宮澤は携帯に手を伸ばした。時刻は十時半。

「新宿の伊勢丹ですね。わかりました。じゃあ、十二時ちょうどに伊勢丹の駐車場の方の入口で」

「了解。悪いね。助かるよ、紗奈ちゃん」

「お昼、美味しいものたくさん食べますよ」

「食べて食べて。それじゃ後で」

電話が切れた。宮澤は浅田千紗に電話をかけた。

「ダーリン？」

電話はすぐに繋がった。

「千紗さん、これから時間作れないかな？」

「千紗さんなんて他人行儀でいや。千紗って呼んで」

「……千紗、どう？」

「せっかくダーリンが電話かけてくれたのに、急に言われても。デート？」

「仕事なんだけど、女性の相棒がいるんだ」

デパートの宝飾品売り場にいるのは女性かカップルだ。以前、相棒の刑事とマルヒ──被疑者を追いかけているとき、相手がデパートの宝飾品売り場に向かった。むさ苦しい男のふたり連れは異様に目立ち、尾行を感づかれたという苦い経験がある。

「警察の仕事？」

「うん。お願いできないかな」

「行く。愛するダーリンのためなら火の中水の中、千紗、どこにでもついて行く」

砂糖をまぶしたような声だった。宮澤は溜息を押し殺した。

「じゃあ、十二時少し前に新宿の伊勢丹まで来てくれる」

「お昼休みになってからじゃ駄目なのかしら？」

「うん。申し訳ない」

「いいわ。その代わり──」

千紗の声が低くなった。宮澤は悪寒を感じた。

「その代わり？」

「今夜、ダーリンのお部屋に泊まってもいい？　朝までたくさん可愛がって欲しいの」

いやとは言えなかった。

「も、もちろん。今日はなるべく早く帰るようにするから」

「やったー」

千紗は子供のようにはしゃいだ。

「それじゃ、十二時前にね。伊勢丹の新宿通り側の大きな入口。わかる？」

「うん」

「それじゃ、待ってるから」

宮澤は電話を切った。魔物を見るような目を携帯に向け、呪文のように呟いた。

「酒を飲ませなきゃ大丈夫。酒さえ飲ませなきゃなんとかなる」

何度か同じ言葉を繰り返した後、今度は椿に電話をかけた。

「彼女、もうすぐ出かけます。店の客から電話がかかってきて、買い物に付き合うと」

「ぼくはまだしばらく戻れないから――」

「大丈夫です。見失ったりしませんから、任せてください」

「わかった。宮君を信じるよ。なにかあったらまた電話ちょうだい」

「そうします」

「あ、それから、受信機持って行くの忘れないでね」

「受信機？」

「うん。盗聴器から半径五百メートル以内に置いておかないと意味ないからさ。よろしくね」

電話が切れた。宮澤は受信機を見つめた。分厚い辞書ほどの四角い塊だ。椿はそれを自分の鞄に入れて持ち運んだが、宮澤はいつも手ぶらだった。部屋の中を見渡したが、鞄はおろか手提げ袋のひとつもない。

「ああ、もう」

宮澤は頭を掻きむしった。

＊＊＊

結局、見張りに使っている部屋の大家に手提げ袋を借りた。幸いなことに伊勢丹の紙袋だった。

千紗は十二時十五分前にやって来た。息が荒い。

「遅れたらどうしようと思って駅から走ってきちゃった。ダーリン、待った？」

「おれも今来たばかり」

肩を上下させながら喋る千紗は可愛らしかった。これで酒さえ飲まなければ——宮澤は首を振った。

「それでどんなお仕事？」

「これからあるカップルがここの宝飾品売り場で買い物をする。それをこっそり見張るんだ」

「ダーリン、ほんとに刑事なのね。千紗、どきどきしちゃう。相手に気づかれたらやばいのよね？」

「千紗さん——千紗は普通にしていればいいよ」

「普通って言われても」

「おれとデートしてるつもりで」

「はい」

千紗は宮澤の右腕に自分の腕を絡ませてきた。頬がかすかに赤く染まっている。とても嬉しそうだった。

「じゃあ、行こうか」

「うん」

伊勢丹の店内に入り、イ・ヒョンジョンと大久保と名乗った男が待ち合わせしている別の入口に向かった。化粧品売り場は香料の匂いが強く立ちこめ、宮澤は顔をしかめた。

「ダーリン、化粧品の匂いだめなの？」

「いや、そういうわけじゃないけど、デパートの売り場って匂いが強すぎるだろう。苦手なんだ」

「へえ」

千紗が微笑んだ。

「なにがおかしいの？」

「こうやってダーリンのことひとつずつ知っていくのがなんだか嬉しくて」

「そ、そう」

宮澤を見上げる笑顔が真っ直ぐで、思わずたじろいだ。

「ダーリンも少しずつでいいからわたしのこと知っていってね」

「あ、ああ。もちろん」

イ・ヒョンジョンの姿が見えた。店に出るときとは違って控えめに化粧を施し、淡い色合いのブラウスに細身のジーンズを合わせている。

「あの女の人。じろじろ見ないで、顔だけ覚えて」

宮澤の腕を摑む千紗の手に力が入った。

「綺麗な人……なにをしたの？」

「それは話せないんだ。ごめん」

「いいの。わたしが馬鹿なこと聞いちゃった。大切なお仕事なのにわたしを信頼してくれてるのが嬉しいから、なにも聞かない」

イ・ヒョンジョンの相好《そうごう》が崩れた。スーツを着た四十絡みの男が近づいてくる。

「あの男がお相手。緊張しなくていいから、いろいろおれに話しかけて」

「わかった」

千紗は自分の使っている化粧品の特徴を説明しはじめた。イ・ヒョンジョンと大久保が店内に入ってくる。宮澤はとある販売ブースの前で足を止めた。

「いらっしゃいませ」

途端に店員が笑顔で近づいてくる。

「ちょっと見てるだけだから」

宮澤の背後をイ・ヒョンジョンと大久保が通り過ぎていった。ふたりはエレベーター乗り場へ向かっていく。宝飾品売り場は四階だ。

しばし迷った後、宮澤は千紗を誘ってエスカレーターに向かった。監視対象から目を離すのは規則違反だが、同じエレベーターに乗るのは躊躇われる。

「あの人たちはエレベーターに乗るみたいよ」

「四階に行くんだ。先回りするよ」

エスカレーターで四階まで行き、宝飾品売り場に隣接する婦人服売り場でふたりがやって来るのを待った。

「うわあ、素敵」

千紗が感嘆の声を上げた。すぐ近くにウエディングドレスが展示されていた。

「ダーリン、わたしたちの結婚式、和風がいい？　それとも教会で？」

「それは千紗に任せるよ。結婚式の主役は新郎じゃなくて新婦だからさ」

「ダーリン、本当に優しいから好き」

千紗の目が潤んでいる。宮澤は慌てて目を逸らした。上着のポケットから小型のデジカメを取りだし、掌に握りこむ。大久保の顔写真を撮っておきたかった。

エレベーター乗り場からイ・ヒョンジョンたちがやって来た。レンズをズームさせ、モニタを見ずにシャッターを切った。最近のデジカメは性能がいい。被写体の顔を自動的に認識して勝手にピントを合わせてくれる。

念のためにもう一度シャッターを切り、宮澤は千紗が見つめているウェディングドレスに顔を向けた。

「千紗に似合いそうだね」

「そう？　わたしには少しセクシー過ぎるかも……このドレス着たままダーリンに犯されるかも」

「お、犯すって、声が大きいよ」

「ごめんなさい」

千紗が舌を出した。イ・ヒョンジョンたちは宝飾品売り場に到着し、品定めをはじめたところだった。今のところ、不審な動きは見えない。

「あっちへ行こう」

千紗を促し、宝飾品売り場へ移動する。

「あの指輪、素敵」

千紗がショーウィンドウを覗きこみ、甘い声を出した。宮澤は値札を見て目眩を覚えた。

「ダーリン、わたし、婚約指輪が欲しいな」

千紗は宮澤の腕に胸を押しつけてくる。

「う、うん。ボーナスが入ったら」

「夏のボーナス出てそんなに経ってないわよ」

「もう消えました」

「消えたってどういうことよ――」

そこまで言って千紗は手で口を押さえた。

「パパの見舞金？」

「うん。ボーナス全額」

千紗の目が潤んでいく。

「わたしったらそんなことも知らないで、あのお金、ダーリンに投げつけちゃった」

「いいんだよ。当然だから」

「それなのにママがお金拾い集めるから、それも頭に来てダーリンにとっても酷いこと言っちゃった」

なんでも金で解決しようとするクズ野郎――面と向かってそう言われたのだ。

「もう気にしてないから。こんなとこで泣かないで。お願い。仕事中なんだからさ」

「うん。ごめんね、ダーリン。婚約指輪は我慢するから、早く結婚できるよう一緒に頑張ろうね」

「う、うん」

イ・ヒョンジョンたちは売り場の一角で足を止めている。店員がショーウィンドウから出したネックレスを品定めしていた。

「あのブランド、結構高いのよ。お金持ちなのね。あの人にプレゼントするのかしら」

千紗の言葉に宮澤は首を振った。

「奥さんへのプレゼントらしいよ。ピアノの発表会に出るんだって。それで彼女に付き合ってもらってものを選んでるんだ」

「警察って人のことそこまで調べるんだ」

「うん」

宮澤は言葉を濁し、喋りすぎを自戒した。

「よし、決めた。これにしよう」

大久保がそう言ったのが聞こえた。

「本当にこれでいい？　他のも見なくていいかしら？」

続いてイ・ヒョンジョンの声が流れてくる。

「これが気に入ったんだよ。ありがとう紗奈ちゃん。付き合ってもらってよかったなあ」

大久保はせっかちな性格らしい。もう財布からクレジットカードを抜き出していた。

「あのネックレスでいくらぐらいするのかな?」

「うーん、遠くからでよくわからないけど、あのブランドなら最低三十万ぐらいから。ねえ、あのふたり、なんの容疑者なの? 盗み? 詐欺?」

「だから、それは言えないの」

「もしあのふたりを逮捕したら、そのときは教えてくれる?」

宮澤はうなずいた。だが、あのふたりが逮捕されることはないだろう。すべては椿の妄想なのだ。

## 23

買い物を済ませたイ・ヒョンジョンと大久保は七階のレストラン街にある高級和食店に入っていった。ランチとはいえ、緊縮態勢にある宮澤の財政には高すぎる。仕方なく千紗を伴って隣のイタリア料理の店に入った。ふたりの会話の内容を聞きたかったが、人前で堂々と受信機を取り出すわけにはいかなかった。

ふたりは小一時間ほどで店から出てきた。地下まで降り伊勢丹を出ると、地下通路でふたりは別れた。イ・ヒョンジョンは新宿駅方面へ。大久保は新宿三丁目方面に歩き出す。

「千紗、ありがとう。助かったよ。あとで連絡するから」

「今夜はダーリンと一緒に――」

「わかってる」

千紗に手を振り、宮澤は大久保を追った。都営地下鉄の駅に入り、神保町方面行きのホームに出る。そこにタイミングよく電車が入ってきた。

宮澤は大久保の乗ったのとは別の車両に乗り込んだ。それほど混んではおらず隣の車両を見渡すことができる。大久保はドア近くに立ち、吊り広告を眺めていた。もうすぐ発車するというアナウンスが流れた。大久保がスーツのポケットから携帯を取りだした。耳に当てる。ドアが閉まりはじめた。ドアが完全に閉まる直前、大久保は電車から降りた。

「あ――」

ドアが完全に閉まった。大久保は携帯を耳に当てたまま電車を見ている。尾行者がいないかどうか確認しているのだ。宮澤は素知らぬ顔で空いている席に腰を下ろした。

点検作業に間違いない。大久保は工作員だ。ならば、イ・ヒョンジョンも工作員かそれに類する存在だということなのか。

「くそ」

宮澤は右の拳を左手に打ちつけた。

椿にはセンスがある――滝山課長の声が耳の奥でこだましていた。

＊　＊　＊

「宮君、いつまで経っても尾行が上手にならないねえ」

報告を終えると椿は侮蔑を隠さずにそう言った。

「まさか、あんなところで点検作業がはじまるとは思ってなかったもので」

「その油断がねえ。相手を監視尾行しているときはどんな油断も禁物だよ。おまけに、相手はテロを計画している工作員なんだからさ」

返す言葉もない。すべては椿の妄想の産物だと決めてかかり、大久保が工作員である可能性に思い至らなかった。ただ義務として尾行したのであり、だからこそあの単純な点検作業に引っかかってしまったのだ。

「その男の写真は」

「あります」

宮澤はデジカメのモニタに大久保と名乗った男の写真を出した。椿が覗きこんでくる。

「こいつはどこかで見た顔だぞ……」

椿は持参したノートパソコンを開き、ネット接続用の機械を繋いだ。

「確か五年ぐらい前だったよな」

呟きながらパソコンを操作する。しばらくすると小さな声を上げた。

「これだこれ。こいつ」

宮澤は自分に向けられたパソコンの画面を見つめた。大久保と名乗った男の顔写真が映っている。

「金田俊明。日本国籍を取得しているけど、そのルーツは在日朝鮮人。主に東南アジアから加工食品を輸入している貿易会社の営業課長。会社は小さいけど、そこそこ儲かってる」

「どうしてそんなことがわかってるんですか？」

「五年前に、外二がこの男を内偵したんだ。証拠が出なくて工作員だと断定できなかったんじゃなかったかな」

「椿さんもその内偵に関わってたんですか？」

「ううん」

椿は首を振った。

「とりあえず、紗奈ちゃんと金田の会話を聞こうか」

椿は受信機からUSBメモリを抜き、パソコンに接続させる。自動的にソフトが起動し、メモリ内のファイルを表示した。録音を開始した時刻がファイル名になっている。

音声が再生されはじめたが声が遠い。盗聴器――イ・ヒョンジョンの携帯はおそらくハンドバッグの中だ。

「これじゃなにも聞こえないね」

「ええ。ダメですね」

椿はパソコンを操作して音声を早送りさせた。モニタには折れ線グラフのようなものが表示され、線が刻一刻と変化していく。おそらく、音声の波形をグラフ化したものなのだろう。その線がある瞬間跳ね上がった。椿が早送りを止めた。

パソコンのスピーカーから聞き慣れた着信音が流れてくる。イ・ヒョンジョンの携帯にだれかが電話をかけてきたのだ。

イ・ヒョンジョンが電話に出、相手と二言三言、朝鮮語で会話を交わした。

「これぐらいならぼくにもわかるよ。後でかけ直すって言ってるんだ」

椿が言った。

電話はすぐに切れたが、音声が聞きづらくなることはなかった。携帯はバッグの中ではなくテーブルの端に置かれたのだ。

「話の途中でごめんなさい」

「いや、かまわないよ。無理言って付き合ってもらってるのはこっちだから。それより、通訳の仕事の方はうまくいってるの？」

「ぼちぼち。通訳の仕事だけで食べていけるようになれれば夜の仕事は辞めたいんだけど、まだそこまでは」

「韓国には帰らないの？」

「日本でやりたいことがあるから」

「やりたいことってなに？」

「内緒」

二人の会話はそんな調子で続いていった。テロのテの字も出て来ない。大人の男と女の普通の会話だ。しかし、それならば大久保──金田のあの点検作業はなんだったのだろう。椿は難しい顔で腕組みしていた。

「符丁だね」

椿が言った。

「符丁？」

「そう。ふたりは符丁を使って会話してるんだ。話の中身を聞かれても大丈夫なようにね。ふたりとも高度な訓練を受けている。間違いない」

「いやいやいや、どう聞いたって普通の会話ですよ、これ」

「宮君、じゃあ、君が金田の点検作業で尾行をしくじったのはどう説明する？　一般人があんなことをするとでも言うの？」

宮澤は答えに詰まった。

「こうなると、金田も完全監視下に置く必要があるな……でも、ぼくたち二人だけじゃ無理だ。宮君、滝山課長にぼくのこと報告してる？」

心臓が止まりそうになった。

「な、なんの話ですか」

椿がくすりと笑った。

「宮君は嘘が下手というか、嘘をつけない性質なんだね。よくそれで警官が務まるなあ」

「ぼ、ぼくはなにも――」

「いいんだよ、誤魔化さなくて。滝山課長はぼくの下につける部下にいつも極秘の任務を与えてるんだ。それはぼくの行動を逐一報告すること。昔からそうなんだよ、あの男は。ぼくの手柄を横取りするのが好きなんだ」

そんな任務を与えられた覚えはない。それに滝山に報告しろと言われたのは捜査の経過だ。

「ぼくがなぜ警視のままだと思う？　ぼくはキャリアで優秀な警察官で、同期のトップで出世街道を走ってたんだ。ところが、滝山課長に手柄を横取りされるようになってぼくの昇進は止まってしまったんだ」

反論しようとして、宮澤は喉元まで出かかっていた言葉をのみこんだ。椿の妄想は念が入っている。昇進が遅れていることの理由もきちんと辻褄が合うように作り上げられているのだ。

「宮君、滝山課長にさ、イ・ヒョンジョンが金田と会って、君は金田を尾行しようとしたけど点検作業のせいで失敗した。それだけ報告してくれないかな」

「どうしてですか？」

「金田はかつて外二が北の工作員じゃないかと内偵を進めてた人間だし、そいつが紗奈ちゃんと接触しておまけに宮君の尾行をまいた。課長、間違いなく飛びついてくるよ。ぼくの手柄を横取りしようとしてね」

「そんなもんですかねえ」

「明日の朝一で頼むよ。滝山課長、きっとどこかの班に完全秘匿捜査を命じるからさ。そうなれば、ぼくらは紗奈ちゃんだけに専念できる」

椿にはセンスがある——滝山課長の声がまたよみがえった。本当にイ・ヒョンジョンはテロリストなのだろうか。どうにも信じられない。

携帯がメールの着信を告げた。千紗からのメールが届いている。

〈ダーリン、今日のなんちゃってデート、ちょっとどきどきでわくわく。楽しかったぁ。わたしでよかったらまた誘ってね。ダーリンのお仕事手伝えるなんて光栄です。でも、約束は忘れないでね。今夜は千紗の手料理をご馳走します。なにが食べたい？和洋中なんでもOKよ。返信待ってます。千紗〉

椿に盗み見されそうで、宮澤は慌てて携帯を閉じた。

## 24

千紗は両手にスーパーの買い物袋をぶら下げていた。宮澤は反射的に腕時計に目をやった。

午後七時二十五分。約束の時間までまだ五分の余裕がある。

「早いじゃない。遅刻したかと思って焦ったよ」

千紗に声をかけ、買い物袋を代わりに持った。

「だって、ダーリンに手料理作るの初めてだから」

答えになっていない言葉を呟きながら、千紗ははにかむように微笑んだ。いつもより薄めの化粧がその微笑みによく合っていた。

「凄い量の食材だね」

指に食い込むレジ袋の重さは相当なものだった。

「ダーリンの家にどんな調味料があるかわからないし、それに、麻婆豆腐だけじゃ栄養が偏っちゃうでしょ。もう二、三品作ろうと思って」

駅前の商店街は半数以上の店がシャッターを下ろしていた。家路につく通行人に混じって、宮澤と千紗はゆっくり歩く。

「部屋、二週間ぐらい掃除してないけど――」

「大丈夫。びっくりしたりしないから、心配しないで。これからはお部屋のお掃除もお洗濯も全部わたしがやってあげる」

「そ、そう？」

なんと答えていいかわからず、宮澤は頭を掻いた。ここ数年、特定の恋人はいなかった。いいところまでこぎ着けても、帳場が立つと事件が解決するまで捜査本部に寝泊まりする日々が続く。大抵の女性は宮澤のそんな仕事に愛想を尽かして離れていく。

「こうして歩いてるとなんだか新婚さんみたい」

千紗の顔には微笑みが張りついている。結婚という二文字が頭の中でどんどん巨大化していった。

千紗はいい女だ。酒さえ飲まなければ。だから、酒を飲ませなければいい。

「なにか言った？」

「別に、なにも」

宮澤は慌てて首を振った。

＊＊＊

麻婆豆腐に具沢山のチャーハン、椎茸と白菜とベーコンのスープ。千紗の料理は絶品だった。宮澤は一口食べる度に唸り、お代わりをし、満腹になってもなお食べ続けた。

食事が終わると宮澤は千紗と自分のためにコーヒーを淹れた。だが、千紗はコーヒーを一口啜っただけで部屋の片付けと洗濯をはじめてしまった。

よく働くし、それを厭わない。

「適当なところで休みなよ」

「もうちょっとで終わるから」

そう言いながら千紗はバスルームに消えていく。すぐに洗い終えた洗濯物を抱えて現れた。

「これを干したらお終い。コーヒー冷めちゃったかな?」

「また淹れてあげるよ」

うまい手料理で腹が満ち、甲斐甲斐しく働く千紗の姿に心が満ちていた。結婚も悪くないかもしれない。

結局、千紗が冷めたコーヒーに口をつけたのは午後十時をいくらかまわった後だった。

「お疲れ様。温かいコーヒー、淹れ直そうか?」

千紗は首を振った。

「ビールがいいな。今、バスタブにお湯ためてるから、ダーリン、先にお風呂入る?」

背中の皮膚があっという間に粟立った。

「ビ、ビールね。ビールったら。いきなりそんなこと言うなんて」

「いやだ、ダーリンったら。いきなりそんなこと言うなんて」

千紗が頬を赤らめた。

「だって。飯食い終わったらすぐにでもしたかったのにさ、千紗、掃除はじめちゃうから」

「ダーリン、そんなにわたしが欲しかったの?」

「うん。当然だろう」

千紗の目が潤んでいく。発情したのだ。このまま強気で押せば酒のことは忘れるに違いない。宮澤は千紗の手を取った。

「一緒にお風呂入ろうよ。千紗に背中流してもらえたら、嬉しいな」

「いや。恥ずかしい……お酒飲んだら大胆になれるんだけど」

「恥ずかしがる千紗が可愛いんじゃないか」

我ながらよく言えると思いながら宮澤はまくし立てた。千紗の腰に腕を回し、バスルームに誘導する。

「もう。ビールを飲んでゆっくりお話しして、それからベッドにって思ってたのに」

「おれはもう我慢できない」

宮澤は千紗を背中から抱きしめた。うなじに舌を這わせ、服の上から胸を揉む。豊満な尻に勃起しはじめたペニスを押しつける。

「あ、こんなところで……ダーリン、先に入って。服を脱ぐところ見られるの、恥ずかしいから」

酒が入っているのといないのとではまるで別人だ。羞恥に震える姿に、ペニスが完全に硬くなった。

「だめ。一緒に入るんだよ」宮澤はいつになく語気を強めた。「ほら。まず、おれの服を脱がせて」

「わたしが？」

「そう。他にだれがいる」

千紗が振り返り、震える指先で宮澤の服を脱がせはじめた。千紗の目は宮澤の股間に釘付けになっている。ズボンの上からでも、勃起しているのがよくわかる。

「ダーリン……」

宮澤の上半身を裸にしたところで千紗は床に膝を突いた。宮澤の腰に抱きつき、自分の頰をズボンの上からペニスに押しつけてくる。

「犯して、ダーリン。わたしのこと、めちゃくちゃにして」

酒が入った千紗はサディスティックだが、素面の千紗はマゾヒスティックだった。なんという落差だろう。千紗には絶対に酒を飲ませない──宮澤は声に出さずに誓った。

＊　＊　＊

宮澤は生欠伸を嚙み殺した。結局、昨夜は三度も交わった。恥じらいながら乱れる千紗があまりにも新鮮だったのだ。

カーテンの隙間から朝日が射し込んできていた。午前七時。そろそろ出勤の支度をしなければならない。千紗はシャワーを浴びているようだった。

ベッドから抜け出し、居間に移動した。テーブルの上に朝食がのっていた。トーストにスクランブルエッグ、かりかりに焼いたベーコン、野菜いっぱいのスープ。

「いつの間に……」

宮澤は呟き、夢うつつにベーコンの焼ける匂いを嗅いだことを思い出した。千紗は六時には起きていたのだろう。

「いい子じゃないか」

宮澤はにやつきながらテーブルについた。トーストを頬張り、スープを啜る。美味しかった。

「毎朝こうなら、結婚も悪くないかもな。うん」

朝食を半分ほど胃に収めたところで千紗がバスルームから出てきた。髪の毛は乾き、メイクも完璧に済ませている。

「スープの味、どう？　ちょっと薄い？」

宮澤は首を振った。

「最高。文句なし」

「よかった。ダーリンに喜んでもらえて。ご褒美ちょうだい」

千紗が顔を寄せてくる。宮澤は頬に口づけした。

「千紗は食べないの？」

「ダイエット中。これ以上太ったら、ダーリンに嫌われるもの」

「そんなことないよ。痩せすぎず、太っているわけでもなく。今が一番いいと思うけどな」

「男の理想と女の理想には溝があるのよね。あん。後ろ髪引かれるけど、もう出なくちゃ」

「出勤時間、そんなに早いの？」

「一度家に戻って着替えないと。同じ服で出勤するわけにはいかないの」

「そういうもんか……」

「はい」

千紗が広げた手を差し出してきた。

「はいって、なに？」

「この部屋の合鍵」

「合鍵？」

「ダーリン、仕事が忙しいでしょう？　時間があるときに来て、掃除やお洗濯しておいてあげる」

「いや、でも、そんなの悪いよ」

千紗の瞼が痙攣した。

「わたしたち、結婚するんでしょう？」

「は、はい」

「じゃあ、わたしたち、婚約者。フィアンセ。違うの？」

「違いません」

「だったらどうして合鍵を渡すの、そんなに渋るの？　昨日、あんなに愛してくれたのに、あれはただしたかっただけ？」

「そんなこと、絶対にありません」

宮澤は踵を返した。冷凍庫の奥からジップロックに入れた合鍵を取り出す。ジップロックを開け、鍵を千紗に渡した。

「わあ、ありがとう。なくさないよう、大切にするね」

背筋に悪寒が走った。宮澤は身震いしながら、出て行く千紗を見送った。

## 25

椿はイ・ヒョンジョンの住むマンションを見張りながらサンドイッチをぱくついていた。

「おはようございます。椿さん、早いですね」

「いつもより二時間ばかり早く目が覚めたから、家のプールで小一時間泳いできたんだ。そうしたらお腹が減ってね」

椿はサンドイッチと洋風のおかずが入ったランチボックスを指さした。サンドイッチには分厚い肉が挟まっている。おかずはスペアリブらしきものとフライドポテト、厚くカットされたチーズだった。朝からなんというボリュームだろう。

「家の料理人に弁当作ってって泣きついたんだ。そしたらこれを持たされた。宮君も食べる？」

「朝食、食べて来たんです」

「そうなの？　これ、飛驒牛のステーキサンドなんだよ。A5ランクのヒレ肉。柔らかくて美味しいよ」

「残しておいてもらえれば、昼に食べますけど」

「今食べないならぼくが全部食べちゃうよ。お腹減ってるんだ」

「そうですか……」

「そうそう。ぼくの知り合いで朝鮮語に堪能な人に、昨日の盗聴テープ、聞いてもらったんだ。どれもこれも、ただの会話だって。符丁がわかればなあ」

「符丁なんてないかもしれないじゃないですか」

「そんなことはないよ」椿はパンくずを口から飛ばした。「彼女は高度な訓練を受けたプロだからね。なにげない会話の端々に暗号を忍ばせるなんて朝飯前さ。宮君、まだ九時前だけど、先に総合庁舎寄ってきたの？」

唐突に話題が変わった。

「総合庁舎って、別に――あ」

「なんだよ。滝山に話をするの、忘れてたの？」

「すみません。今から行ってきます」

「ちょっと待って。彼女が出てきた」

椿の声が緊張を孕んだ。宮澤は窓の外を見る。着飾ったイ・ヒョンジョンがマンションのエントランスに姿を現した。

「椿さん、行きましょう」

「うん」

椿は悲しげにランチボックスを見下ろした。

「なにしてるんですか」

「宮君。この弁当、昼まで保つと思う？」

「そんなこと言ってる場合じゃないでしょう。ぼくは車とってきますから、尾行、お願いします」

「うん」

椿は潤んだ目をランチボックスから引きはがし、重い足取りで玄関に向かった。

＊＊＊

イ・ヒョンジョンが向かったのは表参道の美容院だった。ガラス張りの店は中の様子が丸見えだった。どうやら髪の毛のカットだけではなく、カラーリングをするようだった。そうなると、二時間は出て来ないだろう。

車と盗聴器を椿に託し、宮澤は総合庁舎に向かった。

「滝山課長、ちょっといいですか？」

デスクワークに没頭している滝山に声をかけると、険しい目で睨まれた。

「今は忙しい。椿がなにかしでかしたのか？」

「椿さんというか、なんというか」

滝山は周囲を見渡した。捜査員の姿はほとんど見当たらない。

「話せ」

「課長、金田俊明って名前に聞き覚えありますか？」

「金田？　何年か前に外二の連中が目をつけていた男だろう。結局、尻尾は摑めなかった」

面識率という言葉が頭を駆け巡った。キャリアまでよその部署が追いかけていた人間の名前をしっかりと覚えている。

「実は昨日、その金田に尾行をまかれまして」

宮澤は大久保という偽名を名乗った金田がイ・ヒョンジョンに接触し、尾行をまかれるまでを端折ることなく丁寧に話した。金田が地下鉄内で点検作業をした件になると、滝山の顔つきが変わった。

「本当に点検作業だったのか？」

「間違いありません」

「それでまかれたっていうのか。まったく、刑事の人間はどういう尾行の仕方をしてるんだ」

「申し訳ありません」

「しかし、椿が目をつけた女と金田俊明か。確かに気になるな……」

「気になりますよね。そこでなんですけど、金田を監視下に置いてもらえないかな、なんて。なにしろ、うちらはたったふたりの部署なんで、ひとりを見張るのがやっとなんですよ」

「藤堂さん」

滝山が声を張り上げた。離れたデスクに座っていた管理官が顔を上げた。

「米山班、今は暇なんだっけか？」

「久本班の補佐に回ってるはずですが、なにか？」

「米山を呼んでくれ。大至急だ」

滝山の目つきは険しいままだった。

＊　＊　＊

米山班は米山警部補を筆頭に、六人のメンバーで構成されていた。男五人に女がひとり。米山は銀行員のような風采で、遊び人風とミュージシャン風がひとりずつ。男の残りは職業不詳、女はどこにでもいる普通の主婦といった趣だった。

滝山の状況説明が終わると、米山が小さくうなずいた。すると、米山班のメンバーは無言で会議室を出て行く。

「誰も彼も、警察官には見えませんね」

「裏班の連中は人混みに紛れ込むのが仕事だからな」

「でも、いくらなんでもミュージシャン風はないんじゃないですか、公務員として。あいつ、鼻にもピアス開けてましたよ」

「仕事に必要なんだ。ああ、そういえばあいつは昔、椿の下にいたんだったな」

「本当ですか？　だって、ぼくが聞いた話じゃ、椿さんの部下になった人間はみんな辞めていくって――」

「あいつが唯一の例外だよ。たしか、なにかでへまをして半年ほど椿の世話を押しつけられていたはずだ」

「それがどうしてまた？」

「手柄を立てたんだよ。決まってるだろうが。さ、無駄話はここまでだ。金田の方は米山班がきっちり監視するが、女の方はどうなんだ。おまえたちで大丈夫なのか？」

「今のところは」

宮澤は言った。滝山が疑わしげな目つきを向けてくる。手柄を横取りしようとするはずだ――椿の声が脳裏をよぎっていった。

「もし、手が回らなくなったらすぐに連絡します」

滝山が口を開く前に宮澤は会議室を出た。廊下を駆け、ミュージシャン風の男の背中に声をかける。

「ちょっと」

男が振り返った。

「なんですか?」

「宮澤巡査部長です。今は椿警視の下で――」

「知ってますよ。椿さんに新しい部下がついたら、もうその日の内に噂が駆け巡りますから」

「あなたのときも?」

男の顔に照れ笑いが浮かんだ。同時に目尻に深い皺が刻まれる。見た目よりは年を食っているのだろう。

「藤久保巡査部長です。半年近く、椿警視の下で働いていました。まあ、なんとか逃げ出せましたけどね」

「手柄を立てたとか」

「それしかあの人から逃げる方法がなかったので、必死でしたよ。警察を辞めるつもりもなかったし」

藤久保はわざとらしく腕時計に視線を落とした。

「もう行かなきゃ。米山班長、ああ見えて短気なんですよ」

「名刺をいただけますか? 時間のあるときにお訊きしたいことがあって――」

「すみません。この格好のときは名刺は持っていないんです。総務に訊けばぼくの携帯の番号教えてくれますよ。官給品ですから。椿警視のことですか?」

宮澤はうなずいた。

「怖い人ですよ。気をつけてください」

藤久保はそう言うと大股で歩き去った。

「手柄、か」

宮澤は腕を組んだ。手柄を立てれば椿から自由になれる。警察にいる限り一生飼い殺しのままかと思っていたが、なんにだって抜け道はあるのだ。

「よし。手柄を立てるぞ。大手柄を」

廊下を歩く人間たちが一斉に立ち止まり、宮澤を見た。

「あ、なんでもありません。どうもお騒がせしました」

生真面目な声で言うと、宮澤はエレベーターホールに向かった。

## 26

「藤久保巡査部長？」

椿は大きな欠伸をした。イ・ヒョンジョンはまだ美容院にいる。やっとカラーリングが終わり、カットがはじまったところだった。イ・ヒョンジョンは雑誌を眺め、時折美容師と言葉を交わしている。不審者との接触は今のところないということだった。

「ええ。半年ほど椿さんの下で働いていたと聞いたんですが」

「藤久保ねえ……よく覚えてないな。みんな、すぐに辞めちゃうからさ」

「藤久保巡査部長は辞めてないんですよ。手柄を立てて別の部署、外三の裏班に異動したんです」

「ふうん」

椿はまるで興味がないようだった。

「どんな手柄立てたんですかね。椿さん知りません？」

「知らないよ。そんなこと知ってどうするつもり？　宮君も手柄を立ててぼくの元から去るつもりかい」

「いえいえいえ、そんなつもりは毛頭ございません」宮澤は慌てて首を振った。

「ただ、藤久保巡査部長もとんでもないミスを犯したって聞いたもので、それをカバーする手柄ってどんなものかな、と」

「日本を経由してアメリカに入国しようとしていたアルカイダのメンバーを見つけたんだよ」

「アルカイダ、ですか？」

宮澤は生唾を飲みこんだ。

「藤久保君、一週間の休暇を取ってハワイに行ってたんだ。ずっと腐ってたからね、ぼくが休暇を取るように勧めてさ。その帰り、成田で見つけたんだよ」

「見つけたっていうか、それってただの偶然ですよね」

「宮君」

椿の口調が一変した。

「はい」

「面識率だよ、面識率。藤久保君は面識率を高めようと日頃から頑張ってたから一目見ただけでそいつがアルカイダのメンバーだって気づくことができたんだ。だからこその手柄だよ。わかる？　宮君には逆立ちしたって無理。無理ったら無理」

「そこまで言わなくてもいいじゃないですか。今後、面識率を高めるよう努力しますから。でも、アルカイダのメンバーが日本で捕まったなんて話、初耳ですけど」

「身柄は極秘裏にアメリカ側に渡したはずだよ。ぼくら公安警察官は刑事と違って事件を未然に防ぐことが仕事だからね」

「でも、裁判もなしに身柄を拘束してアメリカに引き渡すなんて、人権蹂躙じゃないですか」

「そんなこと言ってたら、世界中テロの被害に遭っちゃうよ。宮君、警察だなんて言うから勘違いしちゃうんだよ。公安警察は諜報機関なの。ぼくたちは諜報員。わかる？」

「まあ、わかりますけど」

「その馬鹿正直な刑事体質から早く脱却しないと、いつまで経っても優秀な公安警察官にはなれないよ」

宮澤は口をへの字に結び、黙りこんだ。公安警察官に馬鹿にされると腹が立つ。脱却しろと言われても、身も心も刑事警察の人間なのだ。

「お。やっと終わったみたいだよ」

イ・ヒョンジョンのカットが終わり、美容師がドライヤーでブローをはじめた。

「さ、無駄話はここまで。仕事に集中しよう」

滝山にも同じようなことを言われた。公安警察官は口調まで似てくるものらしい。

「面識率か……」

宮澤は小さく呟いた。たったひとりで殺人犯を逮捕できるわけもなく、手柄を立てて捜一に戻るとしたら、公安事犯の関係者を捕まえる必要がある。椿の言うとおり、面識率を高めなければなにもはじまらない。

時間がかかる——宮澤は溜息を押し殺した。

＊　＊　＊

イ・ヒョンジョンは美容院を出るとタクシーを拾った。椿の運転で尾行を再開する。椿は車の運転も上手だった。加減速がスムーズでステアリングを切る際も一発で決める。運動神経が相当いいのだろう。

頭が切れて敏捷でその上キャリア。心の病を患わなかったら今頃は警視正か警視長か。いずれにせよ、宮澤にとっては雲の上の存在だったはずだ。

イ・ヒョンジョンは銀座でタクシーを降りた。ウィンドウショッピングを楽しんだ後、並木通りにある喫茶店に入っていく。店内の様子は外からはまったくうかがえない。

「宮君、変装して中の様子見てきてよ」

「ぼくがですか？」

「ぼくがどんな格好をしても、この身体だよ。彼女にすぐ気づかれちゃう」

トランクに積んでおいたボストンバッグを引っ張り出し、サングラスを着け帽子を被った。ついでに上着も地味なものに取り替える。数日前の新聞を小脇に抱えた。

「気づかれないようにね」

「了解」

宮澤は喫茶店に入った。入口を入ってすぐの左側にショーケースがあり、ケーキが並べられていた。客のほとんどは妙齢の女性だ。銀座で買い物をするついでに甘いものを楽しむのだろう。宮澤は場違いだった。しかし、後戻りはできない。冷や汗を流しながら入口に一番近い席に座った。

コーヒーを注文し、新聞を広げる。イ・ヒョンジョンは窓際のテーブルにひとりで座っていた。コーヒーカップとケーキが並んでいる。ケーキはまだ手つかずだった。

コーヒーが運ばれてきた。若いウェイトレスが憐れむように微笑む。場違いな客の気まずい思いを察しているつもりなのだ。宮澤は鼻を鳴らした。

客が入ってきた。男だ。その顔を見て、宮澤は口に含んだコーヒーを噴き出しそうになった。

塚本だった。細身のスーツを隙なく着こなし、二枚目を気取って歩いている。宮澤は新聞で顔を隠した。塚本が脇を通り過ぎていく。柑橘系のオーデコロンが香った。塚本は周囲には目もくれず、イ・ヒョンジョンのテーブルに向かい、当然のように彼女の真向かいに腰を下ろした。

「お待たせしたかな」

塚本の声は聞こえたが、イ・ヒョンジョンの声は小さかった。ただ、微笑んでいるのがわかるだけだ。塚本もすぐに声を落とした。もう、なにも聞こえない。

盗み聞きができない以上、ここに居続けるのは無意味だ。いずれ、気づかれるかもしれない。宮澤はコーヒーを一気に飲み、伝票を摑んだ。喫茶店を出ると、椿の下へまっすぐ向かうことはせず、周辺をぶらついた。その間に帽子とサングラスをとる。

「男はだれ？」

車に戻ると椿が訊いてきた。

「塚本です」

「管理官の塚本？」

塚本はとっくに警察を辞めた。だが、宮澤はうなずいた。

「彼女と接触したの？」

「ええ。盗聴器はどうですか？」

「だめだね。携帯はバッグの中なんだろう。なにも聞こえないよ」

「ただの通訳と警察キャリアが昼間っからあんな喫茶店で会うなんて、普通じゃ考えられませんよね」

宮澤は椿の妄想に付き合った。この場合警察のキャリアでも大手商社の部長でもあまり変わりはない。

「うん。不倫か、あるいはもっと悪いこと」

「たとえば？」

「情報漏洩。塚本は彼女に籠絡されて公安の情報を漏らしているのかも」

「でも、キャリアですよ。そんな馬鹿なことしますかね？」

「ハニートラップは女諜報員の強力な武器なんだよ。よっぽど意志の強い人間じゃないと情欲には勝てないし。外務省のエリート面した連中なんてよくやられてるよ」

「外二の管理官ですよね？　やっぱり、北関連の情報ですか」

「それしかないよ。なにを話してるのかな……」

椿は意味もなく盗聴器のスイッチ類をいじりはじめた。宮澤は腕を組む。

情報漏洩などあり得ない。塚本はもう公安の資料にはタッチできないのだ。ならば、塚本とイ・ヒョンジョンが頻繁に接触するのは何故だろう。

一番あり得るのは不倫だ。だが、真っ昼間から情事に及ぶものだろうか。昼間の塚本は業務で忙しいはずだ。業務でイ・ヒョンジョンと会っているのだとしたら——真っ当な仕事なら会社に呼び出して打ち合わせをすればいい。そうしないのはなぜか。

塚本の会社は精密機器も取り扱っている。中には北朝鮮への輸出を禁じられているものもあるはずだ。それを極秘裏に輸出しようとしているのかもしれない。

手柄——藤久保巡査部長の警察官らしからぬ容貌が頭をよぎった。

手柄を立てれば捜一に戻れるかもしれない。そうなればもう、椿に振り回されることもなくなる。

手柄だ。手柄を立てなければ。

宮澤は真剣な眼差しを喫茶店の入口に向けた。

＊＊＊

三十分ほどで塚本が喫茶店から出てきた。イ・ヒョンジョンの姿はない。

「尾行してきます」

椿に告げ、宮澤は車を降りた。

塚本は寄り道もせずに会社に戻った。しばらく待ってみたが再び外出する様子はなかった。

宮澤は地下鉄で霞が関に向かった。滝山は相変わらずデスクワークに勤しんでいる。

「課長、たびたびすみません。ちょっと時間いただけますか？」

「なにかあったのか？」

宮澤は答える代わりにうなずいた。

「ちょうどいい。昼飯に付き合え」

滝山はパソコンを終了させ、上着を手に取った。

「了解です」

総合庁舎を出ると、滝山は日比谷方面に足を向けた。

「少し歩くぞ。昼飯のときはなるべく歩くようにしてるんだ」

「デスクワークばかりですもんね。身体を動かした方がいいですよ」

「それで、なにがあった？」

「椿警視とぼくが監視している例の女性ですが、今日、塚本と接触しました」

「塚本？」

「椿さんの元奥さんと結婚した塚本さんですよ」

「塚本がどうして？」

「ね？　不思議ですよね？」

滝山がやれやれというように首を振った。

「おまえはおれを馬鹿にしてるのか？」

「そんなことありませんよ。でも、椿さんが最初にあの女に目をつけたときも塚本が一緒だったんです」

「そういえばそうだったか」

「ええ。塚本に直接話を聞きに行ったときは通訳として臨時で雇っているだけだなんて言ってましたけど、でも、真っ昼間の銀座の喫茶店で仕事の打ち合わせなんかしますかね」

「銀座の喫茶店？」

「ええ。並木通りにある。ショッピングに来た妙齢の女性が集まるような喫茶店なんですけど」

「不倫か」

滝山が首を傾げた。

「真っ昼間から、あんな喫茶店で待ち合わせて？　だったら、どこかのホテルのラウンジで待ち合わせた方が手っ取り早いですよ」

「なるほど。不倫じゃないならなんだ？」

「塚本の会社、精密機器も取り扱ってますよね」

「輸出禁止品の売買か」

「ありじゃないかと思いまして」

滝山はハンカチをとりだし、額に浮いた汗を拭った。

「あいつは外二の管理官だった男だぞ。そんな馬鹿なことをするか」

「ハニートラップに引っかかったのかも」宮澤は声を低めた。「喫茶店で見た顔も鼻の下が伸びてました」

「うむ……椿はなんと言っているんだ？」

「話になりませんよ。椿さんは、塚本がまだ外二で管理官をやってるって思い込んでるんです。だから、情報漏洩じゃないかと」

滝山の目が丸くなった。

「奥さんと離婚したことを認めたくないんです。だから、過去と現在の現実を切り貼りして自分に都合のいい妄想をつくりあげてるんですよ」

「たいした妄想だな。しかし、塚本が辞めてもう何年も経つんだぞ。その間、同じ職場にいてまったく顔を見ないことを椿はなんとも思わんのか」

「思わんのでしょうねえ」

「あいつ、辞めるとか転職だとか、そういったことを口にしたりはしないか」

「しません」

宮澤は断言した。滝山が溜息を漏らす。

「塚本、どうします？」

「不倫であってくれればいいんだがな。もしそうじゃないなら少々厄介だ。とっくに辞めたとはいえ、元はキャリアだからな。白黒がはっきりするまで監視下に置くか……」

「もし黒だったら――」

宮澤は唇を舐めた。

「もし黒だったら？」

「これって、おれの手柄になります？」

「手柄だと？　ああ、そうか。藤久保のことを知って張り切ってるのか」

「そりゃ張り切っちゃいますよ」

「もし塚本が黒ならおまえの手柄にしてやってもいい。しかし、捜一には戻れんぞ」

「は？」

宮澤は口をあんぐりと開けた。

「今の刑事部長は潔癖性だ。脛《すね》に傷のある人間を呼び戻したりはしない」

「し、しかし――」

「だから、捜一どころか本庁に居場所はないってことだな。どうしても刑事畑に戻りたいなら、所轄しかない」

「そんな」

「この件でおまえが手柄を立てたとしても、せいぜい、公安の別の部署に異動するぐらいだ。まあ、公安の警察官としては使えそうもないから、総務あたりが適任かな」

「課長、勘弁してくださいよ」

「現実を教えてやったんだ。そこからなにかを学べ」

滝山の口調がきつくなった。

「なにかって言われても――」

「もうおまえは刑事畑にゃ戻れんのだ。だったら、いつまでもぐだぐだ言ってないで、公安警察官として少しでも早く一人前になれるよう努力しろって言ってるんだよ。そうすりゃ、おれだって考えてやる」

「は、はい」

宮澤は頭を下げた。

「すまんが、昼飯は中止だ。戻って、塚本を監視下に置くための準備をせにゃいかん。じゃあな。椿の手綱、しっかり握っておけよ」

滝山が踵を返した。宮澤は途方に暮れたような顔でその背中を見送った。

## 27

〈ダーリン、今夜は病院でママと交代してパパの面倒を見ます。だから、会いに行けないの。寂しいよー〉

読んだそばからメールを削除する。昨夜の千紗の痴態を思い出して赤面してしまいそうだった。

「また千紗ちゃんから？」

椿はランチボックスのスペアリブを太い指でつまんでいた。結局、イ・ヒョンジョンは塚本と別れた後、そのまま自分のマンションに戻ってきた。椿はこれ幸いとばかりランチボックスの残りを食べはじめたのだ。

「椿さん、お弁当、少し分けてもらえません？」

昼飯を食う時間は作れなかった。朝、千紗の手料理を食べたっきり、水分以外、なにも口に入れていない。

「だめだよ。ぼくの分がなくなっちゃう」

「ケチ。そんなにあるのに」

「ぼくにはこれじゃ少ないんだよ」

「いいですよ、もう。コンビニでなにか買ってきます」

「その前にさ、宮君。不思議だと思わない？」

「なにがですか？」

「彼女と塚本だよ。どうやって待ち合わせ場所と時間決めたんだろう」

「電話じゃ――あ、電話なら盗聴器が拾ってくれてるはずですよね」

イ・ヒョンジョンが固定電話に加入していないことは調べがついている。携帯も彼女名義のものはひとつだけだ。

「そう。盗聴器を仕掛けて以来、塚本から電話がかかってきたことはない」

「メールじゃないですか」

「やっぱり、メールかなあ」

「インターネットでも電話できますしね」

「うーん。彼女の留守中に部屋の中調べたいなあ」

「なに言ってるんですか。そんな違法捜査、だれもゆるしてくれませんよ」

「これだって違法捜査じゃないか」

椿は盗聴器を指さした。宮澤は言葉につまった。

「宮君、いい加減、刑事の常識は忘れてよ。そうじゃないと出世できないよ」

「公安のやり方は間違ってます。日本は法治国家なんですから」

「だからさ、そういう綺麗事はこの世界じゃ通じないんだってば。それに宮君がなんと言おうと思おうと、公安の体質が変わることはないよ。公安に骨を埋めるか、警察を辞めるか。選択肢はふたつしかないんだから」

刑事には戻れない——滝山の言葉がよみがえる。そう。少なくとも刑事部長が代わるまでは公安に居続けることになる。所轄の刑事などもう真っ平だ。殺人事件を担当することになっても本庁の捜一の連中に支店員と馬鹿にされ、使いっ走りの真似事をやり、手柄は全部持って行かれる。

本庁の刑事になりたくて寝る間を惜しんで働き、いくつかの手柄を立てた。まだ二十代の体力とやる気があったからできたのだ。今所轄に戻されたら一生うだつが上がらないままだろう。

「どうするの、宮君」

「どうするって、なにがですか？　警察なら辞めませんよ」

「そうじゃなくて、彼女の部屋に侵入する話。やる？」

宮澤は口を閉じた。違法捜査などやりたくはない。しかし——。

「まあ、どっちでもいいんだけど。宮君が二の足踏んでも、ぼくがひとりでやるだけだから」

「本当にやるんですか？」

「もちろん」

椿は平然と答えた。公安の人間はいびつだ。間違った世界を間違った世界観で生きている。

椿が腰を上げていた。

「どこかへ行くんですか？」

「彼女が出かけてからが勝負だからさ。ちょっと支度をしてくる。小一時間で戻ってくるから、宮君、ひとりでだいじょうぶだよね？」

「え、ええ」

椿が出て行った。宮澤は部屋のドアと窓の外に何度も視線を飛ばした。

椿が正しいのだ。公安警察官で居続けるのなら、刑事警察のモラルなど忘れてしまわなければならない。

携帯を手に取り、千紗に電話をかけた。

「ダーリン、どうしたの？　仕事中でしょ？」

「休憩中なんだ。今、いい？」

「偶然。わたしも休憩中なの。ちょうどダーリンにメール送ろうとしてたところ。電話もらえるなんて嬉しい」

「あのさ、聞きにくいことなんだけど……」

「なに？　わたしたち夫婦になるんだから、なんでも訊いて」

「あのお、お父さんの入院治療費のことなんだけど、どうなってるの？」

「パパの？　どうしてそんなことを？」

「いや。やっぱり、いくらなんでもそんなこと訊くのいけないよね。忘れて」

「保険が下りてるけど、それだけじゃ足りなくて、わたしの給料の一部とママのへそくりを回してる」

「そうか……」

警察を辞めたら、次の仕事が見つかるまで千紗の世話になれないかと考えたのだが甘かった。

「ダーリン、どうしたの？」

不安げな声が聞こえてくる。宮澤はわざと明るい声を出した。

「いや、ただ千紗と結婚したら、お父さんの入院治療費、おれの給料からいくらぐらい出せばいいのかなと思っただけなんだ。ほら、警察って給料安いから。でも、少ないけど貯金もあるし、なんとかするよ。うん」

「ダーリン、無理しなくていいのよ。ダーリンが誠実に対応してくれてたことはわかってるし――」

「無理じゃないよ。ちょっと確認しておきたかっただけ。じゃあ、仕事に戻らなきゃならないから」

宮澤は電話を切った。

警察を辞めるわけにはいかない。ならば、公安のやり方にどっぷり浸かってやるだけだ。

「やりますよ、椿さん。おれも行きます」

宮澤はだれもいない空間に向かって叫ぶように言った。

＊＊＊

椿がイ・ヒョンジョンの部屋のドアの前で膝を突いた。懐からなにかを取りだし、広げる。

「なんですか、それ？」

宮澤は椿の手元を覗きこんだ。太さが違う針金状の金属が何本もある。どの金属も先端が鉤状に折れ曲がっていた。

「解錠キット」

「公安って、そんなものまで支給されるんですか？」

「まさか。これはぼく個人のものだよ」

「どうしてそんなものを椿さんが？」

「昔、父がさ、自分の書斎の鍵なくしちゃったんだ。書斎のどこかに表に出せない金隠してたみたいでさ、あちこちに電話かけまくって腕のいい鍵師を呼んだの」

「鍵師ですか」

「そう。金を隠すっていう前提があったみたいだから、書斎の鍵、凄く複雑なものだったんだよね」

椿は太さの違う二本の金属を鍵穴に差しこんだ。

「見学してみたんだけどなんだか面白くてさ。それで、その鍵師に弟子入りしたの。一年ぐらいかけていろいろ教えてもらったよ」

「それ、いつの話ですか？」

「警視になったばかりのころかな」

「仕事も忙しかっただろうし、よくそんな時間作れましたね」

「簡単だよ。睡眠時間を削ればいいの。ぼく、三時間も寝れば疲れが取れちゃう体質なんだ」

「羨ましい限りですね」

名門の家柄に生まれ落ち、文武両道、おまけに寝なくても済むと言う。だれもが羨む境遇だ。頭さえまともならば。

「開いた」

椿が鋭い声を発した。

「もうですか？」

「こんなマンションの鍵、朝飯前だよ」

椿は解錠セットをしまい、ドアノブに手をかけた。もちろん、両手には手袋をはめている。かすかに軋みながらドアが開いた。

「入るよ」

巨体に似合わない敏捷な動きで椿が室内に入っていく。宮澤はその後を追った。

「鍵、かけておいてね」

「了解」

靴を脱ぎ、部屋にあがった。狭く短い廊下があり両サイドにドアがあった。右側がユニットバス、左側が寝室になっていた。突き当たりのドアを開けると、そこはダイニングキッチンだった。寝室は六畳、こちらは十畳ほどの広さだった。１ＤＫの間取りということになる。

「ぼくはここを担当するから、宮君は寝室とユニットバスを頼むね」

「なにを捜せばいいんですか？」

「不自然なものならなんでも。言っておくけど、拳銃だとか変装セットだとか、そんなものは絶対にないからね。それから、明かりは絶対につけないこと」

「わかりました」

椿と分かれ、寝室に向かった。懐中電灯で部屋を照らす。セミダブルのベッドがひとつ。ベッドの右側に洋服箪笥とサイドボード。左側の壁際に小さな書棚があった。日本語と朝鮮語の辞書の他は背表紙にハングルが表記されている本と日本の雑誌が並んでいる。書棚の上にはデジタルの目覚まし時計が置いてあった。

時計はなんの変哲もないものだった。書籍を一冊ずつ手に取り、ぱらぱらとページをめくっていく。韓日辞典はかなり使い込まれている。ハングル表記の本はおそらく、小説だろう。雑誌はファッション関係と飲食関係のものが多かった。

一冊の本が目に留まった。内容はもちろんわからない。だが、他の書籍にはまったくついていない付箋がおびただしく貼られている。

「なんだろう？」

首を捻ったが、文字を読めないものの中身がわかるはずもない。しかし、不自然であることに間違いはなかった。その本をベッドの上に置き、宮澤は箪笥を開けた。箪笥の上部三分の二はクローゼット仕様になっている。私服から店用のドレスまで、これでもかというほどの服が掛けられていた。その一枚一枚を順に探っていく。不審なものは見あたらない。続いて下段の抽斗を開けた。色とりどりの下着が目に飛び込んできて、宮澤は反射的に抽斗を閉めた。

気を取り直し、もう一度抽斗を開ける。やはり、不審なものはない。さらに下の段の抽斗にはジーンズやパンツ、スカートが、一番下には冬物が収められていた。サイドボードの中身も特に変わったところはない。

バスルームに移動し、改める。化粧品のひとつひとつを開け、歯磨きのチューブも上から押さえてみたがなにも見つからなかった。

不自然なのはあの本一冊だけだった。

本を持ってダイニングキッチンへ戻った。椿はパソコンを相手に格闘していた。

「なにか見つかりましたか？」

「なにも」

無愛想な声が返ってきた。当てが外れて機嫌が悪いのだろう。パソコンのモニタにはＷｉｎｄｏｗｓの起動画面が映っていた。パスワードがわからなければその先には進めない。

「その本はなに？」

「寝室の書棚に。他にも二十冊ぐらいあったんですが、この本にだけ不自然なぐらい付箋が貼ってあるんです」

椿の顔つきが変わった。

「ちょっと見せて」

宮澤は本を手渡した。椿の太い指が器用にページをめくっていく。本を読むのに慣れた者の手つきだった。

「付箋が貼ってあったのはこれだけ？」

「ええ。それ一冊です」

「どこかに乱数表があるはずだ」

「乱数表？」

「乱数表から導き出される文字をこの本から拾っていくんだよ。そうすれば命令がわかるっていう仕掛け。乱数表が変われば拾う文字も変わる」

「なるほど」

「寝室とバスルームはくまなく捜した？」

「もちろんです」

「衣類のポケットの中も？」

「ガサ入れに刑事も公安もありませんよ。抜かりはありません」

「このダイニングキッチンも徹底的に改めたよ。じゃあ、乱数表はどこにある？」

「この中か――」宮澤はパソコンを指さした。「あるいは、持ち歩いているか。もし乱数表があるとしたら、ですけど」

「あるよ。間違いない。宮君、デジカメ持ってる？」

「持ってますけど」

「悪いけど、この本の中身、全部写しておいてくれないかな」

「全部ですか？　結構分厚いですよ、この本」

「全部」

椿が腰を上げた。

「どこ行くんですか？」

「寝室とバスルームを調べてくる」

「そこはぼくが――」

椿が振り返った。

「ごめん。宮君のこと、まだイマイチ信用できてないんだ、ぼく。どこか抜けてるから。それは自分でも認めるでしょ？」

向かっ腹が立った。それを隠すため、宮澤はカメラの準備をはじめた。

「あ、もしかして傷ついちゃった？　ごめん、ごめん。そんなつもりはなかったんだよ、宮君」

申し訳なさそうな表情を浮かべた。その顔を直視すればなんともいえない愛嬌にほだされてしまう。

「だいじょうぶです。傷ついてません」

宮澤は本を開き、写真を撮りはじめた。

## 28

写真をすべて撮り終えても椿は戻ってこなかった。宮澤は本を抱え、寝室に向かった。

廊下に出ると、呆れたことに鼾が聞こえてくる。

椿がイ・ヒョンジョンのベッドで寝ていた。普段はイ・ヒョンジョンを支えているベッドが、突然、椿の巨軀を預けられて悲鳴を上げているかのようだ。

「椿さん。寝てる場合じゃないでしょう」

宮澤は乱暴に椿を揺すった。鼾がぴたりと止まり、両目が開く。その顔を懐中電灯で照らしてやると、椿は神経質な瞬きを繰り返した。

「違法捜査の最中に鼾を搔いて眠るなんてどういう神経ですか」

「ごめん。暗い中で考え事してたら眠くなっちゃった」

椿は大きな欠伸をした。

「三時間眠れば充分だって豪語したの、いつでしたっけかね?」

「ぼく、そんなこと言った?」

惚けているのか本当に忘れているのか、その表情からは判断がつかなかった。宮澤は本を元の場所に戻した。椿は自分の体重で潰れた掛け布団を直している。ホテルのルームメイク係のように細やかで手慣れている。

「ぼく、自分のベッドは自分でメイクしないと気分よく眠れない質なんだ」

「他人のベッドならよく眠れるんですね」

「宮君も、あれだね。細かいことをねちねちしつこいね」

「すみませんね。さ、早く出ましょう。十二時過ぎまで帰ってこないのはわかってますけど、居心地が悪い」

「写真は全部撮った？」

「もちろんです」

「じゃあ、行こう」

「行く？　どこに？」

「付いてくればわかるよ」

椿はそう言うと玄関に向かっていった。

＊＊＊

椿が向かったのは六本木で、入ったのは例のバーだった。各国の諜報機関関係者が夜な夜な集まるあのバーだ。

「いたいた。いると思ったんだ」

椿は店に入った途端、視線をカウンターの上に走らせた。その視線が止まった先に座っているのは西川だった。内閣情報調査室に出向している公安警察官だ。椿に関するあれやこれやを高い酒を奢る代わりに教えてもらった。あの夜の出費を考えると今でも頭が痛くなる。

「西川さんになんの用ですか？」

「宮君、どうして西川君のこと知ってるの？」

椿が目を丸くした。

「ぼくが異動してきた初日に、椿さん、ここに連れてきてくれたじゃないですか。でも、途中で帰って」

「そうだっけ？」

「右も左もわからずに呆然としてるぼくに西川さんが声をかけてくれて一緒に飲んだんです」

「西川がそんな殊勝なことを？　どうせ、ぼくの悪口を吹き込まれたんじゃないの」

「そ、そんなことありませんよ」

宮澤は首を振った。

「ほんと、宮君って嘘をつくのが下手だなあ。刑事の人間って、みんな宮君みたいなの？」

「さあ、どうですかね」

乱暴な口調で答えたが、椿は涼しい顔をしたままだった。

「さ、行くよ」

「だから、西川さんになんの用なんですか？」

「すぐにわかるよ」

椿は客席の間を突っ切ってカウンターに向かった。西川はひとりで飲んでいるようだった。その肩をそっと叩く。西川が振り向き、椿を認めて目を剝いた。

「つ、椿さん」

「なんだよ。怪獣に出くわしたみたいな顔しちゃって。ちょっといい？」

西川の返事も待たず、椿は右隣のストゥールに腰掛けた。宮澤は左隣に座って西川をサンドイッチにした。

「先日はどうも。二日酔い、だいじょうぶでしたか？」

「き、君は……」

西川はさらに目を剝いた。

「なにをそんなに驚いてるんですか？　ぼくは椿さんの部下だって知ってるじゃないですか」

「まだ辞めてないから驚いてるんだよ、宮君。すぐに辞めると思って、ぼくの悪口言いふらしたんだろう」

「悪口なんて言ってませんよ。ただ、椿警視は変わった人だから、付き合い方にコツがあると――」

「そうなんですよ、椿さん。悪口なんてこれっぽっちも」

「ふーん」

椿は疑わしそうな目で西川を一瞥した。それだけで西川は震え上がった。先日とは態度が一八〇度違う。

「信じてくださいよ、椿さん」

「いいよ、信じても。その代わり、頼みがあるんだけどな」

「なんですか？」

「おたくのところのある職員が、一昨年だったかな？　ＦＢＩに出向して暗号解読の講義を受けてきたってほんと？一年もいたって話だったけど、ってことは暗号に関してはかなりのプロフェッショナルってことだよね」

「どうしてそんなこと知ってるんですか？　あいつのことは部外秘で――」

「ぼくの情報網、舐めてもらっちゃ困るなあ。内閣官房には大学の同期もいるんだからさ。でも、本当だったんだね。暗号のプロを育成したっていう話は」

「声を落としてくださいよ、椿さん。ここじゃだれもが聞き耳立ててるんだから」

「そのプロを紹介してもらいたいんだ」

西川の懇願を椿はあっさり無視した。

「無茶言わないでくださいよ。室内でもごく少数の人間しか知らないのに、部外者にそんなこと――」

「公安と内調、まったく部外者ってわけでもないじゃない。西ちゃんだってうちからの出向なんだし。あと一、二年で戻ってくるんでしょ？　それだったら、やっぱりぼくらは身内じゃないか」

「無理ですって。勘弁してください」

「西ちゃん、もしかしてぼくを怒らせようとしてる？」

「め、滅相もない。椿さんを怒らせるなんて、そんな恐ろしいこと……」

西川の顔から血の気が失せていく。

「じゃあ、頼み聞いてよ」

「椿さん……」

「ぼく、西ちゃんに貸しがあったよね？」

「はい」

西川がうなだれた。

「借りは返すのが筋でしょう？　西ちゃんは警察官なんだし。踏み倒すのはまずいよねえ」

「借りはいつか返しますから、今回はご勘弁を」

「勘弁できないね」

椿の声は、宮澤がこれまで聞いたことのないぐらい冷たかった。

「椿さん……」

西川の目が潤んでいた。

「泣き落としなんか通じないよ、西ちゃん。貸したものを返してもらうか、あるいはあの件を報告するか――」

「わかりました」

西川は唇を噛んだ。潤んでいた目がＶＴＲの巻き戻しを見ているかのように乾いていく。

「西ちゃんはね、泣き落としが得意なんだ。嘘泣きの西ちゃん。公安で知らないやつはいないよ」

椿が言った。

「そうですよね。この手は公安警察官には通じない」

西川はグラスに残っていた酒を一気に呷った。

「じゃあ、西ちゃん、行こうか」

「今からですか？」

「もちろん。ぼくが意外とせっかちなの知ってるでしょ？」

「意外と、ね」

西川が吐き捨てるように言った。開き直りにも似た態度が仕草の端々に現れている。

「椿さん、西川さんのどんな秘密握ってるんですか？」

宮澤は低い声で訊いた。椿は意地の悪い笑みを浮かべただけだった。

＊　＊　＊

〈特殊交易研究所〉

その部屋のドアにはそう書かれたプレートが貼ってあった。西麻布の古びた雑居ビルの一室だ。

「これ、いつぞやのどさくさに紛れて内調が作った下部組織だよね？」

プレートを眺めながら椿が言った。その横で西川がうなずいている。

「確か、予算を一円でも多くせしめるために作っただけで、実質的にはなにも活動してないはずじゃ――」

「やつがアメリカから戻ってきてからは積極的に活用されてます」

西川が言った。

「やつってだれですか？」

宮澤は訊いた。

「おまえに教える義務はない」

西川はにべもなく応じ、インタフォンを押した。しばらくするとスピーカーからノイズが流れてきた。

「臥薪嘗胆《がしんしょうたん》」

乾いた声が聞こえてくると、西川は胸ポケットから手帳を取りだした。

「えーっと、臥薪嘗胆ね。臥薪嘗胆と……」

「夫差《ふさ》と勾践《こうせん》だよ」

椿が西川の耳元で囁いた。

「本当ですか？」

「有名な話じゃないか。父親を勾践に殺された呉王の夫差がいつも薪の上で臥《ね》て恨みを忘れまいとして、勾践も呉に味わわされた屈辱を忘れないために苦い胆を嘗めて自分を戒めた」

「ほんとにもう、なんでも知ってるんだな——夫差と勾践」

西川は最後の言葉をインタフォンに吹き込んだ。

「不正があったような気がするんですが——」

「合言葉は合言葉だろう。ドアを開けろ」

西川の言葉が終わる前にドアが開いた。痩せぎすの神経質な顔つきをした男が三人を出迎えた。

「お客さんですか？」

「おまえさんに会わせろとごり押しされてね。適当に相手をしてやってくれ。おれが連れてきたことは内緒だぞ」

言うだけ言って、西川は踵を返した。

「西川さん、ちょっと——」

「おれは忙しいんだ。悪いな、猿渡《さわたり》」

西川はエレベーターに飛び乗り、姿を消した。

「じゃあ、お邪魔しようか、宮君」

「あ、はい。そうですね。こんなところで立ち話もなんだし……」

椿と宮澤は猿渡と呼ばれた男を押しのけるようにして室内に入った。

「ちょっと、あなたがたはどなたなんですか？」

猿渡が追いかけてくる。宮澤は振り返り、猿渡の面前にバッジを突きつけた。

「警視庁公安部の宮澤です。こちらは同じく公安部の椿警視」

「公安部と言うと……」

「おたくとは兄弟も同然ってことでして」

宮澤は部屋の中を見渡した。十二畳ほどの広さの部屋で数台のパソコンが稼働していた。一番奥のデスクでおたく風の若者が一台のパソコンを操作している。他に人はいなかった。トイレにだれかがいる気配もない。

「特殊交易研究所ねえ……」椿が腕を組み、猿渡を見おろした。「もう少し意味のある名前考えればいいのに」

「名前変えるの、手続きが面倒なんですよ。それで、なんの用ですか？　こう見えて結構忙しいんですが」

「君がＦＢＩ帰り？」

猿渡は首を振り、おたく風の若者を指さした。

「彼ですよ」

「彼って、彼？　彼がＦＢＩで特別な研修を受けてきたんですか？」

宮澤は若者を凝視した。

「なにか問題でも？　彼、とても優秀なんですが」

「い、いいえ、そういうつもりじゃ——」

「思いきりそういうつもりじゃないか」

椿に頭を叩かれ、宮澤は渋面を作った。その間も、若者はパソコンの操作を続けている。こちらの騒がしいやりとりは聞こえているはずだがまったく反応を示さない。

「これを彼に見てもらいたいんだけどね」

椿がＵＳＢメモリを取り出した。宮澤が撮った本のデータが入っている。猿渡はメモリを一瞥したが興味が持てないというように視線を逸らした。

「ここは内閣情報調査室の直轄部署で――」

「ぼくたちをここに連れてきたのはそこの職員だよ。合言葉だってちゃんと合ってた」

「それはまあ、そうですけど」

「しかし、なんだってあんな訳のわからない合言葉使うかな？」

「あ、それはぼくの趣味でして――」

猿渡の顔が赤くなった。

「だいたい合言葉なんてさ、もっと簡潔でなおかつ偶然には出て来ないような言葉を使わないとだめだよ。臥薪嘗胆で、夫差と勾践なんて知ってる人ならすぐにぴんと来る――」

このまま放っておけば椿は脱線し続ける。宮澤は割って入った。

「椿さん、合言葉より、ここに来た用件を先に」

「あ、そうだったね。ぼくとしたことが、ついうっかりしてしまったよ。このメモリの中に、ある本を一ページずつ写した画像が入ってるんだ。ハングルで書かれた本なんだけど、おそらく暗号に使われてると思うんだ。どうしても彼に見てもらいたいんだよね」

猿渡は頭を掻いた。

「でも、こういうことは困るんですよ」

「この特殊交易研究所ってところ、内調が予算を誤魔化すために作った外郭団体だって知ってる？」

猿渡の目尻がひくついた。知っているのだ。

「内閣官房に大学の同期がいるんだ。彼にそのこと教えたら、間違いなく官房長官まで話がいって――」

「わかりました」猿渡はメモリを受け取った。

「おい、深谷、聞こえてるんだろう。ちょっと見てやってくれ」

猿渡の言葉が終わるのと同時に露骨な舌打ちがした。若者――深谷が顔をしかめ、首を振っている。

「猿渡さん、パソコンいじってるときは邪魔しないでって言ってるじゃないですか」

まだ声変わりの終わっていない少年のような声だった。だから、躾のなっていない子供を目にしたときのような不快感を覚える。宮澤は深谷から目を背けた。

「今日のところは機嫌を直して見てやるんだ。頼むよ」

「いやだね」

深谷はまたパソコンを操作しはじめた。宮澤は無言で近寄り、パソコン本体に接続されているレシーバーを抜いた。それでマウスは意味をなさなくなる。

「なにするんだよ？」

「黙れ。それが年上に対する口の利き方か」

宮澤はビンタを食らわせた。小気味よい音が鳴り響き、深谷が頬を押さえた。

「なにを――」

宮澤はもう一度手を振り上げた。深谷が首をすくめ、目を閉じる。

「もう一発食らうか、ん？　今度は拳骨で行くぞ」

「や、やめてください」

蚊の鳴くような声が聞こえてきた。

「なんだって？」

「ぼ、暴力反対」

「だったら、おまえも目上、年上に礼儀を尽くせ」

「わかりました」

深谷は頬を押さえたまま瞬きを繰り返した。目には敵意が残っているが、戦意は喪失している。この手の生意気なガキは痛みにはからっきし弱いのだ。

「ほら」

宮澤は猿渡から受け取ったメモリを深谷に押しつけた。

「中に入っている画像は北の工作員と思われる人間の部屋から見つかった本だ。見て、なにかわかるか？」

「ちょっと待ってください」

深谷はメモリとレシーバーをパソコンに接続した。表示された本の画像をスクロールさせていく。

「あんなにしおらしい深谷を見るのは初めてです」

宮澤の後ろで猿渡が囁いている。

「ぼくも、あんなに体育会系の態度を表にする宮澤巡査部長を見るのは初めてだなあ」

「そうなんですか？」

「ほら、体育会系って上には弱いけど、下の人間にはえげつないぐらい強気じゃない。ぼくにはあんな態度取ったことないもの」

宮澤は頬が火照るのを感じた。

「暗号に使われてるみたいですね」

深谷が言った。

「間違いないか？」

「うん。これとは別に乱数表みたいなものと、暗号文そのものがあるはずだけど——」

宮澤は深谷を睨んだ。

「ええと、そのふたつをもとに各ページ、各行、何文字目という感じで文字を拾っていくと文章になるんだと思います。暗号としては初歩的ですね」

深谷の口調が変わった。宮澤はうなずいた。

「それに、付箋貼ったりして素人感丸出しなんですよね。それが不思議で」

「解読できる？」

「無茶言わないでくださいよ。これは暗号の一部。乱数表と暗号文がどこかにあるはずで、それがなきゃ解読なんて――」

「素人感丸出しなんでしょ？」

椿が口を挟んできた。

「え、ええ」

「だったら解読できるかも。そんなに難しいことしてないんだからさ。違うかな、深谷君」

「時間があればできるかもしれませんけど、ぼく、他にもやらなきゃならないことが腐るほどあって――」

「やるよな？」

宮澤は深谷の言葉を遮った。

「はい？」

「最優先で、死ぬ気でやるよな？　やってくれるんだよな？」

固く握った拳で深谷の作業デスクを叩いた。

「や、やります。やらせていただきます」

「ありがとう、深谷君。恩に着るよ」

宮澤は両手で深谷の右手を握った。

「いや、あの、ぼくは――」

「とりあえず、明日の朝一で連絡入れるから。それまでになにかわかってたら助かるな。わかる？　助かるの」

深谷の顔が青ざめていく。宮澤は満面の笑みを浮かべて深谷の右手を放した。

「じゃ、頼んだよ、深谷君。よろしくね」

深谷だけではなく、猿渡にも深々と頭を下げて玄関に向かった。椿が後からついてくる。

廊下に出ると宮澤は椿に向き直った。

「どうです？　ああいうクソ生意気なガキには最初にがつんと噛ましてやった方がいいんですよ。おれのこと、見直しました？」

「ちょっとがっかりだな、ぼくは」

「へ？」

「宮君が、自分より立場が弱いものには露骨に居丈高になるなんて、ちょっとショックだよ。刑事から来たくせに体育会の匂いのしないいい男だって思ってたのに。ぼく、理不尽なことはゆるせない質なんだ。体育会の上下関係なんて理不尽の極みだよ」

椿は駄々っ子のように唇を尖らせ、足早に歩き出した。背の高い椿に歩調を合わせるには小走りにならなければならなかった。

「椿さん、ちょっと待ってくださいよ」

宮澤は床を蹴って走り出した。

「理不尽の極み？　あんたに言われたくないよ」

小声で吐き捨て、顔をしかめた。

## 29

暑さにたまりかねて目が覚めた。カーテンのない窓から朝日が差し込んできている。

イ・ヒョンジョンを監視するために借りている部屋だった。昨夜はここに泊まり込んだ。

イ・ヒョンジョンが帰宅したのは午前一時過ぎだった。椿は生欠伸と共に眠いという言葉を連発し、午前零時を回ると先に帰った。ひとり残された宮澤は盗聴器に耳を傾けているうちに眠ってしまったのだ。

イ・ヒョンジョンが宮澤たちの侵入に気づいた様子はなかった。

「おかしいよな」

双眼鏡で様子を窺いながら宮澤は首を捻った。彼女の日常生活からは工作員の「こ」の字もうかがうことができない。そのくせ疑惑は深まっていく。あの本にしてもそうだ。深谷の言うとおりなら彼女はあの本を使ってだれかと暗号のやりとりをしている。しかし、本は無造作に本棚に置かれ、あちこちに付箋が貼られていた。深谷の言うところの素人感丸出しなのだ。

高度な訓練を受けた工作員とは思えない。だが、常に疑惑がまとわりつく。

イ・ヒョンジョンはいったい何者なのだろう。

だれかがドアをノックした。椿ではない。椿ならノックする前にドアノブに手をかけているはずだ。

背中が冷や汗で濡れていくのを感じながら宮澤は猫撫で声を出した。

「ど、どなたですか？」

「おれだ。入るぞ」

入ってきたのは滝山だった。

「か、課長。どうしてこんなところに？」

「椿が内調と揉めたんだって？」

滝山は遠慮することなく部屋に上がり、前後左右に視線を走らせた。

「揉めるというほどじゃあありませんでしたけど」

「西川を知ってるか？　うちから出向してるやつだが、昨日泣きついてきた」

「なんですって？」

「臭い芝居はやめろ」

「すみません」

宮澤は深々と頭を下げた。

「椿をなんとかしてくれと泣きついてきたくせに、なにがあったのかと訊くと言葉を濁す。今は出向の身とはいえ、やつは警察の人間だぞ。何を考えてるんだ」

「ぼくに訊かれても……」

「おまえたち、なにをしたんだ？」

「なにをと言われても、捜査ですけど」

「内調になんの用があったんだ？」

ごまかしは利きそうになかった。宮澤は目を閉じ、喋った。

「イ・ヒョンジョンの部屋で怪しい書籍を発見しまして。椿警視はその本が暗号に関係していると。それで、内調には暗号解読のプロがいるから会いに行こうということで、西川さんに仲介をお願いしたしだいであります」

「イ・ヒョンジョンというのは例の監視下にある女だな」

「はい」

「その女の部屋で怪しい書籍を発見しただと？　令状を取ったという話は聞いてないぞ」

雷を落とされるのを覚悟し、宮澤は首をすくめた。

「椿警視の独断であります」

「なるほど」

雷が落ちてくる気配はなかった。

「あれ？」

「なんだ？」

「今、なるほどと言いましたか？」

「言ったが、それがどうした？」

「令状なしの無断侵入ですよ。違法捜査ですよ。それが、なるほど？　それだけ？」

滝山が舌打ちした。

「これだから刑事の人間はなあ……公安警察官なら違法捜査のひとつやふたつ、いつでもやってる。ばれなきゃいいんだ」

「しかし、警察が法を犯すなんて法治国家としての――」

「宮澤」

滝山の声が硬くなった。

「はい」

「おまえがなにを考えようがおれの、いや、公安警察の知ったことじゃない。公安には公安のやり方ってものがある。それが嫌ならとっとと辞めてしまえ」

「嫌というわけでもないんですけどね……」

「じゃあ黙ってろ」

滝山は窓際に設置したままのデジタル一眼レフカメラを覗いた。

「それで、その怪しい本とやらを、内調の暗号解読のプロはなんと言ってるんだ」

「暗号に使われているんだろうと」

「つまり、その女は間違いなく北の工作員だということだな」

「ええ、まあそう考えるのが妥当なんでしょうが——」

「よし。おまえと椿はここを撤収しろ」

滝山はカメラを覗くのをやめた。

「はい？」

「イ・ヒョンジョンに対する秘匿捜査は米山班に引き継がせる」

「待ってくださいよ、課長。この前と話が違うじゃないですか」

「相手は北の工作員だと判明したんだぞ。おまえと椿に任せておけるか。片方はこれで——」滝山は頭の上で人差し指を回転させた。「もう片方は刑事の落ちこぼれだ」

「でも、このヤマはおれたちが——」

「安心しろ。ことが片付いたら、一部はおまえの手柄ということにして椿の下からは外してやる」

「手柄だけの問題じゃないんです。これはおれたちのヤマなんです。それをこんな方法で取り上げるなんて——」

「刑事じゃそんなことはないとでも言うのか？」

宮澤は口を閉じた。手がけていた事件を横取りされたことは何度でもある。それが警察だった。

「わかったらさっさと出て行け。もうすぐ米山班が来るからな」

「塚本の方はどうなっているんですか？」

「おまえが心配することじゃない。さあ、行け」

とりつく島もない口調だった。宮澤は唇を噛み、踵を返した。アパートを出ながら携帯で椿に電話をかける。

「おはよう、宮君。もうすぐ着くよ」

「滝山課長にヤマを横取りされました」

「なんだって？」

「さっき、滝山課長があの部屋にいきなりやって来て、出て行けと」

「ふぅん」

「ふぅんってなんすか、ふぅんって。おれたちのヤマを横取りされたんですよ」

抑えようとしても声のトーンがあがってしまう。

「宮君、なにをそんなに怒ってるの。こんなの想定内じゃない」

「は？」

「滝山ってのは権力の亡者。出世のためならなんだってする男なんだから。これから手を打ちに行くけど、宮君も一緒に来る？」

「行きます。すぐに行きます。どこにでも行きます」

「おれたちのヤマ、か」椿の朗らかな声が流れてくる。「宮君もやっと本当にアンタッチャブルの一員になったんだねえ。ぼくは感慨深いよお」

椿の言葉が完全に終わる前に、宮澤は電話を切った。

＊　＊　＊

椿は廊下を大股で進んでいく。警視庁の十三階は公安部外事一課、二課のあるフロアだった。外三は十五階だし、事件担当の部署は総合庁舎別館に部屋がある。したがって、十三階の廊下を突き進む外三の捜査官はここではまったくの外様だった。

「椿さん、どこに行くんですか？」

「外二の課長に会うんだよ」

「会うなんて簡単にいいますけど、よその部署の課長ですよ。アポもなしで会ってもらえます？」

「アポは取ってあるんだ」

「その気になってるときはやることが素早いですね」

「半島絡みの事件は本当なら外二の管轄なんだ。滝山は外二には内緒で紗奈ちゃんの件を調べようとしてる。外二がそれを知ったらどうなると思う？」

「かんかんになって怒るんですか？」

「刑事はそうかもしれないけど、公安はもっと陰険なんだよ。表向きは笑顔を浮かべて、裏に回っていろいろとね」

椿は足を止め、外二の課長の職務室のドアノブに手をかけた。

「ノックぐらいしましょうよ、椿さん。あのアパートの部屋じゃないんだから」

「あ、そうだね」

椿がノックすると、ドアが悲鳴のような音を立てた。

「そんなに力一杯叩かなくても。安普請の家ならドアが壊れちゃいますよ」

「軽く叩いてるつもりだけど」

「ほんと、馬鹿力なんだから」

「椿警視かな？　入りなさい」

中から声がした。宮澤はドアを開け、椿を先に入らせた。

「久しぶりですね、椿警視」

いかにも人が良さそうな顔つきの男がふたりを迎え入れた。

外二の課長は安永という五十代後半の警視だった。外三の滝山はキャリアだが、外二の課長は代々ノンキャリアの叩き上げがそのポストに就く。公安各部の中でも精鋭が集められる外二ではキャリアではなく現場に理解がある叩き上げが必要だと聞いたことがある。

「ぼくは普段、あっちにいるからね」

椿が総合庁舎別館のある方角に顎を向けた。

「椿さん、なんですかその口の利き方は」

「いいんですよ。階級は同じ警視だし、数年前はまだこっちは警部だったんだ。椿さんにはいろいろお世話になりましたな」

「ほんと、宮君ってもろ体育会系だね」

「礼儀と体育会は関係ないと思いますけど」

「まあまあ」安永は柔和な笑みを浮かべ、宮澤たちの間に割って入った。「いがみ合いはやめて。たったふたりの上司と部下でしょうが」

「すみませんでした」

宮澤は頭を下げた。

「それで椿さん、用件というのは？」

「外三の連中が北の工作員を監視下に置いてるよ。いいの？」

椿はいきなり本題を切り出した。

「はて。北の工作員ですか」

安永の柔和な笑みは消えなかった。

「半島は外二の担当じゃない」

「それはそうですが、テロが絡んでいるなら外三にも捜査の権限がありますからなあ」

「気にならないんならいいよ。ぼくはよかれと思って注進に来ただけだから」

椿は安永に背中を向けた。

「待ってください。気にならないっていうわけじゃないんですが……その北の工作員っていうのは、わたしらが把握してる人間ですか？」

椿は安永に背中を向けたまま首を振った。

「イ・ヒョンジョン。まだ若い女性だよ。金田俊明やチュモン電機の人間と接触しているのは確認済み」

「なるほど。金田俊明とはまた怪しい」

安永は苦々しげに金田の名前を口にした。

「おまけにチュモン電機だよ」

「先日、うちの連中と鉢合わせしたと聞きましたが、その女性を監視していたわけですか。さっき、外三の連中がと言いましたが、それは椿さんのことでは？」

「滝山に横取りされたんだよ。今朝ね」

「よくあることじゃないですか。椿さんは外三の人間なのに、どうしてここへ？」

椿が安永に向き直った。いつの間にか安永の顔から笑みが消えている。宮澤は息を潜めふたりの会話に聞き入った。

「安永さんも人が悪いなあ。ぼくが滝山のこと嫌いなの、知ってるくせに」

椿が笑う。いつものどこか抜けた笑みではなく凄みのある笑いだった。

「そうでしたね。あなたは滝山さんのことを昔から毛嫌いしていた」

「そういうこと」

「でも、あなたが嫌ってたのは滝山さんだけじゃない」

「そりゃあそうだけどさ。でも、今回、ぼくのヤマを横取りしたのは滝山なんだ。だから、これは仕返し」

「わたしになにをしろと？」

「特にないよ。安永さんは自分のやるべきことをやればいい。ちょっと失礼——」

椿は再び安永に背を向けた。

「椿さん、どこへ行くんですか？」

足早に立ち去ろうとする椿に、宮澤は慌てて声をかけた。

「おしっこ。我慢してたの忘れてた」

椿はそのまま部屋を出て行った。

「すみません。出物腫れ物ところ嫌わずの人なんで」

「椿さんらしい」

安永は微笑んだ。

「まあ、そうですけど」

「しかし、さっきの笑いは久々に見たけど凄みがあったなあ。あなた、名前は？」

「宮澤巡査部長であります」

「宮澤君、椿さんのあんな顔見るの、初めてでしょう」

「初めてってわけでもありません」

「おや。部下になって間もないのに、椿さんは君にそこまで気をゆるしてるんだ」

「そういうことなんですか？」

宮澤は首を傾げた。

「人見知りの気むずかし屋だから、あの人は。ああなっちゃってからは特にその傾向が強くてね。気に入らない部下はいびり放題にいびり倒して追い出しちゃう。君はそうじゃないみたいだ」

「結構いびられてると思うんですけど」

「いや、いいコンビだと思いますよ」

安永は突き出た腹を揺すって笑った。宮澤は憮然として腕を組む。

「しかし、椿さんは本当にここ、おかしくなってるんですかねえ」

安永は人差し指を自分の頭に向けた。

「なってます。間違いないです。ずっと一緒にいるぼくが保証します」

「しかし、さっきのように凄みを見せられるとね。わざとあんな振りをしてるんじゃないかと勘繰りたくなるときがあってね。昔のあの人を知ってるからなおさらそう思う」

「あんな振りをしてなんの得があるんですか？」

「それはわからんよ。密命を帯びてるとかね」

「密命？」

「たとえば警察の上層部から、いかれた振りをして公安幹部たちの動向を探れと命じられていたりとか。あくまでたとえば、だが。そんなことでも考えてみないと、あの椿さんが女房を寝取られたぐらいでああなっちゃうとは信じがたいんだよ」

「なるほどねえ」

いきなりドアが開いた。椿がノックもせずに入ってきたのだ。

「宮君、またぼくの悪口聞かされてたのかい？」

「とんでもない。世間話してただけですよ。ねえ、安永課長」

「ああ。世間話ですよ、椿さん」

「ならいい。さ、宮君、行くよ。ぼくは忙しいんだ。こんなところでぐずぐずしてられないんだから」

「こんなところって……課長、すみません」

宮澤は安永に一礼し、椿の後を追った。

## 30

「安永課長って、公安っぽくない人ですね」

椿が溜息を漏らした。

「宮君、なんにもわかってないねえ。あの安永はとんだ狸親父だよ。仏様みたいな笑顔を浮かべて人を安心させておいて、裏じゃとんでもなく悪辣なことを考える。そうじゃなきゃ、ノンキャリで警視、それも公安部の課長になんかなれないよ」

椿が少し動いただけで下降中のエレベーターが揺れた。

「そうなんですか？」

「まあ、見てなよ。あの手この手を使って滝山を妨害するから。出世したノンキャリは決まって腹の底じゃキャリアを憎んでるからね」

宮澤はうなずいた。刑事でも公安でもキャリアとノンキャリの待遇の違いに変わりはないだろう。真面目に働いていれば昇進試験のための勉強をする時間など作れず、結局キャリアにごまをするしかない。キャリアには顎で使われ、出世を諦めたノンキャリ連中からは馬鹿にされ、持て余した鬱憤は腹の底にたまって腐っていくのだ。

ノンキャリの出世の頂上は警視正。そこまで辿り着ける人間はごくわずかだし、辿り着いた連中にろくなやつはいないというのが出世を諦めたノンキャリの共通認識だった。

警視庁を出ると、椿はタクシーを停めた。

「次はどこへ？」

「情報源を確保しないとね。笹塚に行って」

椿は運転手に告げた。

「情報源？　なんのことですか？」

「内緒」

「ちょっと、椿さん――」

携帯が鳴った。ディスプレイに見覚えのない番号が表示されていた。

「だれだろう？」

宮澤はつぶやきながら電話に出た。

「あのお、深谷ですけど」

声変わり前の少年のような声が耳に流れ込んできた。

「おお、君か。どうした？　なにかわかったか？」

「あの本だけじゃなんとかするにしても時間がかかるんで――」

「言い訳はいらないんだよ」

宮澤は語気を強めた。

「すみません。でも、何度も同じ言葉が出てくるみたいだなってことはわかって。それをパソコンで分析して――」

「細かいことはいいから、結論を言えよ、結論を」

「あのお、でも、それが正しいっていう確率はまだ六十五パーセントぐらいで」

「いいからっ」

「スカイツリーって言葉が頻繁に出てくるんです」

宮澤は電話を切った。

「どうしたの、宮君？　なんか、いきなり横顔が緊張してるよ」

「イ・ヒョンジョンが本当に北の工作員だとしたら――」

「本当だってば。宮君、頭だいじょうぶ？」

「北が本当にテロを起こそうとしてるんだったら――」

「間違いないって。宮君だってぼくと一緒に捜査してるんじゃないか」

「標的はスカイツリーです」

六十五パーセント――深谷が口にした言葉はすっかり頭から消え失せていた。

「なるほど。日本が誇る世界一の高さの電波塔。それを破壊したら凄いことになるねえ。でも、どうしてスカイツリーだと思うの？」

「今の電話、特殊交易研究所のやつからなんですけど――」

「もう暗号を解読したの？」

「全部はまだみたいなんですけど、頻繁に使われている言葉だか文章だかがあって、それを分析したら、おそらくスカイツリーだって」

「宮君、車降りて」

「はい？」

「すぐに連中のところに行ってきつく口止めしてくるんだ。向こうの狙いがスカイツリーだってこと、ぼくたち以外に知られないように。ほら、早く。運転手さん、停めて」

「椿さんは?」

「ぼくは他にやることがあるから。後で合流しよう。いいね？」

タクシーが停まった。ドアが開くと共に宮澤は押し出された。

「宮君、緊急事態だよ。急いで」

「りょ、了解」

タクシーが走り去る。宮澤はスカイツリーが建っているはずの方角に目を向けた。残念ながらスカイツリーは見えない。しかし、テレビで何度も放映されたその姿は脳裏にくっきりと浮かび上がった。

あのスカイツリーが爆破されるかもしれない——そもそものはじめから胡散臭さが抜けなかった事件が急に現実味を帯びはじめた。宮澤は身震いし、流しのタクシーに向かって手をあげた。

＊＊＊

深谷にきつく口止めをして〈特殊交易研究所〉を出ると椿と連絡を取り合って新宿で落ち合うことに決めた。せっかくのヤマを横取りされたばかりだというのに、椿はどことなく浮かれているようだった。

新宿へ向かう電車に揺られていると千紗からのメールが届いた。

〈ダーリン、今日はおはようメールできなくてごめんなさい。寝坊して遅刻しそうだっ

たの。パパの看病してると気疲れするのよね。今夜はダーリンのところに行ってもいい？　また手料理食べさせてあげる〉

宮澤は返信を打つ代わりに電話をかけた。

「千紗？　今、電話だいじょうぶ？」

「ほんとはだいじょうぶじゃないけど、せっかくダーリンが電話をくれたからだいじょうぶなことにする」

「おいおい……できれば晩飯は千紗の手料理にしたいんだけど、今日はまだ時間が読めないんだ。待たせることになったら悪いから、また別の日に――」

「待ってる。部屋のお掃除して、洗濯して、料理してダーリンの帰り待ってる。だから、お仕事なるべく早く終わらせて。ね？」

「でも……」

「いいの。わたしがそうしたいんだから。ダーリンのお仕事がどんなだかわかってるし。料理が冷えても午前様になっても怒ったりしないから」

「そこまで言うならお願いするか」

「やったー。嬉しい。腕によりをかけて食事作るから、楽しみにしててね」

「うん。じゃあ、後で」

宮澤は電話を切った。顔がほころんでいるのがわかる。千紗は酒さえ飲まなければいい女だった。

待ち合わせ場所にした喫茶店には約束の時間より十五分ほど早く着いた。コーヒーを頼み、携帯をネットに繋いでニュースをチェックする。政治絡みのニュースばかりで目新しい事件の報道はなかった。

「お待たせ」

コーヒーが運ばれてくるのとほとんど同じタイミングで椿がやって来た。椿は椅子に腰を下ろすと紅茶を注文した。

「安永のやつ早速動き出したみたいだよ」

「なにかやったんですか？」

「外三に怒鳴り込んだらしい。滝山は留守で管理官の渡辺と一触即発だってさ」

「へえ」宮澤はコーヒーカップに伸ばしかけた手を止めた。「ちょっと待ってください。その情報、だれから？」

「もちろん、外三の人間だよ。身内だから情報を流してくれるんだ」

宮澤は頭を捻った。椿は外三だけではなく、警視庁公安部全体から厄介者扱いされている。そんな人間に部内の情報をわざわざ提供してくれる人間などいるのだろうか。

「参考までに聞きたいんですけど、教えてくれたの、だれですか？」

「気になるの？」

「そうじゃないですよ。参考までにって言ったじゃないですか」

「内緒」

「椿さん、子供じゃないんだから――」

紅茶を運んでくるウェイトレスが視界に入り、宮澤は口をつぐんだ。安永が口にした「密命」という言葉が頭の奥で躍っている。

椿はパイプに煙草葉を詰め、火をつけた。至福の表情で煙を吐き出し、紅茶を啜る。

「ああ、極楽。最近、禁煙の喫茶店が増えてて吸えないことが多いんだよね。喫茶店の禁煙なんて矛盾してると思わない？」

「禁煙の喫茶店じゃ吸わないんですか？」

「当たり前じゃないか。ぼくは常識をわきまえてるよ」

「でも、総合庁舎じゃ吸ってるじゃないですか。あそこも喫煙場所以外は禁煙ですよ」

「あそこはいいんだよ。だって、ぼくは――」

「アンタッチャブルだから？」

言葉を引き取ると、椿は子供のように微笑んだ。

「そう」

躍っていた「密命」という言葉が手品のように瞬時に消えた。椿はいかれている。動かしようのない事実だ。こんな人間に密命を与えるような警察幹部はいない。

「口止めはちゃんとしてきた？」

「もちろん。がっつり脅しておきましたから」

「あの子、宮君のこと相当怖がってたからねえ。喋らないだろうなあ」

「いきなり頰を張ってやったのが効いたんですよ。へたすると、人に殴られたの、あれが初めてかも」

「でも、ぼく、暴力には反対だな。どんな理由であれさ」

宮澤は深く息を吸った。暴力反対とはどの口が言うのだろう。

「あんたに言われたくないよ」

小声で吐き捨てる。

「なに？　なにか言った？」

「なんでもありません。それより、椿さんはどこに行ってたんですか？」

「藤久保君に会ってきた」

「藤久保巡査部長に？」藤久保は米山班の捜査官だ。かつては椿の部下だった。「なんのために？」

「もちろん、米山班のやることなすこと報告してくれって頼みに行ったんだよ」

「頼みにって、そんなこと教えてくれるはずないじゃないですか」

ただでさえ縄張り意識の強い警察にあって、公安のそれは度を越している。同じ部署だろうがなんだろうが、自分の班の捜査状況を他人に教えるなどあり得ない。

「教えてくれるって藤久保君は言ったよ」

「だってそんな……椿さん、もしかして藤久保巡査部長の弱みかなにか握ってるんですか？」

「ビンゴ！　宮君も読みが鋭くなってきたねえ」

椿は怖い——そう言ったときの藤久保の表情が脳裏をよぎっていく。

「捜査状況を教えさせるなんてどんな弱みなんですか」

「いくら宮君でもそれは教えられないよ。ぼくと藤久保君の間だけの秘密だもの」

「まあ、それはそうでしょうね……もしかして、安永課長が外三に怒鳴り込んできたって教えてくれた人も椿さんに弱み握られてるんですか？」

椿は微笑んだだけでなにも答えなかった。

「怖いなあ。ぼくもいつか椿さんに弱み握られて、ああしろこうしろって指図されちゃうのかなあ」

「宮君はだいじょうぶだよ」

椿は天井に向かって煙を吐き出した。

「どうしてそう言い切れちゃうんですか？」

「弱みを握られるようなことをしでかしちゃうのはぶれてる警察官なんだ」

「ぶれてる？」

「そう。警察官であることに意味を見いだせなくなってるとか、いろんなことを経験しすぎて正義と不正義の線引きがわからなくなっちゃうとか。その点、宮君はだいじょうぶ。ずいぶん幼い考え方だけど、自分なりの正義っていうものをちゃんと持ってるみたいだしね」

「幼くてすみませんでしたね」

宮澤はそっぽを向いた。

「子供じゃないんだから、そんなことぐらいで怒らないの」

椿の言うとおりだった。コーヒーを啜り、気持ちを落ち着かせる。藤久保巡査部長に外三のだれか。椿に弱みを握られ、いいように使われている人間が他にもいるに違いない。

公安部全体の椿に対する冷淡な態度の理由が垣間見えたような気がした。かつては警察のトップに立つだろうと目されていた有能なキャリア、転じて厄介者の変人。その変人に弱みを握られいいように振り回される。公安部には椿に対する怨嗟が蠢いているのだ。

「本当に藤久保巡査部長はぼくたちに情報を流してくれるんですか？」

「うん」

椿は即答した。

「それはいいとして、これから、どうします？　捜査からは完全に外されたみたいだし、たとえ情報が入ってきたとしてもなにもできないですよね？」

椿は舌を何度も鳴らし、顔の前で人差し指を左右に振った。

「裏班の連中にはできないけど、ぼくらにはできることがひとつあるんだ」

「なんですか？」

「監視対象者に接触すること。裏班の連中は基本的に監視するだけだからね。容疑が固まったら連中は引き揚げて、表班の連中が逮捕尋問を行うんだから」

「接触するって、だれに？」

「紗奈ちゃんに決まってるじゃない。今夜、店に飲みに行くよ。そのつもりでね、宮君」

「まずいんじゃないですか、それ。間違いなく米山班に見られますよ」

「ぼくらはプライベートで飲みに行くだけ。たまたまそこが紗奈ちゃんの勤める店だった」

「そんな言い訳、通じるわけないじゃないですか」

「通じるよ。ぼくが通じさせるんだ」

椿はそう言ってほくそ笑んだ。まるで悪魔が微笑んだかのようだった。

## 31

オープンと同時に店へ入った。どこかで監視しているはずの米山班の連中の歯ぎしりが聞こえたような気がした。

美穂が宮澤たちに気づき、すっ飛んでくる。

「田代さん、友枝さん、久しぶり」

「久しぶりって、ついこの前来たばかりなような気がするんだけど……」

「二日来なかったら久しぶりなの」

美穂に案内され、宮澤と椿は四人掛けのボックス席に向かい合って腰を下ろした。

「友枝さん、紗奈ちゃん、今日はちょっと遅れてくるから少し辛抱してね」

「遅刻って、どれぐらい？」

「三十分。待てるでしょ？」

「うん」

椿は神妙にうなずいた。美穂が宮澤の隣に座り、椿が頼んだビールをグラスに注いだ。

最初の一杯を飲み終わる前に、洋子《ひろこ》という源氏名のホステスがやって来た。なんとかトランジスタグラマーと言える体型だったが、デブとの境界線は微妙なところだった。

「ひろちゃん、友枝さん、紗奈ちゃんのいい人だから、ちょっかいだしちゃだめよ」

「しないよ。紗奈ちゃん、怒らせると怖いし。友枝さん、よろしくお願いします」

洋子の日本語はイ・ヒョンジョンほどではないが美穂よりはずっとましだった。

「紗奈ちゃんって怒るとそんなに怖いの？」

宮澤は美穂に訊いた。

「滅多に怒らないけど、怒ると怖いよ。わたしなんか、泣いちゃう」

「へえ、見かけによらないんだ。美穂ちゃん、なにをして怒られたの？」

「ずっと前。すごく酔っぱらって、わたしのバッグと紗奈ちゃんのバッグ、間違えて持って帰ったの。そしたら、紗奈ちゃん、おっかない顔で怒って。殺されるかと思ったよ」

　美穂は大袈裟に震えてみせた。

「バッグ間違えただけで？」

「大切なバッグなんだって。あれ以来、紗奈ちゃん、あのバッグ持って来ないよ」

「へえ。大切なバッグねえ……」

「みやく……田代君」

　椿が言った。顎を小刻みに動かして宮澤の背後を示している。宮澤はゆっくり振り返った。客が入ってきて黒服が席に案内しようとしていた。この店では初めて見る顔だ。

「あれ？」

　黒服と視線が合いそうになり、慌てて顔を逸らした。初めてのはずの黒服の顔に見覚えがある。

「あ――」

　思い出した。米山班のひとりだ。

「そう。やることが素早いね、あの人たちも」

　椿はそう言って、グラスのビールを一気に飲み干した。すかさず洋子がグラスを満たしていく。

「あの人たちってだれ？」

「なんでもない。仕事の話」

「そういえば、田代さんと友枝さん、仕事なに？　聞いてないよ」

「ぼくは自分で会社をやってるんだ」椿が答えた。「で、田代君はぼくの運転手」

「なに言ってるんですか、友枝さん。冗談きつすぎですよ」

宮澤の剣幕に美穂と洋子が手を叩いて笑い出した。宮澤も作り笑いを浮かべた。ビールを啜りながらもう一度黒服を盗み見る。

は間違いない。米山班の人間だ。その今日の今日でもうこの店に潜入している。その機動力機動力には感服するばかりだった。

＊　＊　＊

結局、紗奈ことイ・ヒョンジョンは開店から一時間ほど過ぎた後に姿を現した。洋子と入れ替わりに椿の横に座った。

「ごめんなさい、友枝さん。遅くなっちゃって」

「だれかとデート？」

イ・ヒョンジョンは首を振った。

「まさか。韓国に帰るための支度で忙しくて」

「韓国に帰るの？」

椿が背筋を伸ばした。演技なのか本気なのか判断がつきかねる。

「ええ。明日から」

宮澤は首を捻った。昨日までの彼女の様子では旅行が間近に迫っているとは考えにくかったからだ。

「ずっと？　もう紗奈ちゃんに会えないの？」

イ・ヒョンジョンは口元を手で押さえて笑った。

「いやだ。たった一週間の里帰り。来週にはまた戻って来ます」

「なんだ。一週間か。韓国に帰ってもう日本には戻って来ないのかと思ってびっくりしたよ」

椿は背中をソファの背もたれに預け、こめかみを流れる汗を拭いた。

「もう、ラブラブね、紗奈ちゃんと友枝さん」

「ほんとだよね。今の焦りようったらないよね」

宮澤は美穂の軽口に付き合いながらイ・ヒョンジョンの顔色をうかがった。表情に変化はない。

「ぼくも紗奈ちゃんについて韓国に行っちゃおうかな」

「だめですよ。今回は母のお見舞いなんだから。友枝さん連れて行ったら、大騒ぎになっちゃう」

「一週間で帰ってくるなら我慢するよ。でも寂しいなあ」

椿は紗奈に抱きつき、剝き出しの肩に自分の頰を押しつけた。

「友枝さんったら、子供みたいなんだから」

「ほんとだよねえ」

女たちに話を合わせながら宮澤は黒服を目で追った。苦々しげな顔つきで椿を見つめている。あの男から米山に報告が行き、米山は滝山に訴える。明日、間違いなく滝山の雷が落ちるだろう。

椿はどうするつもりなのか。

イ・ヒョンジョン相手に鼻の下を伸ばしているその顔はなにも考えていないと語っているようだった。

＊　＊　＊

十二時前に店を出た。

「さて、宮君」

「はい」

ふたりともかなりの量を飲んだはずだが、少なくとも宮澤は酔ってはいなかった。椿も同じだろう。

「紗奈ちゃん、ほんとうに里帰りだと思う？」

「どうですかねえ六四で怪しいと思いますけど。韓国はお隣さんだし、パスポートひとつで飛んでくってこともできますけど、支度云々って言ってたでしょう？　昨日まではそんな素振りまったく見えませんでしたよ」

「まあ、米山班がはっきりさせてくれるか」

「藤久保巡査部長に聞きましょうか、今日の彼女の行動を。本当に旅行の準備をしていたのかどうかわかるかも」

「だめだよ。藤久保ちゃんは今、任務についてるんだから。こういうときはじっと我慢。相手から連絡が来るのを待つの。宮君もそのうちエスを運営することがあるかもしれないから、ちゃんと心得ておいた方がいいよ」

椿は流しのタクシーを捕まえ、乗り込んだ。

「おやすみなさい」

宮澤は新宿駅に向かった。キャリアはタクシーで帰り、ノンキャリは電車で帰る。もう、腹が立つこともなくなった。金持ちになりたくて警察官になったわけではない。

「あ、いけね。携帯、携帯」

駅からマンションへ向かう道の途中、宮澤は携帯の電源を入れた。イ・ヒョンジョンの店に入る前に、千紗から電話があっては面倒だと電源を落としておいたのだ。

「やべ」

顔から血の気が引いていく。千紗から二十件以上のメールが送られてきていた。最初の数通は穏やかな文面だが、次第に文章が乱暴になっていき、一時間前からは十分置きにメールが送られてきている。

宮澤を待つのに飽きて、千紗は酒を飲みはじめたのだ。このままマンションに帰れば流血の惨事を招きかねない。

「ええと、高橋の番号はと……」

宮澤は大学の同期の電話番号を探した。高橋は西荻に住んでいる独身貴族だ。頼み込めば泊めてくれる。

突然、携帯が鳴った。ディスプレイには千紗の名前が表示されている。

「ひっ」

宮澤は息をのみ、携帯を見つめた。

「だめだ、だめだ。電話に出ちゃ絶対にだめだ」

震える声で自分に言い聞かせる。

「ど、どうせそのうち鳴り止むさ。そうしたらまた電源を落とそう。明日になったら酔いも醒めてるだろうし、そうしたら言い訳もきくし」

だが、携帯が鳴り止む気配はなかった。鬼気迫るほど執拗に鳴り続ける。

「ああ、だめだ。これで電話に出なかったら殺される」

宮澤は魅入られたように通話ボタンを押し、携帯を耳に当てた。

「も、もしもし？」

「わたしが手料理作って帰りを待ってるっていうのに、どこでなにしてるのよ！」

「す、すみません。仕事してたんです」

「だったら電話の一本入れればすむことじゃない。それを携帯の電源まで切って。浮気ね？　浮気してたんでしょ」

「違うって。本当に仕事で――」

「ゆるさないんだから。絶対にゆるさないんだから」

千紗はうぉんうぉんと声をあげて泣きはじめた。

「ちょ、ちょっと千紗」

「浮気よ。浮気だわ。もうわたしに飽きたんだわ」

「なにをわけのわからないことを。千紗、落ち着いて聞きなさい。ね？　仕事だったの、仕事。極秘の捜査で携帯も切ってなくちゃいけなくて――」

「死んでやる」

「はい？」

「死んでやるんだから」

突然、電話が切れた。千紗の番号に電話をかける。呼び出し音が鳴るだけで千紗が電話に出る気配はなかった。

「マジかよ」

宮澤はアスファルトを蹴った。最寄りの交番まで全速力で駆ける。

「ごめん、本庁の宮澤巡査部長だけど」

交番に飛び込むとふたりの制服警官が顔をあげた。両方とも顔見知りだった。

「どうしました、宮澤巡査部長？」

「自転車貸してくんない？」

「いや、しかし、緊急時に自転車がないと――」

「責任はおれが取るから、ね？　自転車、おれのマンションの前に置いておくから、すぐ取りに来れば問題ないでしょ？」

「は、はあ」

顔を見合わせるふたりを残して外の自転車に飛び乗った。全速力で漕げばマンションまでは五分だ。

息が切れる。鼓動が速くなり、アルコールが身体の隅々にまで運ばれていく。目がまわり、吐き気がしてきた。それでも宮澤はペダルを漕ぎ続けた。死んでやると叫んだ千紗の声は芝居だとは思えなかったのだ。

マンションの前で自転車を降りた。吐き気が限界を超え、アスファルトの上に胃の中身をぶちまける。喉と鼻が灼けた。

「くそお、もう」

だれにともなく呪詛を浴びせかけ、マンションに入った。部屋に入ると鼾が聞こえてきた。

「マジ？」

千紗が居間の床で大の字になって寝ていた。その足下に、空になったワインのボトルが三本、転がっている。千紗は右手に携帯を握りしめていた。

「勘弁し――」

宮澤は口を押さえ、トイレに駆け込んだ。黄色い胃液しか出なかったが吐き気は止まらない。喉と鼻の粘膜が悲鳴を上げた。

どれぐらいそうしていたのだろう。やっと吐き気が収まると、宮澤は口をゆすいだ。口の中も鼻の中も胃液で粘ついている。

自転車を飛ばしてきたせいだろう、完全に酔いが回っていた。まっすぐ立つこともできずよろめきながら居間に移動する。

千紗は相変わらず鼾をかいている。幸せそうな寝顔だった。

「くそったれ！」

宮澤は叫び、バランスを崩し、床に倒れ込んだ。部屋がぐるぐると回っている。一旦は収まった吐き気がぶり返してくる。

「なんでおれが、こんな目に……」

立ち上がることはできそうになかった。宮澤はなめくじのように床の上を這いながらトイレに向かった。

## 32

携帯の着信音で目が覚めた。宮澤は呻きながら携帯を手に取った。午前五時半。発信者は椿だった。呪詛を口にしながら電話に出た。

「こんな朝っぱらからなんですか、もう」

「藤久保ちゃんから連絡があってね。紗奈ちゃん、昨日、韓国行きのエアチケット買ったって」

椿の声が響く。頭が割れそうに痛む。

「宮君、聞いてる？」

「凄い二日酔いなんです」

「あれ？　昨日はあれから飲みに行ったの？」

「そういうわけじゃありませんが、話せば長くなるのでまた今度。それよりイ・ヒョンジョンの話、出勤した後じゃ遅いんですか？」

「あ。そうだね。早く宮君に知らせたくて、時間のこと忘れてた」

「まったくもう。勘弁してくださいよ」

「ごめんごめん。お詫びに、今日は多少の遅刻には目をつぶるからさ」

「ありがとうございます」

宮澤は電話を切った。目を閉じてみたが、頭痛と胸焼けが眠りを妨げる。脱水症状を起こしているのか、喉がからからだった。転げ落ちるようにベッドから出て、床を這いずりながらキッチンへ向かった。

居間で千紗が膝を抱えてうずくまっていた。嗚咽している。

「ち、千紗？」

声をかけたが千紗は顔を上げず泣き続けていた。

「ど、どうしたの。朝っぱらからそんなに泣いちゃって」

宮澤は這ったまま千紗に近づいた。

「頭が痛いの」

千紗は顔を膝に埋めたまま言った。

「う、うん。実は、おれも痛いんだ。二日酔いだよ」

「昨日のこと、覚えてないの」

「そ、そう？　おれもあんまり覚えてないなあ」

宮澤は作り笑いを浮かべた。頭が痛むが堪えるしかない。

「死にたい……」

「ちょ、ちょっと。いきなりなんだよ」

「ダーリン、優しいからなんにも言わないけど——」

千紗は顔を上げ、床に転がったワインの空ボトルを見つめた。

「あれ、全部わたしが飲んだのよね」

「さあ。おれも酔っぱらって帰ってきたから、よくわからないんだよ」

千紗がまた顔を伏せた。

「お酒飲むと、ほとんど記憶がなくなるの」

「自分じゃよくわかってないんだけど、酒癖が悪いってよく言われる。前の彼氏と別れたのもお酒のせい。ずっと新しい彼氏ができなかったのもお酒のせい。わたし、お酒に酔うと人が変わるんだって。ほんと？」

「そ、そうなんだ」

「そんなことはないと思うけど……」

喋りながら宮澤は自分の太股をつねった。本当のことを言うべきなのだ。

「ダーリンってほんとに優しい。そのダーリンに、わたしきっと、酔っぱらって酷いことしたんだわ。そう思うと悲しくて悔しくて……死にたい」

「だからさあ、なんでそういう極端な結論に飛びついちゃうわけ？」

宮澤はさらに強く太股をつねった。痛みに顔が歪んだが、心とは裏腹の言葉が口から溢れてくる。

「だって。ダーリンにすっごく迷惑かけたみたいだし」

「いつおれがそんなこと言った？」

「え？」

千紗が顔を上げた。

言え。言ってしまえ。とんでもなく迷惑だったと教えてやれ。

だが、千紗の涙に濡れた顔は無防備で愛くるしかった。

「迷惑だったたっておれが言ったか？」

千紗が首を振った。

「だろう。それなのにひとりで勝手に結論出すなっていうの」

「でも、ダーリン、前にわたしにお酒飲むなってそれとなく言ったでしょう。きっと凄い迷惑かけてるんだなって──」

「酒を飲むなっていうのは、そういうことじゃなくて──」

「なくて？」

宮澤を見上げる千紗の濡れた瞳はこの上なく美しかった。

「それは、千紗の健康を考えて言ったんだ。量を飲むだろう？　だから」

「本当に？」

「本当だよ」

宮澤は心の中で天を仰いだ。自分の優柔不断さが恨めしい。

「わたしがお酒飲むの嫌じゃない？」

「飲み過ぎなければ、ね」

「ありがとう」

千紗が抱きついてきた。酒臭い空気が鼻の奥に流れ込んでくる。宮澤は必死で吐き気をこらえた。

「ダーリン、優しいから好き。大好き」

「う、うん。おれも千紗が好き」

千紗が目を閉じている。キスを期待しているのだ。だが、千紗の呼吸はさらに酒臭いだろう。キスをしたら間違いなく嘔吐する。

「ちょ――」

「どうしたの、ダーリン？」

「ちょっとトイレ。おしっこ漏れそうなんだ」

踵を返し、足を踏み出したところにワインの空きボトルが転がっていた。

「ダーリン！」

千紗の叫びと同時に身体が宙に浮いた。受け身を取ろうとしたが、二日酔いの肉体は反応が鈍い。宮澤は後頭部を床に打ちつけた。痛みと吐き気が容赦なく襲いかかってくる。泣きたかった。子供のときのように他人の目を気にすることなく大声で泣き喚きたかった。

＊　＊　＊

吐き気は収まったが頭痛はしつこく続いていた。二日酔いの頭痛と、床にしたたかに後頭部を打ちつけたための頭痛――ダブルパンチだった。後頭部にはたんこぶができている。

資料室はパイプの匂いが充満していた。椿が蒸気機関車のように煙を吐き出しながらパソコンのモニタを睨んでいる。収まったはずの吐き気がぶり返してきた。

「おはようございます」

宮澤は低い声を出した。

「どうしたの、宮君。ゾンビみたいな顔して」

「いろいろありまして」

「そのいろいろを話してくれれば休み取らせてあげたのに。電話じゃ顔色までわからないからさ」

今日一日休みを取りたいと椿に電話をかけたのだが一蹴されたのだ。ぼろぼろになった身体で満員電車に揺られ出勤してきた。

「顔色わからなくても、声で想像はついたんじゃないですか？」

自分のデスクに鞄を置き、椅子に腰をおろしながら呻いた。ちょっとした振動が痛みを倍加させる。

「声なんかいくらでも作ることができるからね。でも、本当に休ませてやればよかったな。病院に行ってくる？」

「結構です。仕事をしてれば体調も戻ってくるかも」

「だったらいいけどさあ」

椿はくわえていたパイプを灰皿に打ちつけた。宮澤は顔をしかめた。

「大きな音立てないでくださいよ。頭に響くんだから」

「そんなつもりはなかったんだけど、ごめん。今からでも帰っていいよ」

「仕事しましょう、仕事」

「そう？　じゃあ、お言葉に甘えて……今朝早く、藤久保ちゃんから連絡があったんだけどさ」

「イ・ヒョンジョンが韓国行きのチケットを買ったって言ってましたよね」

「うん。フライトは今日」

「急ですね」

「まあ、お母さんのお見舞いって言ってたから話が通らないわけじゃないんだけど」

「椿さん、韓国の警察関係者に知り合いいないんですか？　結構顔が広そうなのに」

「あ」

椿が大声を張り上げた。痛みの塊が後頭部に生じて思いきり破裂した。宮澤は頭を抱え、呻いた。

「ど、どうしたの、宮君？」

「大声出さないで……」

「ああ、ごめんごめん。ついうっかり。それより宮君、いいこと言ってくれたよ。ひとりいるんだ、韓国に。彼に紗奈ちゃんの言葉のウラを取らせよう」

椿は囁くような小声で言った。

「他に藤久保さんから情報は？」

「特にないよ」椿は首を振った。「ちょっと待ってて、韓国にメール送るから。その後宮澤は床に倒れ、悶絶した。

今度はボウリングの球ほどの痛みの塊が生まれ、炸裂した。

椿に肩を叩かれた。さっきの痛みの塊が野球のボールぐらいの大きさだったとしたら、

「スカイツリーだよ。決まってるじゃないか。頼むよ、宮君」

「行くってどこへ？」

で行こう」

＊＊＊

頭痛が止まらない。止まるどころか時間が経つごとに痛みが酷くなっていく。

車を運転している椿が前方を指さした。天を目指して聳え立つ塔が視界に入ってきた。

「見えてきたよ」

「相変わらず下品な塔だね。東京タワーの方がよっぽど見目がいいよ」

椿はリズミカルにステアリングを操っている。認めたくはないが椿の運転技術は卓越していた。スムーズに車線を変えては遅い車を追い越し、法定速度を少し超えたスピードで車を走らせる。スカイツリーがどんどん大きくなっていく。

自立式電波塔としては世界一の高さを誇るこのタワーが開業したのは今年の春。連日観光客が押し寄せている。おかげで東京タワーは閑古鳥が鳴いているらしい。

総合庁舎からの道すがら、椿はしきりに東京タワーが可哀想だとこぼしていた。

「この先は混雑してるだろうから、ここから歩くよ」

椿は東駒形のコインパーキングに車を停めた。宮澤は呻きながら車を降り、そっとドアを閉じる。些細な振動でも頭に響くのだ。

椿も宮澤の顔色を窺いながらそっとドアを閉めた。

「宮君、病院行った方がよくない？」

「大丈夫です」

宮澤はぶっきらぼうに答えた。市販の鎮痛剤を規定の倍の量飲んだのだがまったく効いていない。頭のことだし、できれば病院で検査を受けたかったのだが意地になっていた。

「行きますよ」

椿に声をかけ、歩く。だが、二歩目で足が止まった。歩くたびに後頭部で痛みが破裂する。

「宮君」

椿が駆け寄ってきた。

「やっぱり、病院行こうよ」

「行きます。はい、行きます。でも、その前にスカイツリーを一通り見て回ってから」

「歩けないぐらい痛いのになに言ってるの」

「でも、せっかくここまで来たんだし……」

椿が溜息をついた。

「しょうがないな、宮君は」そう言って宮澤に背中を向け、屈む。「はい、どうぞ」

「どうぞって？」

「おぶってあげるよ」

「冗談やめてくださいよ、こんなときに」

「本気だよ。宮君は頭が痛くて歩けない。でも、警察官の職責を全うしたいという使命感に駆られている。だったら、ぼくが宮君をおぶって歩くしかないじゃない」

「いや、でも、そんな――」

「ぼくが警視で君がただの巡査部長でも、この場合は遠慮する必要はないよ」

「なんだかなあ、その言い方」

「早く」

この頭痛では歩くのは無理だ。かといって、大の大人が他人の背中におぶさってスカイツリーを見学するというのも間が抜けている。

「ええい、もう」

考えるとそれだけ頭痛が酷くなる。宮澤は椿の背中に抱きついた。思っていた以上に広く大きな背中だった。

「よいしょ」

椿が立ち上がった。一メートル九十を超える大男におぶさっているのだ。視界が劇的に変わった。

「じゃあ、行くよ。落ちないようにね」

多くの通行人が奇異の目を向けてきたが、椿は気にする様子も見せずに歩いていく。その歩調は大胆で自信に満ち溢れていた。

「つ、椿さん、もっとゆっくり、もっと端っこを歩きましょうよ」

通行人の視線が横顔に痛い。

「なに言ってるの、宮君。早く歩いて早く終わらせて、早く宮君を病院に運ばなくっちゃ」

椿は宮澤の羞恥心など意に介さずずんずん進んでいった。やがて、スカイツリーの正面に到着する。出入口も周辺も人でごった返していた。さすがに開業当時の爆発的な活気は薄れているものの、スカイツリーは今や東京一の観光名所だった。

「これだけ人が集まる場所なのに、警備の人数は少ないね。民間の会社みたいだし」

「そりゃそうですよ。国会でもあるまいし、警察が民間の施設を警備するなんてあり得ませんから」

「つまり、テロリストには格好の標的だっていうことだよね……」

椿の声が珍しく沈んでいた。

「ええ。タワーの中でも外でも、爆弾の仕掛け場所いくらでもありそうですね」

「だよねえ。ほんと、テロには無防備なんだから、この国は……」

椿は宮澤を背負ったまま器用に人混みを縫い、スカイツリーにさらに近づいた。宮澤はタワーを見上げた。いつの間にか頭痛が和らいでいる。

「椿さん、彼女が本当にここに爆弾を仕掛けるんですか？　ぼくにはとても信じられないんですけど」

「ぼくには信じられるよ。テロリストってのは一種の狂信者だからさ。ほら、オウム真理教でもあったでしょ。ポアって。今殺しても来世で幸せになるからいいとかいう屁理屈。基本はあれと一緒だよ。まあ、工作員の場合、宗教が政治信条に変わるだけのこと」

「理屈ではわかるんですけど……どうも、彼女の笑顔がちらついて。そんなことできるように思えないんです」

笑顔だけではない。だが、それを椿に言うのははばかられた。

「笑顔とか性格とかに惑わされちゃだめだよ。彼らはやる。そう決めてかからないと」

「でも――」

「あのおじちゃん、大人なのにオンブされてる!!」

甲高い子供の声が宮澤の声をかき消した。七、八歳の少年が宮澤を指さし、笑っている。保護者らしき人間の姿は見えなかった。

「大人のくせに変なの――」

「やかましい、こら――」

怒鳴った拍子に薄れていた頭痛が復活した。後頭部を押さえ、呻く。

「このおじちゃんはね、病気なんだよ」

「病気って、ここの？」

少年が自分の頭を指さしてぐるぐる回した。

「そう。可哀想に、頭がおかしいんだ。だから、大人なのにオンブしてもらってるんだよ」

「やっぱり変なの！」

子供の高い声が頭に響く。おまけに観光客が集まりだしていた。

「椿さん、勘弁してくださいよ。人が集まって来たじゃないですか」

観光客が無遠慮な視線を浴びせてくる。宮澤は恥ずかしさにいたたまれなくなって、椿の背中に顔を押しつけた。

「なんだよ、あれ。おカマか？」

「だれがおカマだ、こら」

反射的に叫び、激痛に苛まれ、宮澤は椿の背中にしがみついたまま涙を堪えた。

## 33

打撲と内出血。念のためCTを撮ったが頭蓋骨や脳に異変は見られなかった。中年の看護師に髪の毛を剃られ、薬を塗られ包帯を巻かれた。後は痛み止めの薬を処方してもらってそれで終わりだった。

待ち時間を含めて診察にかかったのは三時間。その結果はあまりに馬鹿らしい。

病院を出たところで携帯の電源を入れた。椿からメールが届いていた。

〈大至急、連絡を〉

歩きながら電話をかける。

「椿さん、宮澤です」

「宮君、診察、どうだった？」

「ただの打撲ですって。あんなに痛かったのに、ほんとかなあって思いますけど」

「よかったじゃない。脳内出血とかじゃなくて。ぼく、ちょっと本気で心配したよ」

「ご心配をおかけしました。それで、なにか進展があったんですか？」

病院の敷地を抜けると地下鉄駅の方角に足を向けた。

「韓国の知り合いに頼んでいくつか調べてもらったんだ」

「本当ですか？」

宮澤は足を止めた。歩きながら聞き流す内容ではなさそうだった。

「うん。せっかちっていうか、仕事の早い男でさ。早速情報を送ってくれたよ。紗奈ちゃん……イ・ヒョンジョンの両親はソウル市内で健在。イ・ヒョンジョンは日本に留学してることになってる」

「やっぱり本人なんですか？」

「写真を手に入れてくれって頼んだよ。で、イ・ヒョンジョンの母君はぴんぴんしてるって」

「はい？」

「彼女、お母さんの見舞いで韓国に帰るって言ってたじゃない。嘘だよ」

「なんでそんな嘘を……って、やっぱ、工作員だからですか」

「それしかないじゃない」椿の声が跳ね上がった。「宮君、頭、本当にだいじょうぶ？」

「だいじょうぶです。えっと、ということは、彼女は母親の見舞いを口実に韓国へ行って、なにをするつもりなんですか？」

「それはわからない。藤久保ちゃんから彼女のフライト便を聞いてあるから、それを向こうにも伝えた。尾行と監視をしてくれるって」

「向こうの人って、どういう？」

「韓国国家情報院の人間。昔、日本に語学研修に来てたことがあって、そのとき、いろいろ世話を焼いてあげたんだ」

「椿さん、顔が広いんですね」

「それも仕事の内だからね。で、米山班だけど、二班に分かれて紗奈ちゃんと金田を監視してる。今のところ金田に変わった動きはないらしいけど、この先どうなるかな。滝山は別の班を使って塚本を監視させてるみたい」

「塚本さんって、例の？」

「そう。外二の管理官。外三の裏部隊が外二の管理官を完全秘匿で監視するなんて、ばれたらただじゃすまないよ」

椿は嬉しそうに笑った。塚本はとうに警察を辞めているというのに、そうした事実は都合よく忘れることができるらしい。

「ぼくらはなにをするんですか？」

「もうひとりいるじゃない、重要人物が」

「もうひとり?」宮澤は記憶を漁った。「あ、もしかして、チュモン電機の?」

「そう。パク・チス。彼、まだ同じホテルに滞在してるんだ。お台場で待ち合わせでいいかな？　ぼくは車で向かうから」

「じゃあ、ホテルのロビーで」

宮澤は電話を切った。薬を飲んだわけでもないのに頭痛は完全に消えていた。アドレナリンが体内を駆け巡っているのを感じる。新たな情報を得て、刑事としての本能が目を覚ましたのだ。

「公安でも刑事でも、やっぱ足を使ってなんぼでしょ」

宮澤はひとりごち、駅に向かって駆けだした。

＊　＊　＊

宮澤は欠伸を嚙み殺した。椿に車の中での待機を命じられてから一時間半が過ぎた。

パク・チスが部屋にいることは確認できたが動きはなく、ただゆっくりと時間が流れていく。時折、ホテルのロビーに目を凝らしてみるが、なにをどうやっているのか椿を見つけることはできなかった。

千紗からメールが届いた。

〈ダーリン、頭の傷の具合は？　病院に行った？〉

いつもに比べるととてつもなく短い文面だった。返信を打とうと携帯を握り直したところで着信音が鳴った。椿からだった。

「やっこさんが出てきた。ホテルを出るみたい。とりあえず徒歩で尾行する。宮君は車でついてきて」

「了解。携帯、このままスピーカーにしておきます」

携帯をドリンクホルダーに立てかけ、エンジンをかけた。パク・チスがホテルを出てきてドアマンに声をかけた。ドアマンが右手を挙げる。タクシーに乗るつもりなのだ。

「やつはタクシーに乗ります」

「わかってる。宮君はそのままやっこさんを追いかけて」

パク・チスの乗り込んだタクシーが発進した。距離を置いてその後を追いかける。

「椿さんは？」

「ぼくはやっこさんの部屋に侵入する。ついでに盗聴器も仕掛けるよ」

「盗聴器ってまだ持ってるんですか？」

含み笑いを残して電話が切れた。

「まったく。また違法捜査かよ」

宮澤は乱暴に電話を切った。ステアリングを握り直し、尾行に集中する。タクシーはすぐに首都高に乗り入れた。芝浦方面を目指し、レインボーブリッジを渡っていく。

運転手がせっかちなのか、それとも急かされているのか、タクシーは頻繁に車線を変え、先を急いでいる。

「これも点検作業のひとつか？」

宮澤は唇を舐め、慎重にステアリングを操った。車での尾行は徒歩のそれに比べて数倍難しく、神経を使う。不審な動きを見せれば一発で気づかれてしまうだろう。距離が開いても焦りは禁物だった。幸い、走っているのは首都高だ。ジャンクションやインターチェンジに気をつけていれば見失う恐れはない。

タクシーが車線変更を終えたタイミングを見計らって宮澤も車線を変え、少しずつ距離を詰めていった。

やがてパク・チスを乗せたタクシーは飯倉で首都高を降りた。混雑している大通りを避けながら、六本木通り方面へ向かっていく。

携帯が鳴った。

「はい、宮澤」

宮澤は携帯をスピーカーモードにして電話に出た。

「ぼくだよ。部屋の中にめぼしいものはなかった。ｉＰａｄがあってさ、できれば持って帰って分析したいところだけど、そこまではね」

椿ののんびりした声が流れてきた。

「当然です」

「宮君、どこ？」

「今は六本木を移動中です」

「尾行、ばれてない？　宮君ひとりだと心配でしょうがないよ」

「まだばれてませんが」

「本当に？」

「本当です」

タクシーが赤信号に引っかかって停まった。宮澤は車のスピードを落とした。

「とりあえず、タクシー拾って六本木方面に向かうよ。目的地がわかったら電話して」

「了解。あ、椿さん。また盗聴器仕掛けたんですか？」

「もちろんだよ。ｉＰａｄに仕込んでおいた」椿の声は子供のように弾んでいた。「じゃあ、後で」

信号が青に変わり、タクシーが動き出した。後部座席に座っているパク・チスが視認できた。だれかに電話をかけている。

タクシーは六本木通りに出、大きく迂回してからＡＮＡインターコンチネンタルホテル東京に乗りつけた。パク・チスはホテルの中に入っていく。宮澤はドアマンの前に車を停めた。

「警視庁のものです。捜査中なんですが、車、駐車場に停めておいてもらえますか」

バッジを見せ、車のキーを渡した。

「鍵は後でフロントに。駐車スペースもわかるようにしておいてください」

ドアマンは小刻みにうなずき、キーを受け取った。

携帯で椿に電話をかけながらホテルに入った。コーヒーラウンジに向かうパク・チスの背中が見える。

「宮澤です。ANAインターコンチネンタルにいます」

それだけ告げると、椿の返事も待たずに電話を切った。

パク・チスが煙草を落とした。思わず止まりそうになる足を意志の力で無理矢理動かし、煙草を拾おうとするパク・チスを追い越した。

点検作業だ。間違いない。

額に汗が浮いた。宮澤は振り返らずに歩き続けた。

＊＊＊

パク・チスはコーヒーラウンジを入ってすぐ左側にあるテーブル席に腰を下ろしていた。ラウンジの入口に顔を向けている。出入りする人間を確認するためだ。

宮澤はロビーのソファに腰掛け、新聞を広げてラウンジの様子を窺っていた。

「こんなところでなにをしている」

不意に頭上から声を浴びせられた。業界人風の出で立ちの男が携帯を耳に押し当てている。

米山班のメンバーだ。

宮澤は呟いた。

「尾行の最中でして」

「だれの？」

業界人風は腹話術が得意らしい。明らかに携帯に向かって話しているのに声は宮澤に向かって飛んでくる。

「ご想像にお任せします。そちらはだれの監視で？」

業界人風は質問には答えず歩き去った。宮澤はほくそ笑んだ。米山班が監視しているのはイ・ヒョンジョンと金田だ。どちらかがパク・チスの待ち人なのだ。

携帯が鳴った。椿からの電話だった。

「ホテルに米山班の連中がいるよ」

「知ってます。ここでなにをしてるかと詰問されました」

「やっこさんは？」

「コーヒーラウンジです」

「あれ？　米山班ってば、宮君を排除するつもりみたい」

「排除？」

金田が姿を現し、ロビーを横切っていった。コーヒーラウンジを目指している。

「金田です」

「ぼくからも見えてるよ。あ、米山班が動き出した。心配しなくていいからね。あとはぼくが引き継ぐから」

「心配ってなにを――」

ただならぬ気配が漂ってきた。宮澤は口を閉じ、新聞から顔を上げた。

「宮澤さん、すぐにここから移動してもらいます」

藤久保が近くに立っていた。微笑みながら宮澤に話しかけてくる。まるで待ち合わせていたかのようだった。

「移動してもらいますって、なんの権利があって……」

宮澤は電話を切った。

「邪魔なんです。さあ、立って。ぼくと一緒にホテルを出るんです。言うことを聞いてもらえないと、後で面倒なことになりますよ。あなたと椿さんを守ってくれる人なんてどこにもいないんですから」

「はいはい、わかりましたよ」

米山班は椿の存在には気づいていないようだった。ならばここで揉め事を起こすよりは椿に後を任せた方がいい。

腰を上げ、藤久保と肩を並べた。

「椿さんは？」

歩き出すのと同時に藤久保が訊いてきた。

「さあ、今日は別行動なので」

「だれを監視していたんですか」

「上司の許可がないと話せません」

藤久保が溜息を漏らす。

「悔しいのはわかるけど、この件はうちが引き継いだんだから――」

「椿さんにどんな弱みを握られてるんですか？」

藤久保のこめかみが痙攣した。

「藤久保さん――」

「黙って。ホテルを出たら、絶対に戻ってこないこと。いいですか？」

宮澤に念を押すと、藤久保は岩のように無言を貫いた。

## 34

ちょうど一時間が経過したころ、金田がホテルから出てきた。タクシーを拾い走り去る。それを米山班の車両が追いかけていく。もちろん一台ではなく、三台態勢だ。だが、米山班のすべてが金田の追跡に加わったわけではない。藤久保ともうひとりの男が周りの景色に溶け込んだまま待機していた。

しばらくすると、パク・チスも出てきた。タクシーは使わず、六本木方面に歩いていく。パク・チスの前方に藤久保が、もう一人の男が後ろから尾行をはじめた。さらにその後ろを椿が歩いていく。

相変わらず巨体がまったく目立たない。

宮澤は舌を巻きながらホテルへ戻った。フロントでバッジを呈示し、車の鍵を受け取って駐車スペースを聞き出す。階段を使って地下駐車場へ降り、車に乗った。

ホテルを出たところで椿に電話をかけた。

「どちらへ向かってます？」

「六本木通りを六本木交差点方面へ。地下鉄に乗るつもりかもしれないから、動かないでどこかで待機していて」

「米山班もパク・チスを追ってますね」

「金田と接触したところを見られたんだからしょうがないよ。少なくとも身元を確認しようとするはずだし、身元がわかれば応援を呼んで監視態勢を強化するだろうね」

椿の声には緊張感がまったくなかった。

「じゃあ、またおれたちの出番はなくなりますね」

「どうかな。やっこさんはさっきからしつこいぐらい点検作業を繰り返してるよ。そのうち尾行がばれるかも。そうしたら、やっこさんの宿泊先を知るのはぼくらだけだ」

「でも、米山班の人間って百戦錬磨なんでしょう?」

「ぼくに言わせてもらえば、藤久保ちゃんもひとりの捜査官もひよっこだなあ。危なっかしくて見てられないよ。まあ、宮君よりはましだけどさあ」

「申し訳ありませんね。尾行が下手で」

「電話、一旦切るよ。このまま目的地まで歩き続けるのか、地下鉄に乗るのか、タクシーを拾うのか、なにかわかったら連絡する」

「了解です」

宮澤は電話を切り、路肩の空いているスペースに車を停めた。エンジンを切り、窓を開ける。後頭部の痛みはすっかり消えていた。

＊＊＊

椿からパク・チスは六本木駅から地下鉄日比谷線に乗ったと電話があった。乗ったのは銀座方面行きの車両だ。

宮澤は車を発進させた。頭の中で東京の地図を広げる。最終目的地は銀座か、それともさらにその先か。とりあえず銀座を目指すことにした。

道はどこもかしこも渋滞している。苛立ちを抑え、慎重に運転した。

また椿から電話がかかってきた。

「やっこさん、なかなかやるよ」

携帯の着信ボタンを押すと、椿が前置き抜きで話しはじめた。

「どうしたんですか?」

「尾行がついてること確信してたんだろうねえ。銀座駅で一旦降りて、出発直前の電車にまた飛び乗った。藤久保ちゃんたちをまいたよ」

「椿さんは?」

「ぼくがそんな単純な手に引っかかると思う? まあ、本来なら公安の尾行は最低でも四人でやることになってるから、ふたりで訓練されたプロを尾行するのは無理があったんだよね」椿は自慢げに言った。「でも、藤久保ちゃんたちのおかげでぼくの尾行がやりやすくなったよ。やっこさん、尾行を振り切ったと確信して油断してる」

「まだ同じ電車に乗ってるんですね。ってことは、行き先はどこだろう?」

宮澤は頭の中の地図を確認した。

「宮君はそのまま待機」

「はい?」

「どうせ、どこかの駅で降りて反対側の電車に乗るよ」

「どうしてわかるんですか?」

「やっこさんは尾行されてることを確信してたって言ったじゃない。尾行されてるのに、わざわざ目的地に向かうと思う？　全然関係ない方向に向かう電車に乗ったんだよ。決まってるじゃないか」

「なるほど……」

宮澤は路肩に車を停め、唇を舐めた。刑事の尾行は大抵、素人に対して行うものだ。殺人犯であっても尾行に気づくための、まくための訓練を受けたという者はほとんどいない。だから、尾行は楽な仕事だという考えが刑事警察には蔓延している。だが、公安のそれは言葉が同じであっても中身はまるで異なる。訓練を受けたプロ同士の知力の限りを尽くした攻防戦だ。

手柄をいくら立てたところで刑事には戻れない——滝山の言葉が脳裏によみがえった。このまま公安警察官としてやっていくしかないのなら、きちんとした訓練を受けるべきだ。

「やってやろうじゃねえか」

宮澤は握り拳でステアリングを叩いた。アドレナリンが溢れ、身体が火照ってくる。我ながら単純だとは思うが目的が見つかると燃えてくる性格は変えられない。

「第一の目標」宮澤は人差し指を立てた。「この事件で手柄を立てる。椿さんと縁を切る」

「第二の目標」宮澤は中指も立てた。「公安警察官としての捜査技術を身につけ、磨き上げる」

「第三の目標」薬指も立てた。「精鋭部隊に配属してもらい、日本のために人知れず、日夜戦う」

携帯がメールを受信した。千紗からだ。

〈ダーリン、忙しいの？　病院は行ったかしら？〉

それだけの短い文面だったが、宮澤を思う千紗の心が熱いぐらいに感じられた。

〈千紗、おれは大丈夫だ。あれぐらいの怪我、日本の治安を守るためなら屁でもない。心配無用。またメールする〉

宮澤は返信した。すぐに千紗からのメールが届く。

〈ダーリンってば、格好いい〉

文末にはハートマークが添えられていた。

「それほどでも」

宮澤は携帯ににやけた笑顔を向けた。途端に着信音が鳴りはじめた。椿からの電話だった。見られていたわけでもないのに心臓が派手に鳴り出した。

「ど、どうしました？」

「宮君こそどうしたの？　声がうわずってるよ」

「そんなことないですよ。それより、今、どうなってるんですか？」

宮澤はまくし立てた。

「やっぱり、やっこさん、六本木で降りたよ。大江戸線に乗り換えた。日比谷線はダミーだったんだ」

「どっち行きの電車ですか」

「汐留方面」

「了解。そっちへ向かいます」

「あ、ちょっと待って。千紗ちゃんからメールが来た」

「千紗から？　なんで？　それに、今ぼくと電話中じゃないですか」

「これは警視庁からの支給品の携帯。個人用にｉＰｈｏｎｅも持ってるんだ。えーっと、〈椿さん、わたしのダーリンって最高に格好いい〉だって。なに、これ？」

「さ、さあ……あの、千紗はそんなにしょっちゅう椿さんにメールしてくるんですか？」

「うん。最低でも一日に十通は来るよ」

「十通……」

宮澤は絶句した。恥ずかしさに肌が粟立っていく。居ても立ってもいられない気分だった。

「ほとんどがおのろけメールだけどさ。ぼくのこと、君と千紗ちゃんを結びつけたキューピッドみたいに思ってるらしいね」

「もうやめてください。ぼくが悪かったですから。謝りますから」

宮澤は叫ぶように言った。

「どうして？　どうして宮君が謝るの？」

「もういいですってば」

宮澤は電話を切った。ステアリングに顔を伏せる。いつまで経っても気恥ずかしさは消えなかった。

「もう、千紗のやつ」

ステアリングにしがみつきながら宮澤は身悶えした。

＊　＊　＊

パク・チスは門前仲町で地下鉄を降りたと椿から連絡が入った。宮澤は渋滞を避けて門前仲町に向かった。

「古石場《ふるいしば》二丁目。古石場図書館ってのを目指してきて」

もうすぐ門前仲町というところで再び椿からの連絡が入った。頭の中の地図に古石場という地名はなかった。カーナビに古石場図書館までの道順を示させ、先を急いだ。図書館から百メートルほど離れた運河沿いの道に車を停めた。

「到着しました」

椿に電話を入れた。

「図書館の西側の住宅街にリバーハイツ門前仲町って小さなマンションがあるんだ。そこ。気をつけて来てよ」

「了解。電話はこのままで」

宮澤は携帯を耳に押し当てたまま歩きはじめた。近くに団地のような建物と遠くにイトーヨーカドーが見える以外、周辺に背の高い建物はなかった。せいぜいが五階建てのマンションだ。古石場図書館はすぐに見つかった。メールを読んでいるふりをしながら周辺を歩く。リバーハイツ門前仲町はすぐにわかった。だが、椿の姿がどこにも見あたらない。

「ぼくを捜してるなら、無駄だよ。宮君からは見えないところにいるから」

携帯から椿の声が流れてきた。

「どこですか？」

「図書館の裏に団地があるだろう。トミンハイムっていう都民住宅なんだけど」

この近辺で一番背の高い建物だった。十四、五階はあるだろうか。

「ええ」

「そこの屋上。街全体が見渡せるよ」

「じゃあ、ぼくもそこに――」

「宮君はだめ。やっこさんに動きがあっても、ここから一階に降りるのに時間がかかっちゃう。君は地ベタで待機してて」

「地ベタって、いちいち棘のある物言いだなあ」

「なにか言った？」

「いえ。でも、椿さんも言いましたけど、この辺り、監視に適したところはどこにもないし……」

「図書館があるじゃないか。監視はぼくがしてるんだから、宮君は図書館で待ってればいいんだよ。動きがあったらぼくが知らせるから」

「ああ、その手がありますね。了解しました」

「じゃあ、一旦電話切るよ」

宮澤は携帯をジーンズのポケットに押し込み、図書館に足を向けた。

図書館とは言うものの、実際にはこの区域の文化センターの役割を担う建物のようだった。一階にはこの辺りで生まれたという小津安二郎の展示コーナーがあった。図書館は四階だ。

展示コーナーの周辺をぶらつきながら椿からの連絡を待った。三十分もすると、外の様子をうかがいたいという強烈な欲求が頭をもたげてくる。宮澤はトイレに行き、顔を洗った。水の冷たさが神経をなだめてくれる。

椿からの電話が来た。

「はい、宮澤」

「やっこさんが出てきたよ。尾行して。門前仲町の駅の方に向かってる」

「了解」

宮澤は図書館を出た。

「ぼくはここに残る。やっこさんがだれに会いに来たのか調べたいんだ」

「それも了解です」

パク・チスの後ろ姿が見えた。確かに駅の方角に向かっている。

「点検作業に引っかからないようにね。やっこさんは尾行をまいたと安心してるけど、プロは常に用心を怠らないから」

「わかってます」

宮澤は電話を切った。パク・チスが交差点で立ち止まり手をあげた。

「くそ。まずい」

駆け出したいのをなんとか堪え、歩調を保つ。パク・チスがタクシーに乗る前に振り返った。何気ない顔ですぐ先にあった路地に入った。タクシーのドアが閉まり、走り去る音が聞こえる。すぐに同じ道に戻り、交差点に向かった。空のタクシーは見つからない。

「くそっ」

宮澤は走り去るタクシーの会社名とナンバープレートを頭に刻み込んだ。

「宮澤です。やつはタクシーに乗ったんですが、こっちは摑まえられなくて」

椿に電話する。

「しょうがないよ。ひとりで尾行なんて、よっぽどついていないと失敗するのが普通だからさ。タクシーのナンバーは？」

「図書館にいるから」

「覚えてます」

「じゃあ、後でタクシー会社に確認を取ろう。こっちに戻って来て。図書館にいるから」

「了解」

宮澤は電話を切り、来た道を駆け足で戻った。

## 35

リバーハイツ門前仲町は五階建ての賃貸マンションだ。総戸数は十四。一階が二戸、二階以上はそれぞれ三戸ずつ。管理人に入居者名簿をもらったが、パグ・チスが何号室を訪れたのかがわからない以上、相手を突き止めるのは不可能だった。

「こうなったら、このマンションの住人を片っ端から面通しするしかないかなあ」

椿が溜息をつく。古石場図書館の一階からは人の気配が消えていた。

「でも、このマンションの出入口を確認できるところといったら……」

宮澤は外に目を向けた。リバーハイツ門前仲町の出入口は狭い路地に面しており、向かいはアパートになっている。そこの部屋を借りようにも近すぎて張り込みには適さない。

「トミンハイムしかないよねえ」

「それが一番ですね」

「とりあえず、ぼくが屋上から見張ってるから、宮君、トミンハイムの管理人かだれか見つけて空き部屋がないか、あったら借りられないか交渉してよ」

「見張りはぼくがやりますから――」

「宮君は面識率が低すぎるからだめだよ。早く行ってきて」

宮澤は顔をしかめながら足を踏み出した。確かに椿の言うとおりだ。

「あ、車に双眼鏡積んであるかな？」

「双眼鏡はないけど、デジタル一眼レフカメラ積んであります。三百ミリの望遠レンズ付き」

「三百ミリじゃ短いなあ。でも、ないよりましか。車の鍵」

宮澤は車の鍵を椿に放った。

「じゃあ、先に行ってます」

トミンハイムまで駆け、管理人室に向かった。

「すみません、こういう者ですが」

初老の管理人にバッジを見せる。

「はい、なんでしょう」

「実は、とある事件の捜査で張り込みをする必要がありまして、ここに空き部屋はないか、あれば貸してもらうわけにはいかないかと思いまして」

「この棟は満室ですよ。他の棟なら……」

「ここじゃなきゃだめなんです」

管理人は肩をすくめた。

「十階以上の西側を見渡せる部屋でどなたか協力してくれる人はいませんかね」

「わたしに言われてもね。刑事さんが直接お訊きになったらいい。でも、この時間帯に部屋にいる人は少ないですよ。あ――」

「どなたか心当たりでも？」

「一一〇五号室の佐藤さん。八十歳近いお婆ちゃんなんだけど、あの人ならもしかして――」

「一一〇五号室の佐藤さんですね？　ありがとうございます」

宮澤はエレベーターホールに急いだ。十一階まであがり、一一〇五号室のインタフォンを押す。

「はい、どなた？」

スピーカーから透き通った声が流れてきた。

「すみません、警察の者ですが、ちょっとお頼みしたいことがありまして。話を聞いていただけませんでしょうか」

「警察の方？　ちょっとお待ちください」

声の主は喋り方も上品だった。宮澤は衣服の皺を伸ばして待った。もちろん、右手にはバッジを持っている。

ドアが開いた。身長百四十センチほどの小柄な老婆が宮澤を見上げている。白髪ひとつない黒髪を三つ編みにし、フリルのついたブラウスに黄色のオーバーオールをはいていた。遠目からでは小学生に見えるに違いない。

どこかで見たことがあるような気がしたが、記憶がはっきりと形になることはなかった。

「本当に警察の方？」

「ええ。警視庁の宮澤と申します」

「まあ。刑事さんなのね？　この辺で殺人事件でも？」

「いえいえ。殺人なんかを担当するのは警視庁の刑事部捜査一課。ぼくは公安部の人間なんです」

「公安部？」

「ええ」

「公安部なんてところがわたしになんの用かしら？」

「ちょっとお邪魔してもよろしいですか？　人には聞かれたくない話なんで」

「あら。わたしとしたことが。どうぞどうぞ、お入りになって」

宮澤は居間に通された。部屋の間取りは２ＬＤＫといったところだろうか。居間はリビングダイニングと呼ぶには狭すぎるがきちんと整理整頓され実際より広く感じられる。

南側の壁際に作業用の机があり、パソコンと大型のモニタが置かれていた。最新の機種で老人が使うには本格的すぎた。

「お茶を淹れましょうね」

「あ、どうかおかまいなく。あの、佐藤さん――」

「節子って呼んで」

「はい?」

「せ・つ・こ。わたし、佐藤っていう名字、嫌いなの。知り合いはみんな節子って呼ぶのよ」

佐藤節子はケトルをコンロにかけた。

「じゃあ、節子さん、本日はお願いがありまして」

「こんなお婆さんになんの用かしら?」

「実は、この界隈で張り込みをする必要がありまして」

「まあ」

佐藤節子は両手を組んだ。

「どうしました?」

「本物の刑事さんも張り込みなんて言葉使うのね。わたし、小説やドラマの中だけだと思ってたわ」

「ああ、そうですか」

宮澤は頭を掻いた。佐藤節子と話しているとどうにも気が抜ける。

「ごめんなさい、話の腰を折って。それで？」

「その張り込みのために部屋をひとつ貸していただきたいんですが」

「まあ」

「だめですか？」

「いえいえ、いいのよ。ちょっと散らかってるけど」

「あのお、張り込みというのは二十四時間態勢で行うものでして、夜中にも騒がしいかと――」

「かまわないって言ったじゃない。この部屋でいいかしら？」

佐藤節子は作業用机の横のドアを開けた。六畳ほどのスペースにスチール製の書類棚が等間隔で並んでいる。棚にはクリアファイルや茶封筒が収められていた。

「狭くて申し訳ないんだけど……」

佐藤節子が言った。確かに、これでは横になるどころか座るスペースもない。なにより、椿の巨体ではこの部屋に入ることもかなわないだろう。棚と棚の間のスペースは五十センチぐらいしかない。佐藤節子の体型に合わせてあるのだ。

「とりあえず、上司に聞いてみます」

「どうぞ、お好きなように」

「じゃあ、ちょっと失礼して――あ、節子さん、お仕事はなにを？」

「わたしはイラストレーターよ」

佐藤節子が笑った。満開の花が風に揺れているかのような笑いだった。

＊＊＊

部屋に上がった瞬間、椿がのけ反った。椿の眼前で佐藤節子が微笑んでいる。

「さ、佐藤節子……」

「あら。刑事さん、わたしのことご存知なの？」

「宮君、ちょっと」

いきなり腕を摑まれ、宮澤は廊下に引きずり出された。靴を履く暇もない。

「なんですか、いきなり」

「なんでここが佐藤節子の家だって最初に言わないんだ」

「言いましたよ。佐藤さんっていうお婆さんがひとりで住んでる部屋だって」

「フルネームで言わなきゃだめじゃないかっ」

椿の口から唾が飛ぶ。宮澤は思わず両手を顔の前にあげた。

「椿さんだってフルネーム訊かなかったじゃないですか」

「だって、だって、まさか佐藤節子だとは……」

「何者なんですか、あのお婆さん」

「宮君、知らないの？」

あからさまな侮蔑の色が椿の顔に浮かんだ。

「……知りません」

「嘘だろう。公安の警察官のくせに」

「すみません。だれなんですか？」

宮澤はふて腐れながら訊いた。

「共産党の活動家だよ。知ってるだろう。ちょっと左がかったところにはどこにだって置いてあるじゃないか。佐藤節子カレンダー」

「ああ」

やっと合点がいった。共産党の機関紙で何十年もの間イラストを描き、その傍ら活動の最前線に立ち続けたという女性活動家の名前が佐藤節子だ。七、八〇年代にはよくテレビにも出演し、「節子さん」の愛称で右から左まで知らぬ者はなかった。活動家らしからぬ奇抜なファッションも有名だった。

「だから、見覚えがあったんだ」

「いまさら何を言ってるんだよ。公安の警察官が共産党員の家に部屋を借りに行くなんて……こんなこと他に知れたら、ぼくは恥ずかしくて警官を続けられないよ」

「そんな大袈裟な」

「大袈裟なもんか。それも、よりにもよって佐藤節子だなんて」

ドアが開いた。途端に椿は口を閉じ、愛想笑いを浮かべた。

「どうしたの？　部屋を使うんじゃないのかしら？」

「佐藤さん、ちょっと手違いがありまして、部屋を使わせてもらう話はまたの機会にお願いします」

椿は言った。いつものぬるさは綺麗さっぱり消え、どこからどうみても警察エリートの口調と姿勢だった。

「あら、そうなの？　わたしが共産党員だから？」

「いえ。そういうことではなく――」

「せっかく善意の市民が協力を申し出てるって言うのに、警察はわたしが共産党員だからって差別するの？」

「そうではございません」

「そうとしか思えないわね。ツイートしちゃおうかしら」

「ツイート？」

「わたし、ツイッターしてるの。フォロワーは二万人以上いるのよ。わたしが警察の横暴を呟けば、ちょっとした話題にはなると思うのね」

作業机の上の立派なパソコンが思い出される。佐藤節子は六十歳を過ぎてから、筆ではなくパソコンでイラストを描き始め、それも話題になった。あのパソコンでイラストを描き、ツイッターもする。最先端の活動家というわけだ。

「それは勘弁してください」

「だったらどうするの？　最初の話どおりわたしの部屋を使う？　それとも、ツイートする?」

佐藤節子は腕を組んで椿を睨みあげた。椿の半分ぐらいの体格でしかないはずだが、椿より大きく見えた。

「部屋を貸していただきます」

椿がうなだれた。

「どうぞ、どうぞ。さあ、お入りになって」

佐藤節子は屈託のない笑みを浮かべ、椿と宮澤を再び部屋へ招き入れた。

「確認のために訊くけどさ、宮君」椿が囁いた。「公安だって言っちゃった?」

「言っちゃいました」

「嗚呼」

椿はさらにうなだれ、佐藤節子の後をついて行く。

「あなた、大きいのね。こんなに大きいんじゃ、あの部屋には入れないじゃない」

佐藤節子が開けっ放しの部屋を指さした。

「宮君、これ、どういうこと? ぼくが入れない部屋をわざわざ借りたわけ?」

「ぼくなら大丈夫ですから」

「なんだって?」

椿の顔色が白い。本気で怒っているのだ。宮澤は生唾を飲みこんだ。

「ちょっと、そのバッグ貸してください」

椿が肩からぶら下げていたショルダーバッグを受け取り、中からカメラとケーブルを取りだした。

「節子さん、ちょっとパソコンお借りしてもいいですか？」

「どうぞ。お好きなように」

佐藤節子は好奇心を剝き出しにしてうなずいた。警察の、特に公安警察の捜査方法に興味津々なのだ。

宮澤はカメラとパソコンをケーブルで繫いだ。多分、佐藤節子も同じメーカーのデジタルカメラを使っているのだろう。自動的にカメラのユーティリティソフトが立ち上がった。

「これでよし、と」

ケーブルが繫がったままのカメラを持って棚の並んだ部屋へ行き、窓を開けた。カメラを外に向け、適当なところにピントを合わせてシャッターを切る。

「どうです？」

「見えるわよ。たった今撮った画像が表示されたわ」

「椿さん、これならどうです？」

「見えるよ」

ぶっきらぼうな声が返ってきた。

「あなた、ちょっと大人げないんじゃないの？　キャリアだかなんだか知らないけど偉そうに。彼はまだ若いのよ。わたしのこと知らなくてもしょうがないじゃない。ただ、一生懸命お仕事をしてるだけ。それをあなたときたら――」

佐藤節子が椿を叱りつけている。椿の反論は聞こえなかった。宮澤はカメラのファインダーを覗きながらにやついた。

## 36

佐藤節子は比類なき饒舌家だった。息をするのも惜しいという勢いで椿相手に喋りまくっている。話題はスーパーの特売品から与党の国会運営まで多岐にわたっていた。驚くほど博識で、最初は煙たがっていた椿も今では彼女とのお喋りに積極的になっているようだった。

「それで、あなたたちはなんの事件を追っているの？」

突然話題が変わった。

「それは言えませんよ」

「どうして？　わたしが共産党員だから？」

「ぼくはそういう差別はしません。捜査情報は民間人には教えられないんです」

「本当かしら？　あなたの顔には共産党員はすべて敵だって書いてあるみたいよ」

「共産党が公安警察の敵だったのはずっと昔のことです」

「今は優先順位が下がったっていうだけじゃないの?」

「あなたも疑り深いなあ」

「わたしたち共産党員が疑り深くなったのはあなたたち公安警察のせいよ。国家権力に自宅を盗聴までされたんだから」

宮澤はファインダーから目を外した。もうずいぶん昔の話だが、警視庁公安部が共産党幹部の自宅を盗聴していたことが公になったことがあった。警視庁はマスコミからの総攻撃を受け、公安部は大きなダメージを被ったらしい。

「そんな大昔の話持ち出さないでくださいよ」

椿はたじたじだった。宮澤は苦笑した。

「なにが大昔の話だよ。ついこの間、違法捜査と知りつつ盗聴器をしかけたばかりじゃないか」

「宮君、なにか言った?」

「いいえ。なんでもありません」

「でも、確かになにか喋ってたわよ」

「独り言です」

噴き出てくる冷や汗を拭った。佐藤節子も椿ばりの地獄耳なのだ。口を閉じ、ファインダーを覗きこむ。例のマンションから初老の男が出てきたところだった。

「椿さん」

「宮君」

椿を呼ぶのとほとんど同時に椿が宮澤の名を叫んだ。

「写真撮って。できるだけアップで」

「了解」

シャッターボタンを押しっぱなしにした。カメラの連写機能が働き、一秒間に七コマの撮影がはじまる。間断なく続くシャッター音はマシンガンの銃声のようだった。

男は六十代前半だろうか。その年代にしては背が高く、痩せている。頭髪は真っ白で細身のスーツを粋に着こなしていた。自信に満ちた足取りで門前仲町の方角に向かっていく。もう、背中しか見えなかった。

「宮君、もういいからこっちに来て」

写真を撮るのをやめ、居間に戻った。椿が佐藤節子を羽交い締めにしていた。

「なにしてるんですか？」

「この人が捜査情報を盗み見しようとするんだよ」

巨大な椿に自由を奪われ、佐藤節子は宙に浮いた脚を激しく動かした。

「人権蹂躙よ。国家権力の横暴だわ。ここはわたしの家なのよ。なにをしようとわたしの自由。放しなさい」

「宮君、この人を頼む」

「え？　は、はい」

椿に押しつけられた佐藤節子は激しく抗った。宮澤は彼女を身体ごと抱きすくめ、囁いた。

「節子さん、お願いです、落ち着いてください。こんなこと、ぼくたちだってしたくないんです」

椿はマウスを使って今取り込んだばかりの写真を拡大していた。

「おとなしくしていたら放してくれるの？」

「もちろんです」

「いいわ。じゃあ、放して」

宮澤は腕から力を抜いた。佐藤節子を解放し、後ずさる。佐藤節子の頬が赤らんでいた。

「どうしました？　どこか怪我でも？」

顔を覗きこむと、佐藤節子は俯いた。

「節子さん？」

「久しぶりだから……」

「はい？」

「若い男の人に抱きしめられたの、久しぶりだから……いやね、もう。なにを言わせるの」

佐藤節子は手で顔を覆った。

「宮君、そんなことよりこっち」

椿の声に振り返った。モニタ一杯にさっきの男の顔が大写しになっていた。

「チャン・ギヒョンだ……」

椿が呆けたように呟いた。

「何者ですか？」

「ちょっと待って」

椿は再びパソコンを操作した。佐藤節子が写真を見ようと背伸びしていた。椿は写真を画面から消し、USBメモリに取り込む。

「これでよし。宮君、ちょっと外に出よう。佐藤さん、ちょっと席を外します」

「なによ。急に真面目な顔になっちゃって」

佐藤節子がむくれた。頬を膨らませる仕草がそのまま少女のようだ。

「失礼します」

宮澤は彼女に頭を下げ、部屋を出た。

「なんですか、椿さん」

「チャン・ギヒョンだよ。言っただろう」

「えーと、その、チャン・ギヒョンと言われましてもなんのことやら……」

「チャン・ギヒョンを知らないの？　警官なのに？」

「椿さん、忘れないでくださいよ。ぼく、ついこの間まで捜一にいたんですから」

「そんなこと関係ない！」

宮澤は思わず耳を塞いだ。椿の声は雷のようだった。

「つ、椿さん？」

「刑事とか公安とかは関係ないんだよ、宮君。警察官なら絶対に知っておかなきゃならない男、それがチャン・ギヒョンなんだから」

「すみません」

宮澤はうなだれた。これだけ真剣な椿は見たことがない。

「公安のいろはは知らなくてもチャン・ギヒョンを知らないのはゆるされないよ」

「申し訳ありません。ぼくの不徳のいたすところです」

「ほんとに口だけは達者なんだからなあ」

「で、チャン・ギヒョンっていったい何者なんですか？」

「スパイ・マスター。日本に潜入してる北の工作員たちの元締みたいな存在だったんだ。公安部は八〇年代から捜査を始めて、九〇年代初頭にやっとチャン・ギヒョンがそのスパイ・マスターだってことを突き止めたんだけど、その直後に姿を消してね。もう、日本を出たと考えられていたんだけど、まさかこんなところに潜んでいたなんて」

「九〇年代初頭っていうと、二十年も姿を消してたんですか？」

椿がうなずいた。

「そういうことになるねえ。当時、彼はまだ四十代半ばだったはずだけど」

「顔つきも変わってるでしょうに、よく一発で気づきましたね。これも面識率の賜物ですか……」

「顔は変わってる。おそらく、整形手術を受けたんじゃないかな」

「だったらどうして？」

「ここだよ、ここ」

椿は自分の耳たぶをつまんだ。

「はい？」

「よく福耳って言うだろう。耳たぶの大きい人のこと。チャン・ギヒョンはその逆なんだ。耳たぶがほとんどない。まるでナイフかなにかで削ぎ落とされたみたいにね。どれだけ整形の技術が進んでも、耳だけは変えられないんだ。あの耳を見た瞬間、ピンと来たよ」

「ほんとですか？」

またぞろ疑念が頭をもたげた。もっともらしい理屈をつけてはいるが、あの男がスパイ・マスターのチャン・ギヒョンだというのは椿の妄想にすぎないのではないだろうか。

「外二のだれでもいい、あの写真を見せてみなよ。みんな即座にチャン・ギヒョンだって断言するよ。それぐらい特徴的な耳なんだ」

椿はいつにもまして自信満々だった。

「でも、あの男が本当にチャン・ギヒョンなら……」

「今回のテロもやつが中心にいると見て間違いないね。二十年息を潜めながら、大がかりなテロを起こす機会をうかがっていたんだ」

「滝山さんに報告しといた方がいいんじゃないですか？」

「冗談はやめてよ。また手柄を横取りされるだけじゃないか」

「でも、ことがここまで大事になったら――」

「ぼくたちは公安のアンタッチャブルじゃないか。ぼくたちに解決できない事件はない」

椿は根拠もなくそう断言した。

「それで、この後はどうするんですか？」

「決まってるさ。チャン・ギヒョンを監視下に置く。あの婆さんは気にくわないけど、この部屋を使おう」

「だれが婆さんですって？」

部屋の中から佐藤節子の声が響いてきた。途端に椿の顔から余裕が失せた。

「参ったなあ、もう」

そう呟く椿は一回り身体が縮んだように見えた。

＊　＊　＊

椿はまた佐藤節子のお喋りに捕まっている。こっちの部屋へ来られれば逃げることもできるのだが、佐藤節子の小柄な身体に合わせて本棚が置かれたこの部屋には椿が入り込む余地はない。

いい気味だと思いながら宮澤はチャン・ギヒョンの顔写真をカメラのモニタに映し出した。

椿の言うとおり、耳たぶがほとんどない。整形手術では耳の形は変えられないという話もどこかで聞いた覚えがある。ということは、この写真の男は本当にチャン・ギヒョンなのだろうか。北の工作員の総元締。スパイ・マスター。何度写真を眺めてみても、お洒落な初老の男にしか見えなかった。

「ん？　待てよ」

宮澤は瞬きを繰り返してから再びモニタを凝視した。細長い顔はどこかで見たような気がする。ごく最近、どこかで……しかし、思い出せなかった。記憶には靄がかかっており、手がかりを見つけようと伸ばす手は空を摑むだけだ。

携帯が鳴った。滝山からだった。

「はい、宮澤です」

「どこでなにをしている？　椿も一緒か？」

「ええ、まあ……」

「今すぐ戻って来い。訊きたいことがある」

「あのお、ただいま捜査中でして――」

「おまえたちがなにを捜査するというんだ。早く戻って来い」

滝山は一方的に言って電話を切った。

「椿さん、呼びだしくらっちゃいました。ちょっと行ってきます」

宮澤は部屋を出て佐藤節子のお喋りを遮った。

「呼びだしって、監視はどうするの？　ぼくはカメラに近づくこともできないんだよ」

「すぐに戻って来ますから」

椿が目を剝いた。

「公安の監視っていうのは二十四時間、一秒たりとも目を離さずに行うものなんだ。君は――」

「わたしが見ててあげるわ」

佐藤節子が言った。椿は口をあんぐり開けたまま言葉を失ったようだった。

「それがいいじゃないですか」

宮澤は言った。

「み、宮君、なにを言ってるんだ。一般市民に公安の捜査活動を手伝わせるなんて。おまけに彼女は――」

椿は途中で言葉をのみこんだ。

「おまけになによ？」

「なんでもありません」

椿は言ったが目が泳いでいた。

「節子さん、カメラの使い方説明しましょうか？」

宮澤は椿と佐藤節子の間に割って入った。

「だいじょうぶ。こう見えてもわたし、ハイテクには強いの」

佐藤節子はそう言いながら部屋に入っていった。宮澤でも通るのに苦労する本棚の間の狭い空間をすたすたと歩いていく。

「宮君――」

「これでしばらくはあのお喋りからも解放されますよ」

「う……」

「本当にすぐに戻って来ます。チャン・ギヒョンも出かけたばかりだから、すぐには戻って来ないでしょう」

「だれに呼ばれたんだ？」

「滝山課長です」

「あんな馬鹿のこと、放っておきなよ」

「そうはいきませんよ。一応、課長ですよ、課長」

「あいつ、またぼくたちから手柄を奪うつもりだよ。宮君、チャン・ギヒョンのことは絶対に言っちゃだめだよ。いいね」

「もちろん、そのつもりです」

「ああ、どうしよう」椿は天を仰いだ。「宮君が自信満々で言えば言うほど不安になる」

「ひどい言いぐさだなあ。腹が立つからしばらく戻って来ません」

宮澤は玄関に向かった。

「いやだなあ、宮君。冗談に決まってるじゃないか。早く戻って来てよ。ね？」

「はいはい。なるべく早く戻ります。節子さん、椿をよろしくお願いします」

「任せて」

部屋の奥から軽やかな声が返ってきた。どうやら佐藤節子は最新式のデジタル一眼レフカメラを前にして興奮しているらしい。

「変わった婆さんだ」

宮澤は呟き、部屋を後にした。

## 37

「椿はなにを企んでいる？」

宮澤の顔を見るなり滝山は吐き捨てるような口調で言った。

「な、なんの話でしょう？」

「韓国国家情報院の知り合いからメールが来た。椿があっちの人間にイ・ヒョンジョンの調査を依頼したそうだな」

「そうなんですか？」宮澤は素っ頓狂な声を上げた。「いやあ、全然知らなかったなあ。椿さんってば、ぼくにはこれっぽっちも相談してくれないからなあ」

「芝居が下手にもほどがあるな、宮澤。それでよく捜一の刑事になれたもんだ」

「う、嘘なんてついてませんよ」

声が裏返った。喉が渇いて仕方がなかった。

「いいか、あの女の捜査を担当するのは米山班だ。おまえらはあの薄暗い部屋で書類の整理でもしていればいいんだ。そう椿に言っておけ」

「課長が直接言ってくださいよ。ぼくの言うことなんか聞かないんですから、椿さんは」

「宮澤、おれの言ったことが聞こえなかったのか？」

滝山は威圧的な声を出した。宮澤は首を振った。偉そうにしてはいるが、滝山も椿が怖いのだ。だから、宮澤をクッションに使おうとしている。面と向かっては言えないことを、宮澤経由で伝えたいのだ。

「もし、これ以上なにかしたら、おまえを馘にしてやるとも言っておけ」

「馘？　ぼくが？　なんで？　上司が勝手にやってることでどうして部下が馘にされるんですか？」

「ただの脅しだ。気にするな。椿本人を馘にすると言っても通じないからな。しかし、自分のせいで他人に迷惑がかかると知れば、やつもそれなりに気を遣う」

「本当ですか？」

「もういいから行け」

「失礼します」

宮澤は露骨に顔をしかめた。だが、階級が二つも三つも上の人間の命令は絶対だ。踵を返し、滝山の部屋を出ようとした。

「あ、そうだ、課長」

宮澤は立ち止まり、振り返った。

「なんだ？　こう見えてもおれは忙しいんだぞ」

「耳たぶがこう、刃物で切り落とされたようになってる男と聞いて、なにか思い当たることはありませんか？」

滝山の顔色が変わった。

「宮澤、それはどういうことだ？」

宮澤はまた顔をしかめた。どうやら、藪を突いて蛇を出してしまったらしい。

「いや、あの、椿さんに面識率を高めろと言われておりまして、ええと、その、なんといいますか――」

「下手な芝居はやめろ」

「はい」

上司に怒鳴られれば嫌でも背筋が伸びてしまう。警察官の悲しい性だ。

「おまえの言ってるのは、耳たぶが刃物で削ぎ落とされたようになってる男のことか……」

「いえ、ぼくはただ――」

「両耳ともそうなってるのか？　どこで見た？　いや、待て。おまえが気づくはずがない。椿が見つけたのか？」

宮澤は両目と口を閉じた。こうなったら黙秘権を行使するしかない。

「だんまりを決め込むつもりか？　おい、宮澤。おれは外三の課長だぞ。おれの質問に答えろ」

宮澤は目を開いた。滝山の顔がすぐ前にあった。

「捜一に戻りたいんだろう？　うん？　このままじゃ一生戻れないぞ」

「そんな……」

「とっとと喋っちまえ。喋らなきゃ、捜一に戻るどころか、どこかの所轄の庶務に飛ばすぞ」

「街中で椿さんが見つけたんです。面識率のおかげであります」

嘘をつくのは下手だが、ここはつき通さねばならない。宮澤は腹の奥から声を絞り出した。

「ぼくも見かけました。六十代前半から半ばの初老の男です。頭髪は白。濃紺の細身のスーツを着ていました。その男を見たとき、椿さんが言ったんです。チャン・ギヒョンだ、と」

戦慄が滝山の顔を走り抜けていった。

「顔は整形しているけど、あの耳は間違いない。そう言いました」

「どこだ？　どこでその男を見た？」

「銀座です」

「銀座のどこだ？」

「四丁目の交差点で……」

「いつ？」

「二時間ほど前です」

滝山は電話に手を伸ばした。内線ボタンを押して怒鳴った。

「おい。待機している裏班はあるか？　すぐに会議の準備をさせろ。それから、椿警視を呼び出せ」

警視庁公安部にとって、チャン・ギヒョンがどれだけ重要なのかが滝山の様子から如実にうかがうことができた。

「本当に耳たぶが削いだようになかったんだな？　椿がチャン・ギヒョンだと言って尾行を開始したんだな？」

「はい」

プレッシャーに押し潰されそうだった。もし嘘がばれたらどうなるのだろう。そうなっても椿が守ってくれるとは思えない。結局のところ、警察を追い出されることになるのだろうか。

「それでもいいさ」

宮澤は呟いた。警察を辞めて千紗と商売をはじめるのも悪くはない。

「なにか言ったか？」

「いいえ」

「椿と別れたのはどの辺りだった？」

「新橋です。椿さんがチャン・ギヒョンだと言った男は新橋駅から電車に乗ろうとしているようでした」

「よし。ここでちょっと待ってろ。おれが戻ってくるまでじっとしてるんだぞ。いいな？」

「了解しました」

宮澤は気をつけの姿勢を取った。滝山が一瞥をくれて、部屋を出て行く。おそらく、会議室へ向かったのだろう。裏班に情報を教えてチャン・ギヒョンを見つけるつもりなのだ。

宮澤は四方に視線を走らせた。ほとんどの連中は出払っており、フロアにいるのは数名だった。空いているデスクに勝手に座り、携帯を手に取った。

滝山とのやりとりを簡単な文章にして椿にメールで送信した。返信はすぐに来た。あの太い指でどうやって文章を打っているのか。宮澤は首を傾げた。

〈電話はできない状況なんだね？　チャン・ギヒョンを銀座で見たっていう件は宮君にしては上出来だよ〉

〈滝山さんは椿さんを捕まえるように指示を出しましたよ〉

〈宮君以外からの電話には出ないから。チャン・ギヒョンの名前を耳にしたら、滝山のやつ、顔色変えたでしょう？〉

文面の向こうにほくそ笑む椿の顔が見えるような気がした。なにやらいやな予感がする。あれは本当にチャン・ギヒョンなのだろうか。

〈もしぼくが戻ったら、滝山はなんだかんだと理由をつけてこの事件からぼくらを遠ざけるよ。そういうやつなんだ〉

〈待機してろと言われたんですが、ぼくはどうしたらいいですか？〉

メールを送信すると顔を上げ、周囲の様子をうかがった。だれもが書類仕事に没頭し、こちらに注意を向けている人間はいなかった。

〈そんな命令なんか無視しちゃえ……と言いたいところだけど、滝山の動きも知りたいしなあ。宮君、そのまま滝山にくっついててよ〉

〈でも、それじゃあチャン・ギヒョンの監視はどうするんですか？　椿さんひとりじゃどう考えても無理でしょう〉

〈助っ人を呼ぶからだいじょうぶ。滝山の動き、逐一報告してね。期待してるからさ、

宮君〉

〈助っ人ってだれですか？〉

しばらく待ったが、椿からの返信はなかった。

「まったくもう、自分勝手なんだから」

宮澤は憤慨しながら携帯を上着のポケットに押し込んだ。乱暴な足音が廊下に響いた。

滝山が戻ってきた。脇にファイルを挟んでいる。

「椿のやつ、電話に出ん」

「尾行中ですから」

「尾行中だろうがなんだろうが、最低ひとりは連絡を取れるよう待機しておかないとならんだろう」

「だから、椿さんはひとりで尾行してるんです。ぼくがこうして呼び戻されちゃいましたからね」

滝山が鼻を鳴らした。

「椿と連絡を取る方法は？」

「さあ。携帯以外にはこれといって……」

「まったく貴様らと来たら、たるんでいるにもほどがある」

「申し訳ありません」

宮澤は頭を下げてみせた。

「殊勝な振りをしたって通じんぞ。これを見ろ」

滝山は宮澤の前にファイルを置いた。

「なんですか、これ？」

「チャン・ギヒョンの写真だ」

宮澤はファイルを開いた。四十代の中年男の写真が数葉収まっている。日本人と言っても朝鮮人と言っても中国人と言っても通じるような、特徴のない顔だった。ただ、耳たぶだけが刃物で削ぎ落としたようになっている。

「おまえたちが見た男はこいつに間違いないか？」

写真の顔に二十年の時間を足してみる。だが、門前仲町で見た顔とは一致しない。あの男は写真に比べて目が大きすぎ、鼻が高すぎ、顎が尖りすぎている。しかし、耳の形はほぼ同じだった。

「どうなんだ、宮澤」

「顔は違います。椿さんも整形手術を受けているんだろうと言っていました。でも、背格好は同じだし、耳の形も――」

「本当にこんな耳をしてたんだな？」

「ええ。写真にも撮ってありますから、あとで確認してください」

「写真？　どこにあるんだ？」

失言に冷や汗が溢れてきた。

「カ、カメラとデータは椿さんが持っています」

「椿、椿、椿！　ぶち殺してやりたいぜ」

滝山は物騒なことを言いながら電話に手を伸ばした。

「銀座四丁目から新橋方面、間違いないな？」

「そうです」

滝山は内線ボタンを押した。

「どうやら間違いなさそうだ。すぐに任務に就け。使える人間は全部投入しろ。いいな？」

電話の相手は管理官だろうか？　滝山はすぐに電話を切り、宮澤を睨んだ。

「あの、課長、いいんですか？」

「なにがだ？」

「半島は外二の担当で……」

「おまえ、捜一のとき、外でひったくりに出くわして、ひったくりは捜三の仕事だからって見て見ぬ振りしたか？」

「いえ。現行犯は部署に関係ありませんから」

「だろう。これも同じ理屈だ」

「いや、でも……」

同じ理屈などではない。滝山は本来なら外二が得るべき手柄を自分のものにしようとしているのだ。

「後で問題になりませんか？」

「チャン・ギヒョンを捕まえてしまえば、だれにも文句は言わせん。まあ、外二の連中は騒ぐだろうが、後の祭りだ」

滝山の顔に下卑た笑みが浮かんだ。

「そんなもんですか……」

「さて、宮澤。じっくり話をしようか」

滝山は自分の椅子に腰を下ろした。

「じっくりってなにを」

宮澤は瞬きを繰り返した。

「たまたま外を歩いててチャン・ギヒョンを見つけただ？　おれがそんな駄法螺《だぼら》を信じると思ってたのか？　どうせ、椿がなにか企んでるんだろう。あのイ・ヒョンジョンって女の繋がりか？」

「いえ、あの、本当に偶然……だいたい、課長の命令でイ・ヒョンジョンからは手を引いて」

「椿がおれの言うことを素直に聞く玉か。そうじゃないからおれがいつも苦労してるんだ」

「で、でも。嘘はつけませんから、ぼく」

「本気で所轄の庶務に行くか？　交番勤務でもいいんだぞ」

滝山の目は本気だった。

「パク・チスを尾行していたら、出くわしました」

宮澤は滝山の目を見ながら言った。

「パク・チス？　だれだ、それは？」

滝山の目が吊り上がった。宮澤は肩を落とし、イ・ヒョンジョンとパク・チスの繋がりを語った。だが、チャン・ギヒョンを門前仲町で見たことに関しては口を閉ざした。なんとなれば、共産党員の住居を監視場所にしたことがばれてしまう。そうなったら、おそらく馘だろう。懲戒免職だ。それだけはなんとしても避けなければならなかった。

## 38

携帯が振動した。メールの着信を知らせている。宮澤は周囲に視線を走らせた。銀座七丁目の街角に、二宮班の面子が散らばっている。銀座四丁目から新橋まで、外三の捜査官が総動員されて聞き込みに当たっている。捜しているのはチャン・ギヒョンと椿だ。

宮澤の話を聞き終えた滝山は裏班のひとつにパク・チスの監視を命じた。宮澤は二宮班に一時的に組み込まれ、捜査に駆り出された。

その二宮班のひとりが自分を監視しているのはわかっていた。滝山の指し金だろう。宮澤と椿が連絡を取り合っていると疑っているのだ。

宮澤は通行人を捕まえ、おざなりな質問をぶつけた。通行人は首を振る。当たり前だ。チャン・ギヒョンも椿もこの辺りにはいない。

二宮班と行動を共にしている間にメールが五通届いた。発信者は確認していないが、おそらく椿だろう。だが、そのメールを見るチャンスが作れない。携帯を手にした途端、二宮班の連中が襲いかかってくるに決まっている。

今度は着信音が鳴った。メールではなく二宮からの電話だった。

「はい、宮澤です」

「本当にやっと椿警視はこの辺りを通過したのか？」

二宮の声は苛立っている。監視用の電子機器を搭載したヴァンが近くに停まっている。二宮はその中にいるはずだ。

「自分は銀座五丁目まで一緒でした。その時点では新橋方面に向かっているように思えたんですが、実際のところはわかりません」

「わかった。聞き込みを続けてくれ」

「了解」

メールを確認したいという欲望が津波のように押し寄せて来た。宮澤は素知らぬ顔でその欲望をやり過ごした。自分の馘がかかっている。尻尾を出すわけにはいかなかった。

動きがあったのは十分後だった。中年女に聞き込みをしていた捜査官が二宮に合図を送ったのだ。その捜査官はヴァンに乗り込んだ。すぐに他の捜査官たちにもヴァンに戻るよう指示が出た。

「収穫があった」

捜査官が集結すると二宮が口を開いた。

「通行人が椿警視を目撃したそうだ」

思わず声を上げそうになり、宮澤は唇を噛んだ。

「椿警視と思われる大男が、一時間ほど前に昭和通り方面に向かっているのを見たと言っていました」

聞き込みをしていた捜査官が言った。

「一時間も経っているなら難しいかも知れないが、どんな痕跡でもいい、見つけ出すんだ。各自の判断で聞き込みに当たれ」

捜査官たちが無言でヴァンを降りはじめた。捜一のように気合を入れるために声を張り上げる者はいない。まるで葬式の参列者だ。

「宮澤」

ヴァンを降りようとすると二宮の声がした。

「目立つなよ。これは捜一の捜査とは違うんだ」

「わかってます」

宮澤は舌打ちをこらえた。公安の警察官たちには刑事の人間に対する侮蔑が染みついている。

中央通りから路地に入り、昭和通り方面に足を延ばす。宮澤を監視していた捜査官の姿は見あたらなかった。

宮澤は携帯を手に取った。メールの受信箱を開く。やはり、五通のメールはすべて椿からのものだった。

そのほとんどが状況を知らせろという催促のメールだったが、最後の一通は違った。

〈チャン・ギヒョンが戻って来た〉

文面はそれだけだった。

〈身動きが取れません。メールを読むことも難しい状況です〉

素早く文章を打ち、送信した。

〈気にしなくていいよ。助っ人も来たし。でも、機会が出来たら状況をメールしてね〉

「助っ人ってだれだろう？」

携帯をポケットにしまいながら宮澤は首を捻った。どれだけ考えても心当たりは浮かばない。

＊　＊　＊

結局、聞き込みは空振りに終わった。二宮班は築地にまで足を延ばしたのだが椿を見たという者はひとりも現れなかった。他の班も同様だったらしい。滝山は捜査方針を変えた。吉田という班長が率いる裏班に椿の家の監視を命じ、他の班は通常任務に戻したのだ。

聞き込み捜査から解放されると、宮澤は電車に飛び乗った。例の二宮班の捜査官が後を追ってくる。

宮澤は真っ直ぐ帰宅した。

「おかえりなさい、ダーリン」

千紗が飼い主の帰りを待ちわびていた子犬のように駆け寄ってきた。千紗を抱きしめながら、宮澤は耳元に囁いた。

「また手伝って欲しいことがあるんだけど」

「お仕事？」

「うん。説明してる暇はないんだけど、おれ、監視されてる」

「監視？　だれに？」

「仲間の警察官。誓って言うけど、おれはなにも悪いことはしてない」

「信じる」

千紗は即答した。宮澤は千紗をもう一度強く抱きしめた。

「その警察官の目をおれから引き離す。手伝ってくれる？」

「うん。どうしたらいいの？」

「ちょっと待ってて」

宮澤は寝室に向かった。ドレッサーを開け、野球帽を見繕う。宮澤と千紗の身長差は十センチ近くある。だが、夜なら即座に見分けることはできないはずだ。

玄関に戻ると、用意したものと自分の上着を千紗に渡した。薄手のGジャンと野球帽、それにサングラスだ。

「この帽子、わたしには大きすぎると思うんだけど……」

「髪の毛をまとめて帽子の中に入れて」

「あ、こうするとちょうどいいかも」

千紗は帽子を被るとサングラスをかけた。サングラスも大きすぎたが細かいことは言っていられない。

千紗の靴がヒールではなくウォーキングシューズなのは帰宅したときに確認してあった。夜の薄闇の中、遠目で見れば男なのか女なのかは判然としないだろう。上着が同じなのだから、宮澤と見間違える可能性は高くなる。

「ちょっと男っぽい感じで歩いてくれる」

千紗は無言でうなずき、廊下を歩いた。

「もっと肩を上げて、大股で」

「ダーリン、なんなの、これ？」

「後で説明するからちゃんとやって」

「はぁい」

五分ほど歩き方の指導をするとなんとなく様になってきた。千紗はのみ込みが早かった。もともと運動神経がいいのだろう。

「よし。千紗、いい？」

「なんでしょう、宮澤巡査部長」

千紗は気をつけの姿勢を取り、敬礼した。

「これから外に出て、今の感じで駅に向かって歩いていって欲しいんだ。そうすれば、おれを監視しているやつは千紗を尾行しはじめる。おれはその隙に別方向に向かうから」

「すぐに女だってばれると思うけど」

「大丈夫。堂々としてればいいんだ。それに、相手を騙すのは短時間でいいんだから」

「うん。ダーリンのためだから頑張るぅ」

千紗は少女のような声を出し、目を閉じた。

「どうしたの？」

「ちゅーして」

「あ、うん」

宮澤は千紗を抱きしめ、キスをした。千紗の鼓動が伝わってくる。最初はテンポの速かったリズムがキスをしているうちに落ち着いてきた。

「これで大丈夫」千紗は言った。「すぐに出る？」

「ああ」

「帰りは？」

「遅くなると思う」

「せっかく晩ご飯の食材買ってきたのに。それに、今夜はお泊まりして朝までダーリンに可愛がってもらうつもりだったのに」

「仕事が一段落したら埋め合わせするから」

「はい。我慢します。だって、千紗は警察官のお嫁さんになるんだもんね」

そう言って微笑む千紗はたとえようのないほど愛くるしかった。これで酒さえ飲まなければ——宮澤は頭を振り、余計な考えを追い払った。

部屋を出た。宮澤は一足先に非常階段を使って一階へ降りた。すぐにエレベーターが降りてきてドアが開く。千紗は宮澤に一瞥をくれると大股でマンションを出て行った。しばらくすると、二宮班の捜査官がマンションの前を通り過ぎた。

思惑通りだ。宮澤はマンションを出ると、千紗とは逆の方向に駆けた。大通りに出てタクシーを捕まえる。二宮班の捜査官はまだ千紗を追っているようだった。どこにも姿はない。

最寄りの駅でタクシーを降り、電車と地下鉄を乗り継いで門前仲町へ移動した。わざとでたらめに歩き、尾行のないことを確かめてからトミンハイムに向かう。佐藤節子の部屋のドアをノックすると明るい声が返ってきた。

「どなた？」

「宮澤です」

「お入りになって」

「お邪魔します」

ドアを開けると宮澤は頭を下げた。炒めたニンニクの香ばしい匂いが漂ってくる。腹が鳴った。

居間の食卓で椿と佐藤節子が向き合ってパスタを食べていた。椿は頬張るのに夢中でカメラと繋げてあるパソコンのモニタを見ることもなかった。

「椿さん、監視はどうしたんです？」

「うん、渡会に任せてる」

「渡会？」

どこかで聞いた名前だったが、どこで聞いたのかは思い出せなかった。

「向こうの部屋にいるよ」

「このパスタ、渡会さんが作ってくれたのよ。その辺のイタリアンレストランなんて目じゃないほど美味しいの」

佐藤節子が相好を崩してパスタを啜った。その度にニンニクの香りが躍った。

宮澤は居間を横切り、佐藤節子の資料部屋を覗いた。仕立てはいいが地味なスーツを着た白髪の男がカメラを覗いていた。

「渡会さんですか？」

声をかけると男が振り向いた。

「あ、あなたは――」

宮澤は瞬きを繰り返した。

「宮澤様でしたね。お坊ちゃまの部下の」

椿家の執事だった。

「どうしてあなたがここに？」

「時々、お坊ちゃまに駆り出されるんです。あのお方はなんというか、警察では――」

「浮いているから？」

「そうではなく」

渡会執事は居間に視線を泳がせた。パスタを食べ終えた椿がパイプをくゆらせ、佐藤節子が興味津々の顔つきでそれを見守っている。

「一匹狼といいましょうか……」

「椿さんが？　それってちょっと違うと思いますけど」

「お坊ちゃまが」渡会は声を潜めた。「地獄耳なのはご存知でしょう」

「そうでした」

椿は佐藤節子相手にパイプに関する蘊蓄を傾けている。こちらの会話は耳に入っていないようだった。

「いつからここに？」

「四時間ぐらい前からでしょうか。見張りに家事にとこき使われております」

「可哀想に」

「仕事ですから。それに、お美しい方もおられますし」

渡会の頬がほんのり赤く染まった。

「お美しい方？　どこに？」

「あそこに」

佐藤節子を指さすその顔は初恋に昂ぶっている中学生のようだった。

「渡会さん……」

「なんでしょう？」

「辛い人生を送ってらっしゃるんですね」

「放っておいてください」

渡会は一瞬で顔から表情を消し、カメラのファインダーを覗きこんだ。

「あ」

短い声が放たれた。

「どうしました？」

「見張れと言われているマンションから人が出てきます」

「ちょっと替わってください」

宮澤は渡会と入れ替わり、ファインダーを覗いた。チャン・ギヒョンがまた門前仲町の方向に歩いている。昼間とは違い、ラフな格好だった。薄手の革ジャンにジーンズ、足下はカウボーイブーツだ。垢抜けすぎて北の工作員には似つかわしくない。

「椿さん。やっこさんが出てきました」

叫びながらカメラを離れた。すぐに外に出て尾行を開始しなければならない。

「渡会、あいつがどっちの方角に行くのかよく見張ってて。門前仲町の駅とは別方向に行くようなら携帯に連絡を」

「かしこまりました」

「宮君、行くよ」

「了解」

「あの、わたしはどうしていたらいいのかしら？」

テーブルに腰掛けたままの佐藤節子が椿を見上げた。

「渡会の補佐をお願いします」

「了解よ。あの人、可愛らしいところがあるから好き」

佐藤節子は屈託のない笑みを浮かべた。宮澤は反射的に渡会に目を向けた。渡会はカメラを覗いたままだったが、肩がかすかに震えていた。

# 39

チャン・ギヒョンは点検作業を気の遠くなるほど繰り返した後で地下鉄赤坂駅に降り立った。さらなる点検作業の後、繁華街の真ん中にあるドトールに入っていった。通常なら一時間もかからない行程に二時間以上を費やした計算になる。

チャン・ギヒョンはレジでコーヒーを買い、入口近くの二人掛けのテーブルに席を取った。店に出入りする人間を見張れる場所だった。

「赤坂二丁目のドトール。近くまで車を運んできてよ」

椿が電話で誰かに命じている。相手は渡会だろう。宮澤の携帯も振動した。相手は滝山で十分おきに電話をかけてくる。

「着信拒否しちゃえば」

椿が言った。

「無茶言わないでください。相手は課長ですよ」

「じゃあ、電源切って。些細なことでもあいつには気づかれるかもしれない」

「了解」宮澤は携帯の電源を落とした。「今のは渡会さんですか?」

「うん」

「ずぶの素人を捜査に使うなんて――」

「もう何度も手伝わせてるからねえ、渡会は少なくとも尾行は宮君より上手だよ」

「だからってあんなお年寄りを——」

「年齢の割に頑丈なんだよ」

「だいたい、あんな真面目な人をこんな捜査に——」

「いつも執事らしくしなきゃって厳めしい顔してるけど、渡会はああ見えて剽軽者《ひょうきん》なんだ。楽しんでやってるよ」

「でも——」

「それから、宮君がなにを基準に真面目って言葉使ってるかわからないけど、渡会は毎週歌舞伎町に通ってるんだよ」

「お酒好きなんですか？」

「熟女イメクラ」

「はい？」

「五十歳以上の女にしか興奮しないんだってさ」

目眩がしてきて宮澤は自分のこめかみを押さえた。佐藤節子を見つめたときの渡会の顔が脳裏から離れない。

「待ち人がやって来たみたいだよ」

椿の声に宮澤の背筋が伸びた。中年の男がドトールに入っていく。男は手提げの紙袋を持っていた。レジで金を払い、コーヒーを受け取ると迷うことなくチャン・ギヒョンの席に向かっていった。チャン・ギヒョンの向かいに腰を下ろすと、紙袋をテーブルの下に置いた。

「だれだかわかりますか？」

宮澤の問いかけに椿は首を振った。

「顔がよく見えない。宮君、カメラの用意は？」

「任せてください」

宮澤は高性能ズームレンズを搭載したコンデジを右手に持った。倍率を最大にしてモニタを見つめる。後頭部には白髪が目立ち、野暮ったいスーツの肩にふけが散っていた。短い会話を交わすと、チャン・ギヒョンが腰を上げた。男が置いた紙袋を何気ない顔で手に摑む。

「あいつ……」

「宮君、カメラをぼくに。宮君はチャン・ギヒョンを尾行して」

「椿さんは？」

「ぼくは渡会が来るのを待って、あのふけ男を尾行する」

ズームレンズの倍率を最大にして見ることのできた男のふけを、椿は裸眼で確認することができるらしい。

「後で節子さんの部屋で落ち合おう」

カメラの代わりに鍵を渡された。

「これは？」

「節子さんの部屋の合鍵」

「いつの間に？」

「共産党員にしてはいい人だよ。さ、行って」

椿に背中を押され、宮澤は暗がりから繁華街の明かりの中に移動した。チャン・ギヒョンは五十メートルほど前方で靴紐を直している——もちろん、点検作業だ。

「早速かよ」

宮澤は呟きながら、電源を落とした携帯にイヤフォンを繋ぎ、イヤーピースを耳に押し込んだ。音楽を聴きながら帰路を急ぐ男に見えるはずだ。

気を抜くと、チャン・ギヒョンが持つ手提げの紙袋に目が行ってしまう。なるべく足下を見つめるようにして歩いた。だが、頭の中は紙袋のことで一杯だ。

あの中にはなにが入っているのだろう。爆弾？

「まさか、ね」

宮澤は曖昧な笑みを浮かべ、点検作業を終えたチャン・ギヒョンの後を慎重に追った。

＊　＊　＊

「あら、お帰りなさい」

できるだけ静かに鍵を開けたつもりだったが、佐藤節子の声が玄関まで響いてきた。

「また、お邪魔させていただきます」

宮澤はスリッパに履き替え、居間に移動した。佐藤節子が頭にバスタオルを巻いていた。首から下はバスローブに覆われている。

「こんな格好で失礼。ちょうどお風呂からあがったところだったの。あなたも入る?」

「まだ仕事がありますので」

「戻って来たのがあなたじゃなくて、渡会さんだったらよかったのに」

「どうしてですか?」

「決まってるじゃない。色仕掛けでたらし込むのよ」

佐藤節子はバスローブの胸元を広げ、裾の間から脚をのぞかせた。湯あがりの肌が妙に艶かしい。

「頑張ってください。渡会さんは熟女好きだそうです」

「あら」

佐藤節子の頬が薔薇色に染まった。

「それでは、ぼくは仕事がありますので」

見てはいけないものを見てしまった気分で資料部屋に移動した。

「コーヒー、飲む?」

「ありがたいです」

佐藤節子に返事をしながらデジタル一眼レフの電源を入れ、ファインダーを覗きこんだ。チャン・ギヒョンはまた二時間以上の時間をかけて自宅に戻った。念の入った点検作業に引っかからないようにするのは至難の業だったがなんとか食いついて来たのだ。

あの手提げ袋の中にはなにが入っているのだろう。

なんとしてでも知りたいという欲求が頭の奥で暴れ回っている。これを抑えこまなければ椿や他の公安警察官たちと同じように違法捜査も辞さなくなるのだろう。

宮澤は頭を振った。言葉をどうこねくり回そうが、公安警察も警察組織の一部だ。警察が法を犯すことはゆるされない。法を犯さなければ国家を守れないというのなら、そんな国家は消えてなくなればいいのだ。

「コーヒー、入ったわよ」

佐藤節子の声に我に返った。

「ありがとうございます」

振り返ると、ソーサーに載せたカップを持って佐藤節子が部屋に入ってきた。

「ご苦労様。今夜は徹夜？」

「多分、そうなると思います」

宮澤は頭を下げながらカップとソーサーを受け取った。コーヒーの香りが強い。一口啜るとふくよかな味わいが口の中に広がった。

「美味しい」

佐藤節子が笑った。

「なにか変なことといいました？」

「ううん。椿君の言うとおりだなあと思って」

いつの間にか「椿君」になっている。

「ぼくがですか？」

「ちょっと頭は足りないけど、素直ないい子だって言ってたのよ」

「頭が足りない？」

「ごめんなさい。椿君はね、頭が良すぎるの。だから、自分以外のほとんどの人間は頭が足りないって思っちゃうのよ。ゆるしてあげなさい」

「そうですね……」

宮澤はまたコーヒーを啜った。腹立たしい気分をコーヒーの香りと味が覆い隠してくれる。

「椿君と渡会さんは戻ってくるのかしら」

「多分」

佐藤節子の顔が輝いた。

「渡会さんのこと、そんなに気に入ってるんですか？」

「とっても。こんな気分、三十年ぶりぐらいかしら。あ、こんなことしてる場合じゃないわ。渡会さんが戻るなら、お化粧しなおさなくっちゃ」

佐藤節子は跳ねるような足取りで部屋を出て行った。

「まったくもう……」

椿と行動していると変人にばかり出会ってしまう。変人の中の変人たる椿がそういう人種を引き寄せてしまうのだろうか。

「あ、いけね」

宮澤は携帯の電源を入れた。椿に注意されてからずっと電源を落としたままだったのだ。電源が入った瞬間、電話が鳴った。滝山からだった。呼び出し音が鳴り終わるのを待ち、メールの受信ボックスを開いた。千紗から二通、椿から一通。千紗のメールは後回しにして椿のメールを開いた。

〈男は三鷹のマンションへ。郵便受けには町田という名前。顔を写真に撮ったが、ぼくの記憶にはなし。つまり、公安がまだ知らない工作員の可能性大。これから戻る。渡会をここに残してぼくだけ戻る。チャン・ギヒョンは？〉

宮澤は居間の気配を探った。佐藤節子の鼻歌が聞こえてくる。ご機嫌だ。だが、渡会執事が戻ってこないと知れば、それも萎んでしまうのだろう。

椿の携帯に電話をかけた。

「宮君、チャン・ギヒョンは？」

電話が繋がると、椿の声が耳に飛び込んできた。

「門仲の自宅に戻りました。佐藤さんの部屋から見張っています。椿さん、渡会さんひとりに任せて大丈夫ですか？　一般人なのに」

「渡会は監視の仕方も心得てるよ。ぼくが仕込んだんだから。宮君よりずっと信頼できる」

「いつも一言多いんだから」

宮澤は携帯を顔から離して呟いた。

「なにか言った？」

スピーカーから椿の声が流れてくる。

「いえ、なんでもありません」

「そう？」

「そうです。椿さんの空耳です。こちらへいつ頃戻れそうですか」

強引に話を変えた。

「あと二十分ぐらい」

「了解。お帰りをお待ちしております」

電話を切り、額に浮いた汗を拭った。椿との会話は疲れる。本当にくたびれる。宮澤は千紗からのメールを開いた。

〈ダーリン〉

宮澤はその文字を見ただけで、今まで感じていた疲れが消えていくのを感じた。

* * *

「イ・ヒョンジョンの方はどうなってます？」

宮澤はフライドポテトを頬張りながら訊いた。椿が買ってきた大量のハンバーガー類がダイニングテーブルからはみ出しそうになっている。佐藤節子は渡会執事が戻って来ないと聞いた途端、ふて腐れて寝室に引っ込んでしまった。

「ん？　彼女がどうかした？」

「ほら、韓国の情報機関関係者に調べてもらうって言ってたじゃないですか」

「ああ、あれね。彼とは連絡が取れなくなってるんだ」

「やっぱり」

フライドポテトをコーラで胃に流し込んだ。こんな生活を続けていたらメタボ一直線なのはわかっている。だが、警官稼業を続ける限りこんな生活からは抜け出せない。千紗の手料理が恋しかった。

「やっぱりって、宮君、なにか知ってるの？」

「滝山課長が手を回したんですよ」

宮澤は説明した。

「なるほど。あいつのやりそうなせこい手段だなあ」

「椿さん、イ・ヒョンジョンに興味なくしちゃったんですか？」

「宮君。彼女はただの駒だよ。すべてを操ってるのはチャン・ギヒョン。チャン・ギヒョンの前ではすべての工作員が色褪せる。公安警察官ならみんなそう感じるはず。それに、彼女は滝山に横取りされちゃったしね」

「椿さん」

宮澤はパソコンのモニタを凝視した。監視しているマンションからだれかが出てきたところだった。時刻は午前一時半を回っている。

「あいつだ」

椿が腰を上げた。地味な紺色のジャンパーにジーンズとお洒落な男には似合わない服装だったが、背格好はチャン・ギヒョンのものだった。さっきのものとはデザインが違うが、同じ大きさの手提げ袋を持っていた。

「急がないと」

大慌てでマンションを出た。チャン・ギヒョンが向かった方角に急ぐ。三分もしないうちに追いついた。チャン・ギヒョンは不自然なほどゆっくり歩いている。辺りには人影もなく、尾行には困難な状況だった。

「点検作業だ。二手に分かれるよ。尾行に感づかれたら離脱して、節子さんの部屋で待っていること」

言葉が終わるのと同時に椿の気配が消えた。夜の闇に紛れて遠ざかっていく。

少なくとも、尾行技術に関しては宮澤は椿に遠く及ばない。それが悔しくもあり、もどかしくもあった。

チャン・ギヒョンの点検作業は果てしなく続いた。突如、踵を返して来た道を戻りはじめる。突如、大通りを横切る。突如、自販機で缶コーヒーを買う。突如、コンビニに入り、すぐに店を出る。

そうした作業に引っかからないようにするため、宮澤は見失うかどうかぎりぎりの距離をあけてチャン・ギヒョンのあとを追った。たとえ見失ったとしても椿がいるのだ。そう思うと自制心を失うことはなかった。

点検作業が終わったのは一時間が経過した頃だった。尾行はないと確信したのか、チャン・ギヒョンは力強い大股で歩き出した。自信に満ちた足取りには迷いがない。

しばらくすると、チャン・ギヒョンはとある神社の境内に入っていった。住宅街の奥に突如として石段が出現し、その奥に鳥居がある。大きな神社だとは思えなかった。後を追えば気づかれる。

「宮君、もしかしたら別の道に通じてるかもしれないから、この周辺を探ってきて」

どこからともなく椿が現れた。

「は、はい」

「尾行、だいぶうまくなったじゃない」

褒められると悪い気はしない。宮澤は照れ笑いを浮かべながら頭を掻いた。

住宅街をぐるりと回りながら目星をつけた方角に向かった。神社の両脇も後ろも住宅が隙間なく建っている。神社への出入口はあの石段しかなさそうだった。

「裏道はありません」

携帯で椿に告げ、来た道を戻った。石段の近くに来ると歩く速度を緩め、前方を探った。チャン・ギヒョンの背中が見える。だが、椿の姿はどこにもなかった。

「椿さん、どこですか？」

「神社の境内。宮君も早くおいで」

携帯から伝わってくる椿の声は明らかに興奮していた。

「でも、チャン・ギヒョンは？」

「多分、ねぐらに戻るだけだよ。早く」

我が儘な子供のような声に急き立てられて、宮澤は石段を駆け上がった。石段を登りきると、その先は石畳になっていた。石畳の向こうに小さな社《やしろ》があった。

「椿さん」

「やつは手ぶらで石段を下りてきたんだ」椿が言った。「つまり、紙袋はこの境内のどこかに隠したんだよ。探そう」

ざっと辺りを見渡しても紙袋を隠せそうな場所は見あたらなかった。

「やっぱり、宮君もあそこだと思う？」

椿が社に顔を向けた。宮澤はうなずいた。神主もいない小さな神社だ。祭りのときを除けば社が開けられることもないのだろう。なにかを隠すとしたらそこしか考えられない。

椿が歩きはじめた。宮澤は少し遅れてついていく。

「宮君、開けてよ」

社の前で椿が振り返った。

「ぼくがですか？」

「ぼく、こういうの苦手なんだよ。なんだか、罰が当たりそうでさあ」

「ぼくなら罰が当たってもいいって言うんですか」

「宮君、気にしないタイプじゃないの？」

「気にします。思いきり気にします」

「それでもやっぱり宮君に開けてもらわないと」

「どうしてですか」

「ぼくは嫌だから」

椿は悪びれる様子も見せずに言った。いつもそうなのだ。

「わかりました。ぼくがやります、ぼくが」

嫌みたっぷりに言ってみたが椿はどこ吹く風だった。

「椿さんは理性的な人だと思ってたんだけどなあ」

「ぼくは理性的だよ」

「じゃあ、自分で開ければいいじゃないですか」

「理性だけで生きていけたら人生は本当に楽だよね、宮君」

これ以上会話を続けてもむかっ腹が立つだけだった。宮澤は生唾を飲みこみ、意を決して社の扉に手をかけた。背中が痒くなるような音を立てて扉が開いた。途端に湿ったかび臭い匂いが鼻孔に侵入してきた。

宮澤は震えた。肌が粟立っていく。触れてはいけないものに触れてしまったような気分だった。

「ある？」

椿が無遠慮に訊いてくる。そのくせ、宮澤を盾にするように真後ろに立っているのだ。

「ありました」

宮澤は紙袋を手に取った。

「早く見せて」

袋を開ける。ジップロックで何重にもくるまれたものが入っていた。

「宮君、手袋」

袋の中に手を入れようとして椿に注意された。上着のポケットにいつも入れてある薄手のゴム手袋をはめた。一枚ずつ、ジップロックを外していく。結局荷物は五重にジップロックに包まれていた。

「なんでしょうね、これ」

パスポートほどの大きさのプラスティックの基盤だった。配線は剝き出しになっていて、中央に小さなモニタのようなものがついている。モニタの周辺にはいくつかのスイッチのようなものがあった。一際長いコードが二本延びていて、その先端には乾電池のような大きさの金属筒が取り付けられていた。

「タイマーと雷管だよ」

椿の声に基盤を取り落としそうになった。

「はい？」

「FBIの研修で似たようなものを見せてもらったことがある。この基盤に電池をセットして雷管をプラスティック爆弾に埋め込むんだ。セットした時間が来たら電流が流れて――」

「どかん、ですか？」

椿がうなずいた。

「本当にこれでスカイツリーを？」

「多分」

「どうします？」

「それを元に戻して」

「は、はい」

宮澤はタイマーと雷管を丁寧にジップロックに包んだ。

「元に戻して、だれが取りにくるか見張るんですか？」

「そう」

「だけど、ここ、住宅街のど真ん中ですよ。車を停めておくのだって不自然なぐらいだし……」

「部屋を貸してくれる人を探そう……ちょっと待てよ」

椿は振り返った。周辺は一軒家が多く、マンションも五、六階建てほどのものがほとんどだった。

「あのマンション――」

椿はいかにも築年数の経っていそうな五階建てのマンションを指さした。高さと距離から考えると、五階の部屋からなら辛うじて神社の入口を監視することができそうだった。

「藤久保ちゃんのマンションだ」

「本当ですか？」

「まだ引っ越してなければだけどね」

椿は携帯を引っ張り出した。太い指で器用に操り、携帯を耳に押し当てる。

「宮君は渡会に電話して、動きがあったかどうかを訊いて。動きがないようなら、節子さんの部屋に戻ってチャン・ギヒョンを見張るようにって」

「藤久保さん、部屋貸してくれますか？　貸してくれたとしても、理由を説明しなきゃ――」

「藤久保ちゃんはぼくの頼みにはノーと言えないんだよ」

　椿は背筋が寒くなるような笑みを浮かべた。

「あ、藤久保ちゃん？　椿だけどさ、ちょっと頼みがあるんだけどね――」

　椿が宮澤に背を向けた。宮澤は渡会執事に電話をかけた。

「あ、渡会さん？　宮澤です。そっちはどんな感じですか？」

「マンションから出てくる様子はありません」

「それじゃあ、そこは一旦引き上げて、節子さんのマンションに戻ってください」

「え？　よ、よろしいんですか。わたしひとりで……」

　渡会執事の声が甲高くなった。

「そのまま、例の人物を監視して欲しいと椿さんが言ってます」

「監視はかまいませんが、いつまで続ければ？」

「時間は読めないんですが」

「困ります。わたしは椿家の執事なのですよ、宮澤さん。朝は五時に起きて、あれやこれや膨大な量の仕事をこなさなければならないのです。旦那様は大変厳しい方で、仕事の手を抜こうものならどれだけきついお叱りが待っているか――」

「あの、渡会さん、そういう文句はぼくにじゃなく、椿さんに直接言ってください。ぼくは伝言を伝えているだけなんで」

「お坊ちゃまがわたしの言うことに耳を貸してくれるとお思いですか」

「いや、それはまあ……」

「お坊ちゃまには都合のいいように使われ、旦那様には叱られ、わたしはいったいどうすればいいのでしょう」

「節子さんとふたりきりで会えるんですよ」

宮澤は言った。渡会執事の声が途絶えた。

「もしもし？　渡会さん？」

「わかりました。これもお坊ちゃまのためです。ええ、この老体が一晩徹夜をすればいいのです。それだけのことです。これから節子様のお部屋にお伺いいたします。お坊ちゃまにはそうお伝えください」

「よろしくお願いします」

宮澤は電話を切った。背中に視線を感じて振り返る。椿がじっと見つめていた。

「なんですか、怖い顔しちゃって」

「渡会がぼくの悪口言ってたでしょう？」

宮澤は大袈裟に首を振った。

「明日も朝早くから仕事があるのにって愚痴は言ってましたけど、悪口なんて滅相もない」

「本当に？」

「本当です」

「ならいいんだけど」

椿の表情が緩んだ。自分の悪口には極端に反応するらしい。

「藤久保さんは？」

「部屋を貸してくれるって」

「借りる理由は言ったんですか？」

「言うわけないよ。藤久保ちゃんに教えたら、米山班、ひいては滝山に筒抜けになっちゃうもん」

「藤久保さん、なにも訊かずに部屋を貸してくれるって？　どんな弱みを握ってるんですか？」

「内緒。さ、早くそれを戻して。藤久保ちゃんの部屋から監視するよ」

宮澤はタイマーと雷管を紙袋に入れ、社の中に置いた。

風が入り込み、紙袋の縁が揺れた。だれかに嘲笑われたような気がして、宮澤は舌打ちした。

＊　＊　＊

部屋の前で待っているとすぐに藤久保がやって来た。

「ご迷惑おかけします」

宮澤は頭を下げた。

「椿さんは？」

「おっつけやって来ます」

打ち合わせ通りに答えた。監視対象を藤久保に知られてはならないのだ。椿はあの神社の近くで監視を続行中だ。

「汚い部屋ですけど……」

藤久保がドアを開け、中に入った。宮澤はその後についていく。間取りは１Ｋ。八畳の部屋にキッチンとバスがなにかのおまけのようにくっついている。独身者向けの部屋だった。部屋の窓から神社の入口を見通すことができた。目を凝らしてみたが、近辺にいるはずの椿は確認できない。

「申し訳ないですけど、この部屋、お借りします」

「だれを監視するんですか？」

「勘弁してください。椿さんに殺されちゃいます」

藤久保が苦笑した。元は椿の部下だったのだ。今の宮澤の言葉がただの冗談ではないことがわかっている。宮澤は携帯で電話をかけた。

「宮澤です。部屋を確保しました。ばっちり見渡せます」

「ＯＫ。じゃあ、ぼくもそっちへ行くよ」

電話が切れた。神社の入口の左斜め前に建つ電柱の影がもそりと動いた。それが椿だった。完全に周辺の景色と同化していた。

「すげえなあ」

宮澤は舌を巻いた。

「椿さんの監視能力は神の領域に達してますよ」藤久保が言った。「公安部一、いや、日本中の警察官が束になってもかなわないんじゃないかな」

「言えてます。現場の警官じゃなくてキャリアだっていうのに。あの、お邪魔ついでなんですけど、双眼鏡とか一眼レフカメラとか、監視に必要なものありませんかね？　明日になれば部署に戻って必要なものを借り出せるんですが」

「ちょっと待っててください」

藤久保が部屋を出て行った。

「宮澤さんも気をつけた方がいいですよ」

姿は消えても藤久保の言葉は続いていた。

「なにがですか？」

「公安警察官はね、自分が監視されるなんて考えないものなんですよ。万一監視されたとしてもすぐに感づく。なんて言ったって、こっちは監視のプロなんだから」

「まあ、そうでしょうね」

「まさか、上司に監視されてるなんて思いもしなくて」

「椿さんのことですか？　椿さんが藤久保さんを監視して、弱みを握った」

大型の望遠レンズをつけたカメラと小型の三脚を持って藤久保が戻ってきた。

「これ、カメラは型落ちですけど、レンズがいいから写りも大丈夫です」

「ありがとうございます――どんな弱みを握られたんですか?」

「エスとできちゃったんですよ」

藤久保は頭を掻いた。エスというのは公安警察官が監視対象組織に潜入させたスパイのことだ。

「ああ、まさか、上司にはめられるなんてね。あれはいい女だ、絶対藤久保ちゃんに気があるなんておだてておいて……」

「ちょ、ちょっと待ってください。それって、椿さんが?」

藤久保はうなずいた。顔がほんのり赤い。アルコールが入っているのかもしれなかった。

「手柄を立てて、米山班に異動することが決まった後だったんですよ。ぼくの弱みを握って協力者に仕立てるために椿さんが仕組んだんだ。ある日突然、エスとラブホから出てくるところの写真を突きつけられてね。まともな人じゃないとは思ってたけど……宮澤さんも気をつけた方がいい。あの人には絶対に気をゆるしちゃいけない」

「協力者って……」

「外三の捜査情報、全部椿さんに教えてますよ。エスとできたなんてことがばれたら、今度こそ本庁から追い出される。ぼくのほかにもいるはずですよ」

千紗の顔が脳裏をよぎった。千紗とこんな関係になったのも、元はといえば椿がお膳立てしてくれたからだ。しかし、千紗と肉体関係を持ったからといって、それが弱みになるとは考えにくい。

ドアがノックされる音が思考を止めた。

「今の話、内緒ですよ」

藤久保が玄関に向かう。宮澤は生唾を飲みこんだ。

「いやー、ごめんね、藤久保ちゃん」

「かまいませんよ。汚い部屋ですけど」

「いやいや、多分、宮君の部屋よりは綺麗だと思うよ」

椿が藤久保を従えて部屋に入ってきた。どっちが主なのかわからない。

「すみませんね、部屋が汚くて」

宮澤は嫌みを口にした。

「あれ、聞こえてた？　宮君、地獄耳だねえ」

これ以上会話を続けるとむかっ腹が立ってきそうだったので、宮澤はカメラのファインダーを覗いた。神社の周辺に人影はない。

「藤久保ちゃん、わかってると思うけど、このことは――」

「他言無用。わかってます」

「紅茶ある？　淹れてもらえると助かるんだけど」

「紅茶はちょっと。コーヒーじゃだめですか？」

「それで我慢するよ」

背中で椿の声を聞いている内に、さっきの藤久保の言葉が脳裏によみがえった。

千紗。椿。まさか。

「宮君、千紗ちゃんに連絡した？　帰りが遅くなって心配してるんじゃない」

まるで宮澤の心を読んだとでもいうように椿が千紗の名前を口にした。

「大丈夫です」

宮澤は背中に冷や汗が滲むのを感じながらそう言った。

## 40

午前二時を回った頃、神社に近づく人影がカメラのモニタに映し出された。藤久保のカメラは確かに型落ちだが、ライブビューモードといって、ファインダー内の映像をモニタに呼び出す機能があった。

「椿さん」

宮澤はファインダーを覗いた。ピントを合わせる。パイプの匂いが強くなり、すぐ後ろに椿がいるのを感じた。

この時期だというのに、男はニット帽を目深にかぶりサングラスをかけていた。上着もズボンも黒っぽいものを身につけている。

「金田だ。金田俊明」

椿が言った。

「よくわかりますね」

「顔の形。間違いないよ。金田俊明だ。宮君はそのままここで待機」

「椿さんは？」

「尾行だよ。後で携帯に電話入れる」

「神社に入っていきます」

周囲の様子をうかがっていた男が石段に足をかけたところだった。宮澤は立て続けにシャッターボタンを押した。

「急がなきゃ」

椿が大慌てで部屋を出て行く。入れ違いに藤久保がやって来た。

「寝てたんじゃないんですか？」

「いきなり空気が緊迫しましたからね、自然と目が覚めちゃうんです。公安の警察官ですから」

「なるほど」

男がゆっくり石段を上がっていく。あれが本当に金田俊明なら、間違いなくあの紙袋を回収するつもりなのだ。顔をアップにしてみたかったが、レンズの倍率が足りなかった。

「何者ですか？」

藤久保が訊いてきた。

「内緒です」

「上司の許可がないと話せませんか……」

「そういうことです」

男が境内に消えた。紙袋を回収して戻ってくるまで、長く見積もって二、三分だ。椿は間に合うだろうか。

藤久保の気配が遠ざかっていく。しばらくすると玄関でだれかと電話で話す声が聞こえてきた。言葉までは聞き取れない。

「椿さん、急いで」

宮澤は呟いた。椿が周辺に現れた様子はなかった。あまり時間がない。

ファインダーの中に男が現れた。やはり、あの紙袋を持っている。宮澤はまたシャッターを切った。

男は石段を駆け降り、降りきったところで立ち止まった。前後左右に視線を走らせ監視の有無を確かめている。椿が遅れているのは僥倖だった。

男は来た道を戻りはじめた。それを追ってファインダーの中を影が横切った。椿だった。

「いつの間に……」

宮澤はカメラから目を離した。男に続いて椿の姿も視界から外れていく。

「くそ。後は椿さんからの電話待ちか……」

ベッドの端に腰掛け、肩を上下に揺らした。集中したまま監視を続けていたせいで首や肩の筋肉が凝り固まっている。

「千紗にマッサージしてもらいたいなあ。頼めばほいほいやってくれそうだもんなあ」

独りごちて、宮澤は瞬きを繰り返した。耳を澄ませる。藤久保の電話は終わっているようだった。

そっと携帯を取り出す。そんな必要はないのだが、なんだか気恥ずかしかった。

千紗はもう寝ているだろう。だが、メールなら起こすおそれもない。どうしても訊いておきたいことがあった。明日の朝一番にでも千紗が返事をくれれば落ち着くことができる。

〈千紗、もう寝てるかな？　おれは徹夜仕事になりそうです。千紗の手料理が恋しいよお〉

そこまで打って、宮澤は手を止めた。背後の様子をうかがう。もし他人に今打った文面を読まれたら、恥ずかしさに死んでしまいそうだった。寝ているのか、藤久保の気配は感じられなかった。

〈つかぬことを訊くけど、おれと付き合う前、椿さん、おれのこと千紗になんて言ったの？　なんだか気になってメールしてみました。起きたらでいいから返信ください。待

ってます〉

文章を読み返し、送信した。途端に眠気が襲ってきて欠伸を嚙み殺した。ベッドに横たわりたいという誘惑と戦っていると、ドアの隙間から藤久保が玄関に向かっていくのが見えた。

「どこか、お出かけですか？」

声をかけたが返事はない。宮澤は立ち上がり、ドアを開けた。だれかが玄関で靴を脱いでいる。屈んだ頭頂部が悲しいほど薄くなっていた。濃紺のスーツに見覚えがあった。

「え？」

宮澤は素っ頓狂な声をあげた。男が顔を上げた。

「た、滝山課長……どうしてここに？」

「まったく、こんな時間まで働かせやがって」

滝山は顔をしかめたまま部屋に上がってきた。藤久保はずっと俯いている。

「藤久保さん？」

「藤久保は放っておいてやれ。おれの命令に従っただけだ」

「命令って……」

「椿が藤久保を脅してこっちの動きを見張らせてたのはわかってるんだ。宮澤巡査部長、座れ」

滝山が言った。わざわざ階級を持ち出すのはこちらに有無を言わせないためだった。

実際、宮澤は逆らうことができなかった。

「椿とおまえはなにを追ってるんだ？」

「いや、別に、その、なにかを追っているというわけではなく――」

「おれは外三の課長だぞ。おまえたちを統括する人間だ。それに隠し事とはどういう了見なんだ、おい？」

「了見と言われましてもですね……」

冷や汗が次から次へと溢れてくる。

「手柄を立てたいんだろう？　椿の部下、やめたいんだろう？　どうなんだ？」

宮澤は生唾を飲みこんだ。警察は組織だ。警察官は組織の一員だ。自分の意思よりもまず、組織が望むことを優先しなければならない。

「定年まで交番勤務でもいいのか？」

「それは……」

「だったら答えろ。椿となにをしていた？」

「チャン・ギヒョンの監視です」

「なんだと？」

「申し訳ありません」宮澤は深く頭を垂れた。「椿警視の命令で嘘をついていました」

「あの野郎……チャン・ギヒョンの潜伏場所を摑んでいるのか」

「はい」

「どこだ？」

「門前仲町のマンションです」

「この近くじゃないか。ここから監視できるマンションか？」

宮澤は首を振った。

「ここからはちょっと離れています」

「だったらなんでここを借りたんだ」

「チャン・ギヒョンがあそこの神社に紙袋を隠しました」

滝山は唇を舐めた。無言のまま先を促してくる。

「金田俊明を覚えていますか？」

滝山が顔をしかめた。

「どうしたんですか？」

「なんでもない。金田がどうした」

「金田がその紙袋を回収していきました。椿警視が後を追っています」

「くそ」

金田には監視がついていたはずだ。それがここに現れたのを把握していないということは、だれかがドジを踏んだということだ。

「紙袋の中身は確かめたのか？」

「はい。デジタルタイマーと雷管です」

部屋の温度が一気に下がった。藤久保は凍りつき、滝山は口をあんぐりと開けている。

「今、なんと言った？」

「デジタルタイマーと雷管です」

「本当なのか？」

「椿警視がそう言っていました。自分が見たかぎり、そうなのだろうと思います」

「間違いないんだな？」

「はい」

滝山は腕を組み、口を閉じた。脳細胞が凄まじい速さで活動しているのだろう。

「チャン・ギヒョンを監視していたのはおまえたちふたりだけか？」

「はい」

咄嗟に答えた。佐藤節子と渡会執事のことは黙っていた方がいい気がしたのだ。

「それでおまえたちはチャン・ギヒョンをここまで尾行し、そのまま監視態勢に入った。じゃあ、チャン・ギヒョンは今はどこだ？」

「潜伏場所に戻ったんじゃあ――」

「確認取ってないんだろうが」

「あ、はい」

「藤久保。こいつから潜伏場所聞け。それで渡辺管理官に連絡して監視下に置かせるんだ」

「了解しました」

滝山は玄関口に移動した。どこかに電話をかけるのだろう。

「宮澤さん、やつの潜伏場所は？」

「いいんですか、藤久保さん。あとで椿さんに酷い目に遭わされるんじゃ……」

「大丈夫です。潜伏場所は？」

宮澤はリバーハイツ門前仲町の名前と住所を告げた。藤久保も宮澤に背中を向け、電話をかけはじめた。

居心地が悪い。やけに喉が渇いている。だが、滝山の電話が終わるまで勝手に動くことはできなかった。椿がこのことを知ったら激怒するだろう。そう考えるとますます気分が重くなった。

「宮澤――」

滝山が携帯をスーツのポケットに押し込みながら戻って来た。

「椿とはいつ合流することになっている？」

「電話が来ることになっています。あのお、金田の行き先が判明してからだと思いますけど」

「ひとつ確認しておこう。今後、おまえはだれの命令を聞くんだ？　椿警視か？　それともこのおれ、滝山警視正か？」

「滝山警視正であります」

宮澤は敬礼した。

「敬礼なんぞくその役にも立たん。行動で証明しろ。うまく事が運んだら、外三で正規の仕事に就かせてやる」

「はい」

また敬礼しそうになるのをなんとか堪え、宮澤は愛想笑いを浮かべた。

＊　＊　＊

椿から電話がかかってきたのは一時間半後だった。藤久保の部屋は押しかけてきた外三の捜査員で足の踏み場もなかった。

「宮君、参ったよ。呆れるぐらい点検作業を繰り返されてさあ。途中からはタクシーだし、こっちはひとりじゃない。これだけ苦労した尾行も――」

「金田の行き先はつきとめたんですか？」

宮澤は椿の話を遮った。放っておけば尾行の苦労話を延々と続けるに違いない。

「もちろん。ぼくをだれだと思ってるんだよ。公安のアンタッチャブル、椿警視だよ」

失笑が漏れた。滝山が睨みを利かせる。部屋に静寂が戻った。

「宮君、今、ぼくのこと笑った？」

「笑ってません。くしゃみが出そうになって堪えたんです」

「そお？」

「そうです。それで、どこですか。ぼくも合流します」

「代々木。代ゼミのすぐ近くだから、ついたら電話してよ。詳しい場所教えるから」

「わかりました。今から向かいます」

宮澤は電話を切った。

「よし、代々木だ。すぐに準備にかかれ」

滝山の号令と共に、捜査員たちが一斉に部屋から出て行く。

「わかってるな、宮澤。おまえは今までどおり、椿と行動を共にするんだ。うちの精鋭部隊が常に監視してることを忘れるな」

「わかってます」

「勘の鋭い男だからな。気づかれるな。おまえはタクシーで向かえ」

「了解」

藤久保の部屋を出ると、滝山は闇の中に消えていった。宮澤は大通りに出てタクシーを捕まえた。

目立たない色のミニヴァンが巧みにタクシーを追ってくる。

着信音が鳴った。渡会執事からだった。

「渡会さん、どうしました？」

「さきほど節子様のお部屋に戻ったんですが、どうも様子がおかしいんです」

「どういうことです？」

「節子様が仰るには、一時間ほど前から変な車が近所に停まっていると」

「それは公安の監視車両です」

「そうなんですか。節子様が心配なさるもので……それともうひとつ」

「なんですか？」

「お坊ちゃまと宮澤様が追っていったあの男、戻ってきてないそうです」

「な——」

「お優しい節子様が、みんなが留守にしている間、ひとりであのマンションを監視なさってくれていたのです。でも、あの男は戻ってこないと」

宮澤は思わず振り返った。監視用の車両は何台かの車を挟みながらついてくる。口をつぐむべきか、知らせるべきか——首を振る。チャン・ギヒョンがあのマンションに戻っていないことはすぐにばれるだろう。

「どうしてぼくに連絡を？椿さんに直接電話をかければ——」

「今電話をかけると嫌みを言われそうで……」

「嫌み？」

「ええ。節子様とのことを露骨に勘繰って、あることないこと……それが嫌で、宮澤様に報告することにいたしました」

宮澤は頭を掻いた。

「渡会さん、申し訳ありませんが、朝まで監視を続けていただけますか？　徹夜になっちゃうでしょうけど」

「お坊ちゃまのためです。いたしかたありません」

言葉とは裏腹に渡会執事の口調は浮ついていた。佐藤節子のそばにいられることが嬉しくてしかたがないのだ。

「じゃあ、よろしくお願いします。もし、やつが戻ったらすぐに連絡を」

「了解いたしました」

宮澤は電話を切り、電話をかけた。

「課長、たった今情報提供者から連絡がありまして――」

「なんだ？」

滝山は相変わらず機嫌が悪い。

「チャン・ギヒョンはマンションに戻っていないそうです」

「確かか？」

「はい」

「情報提供者ってのはだれだ？　信用できるのか？」

瞬時迷い、宮澤は口を開いた。

「椿家の執事の渡会さんです。信用できると思います」

「まだあの爺さんをこき使ってるのか……まあ、しかし、あの爺さんの情報なら信用できるな」

「課長、渡会さんをご存知なんですか？」

「面識はある。椿が人手の足りないときにあの爺さんを使っていることも知っている」

「民間人ですよ」

「椿に言え」

電話が切れた。宮澤は溜息を押し殺した。タクシーが首都高に乗り入れた。震災以降、節電奨励が続き、東京の夜からかつての輝きは失われた。大々的にライトアップされる予定だったスカイツリーもひっそりと佇んでいる。

「本当にあれをやっちゃうつもり？」

宮澤は夜空にぼんやり浮かぶスカイツリーを凝視した。

## 41

タクシーは代々木のインターで首都高を降り、途中でUターンしてJR代々木駅の方角に車首を向けた。宮澤は電話をかけた。

「椿さん、宮澤です。五分ほどで代々木駅前に到着します」

「どっちから来るの？」

椿の声は眠たげだった。

「参宮橋の方からですが」

「だったら、小田急の高架をくぐって少し行くと左っかたにラーメン屋があるんだよ。その先に信号があるから、そこでタクシーを降りて」

「了解です」

タクシーが代々木三丁目の交差点を右折した。そのまま直進すれば代々木駅に行き当たる。深夜の代々木は通行人の姿もまばらだった。タクシーの中にいても首都高を行き交う車のエンジン音が聞こえる。宮澤は滝山に電話をかけた。

「まもなくタクシーを降ります」

電話を切り、振り返る。監視用車両がスピードを落としていた。

「あ、運転手さん、次の信号で停めてくれる?」

ラーメン屋はすぐに見つかった。その先の交差点に一際大きな人影が見える。椿だった。電柱に背中を預け、身体を左右に揺らしている。酔っぱらいを演じているのだろうし、実際、幸せな酔っぱらいに見えた。

宮澤は支払いを済ませてタクシーを降り、しばらく周辺をぶらついてから椿に近寄った。

「金田はどこです?」

「あのアパート」

椿は顎をしゃくった。交差点の北側の路地は小さな商店街のようになっており、商店街を入ってすぐの左側に古ぼけた三階建てのアパートが建っていた。一階は八百屋の店舗になっており、二階の一室に中国式マッサージという看板がかかっている。

「三階の一番奥の部屋に入っていったよ」

椿が指さした部屋の窓はカーテンに覆われていたが明かりが漏れていた。

「あんなところで爆弾組み立ててるんですか？」

「多分、あの部屋は中継地点じゃないかな」

「中継地点？　またたれかがタイマーと雷管を受け取りにくるっていうことですか？」

「そう。いくつも保険をかけるっていうのがこの手の工作の常套手段だからね」

椿は大きな欠伸をした。

「それにしても、この街も変わらないなあ。一時期、ゲームクリエイターを養成する専門学校が乱立したけど、代ゼミに来る連中と見分けがつかなかったし」

「代々木にはよく来るんですか？」

「ここら辺は共産党の庭でしょ？　ということは、公安の庭でもあるわけ。まあ、バブル以降、公安全体の捜査における対共産党活動は縮小しちゃったけどね。最初に公安に配属された新米は毎日この辺りをうろつき回って共産党関係者の顔を覚えるのがしきりだった時期が長いことあったんだよ」

「なるほどお」

「共産党にはもう国家を転覆する力はない。なのになぜ、違法捜査まで行ってあそこを監視する必要があるんだ」

「昔、そう言って警察を辞めていったキャリアがいるんだ。ここがおかしくなってたみたいだけどね」

椿は自分の頭を指さした。洒落になっていない——宮澤は喉元まで出かかった言葉を無理矢理のみ下した。

「ところで、藤久保ちゃんは？」

心臓が止まるかと思った。宮澤は咳払いを繰り返した。

「どうしたの、宮君？」

「か、風邪かなあ？　どうも喉の調子がおかしくて」

「帰って寝る？」

「いいえ。仕事に支障を来すほどじゃありません」

「そお？　だったらいいけど。それで、ぼくの質問は聞こえてた？」

「藤久保さんですか？　疲れてるのか、ぐっすり眠ってましたねえ。起こすのも可哀想なんで、そっと出てきました」

「チャン・ギヒョンのことも、タイマーと雷管のことも気づかれてないね？」

「もちろんですよ。ぼくが喋るわけないじゃないですか」

「喋らされるって可能性もあるからね」

「はい？」

本当に心臓が止まりそうだった。

「誘導尋問とかさ。宮君、そういうのにすぐに引っかかりそうなんだもの」

噴き出た冷や汗が引いていく。

「あのですね、椿さん。こう見えてもぼくは本庁の刑事です。捜一でだって、そこそこ優秀だったんですよ」

「どうせ肉体派でしょ？」

「いちいち腹が立つなあ、もう」

「この様子じゃ、夜が明けるまで動かないかな……」

ころりと話題が変わった。まるで信号が赤から青に変わったとでもいうみたいだった。

「疲れる……」

宮澤はひとりごちた。

椿がまた大きな欠伸をした。目に精気がなく、ゆで玉子のような肌からも艶が失われている。

「そういえば、チャン・ギヒョンですけど、さっき渡会さんから電話がありまして、神社からあのマンションに戻っていないそうなんです」

「あ、そう」

「あ、そうって……チャン・ギヒョンが姿を消したかもしれないんですよ。北の大物工作員ですよ」

「だって、ぼくたちは渡会を入れて三人しかいないんだよ。それだけの手駒であれもこれもはできないよ」

「そりゃそうですけど——」

「とりあえず、タイマーと雷管のある場所を把握しておけば、いずれ実行犯が現れるよ」

「それはそうかもしれないけど……」

「宮君、悪いけど、ぼく、帰る」

「はい？」

「ぼく、徹夜できない体質なんだよ。一時間でもいいから寝ておかないと、次の日使い物にならないんだ。渡会呼んで、ふたりで監視しててくれる」

「警官が徹夜できないって、そんな話、聞いたことありませんよ」

「他の連中のことは知らないよ。でも、ぼくはそうなの。じゃ、よろしくね」

椿は力なく手を振ると、駅に向かって歩き出した。

「ちょ、ちょっと、椿さん——」

大きな背中がどんどん遠ざかっていく。本気で職務を放棄するつもりなのだ。

滝山から電話がかかってきた。

「どうした？　椿はどこに向かった？」

「家に帰って寝るそうです」

「なんだと？」

「徹夜できない体質だとか……」

「あのクソ野郎、まだそんな寝ぼけたことを口にしてるのか」

滝山は椿に対する呪詛を吐き続けた。宮澤は携帯を耳から離した。滝山の声が弱くなるのを見計らって口を開く。

「金田はここの商店街を入ってすぐのアパート、三階の一番奥の部屋にいるそうです。このままぼくひとりで監視を続けますか？」

「おまえもどこかで仮眠を取ってこい」

「いいんですか？」

「明日からはこき使わせてもらうからな。今日は休んでおけ。監視対象に動きがあったら知らせるが、なにも連絡がなければ朝七時までにここに戻って来い。椿は定時になるまで働こうとはせんからな」

「了解。では、離脱します」

電話を切り、さりげなく歩き出す。代々木駅前の交差点を左に折れ、新宿駅南口方面に向かった。何度となく点検作業を行ってみたが尾行者は確認できなかった。滝山は宮澤の行動を監視するつもりはないのだ。信頼されているのか、それとも舐められているのか。

宮澤はタクシーを摑まえた。門前仲町に向かわせる。眠気に襲われ、目を閉じた。眠ったと思ったら運転手に起こされた。

タクシーは門前仲町の駅前に停まっていた。あまり寝た気分ではなかったが、身体はリフレッシュされていた。短時間でも深い眠りを貪ったのだろう。

佐藤節子の部屋のドアは鍵がかかっていなかった。

「夜分遅くにすみません」

囁くように声をかけ、部屋にあがる。リビングの明かりは消えていたが資料部屋のドアの隙間から光が漏れていた。

「渡会さん？」

資料部屋に入る。渡会執事が窓際の椅子の上で舟を漕いでいた。

「渡会さん」

肩を揺する。渡会執事が跳ね起きた。

「こ、こ、これは、わたしとしたことが……申し訳ありません、宮澤様」

渡会の顔が紅潮していく。

「いいんですよ。ひとりでの監視はきついんです。眠くなるのも――」

「このことはお坊ちゃまには内密にお願いいたします」

渡会執事は真剣な面持ちで懇願してきた。

「なんですか、どうしたんですか、渡会さん。ちょっと居眠りしただけじゃないですか。椿さんだって怒ったりはしませんよ」

「そんなことはありません。叱られます。侮蔑されます。辱められます」

「そんな、大袈裟な」

宮澤は鼻を鳴らした。

「お坊ちゃまは他人のミスには大変厳しいのです。旦那様の血を引いていらっしゃいますから」

「でも、そんな風には見えないけど」

「我々椿家の使用人はお坊ちゃまのことをジキルとハイドにたとえることがよくあります。他人に見せる顔に裏表があると申しましょうか、二重人格とでも申しましょうか……」

「それ、なんとなく納得がいきます」

「さようでございましょう。もし、宮澤様がわたしが居眠りをしていたことをお坊ちゃまに告げるといたしましょう。お坊ちゃまはその場ではにこにこ笑います。渡会も年を取ったね、などとおっしゃいながら」

「はあ」

「しかし、お屋敷に戻ってから、それはもうねちねちねばねばとわたしを叱るでしょう。そのときだけではありません。わたしかお坊ちゃまのどちらかが死ぬまで、たった一度の失態をことあるごとに持ち出され、ねちねちねばねばといたぶられるのでございます」

「ねばねばって……」

「それ以外に形容のしようがありません。椿家の人間は寛容という言葉とは無縁なのです」

渡会執事の目尻には涙が滲んでいた。

「そんなところでよく執事なんてやっていますね」

「いろいろあるのでございます。ですから、宮澤様、今夜のことはくれぐれも他言無用に」

「わかりました。だれにも言いません。約束します」

「ありがとうございます」

渡会執事は床に膝と両手を突いた。

「ちょっと渡会さん、大袈裟ですって」

宮澤も床に膝を突いた。渡会を引き起こそうとしたが強い力で抗われた。

「いいえ、わたしの感謝の気持ちを表すにはこれでも足りないぐらいでして――」

「親父ぐらいの年齢の人に土下座されるぼくの身にもなってくださいよ。たいしたことしたわけでもないのに――」

「ちょっと、あなたたち！」

いきなりドアが開いた。顔を上げた渡会執事の顔がさらに赤らんでいく。

「せ、せ、せ、節子様」

宮澤は振り返り、のけ反った。淡いピンクのネグリジェを着た佐藤節子が戸口で仁王立ちしている。おろした髪が艶やかで、顔の皺がなければ十代前半の少女のようだった。

「何時だと思ってるの？　寝不足はお肌の天敵なの。わたしがよぼよぼのお婆さんみたいになったら、あなたたちが責任取ってくれるの？」

「いえいえ、節子様はそんな風にはなりません。絶対になりません」

渡会執事が顔の前で両手を振る。

「あなたたちが静かにしてくれないとそうなっちゃうの」

「申し訳ありません、平にご容赦を」

渡会執事は額を床に押しつけた。宮澤は溜息を押し殺し、小さく首を振った。

## 42

「藤久保様という方がそんなことを？」

渡会執事は囁くように言った。

「ええ。椿さんは怖い人だって」

宮澤は欠伸を噛み殺した。藤久保から聞いた話を渡会執事に聞かせたところだった。

「大いにありえますな。なにしろ、ジキルとハイドですから」

「ジキルとハイドねえ……」

「あ、宮澤様、勘違いなさってますね」

「勘違い？」

「普通、ジキルとハイドと言えば、善良なジキル博士が薬を飲んで凶暴なハイドに変身するということになっておりますが、お坊ちゃまは逆です」

「つまり？」

「お坊ちゃまは、というか、椿家の方々はみな冷酷無情なのです」

渡会執事はきっぱりと言った。

「そうなんですか？」

「お坊ちゃまも、今の旦那様も、先代様も、それはもう冷酷でして。だからこそ家門を守ってこられたとも言えるのでしょうが……」

「かなり我が儘だとしても、冷酷ってふうには見えませんけど」

「冷酷なんていうものじゃありません。このわたしがどれだけ大変な目に遭わされてきたか——」

渡会執事の目が虚ろになっていく。過去のトラウマから心を守る防衛本能が働いているようにも見えた。

「渡会さん？」

「警視庁で驚異の出世を成し遂げたのも、お坊ちゃまが人を罠にはめるのも厭わない方だからです。ライバルを蹴落とし、上司を懐柔し、欲しいものを手に入れる。すべてが計算ずくなのです」

「あのお、ジキルとハイドの話は？」

渡会執事は瞬きを繰り返した。

「ジキル博士が摩訶不思議な薬を飲んで醜悪で凶暴なハイドに変身したように、お坊ちゃまは奥様に捨てられたことで今のお坊ちゃまになられてしまったのです」

「もっと具体的に説明してくださいよ」

「現実を認めたくなかったんですな。当然ですよ、あれだけプライドの高いお方がねえ。それで、妄想の世界に逃げ込んだ。その世界のお坊ちゃまは能力は充分にあるのに、善良ゆえに他人に手柄を盗まれ、出世を妨げられ、虐げられているのです」

「でも、時折、本来の椿さんが顔を覗かせる？」

「その通りでございます。なにせ、宮澤様、徹底的に自分に都合のいい妄想世界を作り上げておりますからな。自分が阿漕《あこぎ》なことをしても、それは悪い相手を出し抜くための必要悪なのでございますよ」

「うむぅ」

宮澤は腕を組んだ。渡会執事は虚ろな目を宙にさまよわせている。

「椿さんの奥さんはどうして別れることにしたんですかね」

「聡明な方でございました。結婚してすぐ、お坊ちゃまの人柄に気づかれて……しばらくは我慢なさっていたのですが、限界がすぐに来たのでしょう。あのような方がお坊ちゃまと夫婦生活を営むなど、そもそものはじめから無理だったのでございます」

「ジキルとハイドねえ」

宮澤はひとりごちた。千紗の顔が脳裏に焼きついて離れない。藤久保の言葉が耳の奥で繰り返し谺していた。

＊＊＊

リズミカルな包丁の音で目が覚めた。身体を起こすと首が嫌な音を立てた。肩胛骨の辺りからうなじまで、筋肉が鉄板のように強張っている。いつの間にか床の上で寝てしまったからだろう。渡会執事の姿はなかった。

「おはようございます」

居間に移動する。佐藤節子が朝食の支度をしていた。時間は午前六時。七時までに代々木に行かなければならないのなら、長居はできない。

「おはよう」

「渡会さんは？」

「五時頃帰ったわ。今時執事ですって。雇い主が目覚める前にいろんな支度をしておかないとどやされるらしいの。笑っちゃうわよね」

「はあ、そうですか」

なんと答えればいいかわからず、宮澤は曖昧に笑った。

「結局、あなたたちが見張っている男は戻ってこなかったそうよ。でも、車に乗った怪しい連中は残ってる。もうすぐご飯できるから、座って待ってて」

「あの、佐藤さん、もう出かけないといけないんです」

「だめよ。朝ご飯はちゃんと食べないと」

有無を言わせぬ口調だった。厳しかった母親の顔が脳裏を駆け抜けていく。

「は、はい」

宮澤はダイニングテーブルに着いた。味噌汁と焼き魚、漬け物、ご飯が運ばれてくる。

「普段、ちゃんと食べてるの？」

「朝飯は抜くことが多いですね」

「だめよ、ちゃんと食べなきゃ」

佐藤節子は宮澤がご飯を頰張るのを見て満足げにうなずいた。

「今日もあの部屋を使うのかしら？」

「今のところまだなんとも……」

「そう。公安警察官なんてわたしたちの天敵だけど、賑やかで楽しかったな。たまには遊びに来てと椿君に言っておいて」

「了解です」

「渡会君にもね」

そう言いながら、佐藤節子は背中を向けた。心なし、頬が赤らんでいたような気がした。

宮澤は大急ぎで朝食を平らげ、お茶を飲み干した。

「それでは行ってきます。いろいろとお世話になりました」

深々と頭を下げる。

「行ってらっしゃい」

佐藤節子が微笑んだ。また、母親の顔が脳裏に浮かんだ。

トミンハイムを出ると、裏班の連中に見つからぬよう、遠回りして駅に向かった。大江戸線で代々木に向かう。七時にはぎりぎり間に合うかどうかというところだった。

通勤時間には早いせいか、電車はまだすいていた。空いている席に座り、携帯を取り出す。それを待っていたというように携帯が振動した。

千紗からのメールが届いたところだった。

〈ダーリン、おはよっ。もう起きてるかな？　ここのところ、ダーリンに可愛がってもらえてないから、千紗、寂しくて、昨日、ひとりでいけないことしちゃいました。今度ゆっくりできるとき、いやらしい千紗をお仕置きしてね。てへっ〉

宮澤は思わず携帯を胸に押しつけ、周囲の様子を探った。頬が赤くなっているのがわかる。だが、宮澤を気にしている者はひとりもいなかった。

「まったくもう……」

乾いていた唇を舐め、もう一度メールに目を通す。

〈ところで、昨日のメール、どういう意味？　椿さんとなにかあったの？　お仕事お忙しいでしょうけど、いつでもいいから時間ができたら電話かメールください。ダーリンのいやらしい千紗〉

宮澤は返事を書いた。

〈今、出勤途中。朝イチから忙しいから、落ち着いたら電話入れます〉

短い文面を送信し、溜息を漏らした。こんな無邪気なメールを送ってくる千紗が椿と手を組んでいるとはどうしても思えない。

宮澤はまた溜息を漏らした。

＊　＊　＊

代々木駅前は通勤客で混み合いはじめていた。あと一時間もすれば、予備校や専門学校に通う学生たちでごった返しはじめるだろう。

駅前のコンビニで擬装用にスポーツ新聞を買った。駅前から代々木三丁目方面へ抜ける道の途中に藤久保がいた。昨夜、椿が酔っぱらいのふりをしていた電柱のそばだった。

藤久保の数十メートル後ろに監視用車両が停まっているのも確認できた。

携帯が振動した。メールアドレスに見覚えはなかった。

〈滝山だ。金田に動きなし。藤久保と交代して椿の到着を待て〉

メールを読み終え、顔を上げた。藤久保が去っていく。宮澤はうなずき、スポーツ新聞を広げた。新聞に目を落としながら少しずつ移動する。やがて、例の古いアパートを視界の隅にとらえた。商店街では老人が道路に水を撒いている。それ以外に変わったところはなかった。

椿から電話がかかってきた。

「おはよう、宮君。様子はどう?」

「変わりありません。金田はアパートにこもったままです」

「今、新宿だから、あと三十分ほどで合流できるよ」

「どうして三十分もかかるんですか?」

「車だから。ずっと外に突っ立ってるわけにもいかないでしょ。宮君は徹夜明けなんだし。合流したら、車の中で仮眠取るといいよ。朝ご飯は? なにか買っていこうか?」

ジキルとハイド。ジキルは薬を飲んで悪人に変身するが、椿は気がふれて善人になった。

「佐藤――」

宮澤は開きかけた口を閉じた。一晩中ここで金田を監視していたことになっているのだ。下手に口を滑らせてはまずい。

「サンドイッチかなにかをお願いします。それと、微糖の缶コーヒーを」

「わかったよ。それじゃ、待っててね」

電話が切れた。宮澤は欠伸を嚙み殺した。佐藤節子の家で眠ったとはいえ、熟睡にはほど遠い。車の中で仮眠できるのはありがたかった。

新聞のページをめくろうとして、視界の隅をなにかが横切った。さりげなく顔を上げる。男がアパートの階段をあがっていく。見覚えのある背格好だった。宮澤は目を細めた。椿には負けるが、視力には自信があった。

「パク・チス」

口の中に唾液が溢れてくる。間違いない。イ・ヒョンジョンと頻繁に会っていたチュモン電機のパク・チスだ。

着信履歴を開き、椿に電話する。

「椿さん、パク・チスが現れました。急いでください」

「了解」

椿の返事は簡潔だった。パク・チスは金田俊明がいるはずの部屋の前に立っていた。

電話が鳴る。

「藤久保です。あれは何者ですか？」

「チュモン電機のパク・チスという男です」

「了解」

電話が切れる。突然、時間の流れが速まったかのようだった。

パク・チスが部屋の中に消えていった。

「どうなってるんだ、おい？　あいつがテロの実行犯？」

宮澤は首を振った。予断は禁物だ。考えるのではなく、あのタイマーと雷管の行方を突き止めるのが肝心だった。

監視用の車両から捜査員が数人降りてきた。尾行に備えるためだった。

今度はじりじりと時間が過ぎていく。十分ほどすると、金田俊明が部屋から出てきた。何食わぬ顔で歩きながら、時折鋭い視線を前後左右に飛ばしている。

宮澤は新聞に目を落とした。金田俊明の視線が自分の上を横切っていくのを感じた。肝が冷えた。だが、金田俊明の視線はそのまま流れていく。金田俊明はＪＲ代々木駅の方に歩いていった。しかし突然なにかを思い出したという仕草を見せ、踵を返す。

宮澤は新聞を食い入るように見た。ここで動きを見せては金田俊明の点検作業に引っかかってしまう。

金田俊明は商店街を通り過ぎ、代々木三丁目方面に向かって歩いていく。すでに監視用車両から降りてきた捜査員が尾行の態勢を整えていた。

携帯が鳴った。

「今、西参道方面からそっちに向かってるところ」

椿だった。

「金田俊明がアパートから出て、そっち方面に向かっています」

「パク・チスは？」

「まだアパートの中です」

「そのまま待機。金田よりあっちの方が重要だから」

「了解」

「ぼくは北参道の辺りに車を停めてそっちに向かう」

宮澤は電話を切った。さりげなく西の方に目をやった。長い坂の途中にいる金田俊明を米山班の捜査員が前後左右を挟んで尾行している。サラリーマン風もいれば、近所の学校に通う学生風もいる。

よくもまあ、これだけバラエティに富んだ人材を集めたものだ。捜一の刑事はだれもが捜一の刑事だという面構えをしている。同じ警察でも職種が違いすぎるのだ。

監視用車両は動かず、同じ場所にとどまっている。超望遠レンズ付きのカメラ、高性能マイクなどのハイテク機器を駆使してアパートを見張り続けているのだろう。

宮澤は欠伸を噛み殺した。アパートに動きはない。しばらくすると、代々木駅の方から椿が歩いてくるのが見えた。新聞を折り畳み、小脇に抱える。首の凝りをほぐしながら歩き出す。

「まだアパートの中です」

すれ違いざま、囁いた。椿は返事の代わりに車のキーを押しつけてきた。

駅前の交差点を右に折れ、緩やかな坂を下っていくとその先には北参道がある。明治神宮入口近くの路肩に主のいない車が停まっていた。キーの解錠ボタンを押すとヘッドライトが短く点滅し、鍵が開いた。車内の空気は冷えていて快適だった。椿が冷房を最強にして運転してきたのだろう。

滝山から電話がかかってきた。

「状況を報告しろ」

「北参道に停車中の車の中です。椿警視が運転してきました」

「椿がなにかに気づいた様子は？」

「ありません」

「金田俊明は無視して、アパートの監視を続けるんだな？」

「そうです」

「よし。そのまま待機していろ」

宮澤は電話を切り、携帯を助手席に放った。シートをリクライニングさせる。睡魔の力は強烈だった。三十分、いや、十分でいいから仮眠を取りたい——切実な欲求だった。

暗闇にのみこまれたと思ったら、携帯の着信音に邪魔された。舌打ちしながら目を開け、携帯に手を伸ばす。

千紗からの電話だった。無視しようかと思ったが、酒を飲んだときの千紗を思い出して慌てて電話に出た。

「おはよう、ダーリン」

千紗の声は朗らかだった。

「おはよう。今日はお休みなの。ダーリンは？」

「仕事は？」

「仕事」

「あんまり寝てないんじゃない？　眠そうな声よ」

「まあね。でも、今は我が儘言ってられる状況じゃないんだ」

「時間に余裕ができたら言って。すぐに飛んで行って、身体にいいお料理たくさん作ってあげるから」

「いいけど、千紗を呼んだら、もっと寝不足になりそうだなあ」

「いやだ、もう、ダーリンったらぁ」

千紗の声が一層華やいだ。睡魔に侵された脳が妄想を紡ぎはじめる。宮澤の部屋。宮澤と千紗。千紗はセクシーなランジェリーに身を包み、挑発的に身体をくねらせる――

「あ、そうだ。こないだのメール、どういう意味？」

宮澤は我に返った。気恥ずかしい思いとは裏腹に股間が滾っていた。

「え？　メール？」

「ほら、椿さんがどうとかっていうやつ」

「ああ、あれね。ほら、おれと千紗がうまくいくようにって、椿さん、骨折ってくれたんだろう？」

「そうなのよ。わたしがダーリンのこと憎からず想ってること、すぐに見破られちゃって。さすが刑事と思ったわ」

「それだけ？」

宮澤は訊いた。股間の火照りがおさまっていく。ジキルとハイド。椿は女房に逃げられて、ハイドからジキルに変貌した。だが、その本質がハイドであることに変わりはない。

「それだけって？　あとは、ダーリンの携帯の番号教えてもらって、必ずうまくいくからって背中を押してもらっただけ」

「以前に椿さんを知ってたとか、そういうことはない？」

「なによ？　椿さんとなにかあったの？」

「いや、そういうわけじゃなくて」

「ダーリン、なんだか感じ悪い」

千紗の声が低くなった。途端に宮澤の背中の肌が粟立っていく。

「ごめん、ごめん。時々さ、千紗がなんでおれなんかに惚れたのかなあなんて心配になるときがあってさ。おれ、千紗のお父さんに大変なことしちゃったわけだし……」

「パパのことはもうゆるす。わたしを幸せにしてくれたら、パパもダーリンのことゆるすと思う」

「そう言ってもらえるとありがたいなあ」

「わたし、本当にダーリンが好きなのよ」

「わかってる。おれも、千紗が好きだよ」

返事はなかった。

「千紗？」

「嬉しい……ダーリン、わたし、ほんとに幸せ」

「お、おれもだよ。じゃあ、まだ仕事があるから。時間に余裕ができたらまた電話するよ」

「ダーリンにちゅうしたい」

湿った音が聞こえてきた。千紗がわざと舌で音を立てている。収まりつつあった下半身が再び火照っていく。

「いっぱい舐めてあげたい」

「ち、千紗……」

「どうしよう。濡れてきちゃった。ダーリン、千紗、あとでいけないことしてもいい？　ダーリンにいやらしく犯されてるところ想像しながらするの。どんなふうにしてるか、ダーリンにメールしちゃおっかな」

「おれは仕事中だって――」

「わたしからのメールはあとで見ればいいじゃない。なんだか興奮する。そうしようっと。じゃあ、ダーリン、お仕事頑張ってね」

千紗は言うだけ言って電話を切った。

「なんだよ、もう」

宮澤は再び目を閉じた。だが、あれほど強力だった睡魔はどこかに消え失せ、代わりに情欲が脳を支配していた。自慰にふける千紗の映像が瞼に焼きついて離れない。

「参ったな……」

火照った股間を持て余し、宮澤は溜息を漏らした。

## 43

滝山がやって来るのが見えた。宮澤は車を降りた。

「どうしました、課長？」

「これをつけておけ」

滝山が持ってきたのはイヤフォン型の無線機だった。

「椿と合流するときは外せ。いいな？」

「了解です。あの、金田はどうしています？」

「点検作業を繰り返しながら、結局、自分の会社に行った。監視を続行中だ。これまで慎重にやってきたあいつがこうまで露骨に動きを見せるとは……なにかがはじまってるな。椿の言うとおり、テロなのかもしれん」

「課長もそう思いますか？」

「予断は禁物。事実を追いかけるだけだ。いいか、椿の行動を報告するのを忘れるな」

「わかってます」

滝山は踵を返し、立ち去った。宮澤は無線機を耳に取り付ける。ノイズが耳に流れ込んできた。

「えー、どなたか聞こえてますか？　どうぞ」

「無駄口は叩くな」

押し殺した声が聞こえてきて、宮澤は口を閉じた。無線は繋がっている。それがわかればもうなにもすることはない。車に戻り、缶コーヒーを開けた。

携帯が鳴った。コーヒーを噴き出しそうになりながら携帯を手に取った。

「パク・チスが出てきた」電話に出ると、前置きなしで椿が言った。「紙袋を持ってる」

「どうします？」

「ぼくが徒歩で尾行するから、宮君は行き先の目処がつくまで車で待機」

「了解」

電話が切れた。

「椿はなんと言った？」

間髪を入れず、耳の無線から滝山の声が流れてくる。

「椿さんは徒歩で尾行開始。自分は車で待機です」

「よし。その調子だ、宮澤。

「こっちも椿は監視下に置いているが、無線は常時オンになっているから連絡を怠るな」

「了解です」

滝山の声が消えた。宮澤はあらためて缶コーヒーに口をつけた。やたらと喉が渇いている。椿を裏切っているという罪悪感のせいだろうか。

「あの人はハイドだ。それを忘れるなよ」

独りごちる。また、携帯が鳴った。

「大江戸線のホーム。新宿方面に向かうみたいだけど、点検作業の可能性もあるから、もうしばらく待機してて」

「はい」

「あ、宮君。それとね、どうもどこかの裏班の連中もパク・チスを尾行してるみたいなんだけど、なにか知ってる」

心臓が止まりそうになった。椿は尾行の達人だ。他の尾行者にもすぐに気づくのだ。

「いえ。ぼくはなにも……裏班って、外二ですかね?」

宮澤はとぼけた。

「いや、多分、外三。ぼくらの動きから滝山がなにか摑んだんだな。もしかしたら、藤久保ちゃん経由かも——まあ、いいや。パク・チスの点検作業は年季が入ってるよ。何人ついてこれるかな」

椿は嬉しそうに笑い、電話を切った。

「椿さんはそちらの尾行に気がついています」

宮澤は言った。無線からの返事はない。明治通りの方から、自転車に乗った制服警官が向かってくる。宮澤と車に対する露骨な警戒感が顔に表れている。まだ若い警官だった。交番勤務に飽き飽きして、手柄を立てて刑事になることだけを考えている顔つきだった。

「昔のおれもあんなだったのかな……交番勤務だけは願い下げだよ」

「無駄口を叩くな」

耳の無線から容赦のない声が響く。宮澤は頭を掻きながらバッジを出した。フロントウィンドウ越しに警官にバッジを見せる。警官は自転車を降り、宮澤に向かって敬礼した。

「頑張れよ、若人」

「無駄口はよせと言ってるだろう」

「申し訳ありません。独り言が癖なんです」

舌打ちが聞こえた。宮澤は声を立てずに笑った。制服警官が名残惜しそうに何度も視線を向けながら立ち去っていく。

通りを行く人々が急に駆けだした。雨粒が車の窓を叩く。空は黒い雲に覆われていた。

「雨かよ……」

「独り言は禁止だ。わかったな」

滝山のヒステリックな声が雨音をかき消した。了解と言いかけて、宮澤は口を閉じる。

滝山があれほど不機嫌な声を出すということはなにかが起こっているということだ。捜査員のだれかがパク・チスの点検作業に引っかかったのかもしれない。

携帯が鳴った。椿からだった。

「点検作業にふたりが引っかかったよ。まったくもう、これでパク・チスは点検作業をもっと念入りにするようになるよ」

「今、どちらですか？」

「小田急線の電車の中。まあ、目的地に向かっているとは思えないけどさ」

「椿さんの他にパク・チスを尾行してる連中、あと何人残ってるんですか？」

「三人。でも、見つかるのは時間の問題だよ。パク・チスは筋金入りの工作員だ」

「ぼくはどうしましょう？」

「おそらく、パク・チスは代々木上原で地下鉄に乗り換えると思うんだ。だから、宮君は原宿に移動して」

「了解です」

「パク・チスが他の三人を仕留めて、安心するまでは電話はかけないから。そのつもりでいて」

「はい」

電話が切れる。

「点検作業にふたり引っかかったそうです」

「わかってる」

「椿さんは他の三人も時間の問題だと言っていました」

「やかましい」

頭から湯気を立てている滝山の姿が容易に想像できた。

「ぼくは原宿に移動します」

「原宿だと？　なぜだ？」

「代々木上原で地下鉄に乗り換えるつもりだろうと椿さんが――」

「わかった。無線は外すなよ」

「わかってますよ」

エンジンをかけ、ギアをドライブに入れた。雨はますます激しくなっている。明治通りは混み合っていた。代々木から表参道の交差点へ行くのに三十分近い時間がかかった。椿からの連絡はない。

「宮澤」

いきなり耳元で滝山の声が炸裂した。

「な、なんですか？」

宮澤は耳を押さえた。

「椿からの連絡は？」

「ありません。課長、もう少し小さな声で――」

「椿と連絡を取れ。どこにいるのか確認するんだ」

「あ。もしかして、残りの三人も点検作業に？」

「黙れ。すぐに椿と連絡を取れ」

「ちょっと待っててください」

宮澤は椿に電話をかけた。いつまで経っても呼び出し音が鳴るだけだった。一旦電話を切り、もう一度かけ直す。相変わらず、椿は電話に出ない。

「課長、椿さんが電話に出ません」

「なんだと？」

「何度かけても通じないんです」

「なんとかしろ。今すぐなんとかするんだ。椿がどこにいるか確認するまでその場を動くな」

「ちょ、ちょっと待ってくださいよ――」

それっきり滝山の声は聞こえなくなった。

「まったくもう、大の男のヒステリーなんてみっともないよなあ」

「黙れ。さっさと椿を捕まえろ」

「あ、聞こえてましたか？」

滝山の返事はない。宮澤は首を振り、もう一度椿に電話をかけた。今度は呼び出し音も鳴らなかった。電源が入っていないか電波の届かないところにいる——無機的な声がそう告げている。

ほんの数秒前までは呼び出し音が鳴っていた。ということは、椿が故意に携帯の電源を落としたのだ。

「どうして？」

宮澤は首を傾げた。

携帯が振動した。慌ててディスプレイを覗きこむ。千紗からのメールが届いていた。

「まったくもう、こんなときに……」

呟いたが、指が勝手に動き、メールが開いた。

〈ダーリン、さっきママが出かけていって、わたしひとりなの。どうしてダーリンのこと考えるだけでこんなにいやらしい気分になっちゃうのかしら。今、ノーブラなの。いやらしく硬くなっててTシャツの上からでも乳首の形がわかっちゃう。シャツの上から触ってみたら、それだけでじゅんってしちゃった……〉

「ちょ、ちょ、ちょっとぉ——」

「椿と連絡がついたのか？」

無線から流れてくる滝山の声が膨らみかけていた欲情を押し潰した。

「な、なんでもありません。独り言です」

宮澤は額に浮いた汗を拭い、メールを閉じた。

＊　＊　＊

二時間が経過した。椿とはまだ連絡が取れない。千紗からは十分おきにメールが届いていたが、それも三十分前に途絶えた。多分、絶頂に達したのだろう。メールの中身を読みたいという誘惑は必死の思いで押し殺した。

「椿はどこだ？」

思い出したように無線から滝山の声が聞こえてくる。

「携帯の電源を落としてるみたいなんです。まったく連絡が取れません」

「くそ。なんとしてでもあの馬鹿を捕まえるんだ。それまでは戻ってくるな」

「捕まえるって、どうやって？」

「それぐらい、自分で考えろ。おまえはあの馬鹿の相棒だろうが」

言いたいことを言うと、滝山はそれっきり無線に応じなくなった。

「ふざけやがって」

宮澤は無線を耳から抜き、電源を落とした。しばらく思案し、携帯を手に取った。だれよりも椿を知っているのは渡会執事だ。渡会執事に訊いてみよう。

電話はすぐに繋がった。

「もしもし。渡会でございますが」

渡会執事の声は落ち着いていた。この声が裏返るのは佐藤節子を前にしたときか、佐藤節子の話題になったときだけだ。

「宮澤です。椿さんの部下の。今、電話大丈夫ですか?」

「これは宮澤様。どういたしました?」

「椿さんが消えちゃったんですよ、仕事中に」

「お坊ちゃまが? あの、わたくし、たった今、お坊ちゃまに呼び出されてお会いしに行く途中なのですが」

「はい?」

「三十分ほど前に連絡がありまして、すぐに来いと。わたしにも仕事があるというのに……もちろん、わたしの言い分に耳を貸してくださるお坊ちゃまではなく、わたし、旦那様に散々嫌みを言われた挙げ句、なんとかお休みをもらい、お坊ちゃまと待ち合わせた場所へ向かっているわけでして」

「どこですか?」

「はい?」

「椿さんとはどこで待ち合わせてるんですか?」

「大久保ですが」

「大久保のどこ?」

「ドン・キホーテの前で待っていろと言われておりますが」

「大久保のドン・キホーテですね。ありがとうございます。あ、ぼくが到着する前に落ち合ったら、なんとしてでも椿さんを引き留めておいてください。いいですね」

「お坊ちゃまを引き留めろだなんて、どうやって？」

「それぐらい、自分で考えてください。渡会さんは椿さんの執事じゃないですか」

宮澤は滝山に言われたのとそっくりな台詞を口にした。

「わたしは椿家の執事であって、お坊ちゃまの執事ではありません」

「とにかく、頼みましたよ。うまくやってくれたら、節子さんとの食事会のセッティングしますから」

「ほ、本当ですか？」

渡会執事の声が裏返った。

「約束します」

宮澤は言い、電話を切った。車のエンジンをかけ、ギアをドライブに入れた。パーキングブレーキのレバーに手をかけ、躊躇する。助手席の上の無線が目に留まる。

椿が摑まりそうなことを滝山に告げるべきか、それとも——

「ええい。摑まえてから連絡入れればいいっしょ」

吐き捨てるように言い、パーキングブレーキを解除した。

## 44

コインパーキングに車を停め、徒歩でドン・キホーテへ向かった。職安通りは昼食時が近づいているせいか活気に溢れている。

ドン・キホーテの前に渡会執事がいた。自分が場違いであることを認識し、恥じ入っている風情だった。

渡会執事に手を振ろうとして、宮澤は足を止めた。たった今すれ違ったホームレス風の男に見覚えがある気がしたのだ。

足を止めて振り返る。男は薄汚れたニット帽を目深に被っていた。背中は丸まっているが、身長は高い。

間違いなくどこかで見たことのある男だ。それもごく最近。

男の身元を確かめたかったが、動く前に渡会執事の声が耳に飛び込んできた。

「宮澤様——」

地獄で仏に会ったという顔つきで渡会執事が歩いてくる。躊躇している間に、男の後ろ姿は人混みにのみこまれていった。

「椿さんは？」

宮澤は渡会執事に訊いた。

「ついさっき、メールが来まして、大久保通りへ向かえと」

「メール？　おかしいな。椿さんの携帯、電源が落ちてるはずなんですけど」

「お坊ちゃまは常に、携帯はふたつ持ち歩いております」

「そういえば、スマホがあったっけ」

「スマホはプライベート用なんですが……宮澤様、プライベート用の番号は教えてもらっていないんですか？」

「そうみたいですね」

宮澤は不機嫌に応じた。

「おや。宮澤様、わたし、なにか言ってはいけないことを口にしてしまいましたか？」

「そんなことはありませんよ。それより、大久保通りですね？　急ぎましょう」

渡会執事を促し、宮澤はドン・キホーテ脇の路地に足を踏み入れた。路地の左右には民家やマンション、飲食店が乱雑に建ち並んでいる。時折聞こえる通行人の会話は日本語より朝鮮語の方が多かった。この辺りは外二の連中の庭のようなものだった。

大久保通りへ出ると人通りは倍増した。

「あ、お坊ちゃまです」

渡会執事が言う。宮澤には見つけられなかった。

「どこですか？」

「あそこです」渡会執事は通りの反対側を指さした。「お坊ちゃまは子供のときからかくれんぼが上手だったんですが、わたしはすぐに見つけてしまうのでよく叱られました」

「ああ、本当だ」

渡会執事の指先を追って、宮澤はようやく椿を視認した。通行人の流れに身を任せて歩いている。一度気づけばその巨軀は見間違えようもない。

「どうしてあんなに大きいのに気づけないのかな」

宮澤はひとりごちた。

「言ったでしょう。お坊ちゃまは昔からかくれんぼとかその類のことが得意だったんです」

渡会執事は我がことのように自慢げに言った。

「才能ですか?」

「ええ。無駄な才能だと思っていましたけれど、警察官には有益でしょうね」

信号が変わるのを待って通りを渡った。椿が引き返してくる。

「どうして宮君も一緒にいるの?」

椿は渡会執事を睨んだ。渡会執事は亀のように首をすくめた。

「そんなことより、どうして携帯の電源落としたりするんですか」

宮澤はふたりの間に割って入る。

「なんだかきな臭い感じがしてね」

「どういうことですか？」

「だって、外三の捜査員がいきなり現れたんだよ。それも五人。代々木のあのアパートはぼくと宮君しか知らないはずなのにさあ」

汗が噴き出てくる。宮澤は頭の中で滝山を罵った。椿を侮るからこういうことになるのだ。

「宮君、滝山になにか言われたでしょう？　捜一に戻してやるとかなんとか」

「パク・チスはどこですか？」

宮澤は話を変えようとした。

「あそこの韓国料理屋」

椿が顎を振った先には日本語とハングルで店名を表記した店があった。

「中の様子は外からはわからない。それで、渡会に中に入ってもらおうと思って呼んだの。それなのに、宮君がついてくるなんて……渡会、おまえが宮君に連絡したわけ？」

椿はまた渡会執事を睨んだ。いつもとは違う傲慢さを湛えた表情が浮かんでいる。

「とんでもございません。こちらに向かう途中、宮澤様から電話が入りまして。お坊ちゃまを捜しているとおっしゃるので、つい――」

「つい、じゃないだろう。隠密行動を取るときはだれにもなにも言うな。それが鉄則だ」

椿は口調まで変わりはじめていた。

「ですが、お坊ちゃまは隠密行動だとは一言も――」

「言い訳はいらない。とっとと店に入って確認してこい」

「申し訳ございません」

渡会執事はうなだれ、韓国料理屋に入っていった。

「椿さん、渡会さんはパク・チスの顔を知ってるんですか？」

「携帯で撮った写真を送っておいたから」

椿はいつもの口調で言った。

「ああ、なるほど。手抜かりはなしってわけですね」

「そんなことより、宮君。さっきの話」

「さっきの話？　なんでしたっけ？」

「滝山に報告したでしょ？　例のブツのこと」

「な、なんの話ですか？」

「とぼけなくていいよ。宮君以外、考えられないんだから」

宮澤は唇を舐めた。なにかを言うべきだったが言葉が出て来ない。

「宮君は気にしなくていいんだよ。滝山のやり口はわかってるからさ。宮君がノーって言えないよう事を運ぶんだ」

椿は笑った。愁いを含んだ笑いだ。渡会執事に見せていた傲慢な表情とはまるで違う。ジキルとハイド。そう思った瞬間、背中を悪寒が駆け抜けた。

「すみません」宮澤は頭を下げた。「言うことを聞かないと、定年まで交番勤務と脅されて」

「そういうやつだよ、あいつは。もうあいつにぼくがここにいること報告したの？」

「まだです」

宮澤は顔を上げた。

「本当に？」

「ええ。ちょっと、滝山課長の物言いに腹が立って、報告するのはあとでもいいやなんて思っちゃって」

椿が相好を崩した。

「宮君、やるねえ。それでこそ、公安のアンタッチャブルだよ」

「そ、そうですか？」

宮澤は頭を掻いた。椿のスーツのポケットで着信音が鳴りはじめた。椿が携帯を取りだした。なるほど、いつも使っているものより一回り大きいスマートフォンだ。

「どうした？」

電話に出た椿の口調は横柄だった。相手は渡会執事なのだろう。

「わかった。そのまま監視を続けているんだ」

椿は電話を切った。

「渡会さん、なんて？」

「パク・チスは若い女と同じ席に座っているって」

「若い女ですか……また別の工作員ですかね」

「確認しないと……宮君、パク・チスたちが店を出てきたら、滝山に連絡してよ。ぼくを大久保で見つけたけど、また逃げられたって」

「どういうことですか?」

「攪乱戦法だよ。やつらが血眼になってぼくを捜している間は、周りを気にせずパク・チスの監視ができる」

「わかりました。でも、椿さん、ぼくからも雲隠れするつもりじゃ――」

「こっちの携帯の番号、教えるから」

宮澤は聞いた電話番号をアドレス帳に加えた。

また椿の携帯が鳴った。椿は短いやりとりを済ませると電話を切った。

「パク・チスと女が出てくる」

宮澤は椿から離れた。携帯でメールをチェックしているふりをする。椿は携帯を耳に当てていた。

先に出てきたのはパク・チスだった。手ぶらだ。紙袋は続いて店を出てきた女が持っていた。女の顔を見た瞬間、宮澤は携帯を落としそうになった。

韓国にいるはずのイ・ヒョンジョンだったのだ。

パク・チスとイ・ヒョンジョンは店先で短い会話を交わし、左右に分かれた。パク・

チスは明治通り方向に、イ・ヒョンジョンは新大久保駅方向に歩いていく。

宮澤は椿に視線を飛ばした。椿は胸の前まで持ち上げた掌を下に向けた。

宮君はここで待機。

ついでその手がパク・チスの背中に向けられる。

渡会執事はパク・チスを尾行せよ。

椿自身はイ・ヒョンジョンを尾行する。

宮澤は渡会執事に電話をかけた。

「今、会計を済ませたところです」

「渡会さんは男の方を尾行してください」

「了解です」

店から出てきた渡会執事がパク・チスの後を追っていく。イ・ヒョンジョンと椿も人混みにのみこまれようとしていた。

電話がかかってきた。滝山からだった。

「どうして無線を外してるんだ」

「椿さんを見つけました」

「なんだと？　どこだ？」

「大久保です」

「わかった。椿はそばにいるのか？」

「それが……」

宮澤はわざとらしく口籠もった。

「どうした？」

「また逃げられました。ぼくが滝山課長に情報を流していると疑っているんです」

「馬鹿野郎」滝山は一際大きな声で宮澤を罵った。「この腐れ捜一が。今度おれの仕事の邪魔をしてみろ。ただじゃ済まないからな。おまえはどこにいるんだ」

「大久保通りです。椿さんを捜して——」

「おまえはなにもするな。応援が来るまでそこで待機していろ」

唐突に電話が切れた。宮澤は舌打ちし、首を振った。

＊＊＊

滝山は十人の捜査官を送り込んできた。刑事課の刑事たちはコンビを組んで捜査に当たるが、公安の捜査官たちはばらばらに動く。警部補と思われる男が各人の捜査区域を割り振り、猟犬を解き放つように号令をかけた。

「あのぉ、自分はなにをすれば？」

「捜一の刑事だったそうだな」警部補は露骨な侮蔑の眼差しを宮澤に向けた。「おまえに用はない。邪魔にならないよう、じっとしていろ」

「用はないって、そんな——」

警部補は宮澤に背を向け、立ち去った。

「なんだってんだよ、ちくしょう」

宮澤は近くにあった自販機の側面を殴った。拳に痛みが走り、顔をしかめる。気分を落ち着かせるために缶コーヒーを買い、飲んだ。

椿に連絡を取りたいという誘惑に駆られたが、なんとか耐えた。椿はイ・ヒョンジョンを尾行中だ。

「それにしても、彼女――」

韓国にいるはずのイ・ヒョンジョンがどうして大久保にいたのか。考えられるのは偽造パスポートの使用だ。彼女は別人になりすまして日本へ再入国した。だとしたら、椿の言うとおり、彼女は北の工作員なのだ。

飲み干した缶をゴミ箱に放り込み、宮澤はあてもなく歩き出した。身を任せた人の流れは駅へと向かっている。

「駅へは近づくな」

再び耳に装着した無線機から警部補の声が流れてくる。舌打ちしたいのを堪え、宮澤は路地に入った。

人通りが減り香辛料の匂いが鼻にへばりつく。空腹に胃が鳴った。

「とりあえず飯を食おう。うん、そうしよう」

宮澤は足を速めた。しばらくすると見覚えのある景色に行き当たった。椿が北の工作員だと思い込んでいたホームレスが根城にしていた一角だ。ホームレスの名前は覚えていないが、椿は彼をキム・テウンというかつての北の重要な工作員と取り違えていた。

「まだいるかな……」

あのとき、ホームレスは根城を変えると言っていたが住み慣れた場所を離れるのは容易ではないだろう。

辺りを見渡す。黒いニット帽を被ったホームレスがこっちに向かってくるのが目に入った。

「あ――」

ドン・キホーテの近くですれ違った男だった。どこかで見た顔だと感じたのも道理だ。キム・テウンと間違えられたあのホームレスだった。

宮澤は耳の無線を外した。さりげない素振りでホームレスに近づいていく。ホームレスは段ボールとブルーシートで作った小さな小屋に入っていった。

宮澤は近くにいた別のホームレスに声をかけた。

「今、あの小屋に入っていったの、なんていう人？」

「ああ、あれはね、ハタさんの小屋だよ」

「ハタさんはずっとあの小屋に？」

「この辺のホームレスの長老格だからね。もう二年以上あの小屋で暮らしてるよ」

やはり、ここを離れるのは難しかったのだろう。

「ここ何日かは姿が見えなかったけど、今朝、戻って来たみたいだね」

「ありがとう」

ホームレスに礼を言い、宮澤は小屋に向かった。ベニヤ板で丁寧に作られたドアをノックする。

「どなた？」

「ハタさん、おれを覚えてる？ 前に一度、会った」

返事はなかった。代わりに慌ただしい空気が伝わってくる。

「あれ？ ハタさん？」

いきなりドアが開いた。顔に衝撃を受け、宮澤は腰を落とした。小屋からハタと呼ばれるホームレスが飛び出てきた。宮澤には目もくれずに走り出す。

「なんだよ、おい」

宮澤は左手で顔を押さえたまま立ち上がった。出血はないが、激しい痛みが左の目の上にあった。

「待て」

猟犬と同じように逃げるものは追う。それが刑事の本能だった。宮澤は走った。ハタは十メートルほど先を逃げて行く。向こうは初老のホームレスでこっちは働き盛りの三十代だ。その距離はすぐに縮まった。

「待てって」

宮澤はハタの左腕を摑んだ。

「すみません。勘弁してください。おれはただ頼まれただけで」

ハタはその場にしゃがみ込んだ。

「頼まれたって、なにを?」

「へ?」

「おれはただ、元気かなと思って様子を見に来ただけでさ」

宮澤はハタを立たせてやった。

「わざわざそのために? おれはてっきり……」

ハタは宮澤から目を逸らした。既視感が宮澤を襲った。ハタをどこかさらに別の場所で見た覚えがある。

「頼まれたって、だれになにを?」

「いえ、それはもうこっちの話で。わざわざありがとうございます」

ハタは帽子を脱ぎ、頭を下げた。宮澤の目はその耳に釘付けになった。耳たぶが刃物で切り落としたようになっている。

「そ、その耳――」

「ああ、これ。この耳は生まれつきでして」

「チャ、チャン・ギヒョン?」

「だれですか、それは?」

チャン・ギヒョンとハタは背格好が同じだった。それに耳たぶ。まったく同じだ。

「ちょっと、ハタさん、いい？」

宮澤はハタの両肩に手を置いた。

「は、はい……」

「あんた、ここ数日のうちに門前仲町に行ったことは？」

ハタの目が泳いだ。

「行ったんだね？」

ハタは答えない。

「頼まれたってのは椿に？」

ハタは震えだした。

「なにを頼まれたの？」

「部屋と服を用意するから、数日そこで暮らしてくれと……」

「椿さんにそう言われたんだね？」

「ええ。門前仲町のマンションで一週間過ごしました。服もね、センスのいいのを用意してもらって……こう見えてもおれ、こうなる前はお洒落にもうるさかったんですよ」

「それで？」

「部屋には携帯も置いてあって、ときどきそれに電話がかかってきて」

「それから？」

「どこに出かけて戻って来いとか、おれにはさっぱりわけがわからないこと言われて。でも、暖かい部屋で眠れるし、お金も多少もらっていたんで文句も言わずに……」

「紙袋持って神社に行った？」

「は、はい。申し訳ありません」

「紙袋の中身は見た？」

「いいえ」

「紙袋を用意したのは椿さん？」

「はい。昨日の朝やって来て、紙袋を渡されまして、真夜中過ぎにそれをあそこの神社に置いてこいと。その後は部屋を引き払っていつもの暮らしに戻れと言われました」

目眩がした。椿はなにを考えている？　なにを企んでいる？　あの雷管とタイマーが椿が持参したものなら、北のテロ計画はどうなる？

混乱が更なる混乱を招き思考がまとまらない。

「門仲のアパートに住めと言われたのはいつごろ？」

「一週間ほど前ですかねえ。ほら、刑事さんと会った日があるじゃないですか？　あの二、三日後です」

椿がイ・ヒョンジョンは北の工作員だと言いはじめた頃だ。そのときから椿はこのホームレスをチャン・ギヒョンに偽装させるつもりだったのだろうか。もしそうだとしても、いったいなんのために？

「あのお、おれ、なにか不味いことになるんでしょうか？」

ハタの問いかけに宮澤は首を振った。

「そんなことはないですよ。心配しないで」

「だったらいいんですけど……」

「助かりました。ありがとうございます」

宮澤はハタに頭を下げ、踵を返した。無意識に携帯を手に取り、椿のプライベート用の番号に電話をかける。電話はすぐに繋がった。

「椿さん、今、大久保の――」

「宮君、ちょうどよかった。すぐに新宿へ来て」

椿の声が切迫していた。

「新宿ですか？」

「伊勢丹のレストランフロア。できるだけ早く」

「わ、わかりました」

宮澤は駆け足で大久保通りに出た。タクシーを摑まえて飛び乗る。

「新宿、伊勢丹まで」

運転手に告げ、無線機を耳に装着した。

「宮澤です。椿さんから連絡が入りました。新宿伊勢丹のレストランフロアです」

「了解」

あの警部補が短く答えた。チャン・ギヒョンは偽者で、その偽者を用意したのは椿だという事実を伝えるべきかどうか迷ったが、結局は口を閉じた。

椿がなにを企んでいるのか、それを突き止めるまでは自分だけの秘密にしておくのだ。

手柄という文字が頭の中で躍っていた。手柄を立ててやる。捜一には戻れないとしても、椿とは永遠に手を切るのだ。公安の敏腕捜査官として独り立ちしてやる。

宮澤は両手で頰を叩いた。

「よっしゃ。気合入れていくぞ」

ルームミラーに不安そうな顔つきの運転手が映っていた。

## 45

昼飯時も過ぎ、レストランフロアは落ち着いていた。椿はとんかつ屋の前で腕を組んで立っていた。なにを食べようか優柔不断に迷っているサラリーマンにしか見えない。醸し出している雰囲気が椿の巨体を隠してしまうのだ。

人は見たいものしか見ないと言ったのはユリウス・カエサルだっただろうか。椿があの巨軀で尾行、監視の達人になったのはそういう要素を巧みに利用しているからなのかもしれない。

宮澤は椿から離れながら携帯を耳に押し当てた。無線機はタクシーを降りる前に外してある。

「到着しました」

「フロアの北西の方に洒落たイタリアン・レストランがあるんだけど」

「北西ですね」

「立ち止まらないで、素通りするだけにして」

「了解です」

携帯を耳に当てたまま北西に足を向ける。ほとんどのレストランはガラス張りになっており、外からでも中を見通せるようになっていた。ガーリックとトマトの匂いが強まったと思ったら、その先に椿の言ったレストランがあった。イ・ヒョンジョンがだれかと話をしていた。男だ。だが、こちらに背中を向けていて顔を見ることはできなかった。

「相手はだれですか？」

「塚本だよ」

「塚本？」

「もう忘れたの？　外二の管理官」

思い出した。椿の元妻の浮気相手、いや、再婚相手だ。

「宮君、変装用具持ってきてる？」

「あ、用意してませんけど。下のフロアに行って買ってきます」

「じゃあ、用意ができたら店に入ってふたりを監視して。さすがに、ぼくじゃあの店は狭すぎて見つかっちゃうから」

「了解。一旦、電話切ります」

宮澤は近くにあったエスカレーターを目指した。サングラスと帽子を買えばなんとかなるだろう。下りのエスカレーターを駆け降りる。途中、椿を捜すために大久保に動員されていた捜査官とすれ違った。宮澤は無線機を耳につけた。

「椿さんはフロアの北西にあるイタリアン・レストランにいる女性を監視しています」

「その女は？」

応じたのは警部補ではなく滝山だった。

「イ・ヒョンジョンです」

「おまえはなにをしている」

「レストランに入って女を監視するための変装用具を調達しようかと思って。椿さんに命じられたんです」

「変装用具も持たずに仕事をしているのか……」

「すみません」

「そこで待っていろ。だれかに持たせる」

「わかりました」

宮澤はエスカレーターを降りた。五階だった。食器売り場が目の前に広がっている。別の捜査官が近づいてきた。ひ弱なフリーターのような外見をした若い男だ。すれ違いざまにサングラスと折り畳んだ野球帽を受け取った。

「無線、外します」

返事はなかったが了解されたものと受け取り、無線を外した。帽子を被り、サングラスをかけ、上着を脱ぐ。近くのショーウィンドウに映る自分をチェックした。間が抜けている。しかし、文句を言える立場ではなかった。

レストランフロアに戻りながら椿に電話を入れた。

「用意ができました。これからレストランに入ります」

「ずいぶん早いね」

「やるときはやるんですよ、ぼくも。携帯、繋いだままにしておきますんで」

携帯を右手で握りこみ、宮澤はレストランに入った。日当たりのいい席に案内しようとする店員にことわりを入れ、イ・ヒョンジョンの背後の席につく。イ・ヒョンジョンと同席しているのは確かに塚本だった。

宮澤はカルボナーラを注文した。店員が去った後もメニューを覗き続けた。ふたりの会話は聞こえない。だが、塚本の表情は深刻だった。

窓ガラスの向こうを椿が通り過ぎていく。その姿はイ・ヒョンジョンの視界をよぎったはずだが、彼女は塚本との会話に集中していた。

「椿さん、無茶しないでくださいよ」

宮澤は携帯に語りかけた。椿が消えた数秒後に、外三の捜査官が姿を現した。もうほとんどの捜査官がこのフロアに集合しているはずだ。連携を取りながら椿と宮澤、そしてイ・ヒョンジョンを監視下に置いている。

ふたりの会話が途切れた。イ・ヒョンジョンはコーヒーカップに口をつけ、塚本は足下に置いていた鞄を持ち上げた。鞄の中から新聞紙にくるまれたものを取りだし、イ・ヒョンジョンに手渡す。イ・ヒョンジョンはそれを自分のハンドバッグに素早く入れた。

「塚本が女になにかを渡しました」

イ・ヒョンジョンが微笑みながら席を立った。塚本に手を振り、テーブルを離れていく。

「彼女が店を出ます。塚本はそのまま。どうします？」

「塚本が店を出るまで待ってて。彼女はぼくが追う」

「その後は？」

「塚本は無視していい。ぼくの連絡を待って」

「了解です」

電話を切るのと同時にカルボナーラが運ばれてきた。塚本は携帯のディスプレイをチェックしている。この先、いつ胃に食べ物をいれられるかしれたものではなかった。宮澤は猛烈な勢いでカルボナーラを食べはじめた。

＊　＊　＊

「塚本がその女になにかを渡した？」

無線から滝山の甲高い声が流れてきた。

「はい。中身は確認できませんでしたが……」

宮澤はエスカレーターで階下に降りていく。椿とイ・ヒョンジョンは別の捜査官たちが後を追っているはずだった。今は彼らからの連絡を待つしかない。

「なにを渡したんだ？」

「イ・ヒョンジョンが雷管とタイマーを持っているなら、爆弾じゃないんですか」

「馬鹿も休み休み言え」

滝山が怒鳴った。宮澤は顔をしかめた。耳鳴りがする。

「塚本はもう辞めたとはいえ、元警察官だぞ。それもキャリアだ」

「そんなことぼくに言われても……それよりイ・ヒョンジョンですが、彼女、韓国にいるはずなんですが」

「わかっている。おそらく、別のパスポートで入国したんだろう。今、調べさせているところだ。ちょっと待て――」

滝山の声が途絶えた。宮澤はデパートを出、ガードレールに尻を載せた。

「椿と女は電車に乗った。JRの中央線、三鷹方面行きの各駅停車だ。思い当たることはないか？」

「東中野です。イ・ヒョンジョンのマンションがあります」

「わかった。おまえも東中野に向かえ」

「了解」

宮澤は腰を上げ、新宿駅に足を向けた。途中、何度か電話をかけてみたが椿は摑まらなかった。仕事用もプライベート用も、携帯は電源が落ちている。

「またかよ……」

宮澤は首を振った。疑念が次から次へと湧き出てくる。椿はなぜホームレスのハタにチャン・ギヒョンのふりをさせたのか。なぜ電話に出ないのか。そもそも、本当にテロは計画されているのだろうか。

イ・ヒョンジョンはこっそり日本に舞い戻ってきた。パク・チスもその行動から考えるかぎり北の工作員である可能性が高い。ならばやはり、テロは計画されているのかもしれない。しかし、タイマーと雷管を用意したのは椿自身だ。

「いったいどうなってんだよ?」

宮澤は呟き、慌てて口を閉じた。

「それはどういう意味だ、宮澤?」

無線から滝山の声が流れてくる。

「なんでもありません。ただの独り言です」

返事の代わりに舌打ちが聞こえた。宮澤は無線機を外した。

「こんなもん、四六時中つけてたらおかしくなっちゃうって」

無線機をポケットに押し込み、足を速めた。携帯が鳴った。渡会執事からの電話だった。

「もしもし。どうしました?」

「宮澤様、おひとりでしょうか?」

「ええ」

「お坊ちゃまからの伝言です。また尾行がついているから、撒くのを手伝ってほしいと」

「手伝うってどうやって?」

「さあ。そこまでは。きちんとやらないと絶交だそうです」

「絶交って、小学生じゃないんだから」

「お坊ちゃまは本気のようでした」

宮澤は溜息を押し殺した。

「それから、今後、お坊ちゃまへの連絡ですが、三十分置きに携帯の電源を入れるそうです。まず十二時ちょうど、次は十二時半というように。電源を入れて五分待って、その間に連絡がなければまた電源を落とすと」

「なんでそんなことを?」

「わたしに訊かないでください。わたしはただのメッセンジャーでございます。それでは、これで」

渡会執事は逃げるように電話を切った。

「尾行を撒けって言われてもなあ――」

頭の中はまだ混乱していた。椿はなにを企んでいるのか。自分の行動も無茶苦茶だ。椿に従い、滝山にも従っている。二股をかけていい思いをした人間の話など聞いたこともない。いずれはしっぺ返しをくらうのが本筋なのだ。

「どうする?」

ジキルとハイド。ジキルの仮面の下に隠れたハイドは切れ者だ。あの滝山でさえ、椿は切れ者だったと認めている。その椿が意味もなくありもしないテロ計画をでっちあげるだろうか。あるいはそれほどいかれてしまっているのか。

チャン・ギヒョンは偽者だったが、イ・ヒョンジョン、パク・チス、金田俊明は間違いなく北の工作員だ。点検作業を繰り返し、公安の腕利き捜査官たちの目をくらまし、怪しげな会合を持ち、イ・ヒョンジョンは今、タイマーと雷管を携えている。塚本から受け取ったものが爆薬なら、間違いなく彼らはなにかを企んでいるのだ。

迷うことなく滝山だろう――理性はそう訴えている。滝山は宮澤の生殺与奪の権を握っている。それに抗おうと思えば警察を辞めるしかない。滝山にごまをすり、尻尾を振り、当座の危機を乗り越えるべきなのだ。

椿を甘く見るな――本能はそう叫んでいる。いかれさえしなければ、椿は滝山のはるか前を走るスーパーエリートだったのだ。だれもがおそれる切れ者だったのだ。もし、椿がなにかを企んでいるのなら、滝山など簡単に返り討ちにされてしまうだろう。

「ええい、くそ。チャン・ギヒョンだよ。なんであんなことしたのかさえわかればなあ」

時刻は午後二時二十分。椿と電話が繋がるまで十分残っている。

「とりあえず、準備だけはしておくか……」

千紗に電話をかけた。

「あら、ダーリン。お仕事中じゃないの？」

「千紗が変なメール送ってくるから仕事どころじゃないよ」

「ごめんなさい。どうしても我慢できなくて。ダーリン、わたしのメール読んで興奮した？」

千紗が小悪魔のように笑う。

「まだ全部読んだわけじゃないから……それより、千紗、これから時間ある？」

「デート？」

「仕事の手伝い」

「やる」

「じゃあ、大きめのサングラスと薄いオレンジのカットソーとカーキ色のパンツで東中野まで来て」

宮澤はイ・ヒョンジョンの服装を告げた。千紗とイ・ヒョンジョンは背格好や髪の毛の長さと色がほぼ同じだった。うまくやれば捜査官の目をごまかせるかもしれない。

「なにをするの？」

「他人に化けるんだ。できるだけ早く来てほしいんだけど」

「面白そう。急いで行くね。じゃあ、後で」

電話が切れた。宮澤は改札を抜け、東中野に向かう電車のホームに向かった。

午後二時半ちょうどに椿に電話をかけた。

「どうしてこんな面倒くさいことするんですか？」

電話が繋がると同時に椿を責め立てる。

「必要だからやってるの。携帯の電源入れておくだけで位置を把握されちゃうからさ」

「それは仕事用の携帯の話でしょう？　プライベート用は大丈夫じゃないですか」

「あいつら、知ってるかもしれないもの。知らなくても、その気になって調べればすぐにわかるし。それより、渡会、ちゃんと伝言してくれた？」

「千紗を呼びました」

「千紗ちゃん？」

椿が間の抜けた声を出した。

「千紗とイ・ヒョンジョンって背格好が同じじゃないですか。髪の毛も。うまくやればごまかせるかなと思いまして」

「宮君、見直したよ。凄いじゃない」

素直な賞賛の声に、宮澤は頰を赤らめた。

「いや、それほどでも……それより椿さん、なにをするつもりなんですか？」

「なにって？」

「外三の捜査官を撒いて、なにをするつもりかってことですよ」

「そんなの決まってるじゃない。滝山に手柄を横取りされないようにするの。ね、宮君、日本で本格的な爆弾テロが起こるの、何十年ぶりだよ。それを阻止してごらんよ。どれだけの大手柄になると思う？」

「ですよね……」

声が震えた。滝山が相手では捜一に戻ることはかなわない。しかし、滝山を出し抜き、警視庁公安部はじまって以来ともいえる手柄を立てたらどうなる？　捜一に戻れるかもしれない。

「ぼくと宮君とで阻止すれば、だれもぼくらに文句言えなくなるよ」

「でも、ふたりだけじゃきつくないですか？」

「なに言ってるのさ。千紗ちゃんが手伝ってくれるんでしょ？　それに、いざとなれば渡会を好き勝手にできるんだし――そろそろ電話切るよ」

唐突に電話が切れた。

「ちょ、ちょっと待ってくださいよ」

慌てて電話をかけ直したが、椿は携帯の電源を落としていた。

## 46

千紗は宮澤が言った通りの格好で現れた。大きいサングラス、オレンジのカットソー、カーキ色のパンツ。イ・ヒョンジョンの方が少しばかり背が高く手足が長いが、後ろ姿だけなら見分けがつかない。

「お待たせ、ダーリン」

千紗はしなを作り、両腕を宮澤の右腕に絡ませてきた。

「ちょっと離れて。だれかに見られてるかもしれないから」

「あら、わたしはだれに見られたってかまわないけど」

「仕事上、問題があるんだ」

千紗は唇を尖らせたがおとなしく言うことを聞いた。ちょうど三時になるところだった。宮澤は椿に電話をかけた。

「千紗と合流しました。東中野の駅にいます」

「じゃあ、その近くの目立たないところで待機しててよ。紗奈ちゃんが動き出したら連絡する」

椿の声が遠ざかる。宮澤は慌てて口を開いた。

「ちょっと待ってください。どういう作戦で行くんですか？」

「そんなのわかるわけないよ。イ・ヒョンジョン次第だもの。彼女がどう動くかでこっちの次の手も決まる。成り行き任せだよ」

「そんな……」

「公安の捜査はいつだって臨機応変が求められるの。頑張ってよ、宮君」

「あ、ちょっと、椿さん。そんな、他人事みたいに……」

電話は切れていた。

「どうしたの？」

舌打ちしながら電話を切ると、千紗が顔を覗きこんできた。

「このまま待機。喫茶店にでも入ろう」

「ほんと？　よかった。ちょうど喉が渇いていたところなの」

千紗が笑う。千紗は他愛のないことでも素直に喜びを表現する。おかげで気分が楽になることがよくあった。

山手通りを渡った先にある喫茶店に入った。宮澤は普通のコーヒーを、千紗はアイスコーヒーを注文した。

「ホットコーヒーなんて暑くない？」

千紗の言葉に宮澤は外を見た。日が射してきている。気温はこの先じりじりと上がっていくのだろう。本格的な夏の到来はもうすぐだった。

「おれ、アイスコーヒーだめなんだよ。氷で薄まるだろう」

「氷抜きで頼めばいいのに」

「なんか違うんだよ。熱くて苦くて酸っぱくてほんのり甘くて、それがおれにとってのコーヒーなんだ」

「ダーリンのこだわりなんだ。メモしておかなきゃ。好きな豆は？」

千紗は携帯になにかを打ち込みはじめた。千紗の携帯はスマートフォンだった。

「トアルコトラジャ」宮澤は答えた。「粗挽きのペーパードリップがベスト」

「今日も遅くまで仕事？」

携帯をいじりながら千紗が話題を変えた。

「うん。多分」

宮澤は答えた。イ・ヒョンジョンがタイマーと雷管、それに爆弾さえ持っている可能性がある。この事件が片付くまで帰宅するのは無理だろう。

「ダーリンにたくさんして欲しいのに」千紗は唇を舐めた。「こないだエッチなメール送ってから、疼いてしょうがないの」

「う、疼くって……」

宮澤は視線を左右に走らせた。幸い、だれにも聞かれていないようだった。

「生理が近いからかしら。発情すると我慢するのが難しくて」

「だ、だから、発情とか、そういう言葉は――」

「仕事が一段落したら、たくさん可愛がってくれる？」

濡れた唇が艶かしく動く。露骨に宮澤を誘っている。宮澤は股間が熱くなっていくのを感じた。

「今、ほら、仕事中だから」

「最近、ダーリンのをしゃぶってる夢をよく見るの」

「ち、千紗ちゃん――」

コーヒーが運ばれてきた。宮澤はマグカップを受け取ると一気に飲んだ。

「熱っ！」

あまりの熱さにカップをひっくり返す。コーヒーがジーンズに飛び散った。

「熱っっ、熱い！」

宮澤は跳び上がった。

「お客様、大丈夫ですか？」

ウェイトレスが目を丸くする。

「おしぼりお願いします。それと、トイレをお借りしてもいいですか？　一度、ジーンズを脱がせないと」

千紗が言った。

「は、はい。ただいま」

ウェイトレスが去っていく。

「ダーリン、大丈夫？」

「熱いの、おれの大事なところが……」

　宮澤は涙をこらえ、歯の隙間から声を絞り出した。コーヒーの大半は股間に降り注いだのだ。

「トイレに行って、ジーンズ脱いでて。わたしもすぐに行くから」

「う、うん」

　宮澤は前屈みになりながらトイレへ向かった。ドアを閉め、鍵をかけるなりジーンズに手をかけた。大慌てで脱ぎ捨てる。ブリーフにもコーヒーが染みていた。

「くそ。なんでこんなことに……」

　自分の馬鹿さ加減を呪いながらブリーフも脱いだ。陰茎は赤くなっていたが火傷を負うというほどではない。冷やせばなんとかなるだろう。

　ドアがノックされた。

「はい？」

「ダーリン、わたし。開けて」

「ちょ、ちょっと待って。今、下半身すっぽんぽんで――」

「早く冷やさないと。冷たいおしぼり借りてきたから」

「あ、ああ――」

　理性は半ば麻痺していた。宮澤は左手で股間を隠し、ドアを開けた。千紗が手練の侵入盗のような身ごなしで入ってきた。

「ちょっと、千紗」

股間を隠していた手をどけられ、宮澤は恥ずかしさに震えた。

「ダーリンだけのものじゃないのよ。わたしの大切なところでもあるんだから、気をつけて」

「すみません」

千紗が陰茎におしぼりを押し当てた。宮澤は目をつぶった。ひんやりとした感触が熱さを薄れさせていく。

「可哀想に……わたしのおちんちん」

千紗が掌に陰茎を載せた。コーヒーがかかった箇所を丁寧に拭いていく。

「ちょっと、千紗、そこまでしなくても――」

「じっとしてて」

「……はい」

閉じた瞼の裏に、つい先ほどの千紗の濡れた唇がよみがえった。夢の中でしゃぶったという言葉も耳の奥で谺する。血液が陰茎に流れ込んでいく。千紗の手の上で硬く太くなっていく。

「ダーリン……」

千紗の声が湿っていた。宮澤は目を開ける。千紗の潤んだ瞳が宮澤を見上げていた。

「もう、大丈夫だから――あ」

千紗が太くなったものを握った。手を滑らせるようにしごいていく。

「ちょっと、千紗、こんなところで――」

言葉で抗ってみたものの、身体は動かない。千紗の次の行動を期待しているのだ。

「どんどん硬くなっていくよ、ダーリン」

「だから、ここじゃだめだから。後で、別の場所でね。ね？」

「いや。待てない」

千紗はそう言って、硬く太くなったものを口に含んだ。

「あ、ちょっと、千紗、そんな……」

宮澤は千紗の頭を両手で挟み込み、腰を突き出した。

＊　＊　＊

勘定を済ませて喫茶店を出ると、頰の火照りが収まってきた。射精にいたるまでの時間は短かったし気づかれてはいないと思うのだが、気恥ずかしさに自然と頰が火照る。

千紗は上機嫌だった。

「ダーリンのあれ、すっごく濃かった。浮気してない証拠ね」

「浮気なんてしないよ、おれ」

携帯が鳴った。椿からの電話だ。まだなにか言いたそうな千紗を制して電話に出た。

「彼女が動き出したよ。今、駅の方に向かってる」

「了解。待機してます」

「ラッキーなことに、彼女、あの携帯をずっと使ってるみたいなんだ」

「携帯？　ってことは、例のあれが生きてるんですか？」

「そう。受信機も用意してあるから、ばっちり」

「それは助かりますね」

「あ、待って。彼女、タクシーに乗る」

宮澤は携帯を耳に押し当てたまま空車のタクシーに向かって手をあげた。

「スカイツリーに向かうみたいだよ」

「了解」

タクシーが目の前に停まった。千紗を促し、乗り込む。

「スカイツリーまで。ちょっと急いでくれる？」

「かしこまりました」

タクシーが発進する。

「今日やるつもりですかね？」

「わからないよ。でも、ハンドバッグの他に手提げの紙袋も持ってる。中に入ってるかな……」

「彼女、電話でだれかと話は？」

「電話は皆無。やりとりはメールでしてるんだと思うよ」

宮澤は顎の先に指をあてた。イ・ヒョンジョンは爆弾を携えている可能性が強い。この事実を滝山に伝えるべきか否か。もし、本気でテロを起こすつもりなら宮澤と椿だけでは防ぎきれない。

「ちょっと電話切るよ。なにか変化があったらまた電話する」

「わかりました」

宮澤は静かに電話を切った。

「ダーリン、どうしたの？　電話してるうちに顔色が変わったわ」

「千紗、今日はもういいから帰ってくれ」

千紗を危険にさらすわけにはいかない。

「どうして？　わたしの協力が必要だから呼んだんでしょ？　わたし、ダーリンの力になりたい」

「状況が変わったんだ」

「どういうふうに？」

「危険なことになるかもしれない」

千紗が宮澤の右腕に自分の左腕を巻きつけてきた。

「それって、ダーリンが危険な目に遭うっていうこと？」

「おれは仕事だから。こういうことには慣れてるし。だけど、千紗を巻き込むわけにはいかない」

千紗の腕に力が籠もる。

「いや。わたし、ダーリンと一緒にいる」

「子供みたいなこと言わないで」

「いや」

千紗は宮澤の腕にしがみついてきた。

「おれを困らせるなよ、千紗」

「いや。ダーリンが死んだら、わたしも生きていけない」

「死んだりなんかしないから」

爆弾が爆発すれば死ぬ可能性は高くなる。だが、その前に阻止するのが公安の仕事ではないか。

「だめ。わたし、ダーリンと一緒に行く。離れないから」

千紗の目には強い光が宿っていた。泥酔したときの目によく似ている。こんなときの千紗にはなにを言っても無駄だった。

「困ったな……」

宮澤は髪の毛を掻きむしった。タクシーはいつの間にか首都高を走っていた。椿に電話をかけた。

「どうしたの、宮君？」

「ちょっとお話があります」

「なんだよ、この緊急時にさあ」

「チャン・ギヒョンのことです」

「あいつがどうかしたの？」

椿の声が淀むことはなかった。

「あいつの正体を知ったんです」

「公安の捜査官ならだれだって知ってるよ、そんなこと」

「そうじゃなくて。椿さんがチャン・ギヒョンだと言ったあの男、大久保のホームレスじゃないですか」

「なんのこと？」

とぼけているのか、本当にいかれているのか。

「あの男は証言もしましたよ。椿さんに門仲の家をあてがわれて住んでいたって。あの雷管とタイマーも椿さんが持ってきたって」

「宮君、頭はだいじょうぶ？」

「とぼけないでください。なにを企んでるんですか？」

宮澤は声を張り上げた。

「大きな声出さないでよ。ぼくにはなにがなんだか、さっぱりわからないんだから」

ジキルとハイド。ドクター・ジキルはハイドと化していた間の記憶を失っていただろうか。ちゃんと小説に目を通しておけばよかった。

「本当に記憶にないんですか？」

「記憶もなにも、あんな耳の形をした男、他にいないよ。あいつはチャン・ギヒョンだ。間違いないよ」

「ただのホームレスです。大久保で、椿さんが情報提供者として使っていました。椿さんはその男をキム・テウンだと思っていたようですが」

「キム・テウン？」

「思い出しましたか？」

「全然。宮君がなんの話をしてるのかこれっぽっちもわからない。知り合いに腕のいい精神科医がいるんだけど、紹介しようか？」

「椿さん。千紗がいるんです。千紗を危険な目に遭わせるわけにはいかない。だから、本当のことを教えてください。なにを企んでるんですか？」

「もういいよ。宮君には付き合いきれない」

椿はそう言って電話を切った。

「くそ」

宮澤は携帯をきつく握りしめた。ひと目がなければどこかに叩きつけたいぐらいだった。

「ダーリン？」

「千紗、やっぱりどこかでタクシーを降りて——」

「いや。絶対ダーリンと離れないから」

また携帯が鳴った。今度は滝山からの電話だった。

「はい、宮澤」

「いったい、どこでなにをしてるんだ」

滝山の怒鳴り声が耳に飛び込んでくる。

「椿さんの命令で東中野駅近くで待機していました」

「なぜ無線をつけておらんのだ」

「申し訳ありません」

「椿と女が動き出した」

「知っています」

「椿からはどんな指示が出てるんだ？」

「別行動で、と。椿さんが直接女を尾行し、ぼくは情報をもらいながら移動中です」

「女の行き先に心当たりは？」

宮澤は唇を舐めた。真実を伝えるべきか、それとも――

「ちょっと待て――女の乗ったタクシーに動きがあった。首都高を降りるようだ」

神田橋の標識が見える。スカイツリーはまだ先だ。首都高を降りるには早すぎる。

「椿さんから電話が来ると思います。一旦切りますよ」

宮澤は早口でまくし立てた。

滝山の言葉を最後まで聞かずに電話を切った。これで、無線をつけないことの言い訳が立つ。

「運転手さん、次で首都高を降りてくれる」

宮澤は告げた。すぐに椿からの電話がかかってきた。

「今一ツ橋で首都高を降りたところ」

「こっちも神田橋です。降ります」

「行き先は石井スポーツ登山本店だって」

「了解」宮澤は電話を切った。「運転手さん、神保町の石井スポーツ。三省堂の斜向かいの。大急ぎで」

「じゃあ、抜け道通りましょう」

タクシーが加速する。可能なら、椿たちを監視している外三の連中の前に到着したい。ぎりぎりのタイミングだった。

「千紗。これを着て。サングラスは外して」

宮澤は自分の上着を脱いだ。イ・ヒョンジョンと同じような格好の女を見たら捜査官はなにごとかが進行していると見抜くだろう。イ・ヒョンジョンと入れ替わるにしろしないにしろ、オレンジのカットソーは極力隠すべきだ。

タクシーが狭い路地を駆け抜けていく。

「お客さん、この時間だと靖国通りまで出ちゃうとにっちもさっちもいかなくなるから途中で降りた方が早いと思いますが」

「運転手さんのいいと思うところで停めて」

宮澤は財布を開いた。一万円札が二枚に五千円札が一枚入っている。思わず舌打ちした。お釣りを受け取っている時間的余裕はない。五千円札を抜き取り、唇を噛んだ。

「千紗、給料日前に少し金貸してくれる？」

「いいけど、ダーリン、金欠なの？」

「椿さんのせいで、ど金欠」

タクシーが停まった。宮澤は札を運転手に渡してタクシーを降りた。千紗の手を取り、駆ける。ちょうど歩行者用の信号が青に変わったところだった。靖国通りを横切った。イ・ヒョンジョンの乗ったタクシーが近づいてくるのが見える。そのまま石井スポーツ店内に飛び込んだ。

「ここからは別行動。とりあえず、客の振りしてて」

千紗の背中を押し、宮澤は靴売り場に足を向けた。無線のスイッチを入れ、耳に装着する。

「宮澤です。石井スポーツにいます」

「女が今店内に入る。気づかれないようにしろ」

「了解」

無線を切る。椿に電話をかける。

「先に店内に入りました」

「電話、繋げっぱなしにしておいて」

椿が言った。携帯を右手に握り、再び無線をオンにする。

「捜査官四名、店内に入ります」

野太い男の声が聞こえてくる。

「椿警視、確認」

「女を確認」

宮澤は振り返った。イ・ヒョンジョンが見えた。リュック売り場に向かっている。その後ろに椿。さらに後ろにいるのは捜査官のひとりだろう。

「店員らしき男が女に近づいています」

無線から声が流れてくる。椿は登山用のズボンを手に取っていた。

イ・ヒョンジョンに近づいているのはまだ若い男の店員だった。店員が声をかけ、イ・ヒョンジョンがそれに応える。店員は微笑み、棚から小振りのリュックサックを取りだした。ジッパーを開き、イ・ヒョンジョンになにやら説明している。

「トイレに不審者ありません」

無線から女の声が流れてきた。

「男子トイレも異常なし」

宮澤は無線を切った。携帯で千紗に電話をかける。

「なにか買って。この店の袋が必要になるかも。小振りのザックぐらいの大きさのもの。大急ぎで。買い物が済んだらトイレに隠れてて。上着を脱いで」

「わかった」

千紗はウェア売り場にいた。柄物のレインウェアを無造作に手に取り、レジへ向かっていく。

千紗とイ・ヒョンジョンを入れ替えさせる。その方が千紗に危険が及ぶ可能性は低くなるはずだ。宮澤は腹を括った。無線をオンにし、左右に視線を走らせる。客が六人ほど増えていた。そのうちの半分は外三の捜査官だろう。

いつの間にか椿の姿が消えている。

「椿警視はどこに？」

無線に向かって囁いた。

「試着室です」

呆れたような声が返ってくる。この緊迫した状況で試着室？ 宮澤も苦笑した。

店員とイ・ヒョンジョンがレジに向かって移動しはじめた。どうやら小振りのリュックを買うことに決めたらしい。

無線を切り、椿に電話をかける。

「どうやらリュックを買うだけみたいです。どうします？」

「千紗ちゃんは？」

「トイレで待機中です」

「ナイスだね、宮君」

「ナイスって？」

「やだなあ。宮君も彼女を観察してるんだろう？　気がついてないの？」

「な、なににでしょう？」

「どうしてリュックを買うのさ」

「もしかして、手提げの紙袋の中身を詰めるためですか？」

「それしか考えられないよ。それで、どこで中身を詰める？」

「トイレ」

「ビンゴ。彼女がトイレで作業している間に千紗ちゃんがトイレを出る。ぼくは外三の連中を引きつけながら千紗ちゃんを尾行する。宮君、あとは頼んだよ」

「わかりました」

一旦電話を切り、今度は千紗にかけた。

「ダーリン？」

「気分はどう？」

「ちょっとどきどきしてる。この先どうするの？」

「おれが合図したら、千紗はトイレを出る。脇目もふらず店を出てタクシーに乗る」

千紗が生唾を飲みこむ音が聞こえた。

「タクシーでどこへ？」

「どこか適当なホテルに部屋を取って、そこでおれを待ってて。おれが行くまで絶対に部屋から出ないで」

「ホテル」千紗の声音が変わった。「ダーリンと朝まで一緒？」

「う、うん。なるべく早く行けるようにするから」

「喫茶店のトイレの続き。さっきは千紗が飲んであげたけど、今度は下のお口にたくさんちょうだい」

「わかった、わかった。千紗の望むとおりにするから、今はおれの言うように動いて」

「わかった。でも、ダーリンは危険じゃないの？」

「おれはだいじょうぶ。千紗は気づいてないと思うけど、今、店内におれの同僚たちが四、五人いるんだ。もう、危険は去ったから」

「本当に？」

「本当だよ。千紗には嘘はつかないからさ」

「わかった。ダーリンを信じる」

イ・ヒョンジョンの会計が終わった。店員からリュックを入れた紙袋を受け取ると、イ・ヒョンジョンはレジを離れた。椿の予想通り、店の入口ではなくトイレに向かっていく。試着室を出た椿が小さくうなずいた。

「千紗、もうすぐだよ」

宮澤は携帯に囁いた。

「うん」

千紗の声は小さかった。

「だいじょうぶ。普通にしてればなんの問題もない。上着脱いだ?」

「うん。紙袋に入れた」

「サングラスは?」

「かけた」

イ・ヒョンジョンがトイレに消えた。

「今、トイレに人が入ってきただろう?」

「足音が聞こえる」千紗はさらに声を潜めた。「隣の個室に入ったよ」

「よし。口を閉じて。おれが合図したら電話を切ってトイレを出るんだ」

宮澤は頭の中で数字をゆっくり数えた。捜査官らしき女がトイレに近づいていく。五十まで数えたところで携帯に囁いた。

「今だ。トイレを出て」

電話を切り、無線をオンにする。

「女が出てきました」

無線に女捜査官の声が流れた。千紗が俯き加減でトイレから出てくる。紙袋を右手に握り、脇目もふらずに入口を目指していた。

椿が千紗の後を追いはじめた。それに釣られるように捜査官たちも入口方向へ移動する。

「女がタクシーに乗りました。椿警視もタクシーを停めています」

「ふたりはタクシーで追跡。残りは監視車へ。急げ」

捜査官たちの動きが慌ただしくなった。だれも店内のことは気にしていないし、宮澤のことを気にかけもしない。

「なにかお探しですか？」

イ・ヒョンジョンの接客をしていた店員が近づいてきた。

「いや、時間潰しにちょっと見て歩いてるだけだから。ごめんね」

「ごゆっくりどうぞ」

店員が離れていく。

「今のは宮澤か？　そこでなにをしている？」

無線から滝山の声が流れてきた。

「椿さんからの連絡待ちです。ぼくもみんなと一緒に動くとまずいんで」

露骨な舌打ちが聞こえた。

「こっちは忙しいんだからな、邪魔はするなよ」

「了解です」

宮澤は無線を切って耳から外した。しばらくは使うこともない。

イ・ヒョンジョンがトイレから出てきた。買ったばかりのリュックを背負っている。紙袋は持っていなかった。

「あの中に……」

宮澤は唇を舐め、イ・ヒョンジョンの尾行を開始した。

## 47

イ・ヒョンジョンは徒歩で御茶ノ水駅へ向かい、総武線に乗り込んだ。点検作業と思しき行為は一切見せなかった。錦糸町で電車を降り、駅近くのスターバックスに入った。飲み物を注文して空いている席に腰を下ろし、携帯を手に取った。

メールのやりとりをしているのだろうか。飲み物はそっちのけでずっと携帯を見つめている。

宮澤は入口に近い席に座った。コーヒーを啜りながらしばらくイ・ヒョンジョンを観察する。しかし、彼女は携帯をいじるだけで他の動きはなかった。

椿に電話をかける。通じなかった。

「マジ？　また三十分ごとに電源入れるとか、わけのわかんないことやってるの？」

何度かかけ直したが回線が繋がることはなかった。

「参ったな」

頭を掻き、コーヒーに口をつける。イ・ヒョンジョンはリュックを足下に置いていた。あの中に入っているのが本当に爆弾だったらと考えると生唾が湧いてくる。頭が勝手に妄想を紡いでいくのだ。イ・ヒョンジョンはさりげなく、リュックを置いたまま店を出て行く。リュックの中ではタイマーが作動しておりカタストロフィへのカウントダウンが進んでいく。デジタルで表示された数字がゼロになった瞬間、爆弾は爆発し、阿鼻叫喚の地獄絵図が繰り広げられる。

「いやいや」

宮澤は頭を振った。タイマーと雷管を用意したのは椿だ。なんのために？　テロに荷担しているとは思えない。あれでも現職の警察官、いや、かつては凄腕とおそれられた公安の捜査官なのだ。

なにか理由があるに違いない。北の工作員たちを一網打尽にするつもりか。しかし、あのとぼけ方はリアルだった。本当にいかれているのか、稀代の名優なのか。

「同じアンタッチャブルの仲間なんだから、おれにだけは本当のこと言ってくれてもいいのに……」

もう一度椿に電話をかけてみた。やはり繋がらない。宮澤は首を振り、千紗に電話をかけた。

「ダーリン？」

「もうホテルに着いた？」

「うん。恵比寿のウェスティン」

「ウェスティンって……」

超高級ホテルだ。宿泊費はどれぐらい取られるのだろう。財布が悲鳴を上げているような錯覚にとらわれた。

「友達の結婚式で何度か来たことがあるんだけど、一度泊まってみたかったの。ダーリンと一緒に。いけなかった？」

「うん、いいよ、いいよ。とにかく、そこにいて。また後で連絡するから」

「うん、待ってる。ダーリンはだいじょうぶ？」

「おれは全然平気だよ。今日はありがとうね、千紗」

「気にしないで。ダーリンの力になれるんだったら、わたしなんでもする。だって、嬉しいんだもの」

千紗の声にドアがノックされる音が重なった。

「だれか来たみたい。ちょっと待って……」

千紗の声が遠のいていく。宮澤はイ・ヒョンジョンを盗み見た。相変わらず携帯を操作している。

「ちょっと、なに？」

携帯から千紗の悲鳴に似た声が流れてきた。

「千紗？」

「やめて――」

それっきり千紗の声は聞こえなくなった。代わりに聞こえてくるのは人が争う物音だ。

「千紗？　千紗？」

宮澤はイ・ヒョンジョンに気づかれぬよう、しかし必死に声をかけた。唐突に物音が消えた。

「千紗、どうした？　なにがどうなった？」

回線が切れた。

「もしもし？　くそ」

宮澤はもう一度千紗の番号に電話をかけた。だが、通じない。何者かが千紗の携帯の電源を落としたのだ。

「千紗……」

心臓がでたらめに脈打っていた。混乱と恐怖と怒りに翻弄されて思考が形をなさない。意思とは無関係に指が携帯を操作する。着信履歴から滝山の電話番号を拾って電話をかけた。

「どうした？」

「みんなが監視しているのは別人です」

「なんだと？　なんの話をしてるんだ、宮澤」

「スポーツショップのトイレで入れ替わったんです。椿さんの指示で。イ・ヒョンジョンは今、錦糸町にいます。ウェスティンホテルにいるのは別人です。確認してください」

「おまえはいったいなにをやってるんだ」

滝山が癇癪を破裂させた。

「すみません。とにかく、ホテルの部屋を見てください。異変が起こったみたいなんです」

「待機してろ。ただじゃすまさんからな、宮澤。覚えておけ」

滝山が指示を出す声が聞こえてくる。それに応じる捜査官たちの声も。滝山の無線に飛び込んでくる音がそのまま電話に流れてくるのだ。

「部屋のドアが開いています」

しばらくすると切迫した声が聞こえた。

「監視対象はどうなっている？」

「部屋は無人です。争った形跡があります」

千紗――宮澤は声にならない声をあげた。

「捜せ。部屋に鑑識を呼べ。どんな痕跡も見逃すな――宮澤、どうなってるんだ」

「さっきも言ったように、イ・ヒョンジョンは錦糸町駅前です。スターバックスでだれかとメールのやりとりをしています。課長、椿さんはどこですか？」

「だれか、椿の所在を把握している者は？」

「先ほど連絡がありました。尾行をまかれたそうです」

滝山の舌打ちが続いた。

「あの部屋でなにが起こったのか、椿が知っている可能性があるな」

「しかし、電話が繋がらないんです」

「椿となにを企んでいた。正直に話せ」

「イ・ヒョンジョンと入れ替わったのはぼくの知り合いの女性です。背格好が似ているのでどうしてもと椿さんに言われて……」

「ただの民間人なのか？」

「はい、そうです」

また滝山が舌打ちする。

「女を捜せ。なんとしてでも捜すんだ――それで？」

滝山は捜査官たちに指示を飛ばし、返す刀で宮澤に質問を投げかけてくる。

「課長は否定しましたが、イ・ヒョンジョンが塚本から受け取ったものは爆弾だと椿さんは考えています。課長が動いてくれないなら自分たちで動くしかない、と」

「それでこのおれを、外三をペテンにかけたと言うのか」

宮澤は携帯を耳から離した。鼓膜が破れそうな声量だったのだ。

「すみません。でも、もし椿さんの言うとおり、彼女が爆弾を持っているんだとしたら

「――」

「黙れ。今すぐ裏班の連中をそっちに送る。おまえはなにもするな」

「じゃあ、イ・ヒョンジョンに動きがあった場合はどうするんですか?」

「馬鹿野郎。裏班が到着するまではおまえがやるんだ。決まってるだろう」

「了解です」

「このおれを虚仮《こけ》にしたんだ、宮澤。覚悟はできてるんだろうな」

「千紗を、イ・ヒョンジョンの身代わりになった女性を捜してください。彼女が無事ならおれはどうなってもかまいません」

「言われなくても捜す。それとこれとは別の話だ」

電話が切れた。宮澤は唇を噛んだ。チャン・ギヒョンが偽者で、雷管とタイマーを用意したのも椿だという事実は話せなかった。それを知れば滝山は椿を追いはじめるだろう。千紗の捜索がおろそかになる。なによりも優先すべきなのは千紗の安全の確保だ。

「いったい、どこのだれが……」

イ・ヒョンジョンが立ち上がった。リュックを背負い席を離れていく。宮澤は椿に電話をかけた。通じない。仕事用、プライベート共々、椿の携帯は電源が落ちている。

「こんなときにどこでなにをやってるんだ、あの人は……」

憎々しげに呟くと、イ・ヒョンジョンの後を追った。

＊＊＊

イ・ヒョンジョンは四ツ目通りを北へ向かい、錦糸公園に入っていった。携帯が鳴った。ディスプレイに覚えのない番号が表示されている。

「藤久保です。今、そちらに向かっているんですが、まだスターバックスですか？」

「藤久保君か……いや、もうスタバは出た。今は錦糸公園」

宮澤は錦糸公園に足を踏み入れた。子供連れにサラリーマン、ホームレス——公園は意外と賑わっている。

「了解。あと十五分ほどで到着します。宮澤さんはぼくらと入れ替わりで総合庁舎に戻れということです」

「滝山課長の命令？」

「はい」

「仕方ないな。了解です。あの、藤久保さん、ウェスティンホテルから消えた女性のその後は知りませんか」

「まだ捜索中だそうです」

「そうですか……」

宮澤は電話を切った。イ・ヒョンジョンは公園の中央に向かって歩いている。相変わらず点検作業をする様子は見せなかった。

なにかが引っかかる。だが、具体的になんなのかと問われれば答えにつまった。

椿は相変わらず電話に出ない。

イ・ヒョンジョンが空いているベンチに腰を下ろした。再び携帯を手にとってディスプレイを眺めはじめた。彼女の指が動きはじめる。メールを送信し、またすぐに届いたメールに目を通す。驚くほど頻繁なメールのやりとりだ。相手はパク・チスか、金田俊明か、あるいは未知の第三者か。テロはこの後実行されるのか、それとも今日はただの予行演習か。

イ・ヒョンジョンを北の工作員だと見なしている自分がいる。スカイツリーに対するテロ計画が進行していると信じている自分がいる。

それではなぜ、椿はあんな行動を取ったのか。イ・ヒョンジョンたちを罠にはめようとしているのか。それとも、北に寝返ったのか。あるいは、ただただいかれてしまっているだけなのか。

考えれば考えるほど頭の中に靄がかかっていく。まるで底なし沼にはまってしまったような気分だった。

考えるのをやめる。すると、千紗の恐怖に怯えた顔が脳裏に浮かんでくる。いったい、どこのだれがなんのために千紗を拉致したのか。

「可哀想な千紗。おれが変なことを頼んだばかりに……」

宮澤は口を閉じた。イ・ヒョンジョンに動きがあった。ベンチから離れ、北東の方角に向かっていく。宮澤は周辺に視線を走らせた。イ・ヒョンジョンを尾行している者はいない。

宮澤は無線を耳につけた。藤久保がこちらに近づいているなら無線の電波も届くはずだ。

「藤久保さん、聞こえますか？」

「はい、聞こえます。あと二、三分で到着します」

「監視対象は公園の北東に向かって移動中」

「了解。そちらに車を回します」

宮澤は足を踏み出した。イ・ヒョンジョンとの距離はおよそ十五メートル。これ以上離れると咄嗟のときに対応できなくなる。イ・ヒョンジョンの近くを少女が走っていた。小学校の低学年ぐらいの年格好だった。少女はコンビニのレジ袋を振り回していた。

少女が向きを変えた。イ・ヒョンジョンに向かって突進していく。衝突する寸前、少女はたたらを踏んで止まった。そして、わざとらしくイ・ヒョンジョンにぶつかって転んだ。

「だいじょうぶ？」

イ・ヒョンジョンは腰を沈め、少女を引き起こした。

「うん、だいじょうぶ。お姉ちゃん、ごめんね」

少女は微笑んだ。イ・ヒョンジョンに背中を向け、また走りはじめる。その手にレジ袋はなかった。

イ・ヒョンジョンも何事もなかったかのように歩きはじめた。だが、なにかを胸に押し抱くように腕を身体の前であわせている。レジ袋がそこにあるのだ。

中身はなんだ？　あの子はだれに頼まれた？

「監視対象が不審者と接触、なにかを受け取りました」

「不審者？」

「八歳ぐらいの少女です。監視対象はその少女からコンビニのレジ袋を受け取りました。中身は不明です」

「少女はどっちへ？」

「公園の東へ走っています。どうやら出ていこうとしているみたいだな。ショートヘア、ジーンズに白いTシャツ、胸になにかプリントしてあるけど読めないな。よく日に焼けて、赤いランドセル」

「わかりました。少女はこちらに任せてください。宮澤さんは引き続き監視を――」

「いいの、おれが尾行続けても」

「こちらも人数が足りないんです。おっつけ援軍が来ますから、それまではお付き合いください」

「お付き合いねえ……」

イ・ヒョンジョンの歩調が速くなっていく。公衆トイレに入るつもりのようだった。

「監視対象は公衆トイレに入る模様。少女から受け取ったものをリュックに詰め直すのかな……」

「藤久保です。少女を確保しました」

「やることが素早いね」

「仕事ですから」

イ・ヒョンジョンがトイレに姿を消した。宮澤は公衆トイレの周りをぐるりと歩く。出入口は一ヶ所しかなかった。

「監視対象は女性用トイレへ」

藤久保からの応答がない。少女に話を聞いているのだろう。宮澤は立ち止まり、携帯でメールを読んでいるふりをした。

「男に頼まれたそうです」不意に藤久保の声がした。「千円と引き替えに、レジ袋を女に渡すようにと。その際、女とぶつかるふりをしろとか、細かい指示を出されたみたいです」

「男の人相は？」

「ここで聞き出すのは……まだ小さい子ですし、ぼくらに捕まって怯えています。保護者と連絡を取って最寄りの警察署で詳しく聞くことにしますよ」

「それじゃ、尾行はまだおれひとりで？」

「いえ。ぼくともう一名が合流します。すでに公園内に入りました。宮澤さんの右斜め後方、三十メートルほどのところにいます」

「了解。監視対象はまだトイレの中」

千紗に電話をかけてみる。椿に電話をかけてみる。どちらも繫がらない。

「ええい、くそ」

「どうしました？」

「なんでもないよ」

じっとしていると不安だけが募っていく。宮澤は頭を振った。イ・ヒョンジョンは塚本からなにかを受け取った。あれが爆弾なら、今度はなにを受け取ったのか。爆弾に雷管、タイマー。もう、必要なものはすべて揃っている。

イ・ヒョンジョンがトイレから出てきた。レジ袋は影も形もない。

「レジ袋なし。おそらく、リュックの中へ」

「あと十分ほどで援軍が到着するそうです」

「いなくなった女性に関する情報は？」

「まだなにも」

「椿さんと連絡は？」

「とれていないそうです」

宮澤は舌打ちをこらえた。椿はどこへ消えてしまったのか。

イ・ヒョンジョンは真っ直ぐ北に向かっていた。公園を出るつもりらしい。林立するビルの向こうにスカイツリーの偉容が見えている。

「今日やるつもりなのかな……」

「なにがですか？」

「テロだよ、テロ。やつらはスカイツリーで爆弾テロを起こすつもりなんだ」

「なんのことですか？　初耳ですよ、そんな話」

藤久保の声を聞き、宮澤は慌てて口を押さえた。

「な、なんの話かな？」

「今言ったじゃないですか。やつらはスカイツリーで爆弾テロを起こすと。どういうことなんですか？　詳しく説明してください」

藤久保の声が緊迫する。どう取り繕おうと誤魔化すのは難しい。

「椿さんとおれは、連中がスカイツリーを狙ってると睨んでるんだよ。話せば長くなるけどさ」

宮澤は一気にまくし立てた。藤久保は無言だった。あまりのことに衝撃を受けているのか、あるいは呆れ返っているのか。

携帯が鳴った。滝山からの電話だった。

「スカイツリーだと？　どういうことだ、この野郎」

電話に出ると、滝山の怒声が炸裂した。

「どういうことだと言われても……」

「時間がない。とっとと説明しろ」

「ちょっと前のことになりますが、椿さんと一緒にイ・ヒョンジョンの部屋に侵入したことは話しましたよね」

「それで？」

「そこで見つけた暗号解読に使われてるらしい本を内調の外郭団体で調べてもらったところ、スカイツリーという言葉が――」

「どうしてそんな大事なことを黙っていたんだ」

滝山の声は話すたびに大きくなっていく。

「椿さんに止められていましたから」

「椿がどれだけいかれてるか、おまえにもうわかってるんだろう。そいつに止められた？　ふざけるな」

「申し訳ありません」

イ・ヒョンジョンが公園を出た。また四ツ目通りに戻って北上していく。

「スカイツリーだってのは間違いないのか？」

「ええ」

「女が爆弾を持っている可能性があるんだな？」

「はい」

「藤久保、女を確保しろ。おれが責任を取る」

携帯と無線の両方から滝山の声が流れてきた。

「了解。女の身柄を確保します」

宮澤は足を止めた。ここまで来たら、宮澤にできることはなにもない。藤久保ともうひとりの捜査官が宮澤を追い抜いていく。

不意にイ・ヒョンジョンが車道に飛び出した。そのまま四ツ目通りを横切っていく。藤久保たちが後を追おうとしたが、大型トラックがクラクションを鳴らしながら通過して足止めをくらった。

通りの向こうに濃紺のセダンが停まっていた。メルセデスのSクラスだった。イ・ヒョンジョンはSクラスの助手席に乗り込んだ。スキッド音を発しながらSクラスが発進した。強烈な加速でスピードを上げていく。

「女が車で逃走しました。濃紺のメルセデス」

「逃走だと？　どういうことだ？　おまえら、なにをやってるんだ」

無線から流れてくる声が耳を素通りしていく。宮澤はメルセデスの走り去った方角を見つめながら瞬きを繰り返した。

宮澤の目はメルセデスが走り出す直前、運転手の横顔を捉えていた。

その顔は渡会執事に酷似していた。

「他人のそら似？」

宮澤は呟いた。

## 48

外三の空気は騒然としていた。緊急の任務に就いている班を除くほとんどすべての捜査官が招集され、パク・チス、金田俊明、そして塚本の三人を徹底監視に置くことが決められた。もちろん、イ・ヒョンジョンの捜索が最優先だ。二十人以上の捜査官がイ・ヒョンジョンの姿を求めて街に飛び出ていった。

千紗の捜索は完全に後回しだ。宮澤は歯ぎしりしたが、滝山の剣幕の前では沈黙を通すしかなかった。

すべての指示が行き渡り、捜査官のほとんどが会議室を出て行った。残っているのは滝山と宮澤だけだった。

「まだ隠していることがあるんじゃないのか?」

「すべてお話ししました」

宮澤は気をつけの姿勢を取った。イ・ヒョンジョンの乗ったメルセデスを運転していたのが渡会執事に似た男だったということは伏せている。そんなはずはないし、渡会執事に迷惑をかけたくはなかったからだ。

「自分はなにをすればいいでしょうか」

「謹慎してろ……と言いたいところだが、今は人手が足りない。おまえは椿を捜せ。見つけて、おれの目の前に連れて来い。いいな」

「はい、了解しました」

「覚悟だけはしておけよ。この件が終わったら、おまえも椿も外三から叩き出してやる。いや、外三だけじゃない。公安から追い出してやる」

滝山は荒い息を何度も吐き出しながら会議室から出て行った。宮澤は即座に携帯を取りだした。椿と千紗に電話をかける。まだ、どちらにも繋がらない。

「ほんとになにやってるんだよ、あの人……渡会さんはなにか知ってるかな？」

メルセデスの運転手の横顔が脳裏にちらつき、宮澤は頭を振った。渡会執事の携帯も繋がらなかった。

「どうなってるんだ？」

頑なに否定してきた疑問が頭をもたげた。あれはやはり渡会執事だったのではないか。

宮澤は机の上の固定電話に手を伸ばした。イ・ヒョンジョンになにかを渡した少女がいるはずの所轄署に電話をかけた。事情を説明し、担当の警察官に替わってもらう。

「女の子に金を渡した男の人相ってわかりましたか？」

「たった今、似顔絵ができあがったところです」

「大至急ファックスしてください」

ファックスの番号を伝え、宮澤は資料室に駆け込んだ。ファックスの受信が終わるのを待ってプリントボタンを押す。じりじりするような時間をかけてファックス機がプリント用紙を吐き出した。

八歳くらいの女の子の証言を元に描いた似顔絵だ。本物とはかなり違うだろう。それでも全体の雰囲気は渡会執事にそっくりだった。

椿はホームレスをチャン・ギヒョンに仕立て上げた。タイマーと雷管を自分で用意した。渡会執事が少女に金を渡し、イ・ヒョンジョンと接触させた。

渡会執事は椿の命令で動いている。

椿はどこだ？　どこでなにをしている？

椿はイ・ヒョンジョンと入れ替わった千紗を尾行するふりをしてスポーツショップから立ち去った。

「あ」

宮澤は唇を嚙んだ。

千紗があのホテルに部屋を取ったことを椿は知っていたはずだ。だれかに知らせ、千紗を拉致させる。

いや、椿自身が千紗を拉致した可能性だってある。

だが、なんのために？

考えても答えは見つからない。ただ、頭の芯の辺りがずきずきと痛むだけだった。

とにかく、椿を見つけることだ。見つけて問いただす。椿が千紗を拉致したのではないにせよ、千紗になにが起こったのか知っているはずだ。

「待ってろよ、千紗。おれが必ず助けてやるからな」

宮澤は総合庁舎を出た。車両を調達し、田園調布に向かった。椿の自宅を見張るのだ。待っていれば、少なくとも渡会執事は戻ってくる。彼は椿ではなく椿の父親の使用人なのだ。渡会執事を締め上げれば椿の居所がわかるかもしれない。椿がなにを企んでいるのかが判明するかもしれない。イ・ヒョンジョンの居場所も摑めるかもしれない。

宮澤は信号待ちのたびに椿、千紗、渡会の順番で電話をかけた。どの電話も繋がらなかった。

＊＊＊

監視をはじめて小一時間ほどが経ったころ、椿邸に動きがあった。タクシーが門前に停まったのだ。しばらくすると門が開き、タクシーが椿邸の敷地内に入っていった。

宮澤は車のエンジンをかけた。タクシーを呼んだのは椿邸を訪れた客を乗せるためだ。何者なのかを確かめなければならない。

椿邸の玄関が開き、小柄な女性がタクシーに乗り込んだ。タクシーは玄関前のロータリーをぐるりと回り、門を出た。そのまま田園調布駅方面に向かって走っていく。宮澤は後を追った。

目を凝らしてみたが、タクシーの後部座席に乗客の姿がない。背が低すぎるのだ。

「背が低い？　女？　まさか？」

宮澤は赤色灯を車の屋根に乗せサイレンを鳴らした。

「前のタクシー停まりなさい。警察です。停まりなさい」

マイクで停車を命じる。ウィンカーが点滅し、タクシーは路肩に寄って停止した。宮澤も車を降り、タクシーに駆け寄る。

「警察の横暴はゆるしちゃだめよ」

タクシーの中から聞き覚えのある声が流れてきた。甲高い声。警察に対する露骨な嫌悪。確かめるまでもない。タクシーに乗っているのは佐藤節子だ。

「節子さん、ちょっといいですか？」

宮澤は猫撫で声を出しながら後部座席の窓を叩いた。

「あら、宮君じゃない」

タクシーの窓が開いた。

「宮君って……」

「椿君があなたのことそう呼んでたでしょ？　わたしも同じように呼んじゃだめ？」

「いえいえ、かまいませんよ。あのお、節子さん、よかったらぼくがお送りしますよ」

「そんなことのためにサイレン鳴らしてこのタクシーを停めたの？　警察権力の不法行使よ、それって」

「あ、すみません。でもちょっと、どうしても節子さんにお訊きしたいことがあったもんですから」

「あら、なにかしら？」

「どうぞ、ぼくの車に」

タクシーの運転手に謝り、ここまでの運賃を支払って、宮澤は佐藤節子を車に誘った。佐藤節子は相変わらず髪を三つ編みにし、蛍光色が目立つ派手な服を身にまとっていた。

「門前仲町でいいですか？」

「渋谷に行ってちょうだい。買い物の用事があるの。それで、わたしに訊きたいことって？」

「どうして椿邸に？」

「渡会さんに誘われたのよ。馬鹿みたいに広い豪邸を見てみないかって。今後の創作活動にプラスになるかもしれないから、来てみたの」

「渡会さんはいらっしゃいました？」

「最初はね。でも、わたしが来てすぐに椿君から電話があってあたふたと出かけて行ったわよ。わたしを他の使用人に押しつけて」

佐藤節子は不服そうに唇を尖らせた。髪型や服装と相まって駄々をこねている子供のようだった。

「宮君、知ってる？　あの家、使用人が五人もいるのよ。渡会さんでしょう、コックがふたりでしょう、家政婦がふたり。時代錯誤も甚だしいわ――」

「渡会さんはまだ戻って来てないんですか？」

「ええ。わたし、帰りをずっと待ってたんだけどいい加減腹が立ってきて帰ることにしたの。渡会さんは自分が戻るまで待っててくれって言ってたけど、携帯も通じないし冗談じゃないわ。絶対ゆるさないいんだから」

「椿邸になにか変わったことはありませんでしたか？」

「ねえ、宮君、なんなのこれ？　あの家のこと知りたいんなら、椿君に直接訊けばいいじゃない」

宮澤は頭を掻いた。

「それが、その椿さんが行方不明なんです。渡会さんも摑まらなくて」

「なにがあったの？」

「それは捜査上の秘密でして……」

「わたしに協力してもらいたいんでしょ。だったら、宮君の目的がなんなのか話してもらわないとわたしもなにを答えたらいいのかわからないわ」

「実は……」

宮澤は大まかな経緯を佐藤節子に説明した。渡会執事を摑まえるのに彼女の協力が不可欠だと判断したからだ。

「まあ。あなたの恋人が？　どこにいるか見当もつかないの？」

「椿さんなら見当をつけてくれると思ってるんですけど……」

「そういえば、渡会さん、電話で椿君と話しているあいだに顔色が変わっていたわ。脂汗も流してた。とても嫌な仕事を押しつけられたのかなと思ってたけど……」

「まず渡会執事を見つけたいんです。節子さん、協力してくれませんか」

「いいわよ。あなたの恋人が心配だもの。何者かに拉致された恋人を救おうと必死になる刑事。ロマンチックねえ」

「ぼく、刑事じゃなくて公安の捜査官なんですが」

「同じようなものじゃない。さ、あなたの恋人を見つけましょう」

佐藤節子は楽しそうに微笑んだ。

＊　＊　＊

「五分以内に折り返しの電話をちょうだい」

佐藤節子は渡会執事の留守電サービスに声を吹き込みはじめた。普段の声とは正反対の低く重い喋り方だった。

「電話がなかったら、もう二度と渡会さんとはお会いしません。いいこと？　人を呼び出しておいて放り出すなんて紳士のすることじゃありません。謝罪してもらえないなら、会わないだけじゃなく、わたしが死ぬまであなたを憎みますからね」

佐藤節子は静かに電話を切った。

「憎むって――」

「それぐらい言わないと殿方には効果がないのよ」

「電話、かかってきますかね？」

「どうかしら。留守電を聞けばかけてくると思うけど、そうじゃなかったら無意味よね」

「かといって、他に渡会さんを摑まえる方法はないし……」

前方の交差点で信号が赤に変わった。宮澤はブレーキを踏んだ。車は渋谷方面に向かっている。

佐藤節子の携帯から着信音が流れてきた。ラップ調のノリのいいメロディだった。

「ラップですか？」

「好きなのＹＯ」

佐藤節子は左右の人差し指を宮澤に向けた。

「はぁ、そうですか……電話の相手は？」

「渡会さん」

佐藤節子はディスプレイに視線を走らせ、電話に出た。

「もしもし？」

例によって低く重い声だ。渡会はびびっているだろう。

「節子様、大変申し訳ございません。お坊ちゃまが……わたくしは椿家の使用人ですので、どうしても従わなければならず、心ならずも節子様を――」

無意識のうちに声が大きくなっているのだろう。佐藤節子の携帯から渡会執事の声が漏れてくる。

「今、どこにいらっしゃるの？」

「は？」

信号が青になった。宮澤はゆっくりアクセルを踏み込んだ。佐藤節子と渡会執事の会話に意識が向かいがちになる。慎重に運転する必要があった。

「言い訳を聞きに会いに行ってあげるから、どこにいるのか教えてちょうだい」

「ちょっと、それは……」

「そう？　じゃあ、わたしと会えなくなってもいいっていうことね」

「節子様、それはなんとか――」

「嫌い」

佐藤節子はぴしゃりと言った。

「節子様――」

「あなたなんか大嫌い」

「せ、節子様、そんなこと、仰らないでください」

声と言葉遣いを除けば、十代のカップルの痴話喧嘩のようだった。

「電話切ります。二度とかけてこないでくださいね」

「広尾です。わたしは広尾におります」

「広尾？」

「は、はい。昔、旦那様が愛人と会うのに購入したマンションがありまして」

「そこの住所を教えて」

「どこか、別の場所で――」

「切るわよ」

宮澤は車を路肩に停めた。

「み、港区南麻布五の九。スイス大使館の裏手の有栖川プラザというマンションの四〇三号室です」

渡会執事が言った住所をカーナビに打ち込んだ。

「わかりました。一時間ほどで着くと思うから、待っていてくださいね」

「せ、節子様――」

佐藤節子は渡会執事の言葉が終わらないうちに電話を切った。

「愛人と乳繰りあうためのマンションですって。腹立たしいわ。暴力革命も必要なんじゃないかと思うのはこういう嘆かわしい話を聞いたときよ」

「急ぎましょう」

宮澤は車を発進させた。

「資本家や金持ちたちを一人残らず抹殺するの。そうしたら、少しは住みやすい世の中になると思わない？」

「確かに住みやすくなるでしょうね」

千紗、千紗、そこにいるのか？　待っていろよ。

運転は慎重に。だが、心は逸《はや》りに逸っていた。

# 49

そのマンションは優に築三十年は経っていそうだった。しかし、佇まいは重厚で見る者を気後れさせる雰囲気をまとっていた。

「こんなマンションで愛人と密会だなんてどんな神経してるのかしら」

佐藤節子が憎々しげに吐き捨てた。ブルジョワ的なものはすべて憎悪の対象になるらしい。

エントランスにタッチパネルがあった。自ら暗証番号を入力するか、訪問先の部屋番号を入力して相手に開けてもらうかしか中に入る方法はない。ガラス張りの自動ドアの向こうに管理人室があり、いかにも元警察官といった風貌の管理人が睨みを利かせていた。

「わたしにやらせて」

佐藤節子が顔を輝かせてタッチパネルの前に立った。ブルジョワ的なものは憎んでも、最新のハイテク機器には溢れんばかりの好奇心を見せる。

「何号室って言ったかしら？」

「四〇三号室です」

「四、〇、三と……」

佐藤節子の白く細い指がタッチパネルに並んだ数字を押していった。

「はい……」

タッチパネル内蔵のスピーカーから渡会執事の声が聞こえてきた。

「わたしよ。早く中に入れてくださいな」

「は。少々お待ちを――」

なんの前触れもなく自動ドアが開いた。佐藤節子が堂々と中へ入っていく。管理人の視線も堂々と無視している。宮澤はその後を追った。エレベーターに乗り込み、四階のボタンを押す。

「節子さんは執事っていう仕事どう思います?」

「時代錯誤の腐れ仕事」

「腐れ仕事って酷い言いようですね。渡会さんが聞いたら傷つきますよ」

「執事なんて仕事を嬉々としてやってるぐらいなんだからそういう感情とは無縁よ、あの人」

「そうですかねえ」

「なに、宮君。わたしとあの人をくっつけたいの?」

「そういうわけではなく……ただ、渡会さんが節子さんに相当お熱なようなので」

「執事なんて仕事も、それを職業にしてる人も大嫌いだけど、理性と恋愛感情は別なのよね」

佐藤節子は甘ったるい溜息を漏らした。エレベーターが停止し、ドアが開く。廊下を左に進んで二つ目の部屋が四〇三号室だった。佐藤節子がインタフォンのボタンを押した。

「すぐに参ります」

また、スピーカーから渡会執事の声がする。相当焦っている様子だった。

ドアが開いた。渡会執事は愛想笑いを浮かべていた。佐藤節子の後ろに宮澤が控えているのに気づいて、その愛想笑いが凍りついた。

「み、宮澤様、どうしてここに――」

「宮君がどうしてもあなたと会って話をしたいっていうから、わたしが手伝ってあげたの」

「そんな、節子様。わたしは、節子様の言葉を信じて――」

「信じてよかったのよ。折り返しの電話がなかったら本気でもう二度と会わないつもりだったんだから」

佐藤節子は渡会執事を押しのけ、部屋に上がった。宮澤が靴を脱ごうとすると渡会執事が大きく手を振った。

「み、宮澤様、困ります」

「節子さんはよくてぼくはだめなんですか？」

「申し訳ございませんが――」

「いいわよ、宮君、上がって。わたしが許可するから」

「それじゃ遠慮なく」

「節子様」

慌てふためく渡会執事を玄関に残して、宮澤と佐藤節子は部屋の奥へ進んだ。廊下の突き当たりのドアの向こうがリビングだった。二十畳はあるだろうか。フローリングの床にふかふかの絨毯が敷き詰められている。

「なんなの、この絨毯」

「広い部屋ですねえ」

宮澤と佐藤節子は嘆息し、足を止めた。

「旦那様はこのマンションは狭すぎると仰いまして、愛人と別れた後はほとんどお使いになっておりません」

いつの間にか渡会執事が背後に立っていた。

「これで狭すぎる？」

「宮澤様もあのお屋敷をご存知でしょう。あそこに比べたら……」

渡会執事は語尾を濁し、首を振った。渡会執事の顔は病気かと疑うほど青ざめていた。

「で、これだけの物件を放置ですか？　おれにただで貸してくれたらいいのに……」

「お坊ちゃまに話してみたらいかがですか？　旦那様は椿家の不動産の管理はほとんどお坊ちゃまに任せておられますし。ということで、宮澤様はそろそろお引き取りに――」

「錦糸町の公園で女の子にお金を渡したのは渡会さんですね？」

宮澤は不意打ちを仕掛けた。渡会のこめかみが何度も痙攣する。

「き、錦糸町とはなんのことでしょうか」

こめかみの痙攣に合わせて声も震えていた。

「渡会さん、わたし、嘘をつく人は大嫌い」

佐藤節子が助け舟を出してくれる。

「わ、わ、わたしは嘘などは――」

「女の子にイ・ヒョンジョンにぶつかってなにかを渡すように頼んだ。そうですね？」

「なんのことだかわたしにはさっぱり――」

「似顔絵ができてるんです。それがまた面白いぐらい渡会さんにそっくりで」

「わたしは知りません――」

「それに、ぼくが見てるんですよ。公園のすぐそばで、イ・ヒョンジョンを連れて行った車を運転していたの、渡会さんですよね」

渡会の顔には夥《おびただ》しい量の汗が浮かんでいた。

「渡会さん、正直に白状しちゃいなさいよ」

「節子さんの言うとおりです。今ならまだいい。でもそのうち、警視庁公安部の捜査官が正式に話を聞きに来ますよ。今ぼくに話してくれればなんとかなるかもしれない」

「口止めされておるのです」

渡会執事は汚物を吐き出すように言った。

「口止め？　椿さんに？」

「宮澤様にだけは絶対になにも言うなと。お察しください」

「やっぱり椿さんがなにか企んでるんですね？　なんなんですか、いったい――」

宮澤は口を閉じた。どこかでだれかが壁を殴るか蹴るかしている。渡会執事の顔は青いのを通り越して土気色に変わっていた。

「なんの音かしら？」

佐藤節子が壁際に移動する。確かにだれかが壁を叩いて音を立てている。

宮澤は廊下に出た。長い廊下の左右にドアがふたつずつ。トイレにバスルーム、寝室にゲストルームといったところだろう。音がするのは右手前のドアの向こうからだ。

ドアを開けた。

「千紗」

宮澤は声を張り上げた。猿ぐつわを嚙まされ背中に回した両手に手錠をかけられた千紗が壁に体当たりをくらわしていた。

千紗がくぐもった声を上げ、宮澤に突進してきた。宮澤は思わずよけた。千紗が勢い余って廊下に飛び出し、壁にぶつかってひっくり返る。

「千紗、だいじょうぶか？」

宮澤は駆け寄り、千紗を抱き起こした。猿ぐつわを取ってやる。

「どうして抱きとめてくれないのよ」

千紗の顔は涙と鼻水で濡れていた。

「ご、ごめん、びっくりして思わず――」

「薄情者。ダーリンなんか大嫌い」

「そんなことより、千紗、どうしてここに？」

「そんなことってなによ、そんなことって」

千紗は声を出して泣きはじめた。

「もう、女の子を泣かせるなんて最低ね」

いつの間にか廊下に出てきていた佐藤節子が宮澤たちを見下ろしていた。

「こっちへいらっしゃい、お嬢さん。なにか、温かいものでも飲みましょう」

佐藤節子は千紗を優しく立たせ、リビングに誘った。宮澤は手を貸そうとしたが千紗にはねつけられた。

「渡会さん、早くこの子の手錠を外してあげなさい」

「は。ただいま」

佐藤節子が千紗をソファに座らせ、渡会執事が手錠を外す。その間、佐藤節子は渡会執事を詰《なじ》り続けた。

「これも執事の仕事なの？　ご主人様に命じられたら、あなたは法に反することも平気ですするの？」

「これはお坊ちゃまに命じられて――」

「お坊ちゃまに命じられたら人殺しでもするのかと聞いているの」

「勘弁してください、節子様」

「できないわね」

手錠が外れ、千紗が手首をさすった。

「千紗――」

宮澤は声をかけた。だが、千紗がそっぽを向く。

「拗ねてる場合か。おまえ、誘拐されたんだぞ。犯罪に巻き込まれたんだ」

宮澤は千紗の肩に両手をかけた。

「ダーリン……」

「なにがあったのか、説明してくれ」

「ダーリン、格好いい」

千紗の頬が紅潮する。

「あらあら、お熱いことで。若いって羨ましいわね」

「さようですねえ」

渡会執事の笑顔は引き攣っていた。それを視界の隅に捉えながら宮澤は千紗を促した。

「なにがあったのか、教えてくれ」

「椿さんがダーリンをびっくりさせてやろうって言ったの」

千紗は小さく舌を出した。

「あれは芝居だったのか？」

宮澤は言葉が荒くなりそうなのをなんとかこらえた。

「うん。椿さんは最初から部屋にいたのよ。それでだれかに襲われたみたいな芝居をして、電話を切って大笑いして。椿さんが笑いすぎて喉が渇いたねって言ってミネラルウォーターのペットボトルをくれたの。それを飲んだのは覚えてるんだけど……気がついたら、口を塞がれて手錠をかけられてベッドに寝かされてたの。怖くてどうしようかと思ってたけど、突然ダーリンの声が聞こえて、それで気づいてもらおうと思って壁に──」

「体当たりか」

宮澤は千紗の額に手を当てた。熱はない。目つきもしっかりしているし、なにを飲まされたかはわからないが副作用や後遺症のおそれはなさそうだった。

「ダーリン、わたし、熱っぽい？」

「そうだな。いろいろあったから……おれが無理な頼みさえしなければ」

「ダーリンのせいじゃないわ。悪いのは椿さんよ」

千紗は渡会執事を睨んだ。佐藤節子も相当前から渡会執事を睨み続けている。渡会執事は針のむしろに座っているかのような渋面を作っていた。

「渡会さん、そろそろ話してもらいましょうか」

「わたしはなにも知りません。お坊ちゃまの指示に従っているだけです」

「さっきからお坊ちゃま、お坊ちゃまって、あなたには自身の判断力ってものがないの?」

佐藤節子が金切り声をあげた。

「節子様はお坊ちゃまの恐ろしさを知らないのです。だからそんなことが言えるのです」

渡会執事の肩が震えた。今にも泣き出しそうだった。

「椿さんの指示っていうのはどういうものなんですか?」

「今はとりあえず、この女性を見張っていろと」

「イ・ヒョンジョンはどこに?」

「韓国の方のことですね?」

「ええ」

「お台場のホテルで降ろして、それっきりでございます」

「お台場のホテル?」

「確か、グランパシフィックとかいう名前だったと思いますが」

パク・チスが宿泊しているホテルだ。宮澤は腕を組んだ。

「椿さんとはどうやって連絡を取り合っているんですか?」

「一方通行です」

「はい?」

「ですから、お坊ちゃまから電話が来るのです。わたしからかけても、お坊ちゃまの携帯はいつも電源が切られておりまして」

「節子さん」

宮澤は佐藤節子に向き直った。

「なにかしら?」

「千紗をお願いしてもいいですか?　もし、椿さんから連絡があって、渡会さんがよからぬことをしようとしたら、おもいきりどつき倒してやってください」

「まあ。どつき倒すって、いいのかしら?　とっても素敵な響きなんだけど」

「かまいません。どつき倒すんです」

「了解」

佐藤節子は宮澤に敬礼した。

「節子様」

「黙りなさい。この根性なし。いくらお坊ちゃまが怖いからって、女性にこんなことするなんて。恥を知りなさい、恥を」

渡会執事が涙を流して泣きはじめた。宮澤は溜息を押し殺す。

「ダーリン、どこかに行くの？」

「イ・ヒョンジョンという韓国人がいるんだ。彼女がすべての鍵を握っている。なぜ椿さんがこんなことをしたのか突き止めるんだ。もうしばらくここで待っていてくれ。いいね」

「ダーリンの命令だもの。従います」

「命令っていうのとはちょっと違うんだけど……」

「あら。千紗さん、見かけによらず、ドMなのねえ」

佐藤節子が笑った。渡会執事は泣き続けている。宮澤は頭を掻いた。

## 50

広尾からお台場へ。その間、何度も椿の携帯へ電話をかけたが通じなかった。ホテルの駐車場に車を停め、一旦外へ出た。

陽は傾きはじめていたが、暑さが緩む気配はなかった。汗を拭きながら電話をかける。

「宮澤さん、どうしました？」

藤久保がすぐに電話に出た。

「そちらの状況はどうなってますか？」

「困りますよ、宮澤さん。滝山課長が――」

「お願いします」

宮澤は鋭い口調で藤久保の言葉を遮った。

「まだ特に変わった動きはありません。三人を監視下に置き、イ・ヒョンジョンを捜しています。とにかく爆弾の所在を把握するのが最優先ということで……スカイツリー周辺にも捜査官が配備されています」

「椿さんは？」

「宮澤さんが捜しているんでしょう？」

「連絡がまったく取れなくなっているんです」

「本当に困った人ですよね」

藤久保が言い、宮澤はうなずいた。

「滝山課長はまだぴりぴりしてますか？」

「上層部と何度も会合を持っているらしいですよ。もしテロが実行されたら大変なことですから。関係者全員の身柄を確保して爆弾のありかを吐かせろと言っているキャリアもいるそうです」

「なるほど。わかりました。忙しいところ、すみません」

電話を切り、もう一度額の汗を拭った。首筋に視線を感じ、振り返る。

ロビィにイ・ヒョンジョンがいた。ガラス越しに宮澤を見つめている。

「やばっ」

心臓が激しく脈打ち、汗がとめどなく噴き出てきた。唇を嚙んだがもう遅い。一か八かの賭に出るしかなかった。

宮澤は無理矢理笑顔を浮かべ、イ・ヒョンジョンに手を振った。そのままホテルの中に入っていく。

「紗奈ちゃんじゃない。こんなところで会うなんて凄い偶然だねえ。もう韓国から戻ってきたの？」

喋りながら、それとなくイ・ヒョンジョンをロビィの隅に誘った。

「急用ができて……。田代さんはどうしてこのホテルに？」

イ・ヒョンジョンは宮澤の偽名を口にした。

「お得意さんがここに泊まってててね。紗奈ちゃんは？」

「わたしも韓国から来たお友達がここに」

「ああ、なるほど。お茶でも飲む時間ある？」

「ええ」

宮澤とイ・ヒョンジョンはコーヒーラウンジに移動した。宮澤はコーヒーを、イ・ヒョンジョンはレモンティーを頼んだ。

「美穂ちゃんが、昨夜は、田代さんたちが飲みに来てくれなかったって愚痴ってましたよ」

イ・ヒョンジョンが言った。顔には屈託のない笑みが浮かんでいる。

「いやあ、友枝さんがね、紗奈ちゃんのいない店に飲みに行ってもつまらないって言うんだよね。今夜から店に出るの？」

イ・ヒョンジョンは首を振った。

「今月いっぱいはお休みをもらってるんです」

「そう。友枝さん、残念がるだろうなあ」

宮澤は運ばれてきた水を一気に飲み干した。一か八かの賭に出たはいいが、なにを話せばいいのかがわからない。喉が渇いてしかたがなかった。

「友枝さんはお元気ですか？」

「元気、元気。相変わらずあのばかでかい図体でパイプふかしまくってる」

イ・ヒョンジョンが微笑む。

「田代さんと友枝さん、本当に仲がいいのね」

「そんなことないよ。あの人、もう人使いが荒くて、おまけに我が儘で。上司としては最低なんだから」

「そんなこと言ってると、告げ口しちゃいますよ」

「あ、それは勘弁」

イ・ヒョンジョンが破顔した。口元を手で覆って笑う。

「そんなにおかしいかな？」

「とても。ほんとに愉快なふたり」

「愉快なだけが取り柄だから。なんちゃって」

宮澤は作り笑いを浮かべ、頭を掻いてみせた。なにをしてるんだろう、おれは——胸の内に湧き起こった自己嫌悪は無理矢理押し潰す。

「あ、そうだ。ちょっと聞きたいことがあるんですけど」

「なに？」

「ここだけの話にしてもらえます」

「もちろん。おれ、口が堅いので有名なんだから」

「実は、ある人に頼まれて、自分のじゃない名義のパスポートで日本に入国したの」

「は？」

「もしばれたらまずいですよね。明日また韓国に戻って、次に日本に来るときは自分のパスポートで入国するつもりなんだけど、ばれたら強制送還だっていうのはわかってるんですけど、何年ぐらい日本に入国できなくなるのかなと思って」

「ある人に頼まれたって、どういうこと？」

「それがちょっと説明しにくくて……とにかく、一度韓国に戻って、今度は他人名義のパスポートで入国しろって。母の入院とかでお金が必要だったからつい引き受けて」

「ちょっと待って」宮澤は身を乗り出した。「他人名義のパスポートで入国したのは、だれかに頼まれたから。それもお金を受け取って？」

「二百万円。電話がかかってきた次の日、わたしのマンションの郵便受けにパスポートとお金が入ってたの。それと、日本と韓国を往復する航空チケット。行きはわたしの名前で、帰りは受け取ったパスポートの名前」

「そんなこと頼むなんて、だれなの？」

「いつも電話で頼まれるだけだから、わからないの。でも、仕事を引き受けてちゃんとやるとお金をもらえるし――」

「いつも？　他人名義のパスポートで日本に入国することの他にもなにか頼まれたことがあるの？」

「いろいろ。変だし、気味が悪いとは思ったんだけど、お金がいいからつい。犯罪に巻き込まれるのはごめんだけど、そんな気配もないから」

イ・ヒョンジョンは北の工作員などではない――天啓が降りてきた。

「他にはどんなこと頼まれたの？」

「どこかに行って、ある人から紙包みを受け取れとか。今日なんかは錦糸町の公園で女の子から受け取って、その後で公園の近くに待機している車に乗れとか。本当に意味がわからないんだけど、引き受けるとだいたい十万円ぐらいもらえるの」

顔から血の気が引いていく。椿はホームレスのハタにチャン・ギヒョンのふりをさせた。ハタに雷管とタイマーを渡し、神社に隠させた。ならば、イ・ヒョンジョンに不思議な仕事を依頼したのも椿ではないのか。

可能性は大いにある。だが、動機がわからない。椿はなんのためにこんなことをしているのだろう。

「紗奈ちゃん、塚本って男知ってる？」

宮澤は試しに訊いてみた。

「塚本さんって、丸藤商事の？」

「そう。その塚本」

「店のお客さんですけど。時々同伴してもらうこともあるわ」

「大久保という男は？」

「その人もお客さんですけど……どういうことですか？」

「チュモン電機のパク・チスは？」

「チスさんは、通訳の仕事で知り合って。仕事が終わった後もしつこく誘われて困ってるんですけど……田代さん、わたしのこと調べてるの？　ストーカー？」

宮澤はバッジを出した。

「騙しててごめんね。実はおれと友枝さん、警察官なんだ。極秘の捜査で紗奈ちゃんの店に出入りしてたのね」

「警察……」

イ・ヒョンジョンの顔つきが変わった。警戒心が露わになっている。

「そんなに構えなくていいよ。紗奈ちゃんのことを調べてたわけじゃないんだ」

「でも……」

「紗奈ちゃん、パク・チスから紙袋を受け取っただろう？　中身を見せてもらえないかな」

「本当にわたしのこと調べてるんじゃないんですか？」

「神に誓って」

「でも、わたし、違法行為に手を染めたって告白しちゃった」

「不法入国は管轄外。見て見ぬふりしちゃう」

「本当に？」

「本当」

「じゃあ、ちょっと待っててください。部屋に置いてあるの。取ってきます」

イ・ヒョンジョンは踵を返し、エレベーターホールに向かっていった。宮澤は携帯を手に取った。電話をかけたが椿は摑まらない。舌打ちしながら渡会執事の番号を呼び出した。

「椿さんから連絡は？」

「ありません。こっちから電話をかけても梨の礫で……」

佐藤節子に相当絞られているのだろう。渡会執事の声はか細かった。

「なんとか方法を探して連絡を取ってください。また後でかけ直します」

切るのと同時に電話がかかってきた。千紗からだった。

「千紗、ごめん。今、取り込んでるんだ――」

「椿さんからメールの返信が来たわよ」

「なんだって?」

「ダメもとで、どうしてわたしにこんな酷いことしたのよってメール送ったら、ごめんねだって」

「それだけ?」

「うん。でも、椿さん、携帯の電源は切ってるけど、メール読めるみたい。パソコンに転送とかしてるのかしら」

「ありがとう、千紗」

電話を切る。メールを書く。気が急いているせいか、何度も打ち間違えた。

〈椿さん、どこでなにをしてるんですか? 大至急連絡をください〉

メールを送信する。しばらく携帯を見つめていたが椿からの返信はなかった。

「千紗には返信したくせに、もう」

宮澤は携帯を乱暴にポケットに押し込んだ。腕時計に視線を走らせ、エレベーターホールに顔を向ける。視界の隅をだれかがよぎっていった。

イ・ヒョンジョンだった。ホテルを出て行く。リュックを背負い、携帯を耳に押し当てている。

「ちょ、ちょっと……」

宮澤は慌てて後を追いかけた。だが、イ・ヒョンジョンはエントランス前に待機していたタクシーに乗った。

駐車場に車を取りにいっている余裕はない。ロビィを突っ切った。

イ・ヒョンジョンの乗ったタクシーが発進した。宮澤はバッジを振りかざし、順番待ちをしていた客を押しのけて次のタクシーに乗った。

「あのタクシーを追いかけて。できれば前に回って停めて欲しいんだ」

タクシーの運転手にバッジを突きつける。

「かしこまりました」

タクシーが急発進し、宮澤は後部シートの上に転がった。

「シートベルトをお願いします」

運転手の声が飛んでくる。

「わかってるよ、そんなこと」

宮澤は怒鳴った。シートに座り直し、ベルトを締める。その間も脳味噌はフル回転していた。

なぜイ・ヒョンジョンはあんな行動を取ったのか？　携帯を耳に押し当てていた。彼女の一連の行動を金を払って指示していた何者かがまた彼女にコンタクトを取ったのだ。

もちろん、椿に違いない。椿が彼女を動かしている。宮澤が刑事だと知ったときの彼女の表情が思い出される。イ・ヒョンジョンは不安を覚えていた。椿はその不安を煽り、彼女を焚きつけたのだ。

「運転手さん、急いで」

「道が混んでいてどうしようもないんですよ」

運転手の言うとおりだった。イ・ヒョンジョンの乗ったタクシーは七台ほど前を走っている。だが、その距離を詰めることは不可能に近い。

宮澤は舌打ちをこらえながら携帯で椿に電話をかけた。仕事用の番号は相変わらず電源が落ちている。だが、プライベート用の方は話し中だった。

「やっぱり」

イ・ヒョンジョンの電話の相手は椿なのだ。

「運転手さん、なんとか距離を詰めてよ」

「あのタクシー、どっち方面に向かってるかわかります？　それだとやりようがあるんですけど」

椿はイ・ヒョンジョンをどこに向かわせるだろう？　考え、やがて結論が出た。

「多分、スカイツリー」

宮澤は言った。

「スカイツリーですね。了解しました」

運転手はタクシーを左折させた。宮澤は唇を舐め、イ・ヒョンジョンの乗ったタクシーを睨み続けた。

イ・ヒョンジョンの乗ったタクシーは有明で首都高に乗った。宮澤のタクシーは三台後ろにつけている。運転手が路地を巧みに使って距離を詰めてくれたのだ。

「運転手さん、首都高に乗ったらしばらく後をつけるだけにして」

「わかりました」

首都高も混んでいた。だらだらとした渋滞が続いている。イ・ヒョンジョンはもう電話で話してはいなかった。

宮澤は携帯でメールを打った。

〈椿さん、チャン・ギヒョンはハタというホームレスでした。イ・ヒョンジョンも北の工作員なんかじゃありません。全部椿さんが企んでいるんですね？　なにが目的ですか？〉

メールを送信する。

返信は期待していなかった。だが、なにかを言ってやらねば気が済まない。首都高を埋める車列は象の行進のようだった。のろのろと、しかし、しっかりと前進している。

携帯が振動した。驚いたことに椿からの返信が届いていた。

〈びっくりしたなあ。まさか宮君にこんなに早く見破られるなんてさ。やるねえ〉

宮澤は舌打ちした。こめかみの血管がひくついているのがわかる。

＊＊＊

〈やるねえ、じゃありませんよ！　なにを考えてるんですか〉

メールを打つ指先が怒りに震えていた。送信ボタンを押し、深呼吸を繰り返す。返信はすぐに来た。

〈ぼくがなにを考えてるかって？　宮君、とっくに気がついてるんじゃないの。気がついてないふりしてるだけで。そろそろ本格的に忙しくなってきたから、もうメールの返信はしないよ。じゃあね〉

気がついている？　宮澤は頭を振った。椿はいかれている。椿は腹黒い。ジキルとハイド、ハイドが本性だと渡会執事は断言した。

とち狂ったハイド。精神の均衡が崩れているのにも気づかず、自らをアンタッチャブルと称して好き勝手をやっている。普段の顔はドクター・ジキル。だが、時折ハイド氏がその素顔を覗かせる。

ハイド氏は滝山課長を目の仇にしていた。滝山課長が手柄を横取りしていくと憤っていた。馬鹿のくせに威張っていると嘲っていた。

お坊ちゃまは執念深いんです——渡会執事は言っていた。お坊ちゃまを怒らせることほど恐ろしいものはない、と。

狂った頭でハイド氏が執念深い復讐を企む。復讐する相手は滝山課長？　だとしたら、一連の事件は——

「罠だ」

宮澤は叫んだ。運転手が驚き、タクシーが蛇行する。背後でクラクションが鳴り響いた。

「お、お客さん、いきなり大声出さないでくださいよ。びっくりするじゃないですか」

「ごめん、ごめん」

宮澤は頭を掻き、尻の位置をずらした。

滝山課長をはめる罠だ。大がかりなテロ事件をでっち上げ、滝山を信じさせ、外三全体を巻き込む。イ・ヒョンジョンやパク・チス、金田、塚本らの逮捕を命じれば、滝山は罠にはまったことになる。イ・ヒョンジョンがそうであったように、パク・チスも塚本も無実なのだ。

金田俊明だけは曖昧だが、いずれにせよ外三は誤認逮捕を繰り広げることになる。ありもしない事件に関する、外国人を含んだ誤認逮捕だ。間違いなく滝山の首は飛ぶ。滝山がおもねっていた幹部キャリアたちの足下も危うくなる。

ハイド氏は信じているのだ。自分の能力を妬んだ愚かなキャリアたちが自分の出世を邪魔していると。

〈そこまでやりますか?〉

宮澤はメールを送った。返信はなかった。

窓の外に目をやる。右斜め前方にスカイツリーが見えた。タクシーはまもなく両国ジャンクションを通り過ぎようとしていた。イ・ヒョンジョンのタクシーは駒形で首都高を降りるのだろう。

「運転手さん、駒形で首都高を降りたらあのタクシーをなんとかして停めてください。多少無茶をしてでも」

「後で面倒くさいことになったりしませんか？」

「だいじょうぶ。運転手さんは警察の職務に協力してくれるだけのことですから」

「わかりました」

両国ジャンクションを通過すると車の流れがいくぶん速くなった。宮澤は助手席の背もたれに両手をかけた。

おそらく、イ・ヒョンジョンが持っているリュックに入っているのはダミーの爆弾だ。それを確認したら滝山に電話をしよう。すべてをぶちまけるのだ。

椿は左遷され、宮澤は手柄をあげることになる。捜一に戻ることは不可能だとしても今よりは居心地がよくなるだろう。千紗との新婚生活のためにもより落ち着いた職場環境が必要だ。昇進試験を受けて警部補になれれば生活も少しは楽になる。そのためにも椿には消えてもらおう。

イ・ヒョンジョンの乗ったタクシーのウィンカーが点滅した。やはり、駒形で首都高を降りるのだ。

「首都高を降りたらすぐ前に回って停めますので」

運転手が言った。緊張のせいか声がうわずっている。

「事故は起こさないようにね。なるべくね」

運転手は巧みに車線を変え、イ・ヒョンジョンのタクシーの真後ろに回り込んだ。宮澤は身構えた。

前のタクシーは首都高を降りると清澄通りに出た。宮澤のタクシーが急加速して追い抜いた。そのまま進路を塞ぐようにイ・ヒョンジョンのタクシーの前に出た。急ブレーキの音が響き、クラクションが鳴った。宮澤はシートベルトを外し、タクシーを飛び降りた。

イ・ヒョンジョンがタクシーの後部座席で目を丸くしていた。耳に携帯を押し当てている。バッジを掲げ、タクシーに近づいた。リアウィンドウを拳で叩く。窓が開いた。

「リュックを見せて」

「は、はい」

イ・ヒョンジョンは素直に従った。窓越しにリュックを受け取り中身をあらためる。

雷管、タイマー、そして新聞紙にくるまれた四角い包み。

「これは？」

「知りません」

イ・ヒョンジョンは首を振った。宮澤は新聞紙の包みを破いた。紙粘土の塊が出てきた。中にあるのは爆弾だと思い込んでいたらプラスティック爆弾だと簡単に信じてしまうだろう。だが、四角い塊は間違いなく粘土だった。

「電話で話していたのはいつもの男？」

イ・ヒョンジョンがうなずく。

「友枝さんじゃない？」

宮澤は椿の偽名を口にした。

「相手はボイスチェンジャーを使ってるの」

「なるほど」

「わたし、逮捕されるの？」

宮澤は首を振った。携帯を取りだし、滝山に電話をかける。スカイツリーを狙ったテロなど存在しない。すべては滝山をはめるための罠なのだ。

呼び出し音が鳴るだけで滝山は電話に出ない。

「なにやってるんだよ」

一旦電話を切り、リダイヤルでかけ直す。やはり、呼び出し音が鳴り続けるだけだった。唇を嚙み、今度は藤久保に電話をかけた。すぐに繋がった。

「滝山課長の電話が繫がらないんですけど──」

「そりゃそうですよ。課長は一世一代の山場を迎えてるんだから」

「どういうことですか？」

「どういうことって、宮澤さんが課長の背中を押したんじゃないですか。イ・ヒョンジョンっていう女が爆弾を持っていることが確認できた。課長にそう報告したのは宮澤さんでしょう」

「ちょ、ちょ、ちょ……」

突然、呂律がおかしくなった。顎の筋肉が強張って口がうまく動かない。

「外三だけじゃなく、外二の捜査官も動員されてます。金田俊明、パク・チス、それから塚本さんを逮捕するよう指示が出たんですよ」

「お、おれ、そんな報告してませんけど」

「は？」

「だから、おれはそんな報告した覚えないってば」

「でも、課長が……宮澤さんが課長に電話でそう報告したんでしょう。課長が何度も念を押してるの、ぼくは見てました」

「だから、それはおれじゃない」

椿だ。椿が宮澤の声色を真似たのだ。

「そんな。じゃあ、いったいだれが？」

「滝山課長はどこですか？」

「わかりません。ぼくは金田俊明を逮捕するチームに加わって移動中ですので」

「なんとか摑まえる方法ありませんか」

「外三に管理官が残っているはずです。管理官に話してみたらどうです」

「そ、そうですね。そうします」

電話を切り、外三の固定電話の番号を押した。

「宮澤巡査部長です。管理官に繋いでください」

電話に出た相手にまくし立てた。保留音が流れ、すぐに渡辺管理官のざらついた声が耳に流れ込んできた。

「捜一の落ちこぼれがなんの用だ」

「ぼくじゃないんです」

「なんだ？」

「ぼくは滝山課長にはなにも報告してません」

「おい、落ちこぼれ。椿とつるんでるうちにおまえまでおかしくなったのか？」

「そうじゃありません。何者かがぼくの名前を騙って滝山課長に嘘の情報を——」

「課長はああ見えて耳がいいんだ。声を間違えるはずが——」

「ぼく自身が報告なんてしてないと言ってるんですよ」

お互いに相手の言葉を遮りあい、最後に痺れを切らした宮澤が叫んだ。

「本気で言ってるんだな、落ちこぼれ？」

「偽の情報に踊らされてるんです。課長はどこですか？」

「パク・チス逮捕の陣頭指揮に出ている。なにしろ相手は韓国籍の人間だからな」

「止めてください。さっきから課長の携帯に電話をかけているんですが、繋がらなくて」

「おまえ、自分がなにを言っているかちゃんとわかってるんだろうな？　相手はテロリストなんだぞ。後で間違えましたと言っても取り返しはきかん」

「わかってます」

「電話を切って待ってろ。課長に電話させる」

「そんな余裕は――」

電話が切れた。手柄が掌をすり抜けていったかのような錯覚を覚えた。

「田代さん、わたしはどうすれば？」

イ・ヒョンジョンが不安を滲ませた顔を宮澤に向けていた。

「とりあえずタクシー降りて。あ、お金は払ってね。運転手さんは行っていいよ」

宮澤は自分の乗ってきたタクシーの支払いを済ませた。滝山からの電話はなかなかかかってこない。

「なにやってんだよ、もう」

宮澤はイ・ヒョンジョンを誘い、歩道に移動した。二台のタクシーが走り去っていく。

「電話でなにを指示されてたの？」

「いろいろあって……」

「とにかく話してみて」

「田代さんがわたしに会いに来るから、リュックの中身を見せろって言うはずだから、そうしたら逃げろって」

の？」

「ちょっと待って」宮澤は言った。「それ、おれとホテルで会う前から指示されてた
「ええ」

宮澤は携帯を握りしめた。椿に行動を読まれていたのだ。あんな男に。腹黒くて我が儘で自分勝手な男に。腸が煮えくりかえりそうだった。

「ホテルから出るときは？」

「無理に逃げ続けなくていいって。田代さんに追いつかれたら素直に捕まりなさいって」

奥歯がみしみしと音を立てていた。あんな男に。腹黒くて我が儘で自分勝手で二重人格のいかれた男に。

「あの……怒ってます？」

「怒ってるけど、君にじゃない」

携帯が鳴った。滝山からだと決めつけ、確認せずに電話に出た。

「課長、実は――」

「ダーリン、椿さんから変なメールが来たの」

電話の主は滝山ではなく千紗だった。

「変なメール？」

「そんなに怒らないでってダーリンに伝えてだって。なんなの？」

急に視界が狭まった。視界の隅が赤く染まっている。唐突に襲いかかってきた激しい怒りに視野狭窄が起こったのだ。

あんな男に。あんな男に。あんな男に――同じ言葉がぐるぐると頭の中を駆け回る。

「ダーリン？」

「今忙しいんだ。後でかけ直す」

不機嫌に言って電話を切った。

「どいつもこいつもくそったれ」

視界の隅に白いものが映っていた。宮澤はそれを蹴ろうと脚を振り上げた。視野狭窄が治っていく。白いものはガードレールだった。蹴るのをやめようとしたが遅かった。ありったけの力で振り下ろした足は慣性の法則に逆らえず、ガードレールに向かっていく。

鈍い音がした。凄まじい痛みが爪先に生じた。宮澤は右足を抱え、アスファルトの上に転がった。

## 51

携帯が鳴った。滝山からの電話だ。宮澤はガードレールに腰掛けたまま電話に出た。

足の痛みはかなり引いていたが、体重を乗せるとまたぶり返す。

「宮澤か？　ナベさんの話がよくわからないんだが、どういうことだ」

どうやら渡辺管理官は宮澤の話を滝山に伝えてはくれたようだった。

「金田俊明たちの逮捕はやめてください。これは罠です」

「罠？　いまさらなにを言ってるんだ。イ・ヒョンジョンが爆弾を所持しているのを確認したと言ったのはおまえだぞ」

「ぼくは課長にそんな電話をかけた覚えはありません」

「なんだと？　おまえは確かに――」

「イ・ヒョンジョンはぼくの隣にいます。彼女が持っているのは爆弾ではなく、ただの紙粘土です」

「ふざけるなよ、おい」

「大真面目です」

「あれは確かにおまえの声だった――」

「ぼくじゃありません。そんなことより課長。すぐに金田たちの逮捕を中止してください」

「もう遅い」

「はい？」

「少し前にパク・チスを逮捕した」

滝山の声はうわずっていた。

「課長――」

「金田も塚本ももう逮捕したはずだ」

「どうしてすぐに電話をくれなかったんですか」

「おまえ、罠だと言ったよな。だれの罠だ？」

「それは――」

いきなり携帯を奪い取られた。椿の巨体が宮澤を見下ろしていた。椿は電話を切りながら微笑んだ。

「宮君、いい仕事するねえ。ちょっと見直しちゃったよ」

椿は宮澤の携帯の電源を落とした。

「なにするんですか。人の携帯を勝手に――」

「怒るポイントがずれてるんじゃないの、宮君？」

椿は無造作に携帯を放った。宮澤は慌てて受け止める。

「あの、わたしは？」

「もう帰っていいよ、ヒョンちゃん」

「ヒョ、ヒョンちゃん？」

椿が言った。

宮澤は目を丸くする。

「それじゃあ、これで失礼します」

イ・ヒョンジョンが丁寧に頭を下げ、宮澤たちに背を向けた。

「いろいろありがとうね」

「ちょ、ちょっと、ありがとうねじゃないですよ。彼女は重要な証人なんですから」

「証人ってなんの？」

「なんのって、決まってるじゃないですか。椿さんが――」

「ぼくが？」

宮澤は口を閉じ、溜まった唾液を飲みこんだ。滝山はパク・チスを逮捕してしまったのだ。おそらく、金田と塚本も逮捕されただろう。金田はともかく、パク・チスはチュモン電機という韓国大手企業の社員だし、塚本は元警察キャリアだ。それがありもしない事件に対する誤認逮捕だということが発覚すれば外三に、いや、警視庁公安部全体に激震が走る。

「宮君、わかってるよね？」宮澤の考えを読んでいるというように椿が追い打ちをかけてくる。「滝山は最後の一線を越えたんだよ。無実の外国人と元警察キャリアを逮捕したんだ。滝山の首ひとつ差し出したところで焼け石に水っていうぐらいの大失態。滝山のもっと上にいる連中も詰め腹を切らされる」

椿の顔には悪魔のような笑みが浮かんでいた。ハイド氏が本性を現している。

「それでも滝山になにか報告するつもり？」

宮澤は首を振った。

「そうそう。近々千紗ちゃんと結婚するんだし、男は家庭を守らないとねえ」

悪魔の笑みが手品のようにかき消えたかと思うと、次の瞬間、いつもの人の良さそうな笑みが浮かんでいた。

「じゃあ、外三に戻ろうか。滝山の面を拝んでやろうよ」

椿は路肩に停めていた車に足を踏み出した。真っ黒な大振りのセダンだ。ボディはぴかぴかに磨き上げられている。

「これ、ロールス・ロイスですか?」

宮澤は甲高い声をあげた。

「ベントレーだよ。パパの車、借りてきちゃった。趣味悪いでしょう?」

椿はそう言いながら助手席に乗り込んだ。運転手は宮澤だ。ベントレーに乗るのはそういう人種なのだ。ここまでは自分で運転してきたくせに。

宮澤は運転席に乗った。車内はパイプの匂いが充満していた。乱暴にエンジンキーを回した。だが、ベントレーのエンジンは宮澤を嘲笑うように実に静かに始動した。

「さっき、彼女のことヒョンちゃんって呼んでましたよね?」

「うん。ぼくが付けてやった名前だからねえ」

「はい?」

「彼女、脱北者なんだよ。元工作員のね。日本に潜入してたんだけど、日本人の平和惚けした顔を毎日見てると、自分のしてることが馬鹿らしくなったんだって。それで、ぼくのところに相談しにきたんだ。当時、ぼくは金田俊明を追っていて、その周辺から彼女が浮かんできて目をつけてたっていうこともあってね」

宮澤は目を丸くしながらベントレーを発進させた。他の車が次々に車線を変えていく。

「それで、韓国の情報機関の友達に相談して、別人に生まれ変わらせたんだ。そのうち使えるときがくるだろうと思ってね。相変わらず、ぼくの頭は冴えてるなあ。そう思わない、宮君」

「そうですね。冴えてますね。あ、でも、ちょっと待ってくださいよ。彼女は、正体不明の何者かから指示されたことを金をもらって実行していたって――」

「嘘に決まってるじゃない」

椿があっさりと言った。溜息が出るだけで怒る気力も湧いてこない。

「だから、点検作業があんなに上手だったんですね」

「それでも、宮君が気がつかないと困るから、わざと下手くそにやってってお願いしておいたんだ」

椿がパイプをくわえた。

「そうですか、そうですか」

「あれ、宮君、怒ってる？」

「はい。怒ってます」

「怒っているっていってもちょっとだよね。すぐに機嫌直るよね」

「そう簡単には直らないと思いますが」

「やだなあ。そんなの宮君らしくないよぉ」

信号が赤に変わった。宮澤はブレーキペダルを思いきり踏んだ。椿がダッシュボードに顔を打ちつけた。

「シートベルト、もっときっちりお願いします。危険ですよ。椿警視」

「大人げないよ、宮君」

椿は鼻を押さえながら抗議した。鼻血が出て、目に涙が滲んでいる。くわえていたパイプは行方不明だ。

「パク・チスは一般人なんですか？　それにしては点検作業、念が入ってましたけど」

「パク・チスはヒョンちゃんに一目惚れでねえ、しつこく言いよってきてたんだ。それでぼくがアドバイスして、ヒョンちゃんに言わせたんだよ。ヒョンちゃんには頭のおかしいストーカーがつきまとってる。そいつはヒョンちゃんに手を出そうとする男どもを襲っては怪我をさせるんだってね。彼、臆病者でねえ。どこに行くにも振り返って自分を尾けているやつ、監視しているやつがいないかどうか確かめるのが癖になっちゃったらしいんだよ」

椿はどこかから取りだしたティッシュを丸めて鼻に詰めた。信号が青に変わった。ベントレーは交差点の先頭だった。宮澤は思いきりアクセルを踏んだ。超高級セダンはその車重をものともせず、タイヤに悲鳴を上げさせながら加速した。椿が後頭部をシートのヘッドレストにしたたかに打ちつけた。

「宮君、この車、そういう運転しちゃだめなんだよぉ」

椿は後頭部を押さえた。

「塚本さんは？　椿さん、塚本さんが警察辞めたことわかってるんじゃないですか」

「なに言ってるんだよ、宮君。塚本は潜入捜査の最中なんだ。民間人を装ってるんだよ」

塚本のことに触れた途端、椿の眼球が変わった動きをした。宮澤は口を押さえた。椿の妄想の矛盾を突いてはいけないのだ。椿は自分を失い、暴れはじめる。

暴れさせてみたらどうだ？——頭の中でだれかが囁いた。徹底的に矛盾を突いて椿を混乱させるのだ。そうすれば、椿は矛盾を認めるかもしれない。認めなければさらなる妄想の迷宮にはまりこんで実生活を営めなくなるかもしれない。

どっちにしろ、宮澤には好都合だ。

「ぼくと千紗の結婚式には椿さん、出席してくれますよね？」

「もちろん——」

「奥さんと一緒に」

宮澤は言った。椿の鼻に詰められていたティッシュが飛んだ。鼻からだらだらと血が流れてくる。椿は一点を見つめていた。そのまま微動だにせずにいる。まるで動力を失ったロボットのようだった。

「椿さん？　奥さんと一緒に出席してくれるんですよね？　できれば仲人頼んじゃおうかな？」

椿は動かない。

「今度奥さんに会わせてくださいよ。結婚式の打ち合わせもしなけりゃならないし」

椿が不意に動いた。丸めた握り拳をダッシュボードに叩きつけたのだ。凄まじい音がして、ダッシュボードが凹んだ。

「つ、椿さん、落ち着いて」

宮澤はアクセルペダルから足を離した。ここで暴れられたら目もあてられない。

「宮君」

椿が顔を向けた。鼻血で口から下が真っ赤に染まっている。その顔で椿はにたりと笑った。悪魔の笑みだ。ハイド氏の笑みだ。

「言ってなかったっけ？　ぼくの女房はこないだから外国に行ってるんだ。パリね。語学留学ね。だから、残念だけど、君たちの結婚式にはぼくひとり。仲人も他の人に頼んでよ」

椿は足下からパイプを拾い上げ、血まみれの口にくわえて肩をすくめた。

# エピローグ

警視庁公安部外事三課に嵐が吹き荒れた。ありもしないテロ事件に大量の捜査官を動員し、挙げ句、韓国籍の人間を逮捕したのだ。

駐日韓国大使が外務省に強硬な抗議をし、外務省は警察庁に責任を取れと脅しをかけてきた。

課長の滝山はもちろん、その上に立つキャリア幹部たちが更迭され警視総監の首がすげ替えられた。

警視庁公安部にとっては、二十数年前に発覚して世間を騒がせた共産党幹部宅盗聴事件に匹敵する大失態だったのだ。

椿はご機嫌だった。日がな一日資料室でパイプをふかしては意味もなくにたにた笑っている。

「滝山さんはいなくなりましたけど、ぼくたちは相変わらずですね」

宮澤は不機嫌に言う。手柄を立てて捜査一課に復帰するという希望は無残に打ち砕かれた。滝山の下で働いていた捜査官たちの中には出世したものもいる。だが、宮澤は相変わらず椿の部下のままだった。

「異動とか出世は関係ないよ。ぼくらは公安のアンタッチャブルなんだから」

椿は夢見るような声で言う。

「椿さんはそれでいいかもしれないですけどね……」

捜一に戻れないのはしかたないとしても、椿のもとからは離れたい――宮澤は喉まで出かかった言葉をのみ下す。

なにも仕事がない。滝山が外三を統括していたときから椿と宮澤には仕事らしい仕事がなかったが、新しい課長がやって来てからはそれがさらに顕著になった。

あのふたりは幽霊だ。いない者だと思え。

課長は着任するなり課員たちにそう訓示を垂れたという。完全な飼い殺し宣言が下されたのだ。

それもこれも、椿がろくでもない計画を立て、実行に移したからだ。宮澤は蚊帳の外だったというのに。

暇に飽かせて、宮澤はあの事件に巻き込まれた人間たちのその後を探った。

パク・チスは韓国に帰った。チュモン電機で精力的に働いているらしい。彼が北の工作員だという話はまったくのでたらめだった。

金田俊明は相変わらず外二の監視下に置かれている。しかし、今までのところこれといって目立った動きはない。北の工作員なのかもしれないが、テロには関わっていないし、これから関わることもないだろう。

塚本は左遷された。彼にはなんの咎もないのだが、勤めているのは一流企業だ。誤認とはいえ、警察に逮捕されたという事実はキャリアに傷がついたのと同じだった。左遷と同時に妻が家を出たらしい。椿の前の女房だ。妻は弁護士を雇い、離婚に向けて動き出している。案外、椿の本当の狙いは塚本を社会的に抹殺することにあったのかもしれない。

ホームレスのハタは大久保界隈から姿を消した。椿によく似た巨漢がハタを訪れ、分厚い茶封筒を渡しているのを見た人間がいた。椿が報酬を渡し、ハタはホームレス稼業から足を洗ったのだ。そうに違いない。そぎ落としたような耳たぶを持った男。ハタを見つけたときから、椿の狂った計画は動き出したのだ。ハタをチャン・ギヒョンに仕立て上げたからこそ、滝山が動いたのだ。ハタ様々。椿はどれだけの金を渡したのだろう。それとなく鎌をかけてみても笑ってごまかされるだけだった。

佐藤節子は渡会執事と交際をはじめた。ばりばりの共産主義者と大金持ちの執事はいがみ合いながら、いや、佐藤節子が一方的に渡会執事を責め立てながら、しかしそれでも楽しく付き合っているらしい。

イ・ヒョンジョンも韓国へ戻った。不法入国を自ら入管に申し立て、強制送還されたのだ。再入国できるようになるのは何年も先だ。おそらく、日本に戻ってくることはないのだろう。

「じゃあ、宮君。ぼくはそろそろ帰るね」

宮澤の返事も待たず、椿は片手に鞄をぶら下げて資料室を出て行った。異様なほど軽い足取りだった。

「自分だけご機嫌でいいよなあ……」

宮澤は溜息を漏らしながらデスク回りを片付けはじめた。ここにいても仕事はない。ならば、とっとと帰ってやけ酒でも飲もう。今夜は千紗は父親の入院している病院で泊まり込みの看病の予定だ。ゆっくりできる。

だれかが資料室に入ってきた。椿が忘れ物を取りに来たのかと思って振り返る。椿ではなかった。

「藤久保さん……どうしたんですか、こんなところに」

「もうあがりですか?」

「ええ」

「よかったらどうですか?」

藤久保は右手でグラスを傾ける仕草をした。

「いいんですか? 新しい課長が幽霊たちとは口をきくなって厳命したって話じゃないですか」

「課長は昨日から出張です」

藤久保は肩をすくめた。

「じゃあ、お言葉に甘えようっかな」

宮澤はデスクの上のものを片っ端から引き出しに押し込んだ。

＊　＊　＊

「またどうして急に幽霊を酒に誘おうなんて思ったんですか？」

宮澤は焼き鳥を頬張りながら訊いた。新橋駅近くの雑居ビルにある居酒屋はサラリーマンで賑わっていた。

「今度、辞令が下りることになりそうなんです。それで」

「辞令って、まさか、左遷？」

藤久保は首を振った。

「刑事部の捜査二課です。どっちかっていうと栄転扱いです」

「刑事部に行くの？」

「ええ。椿さんのおかげです」

「なんで？　どうしてそこに椿さんが出てくるわけ？」

宮澤は焼き鳥を食べる手をとめて藤久保を凝視した。

「ぼくが公安を出たがってるの知ってましたから。部下だったとき、何度か相談したこともあるし」

「そうじゃなくて。どうして藤久保さんを異動させる力が椿さんにあるわけ？」

藤久保は酎ハイの入ったグラスを傾けた。

「今度の事件の責任を取って、警視総監が退任したじゃないですか。新総監は三国武雄」

「それは知ってるけど」

「三国総監、椿さんのお父上の後輩なんです」

「え？」

「東大の同じ学部の同じゼミ。椿さんのお父上に相当可愛がられてるみたいですよ。だから、今度の事件も、椿さんの本当の狙いは滝山課長なんかじゃなく、警視総監の首をすげ替えることにあったんじゃないかってもっぱらの噂です。お父上の差し金でね」

「噂って、どこで流れてる噂？」

少なくとも宮澤の知っている範囲ではそんな噂など流れていない。椿も宮澤も幽霊扱いなのだ。

「警察上層部にも、椿さんのあれを仮病だと疑ってる人がいるんですよ。本当にこれなら――」藤久保は頭の上で右手の人差し指をくるくると回した。「あんなに込み入った計画を立てられるわけがない」

「そんなはずは……」

「言ったじゃないですか。椿さんは恐ろしい人だって」

喉が渇いていた。宮澤はビールを飲んだ。生温くて気が抜けていた。

「エスと関係を持ってしまって、それで椿さんに弱みを握られることになった。前にそう言いましたよね？」

「え、ええ」

「あれ、嘘です。本当はエスなんかじゃなく、監視対象者と寝ちゃったんです」

「ちょ、ちょっと――」

「相手はイ・ヒョンジョン」

ビールが気管に入った。宮澤は激しく咳き込んだ。

「本名は違うんですけどね」

「ど、ど、どういうことですか？」

鼻から噴き出たビールをぬぐいながら訊いた。

「彼女は北の工作員でした。ふとしたことからぼくは彼女に目をつけるようになり、監視し、エスとして運営できないかと近づき、ミイラ取りがミイラになった」

「そ、それで？」

「椿警視の登場です。北の工作員と肉体関係を持ったなんてことがばれたら大変なことになる。今度、どの部署に配属されても椿警視の命令を仰ぐということを交換条件に、彼女の新しい身分を作ってもらったんです」

「それがイ・ヒョンジョンって名前？　だけど、椿さんにそんなことが――」

「できるんですよ、あの人には。あんなふうになっちゃう前はエリート中のエリート、家は名門、お父上は外務省の重鎮。世界各国にコネがある。もちろん、韓国にだってね」

宮澤は生唾を飲み込んだ。背中の肌が粟立っているのは効きすぎているエアコンのせいではなかった。

「彼女はイ・ヒョンジョンという新しい名前を得て脱北した。椿さんが手に入れたのは完璧なプロフィールだったから、北にも日本にもばれるおそれがなかった」

藤久保は酎ハイを飲み干し、お代わりを注文した。宮澤もビールを酎ハイに替えた。

「藤久保さんは彼女とは？」

「別れました。それが条件のひとつだったし、公安の捜査官が周りにいるとだれかが不審に思うかもしれない。せっかく脱北した彼女を危険にさらしたくなかったんです」

「じゃあ、今回彼女はどうして？」

「椿さんに頼まれたからでしょう。彼女、椿さんには一生頭があがらないから」

最初にイ・ヒョンジョンと塚本を見かけたときから、椿は芝居を演じていたのだ。イ・ヒョンジョンを塚本に近づかせたのも椿だろう。

「でも、せっかく手に入れた身分もこれでやばくなるんじゃ――」

「椿さんのことだから、別の身分を手配してるでしょう。それで彼女は日本を離れたんだ」

酎ハイが運ばれてきた。宮澤も藤久保も一気に半分近くを胃に流し込む。

「藤久保さん、どうしてそのことをぼくに話す気になったんですか」

「椿さんがどれだけ恐ろしい人か、知っておいた方がいいと思って。人の良さそうな顔をしてるけど、冷酷な人です。力もある」

「そういうことになるよなあ」

「冗談じゃないんですよ、宮澤さん。一刻も早く椿さんのもとから逃げないと大変な目に遭わされる」

「大変な目って、今回も――」

「今回の事件は序の口です」

藤久保は真顔だった。

「でも、人事に口出しはできないし」

「手柄をあげるんです。ぼくはそれで椿さんから逃げることができた」

「手柄か……」

「宮澤さんならできます。優秀なんだから」

「ぼくが?」

「じゃなきゃ、椿さんが宮澤さんを可愛がることなんかないですよ。あの人、相手の頭が悪いと決めつけると露骨に見下すんですから。今まで、何人の公安捜査官があの資料室から泣いて逃げ出していったと思ってるんです」

宮澤は椿のとぼけた顔を脳裏に浮かべた。可愛がられている? そんな実感はまるでない。

「手柄、立てなきゃな。なんとしてでも」

「そうですよ。椿さんと長く一緒にいたら、人格崩壊しますから。保証します」

宮澤は藤久保と乾杯した。焼き鳥に手を伸ばしたがすっかり冷めていた。

「藤久保さん、あの人、本当にここがいかれてるんですかね？」

宮澤は自分の頭を指さした。藤久保は首を振った。

「いかれてるっていう人もいれば、あれは芝居だっていう人もいます。本当のところは本人にしかわからないですよ」

「本当にいかれてたら、本人にもわからないよね」

藤久保は酎ハイのグラスをじっと見つめ、やがて口を開いた。

「そうですよね。本人にもわからないのかも」

＊　＊　＊

酔いが回っていた。藤久保と三軒の飲み屋をはしごしたのだ。足下が覚束ない。なんだかやりきれなくてせつなくて、飲んでも飲んでも飲み足りなかった。そして、気がつけば呂律もおかしくなっている。

藤久保の話を聞いた後ではなにもかもが信じられない。すべてが椿の計画であるように思えてくるのだ。たとえば、今日、藤久保が宮澤を誘ったのだってなにかの計画の一環かもしれない。

新橋駅に向かって歩いていると、携帯が鳴った。千紗からの電話だった。

「もしもしぃ」

宮澤は電話に出た。

「ダーリン、酔っぱらってる?」

「うん。久々に同僚と飲んだ。酔っちゃったなあ」

「椿さんと?」

「違う、違う。あの人と飲んだって気苦労が多いだけで酔っぱらえないよ」

「まあ、今日はわたしもいないんだし、少しぐらい羽目を外してもゆるしてあげる」

千紗の声には相変わらず屈託がない。その声を聞いていると沈んでいた気分がいくらかはましになる。

「千紗に会いたいなあ。会いに行こうかなあ」

「来なくていい。ダーリン、酔ってるでしょう。そんなときにパパを見たらどーんと落ち込んじゃうに決まってるんだから」

「そうだよね。千紗の言うとおりだ。おれは馬鹿だなあ」

「酔ってるダーリンも可愛い。明日はずっと一緒にいられるから。それまで待って。ね?」

「うん。それまで待つぅ」

他のすべてが信じられなくても、千紗のことは信じられる。千紗の自分に対する思いだけは信じられる。いろいろと問題の多い女だが、本気で自分のことを愛してくれているのだ。

「ダーリンってばほんとに酔っぱらってるんだから」

「ごめんな。寝て起きたらしゃんとするよ」

「うん。おやすみなさい」

「おやすみ」

宮澤は電話を切った。新橋駅は目と鼻の先にある。

「さあ、帰って寝るか――」

呟くのと同時にまた携帯が鳴った。相手を確かめることもせず、宮澤は電話に出た。

「どうした、千紗。やっぱり寂しくて――」

「田代さん？　わたし。美穂よ。覚えてる？」

姦《かしま》しい声が耳に流れ込んできた。覚えている。イ・ヒョンジョンと同じ店で働いていた韓国人のホステスだ。

「美穂ちゃん、久しぶり。どうしたの？」

「友枝さんが酔って暴れてるの。なんとかして」

「友枝さんって？」

「あなたの友達よ」

思い出した。椿の偽名だ。

「暴れてるって、どうして?」

「なんでもいいから早く来て。大変なの」

「わ、わかった。今、行くから」

宮澤は振り返り、タクシーを拾った。

「歌舞伎町まで。大急ぎで」

タクシーが動き出すと椿の携帯に電話をかけた。繋がらなかった。

「まったくもう」

宮澤は頭を掻いた。酔いはすっかり覚めていた。

# あとがき

不惑を過ぎてしばらく経った頃だろうか。

デビューして十五年近く、ただただノワールと呼ばれる小説を書き続けてきた。

そろそろいいんじゃないのか？

そう思ったのだ。

ノワールは書き続ける。だが、他のものを書いてもいいだろう。その時に書きたいものを書きたいように書けばいいのだ。

気持ちが吹っ切れたのはいいが、さて、なにを書こう？　おれは今、どんな小説を書きたいのだ？

頭を捻るとすぐに答えが見つかった。

コメディを書きたい。コメディを書こう。

ちょうど、公安警察を舞台にした連載をはじめることが決まっていた。

編集者は従来のわたしの小説——暗いムードのノワールを待っていることだろう。

その期待を思いきり裏切ってやれ。度肝を抜いてやるのだ。

そうやって『アンタッチャブル』は産声を上げたのだ。

書くのが楽しかった。毎日毎日、パソコンを立ち上げて書きかけの小説のテキストを開くと胸が躍った。

こんな気持ちで小説を書いたのはいつ以来だろう。職業小説家というのは余人が考えるほど楽しいものではない。口に糊するために、日々、ロボットと化して小説を書き続けるのだ。

少なくとも、デビューしてから十年ほどのわたしはそうだった。プロに徹して小説を書き続けてきた。自分の書くものに自信はあったが、そこに喜びがあったかどうかは疑わしい。

だが、『アンタッチャブル』は間違いなく喜びと共に書き上げた。わたしの高揚した気持ちが行間に潜りこんでいる。

この作品以降、わたしはノワールというジャンルにとどまらない作品を書きはじめた。犬と人をテーマにした小説。山岳小説。古代を舞台にした歴史小説。

どの作品も気持ちが高ぶり、喜びと共に執筆した。

『アンタッチャブル』で吹っ切れたおかげだ。コメディ・ノワールと銘打ったこのどたばた喜劇は、間違いなくわたしの転機となったのだ。

これまで、わたしはシリーズものを敬遠してきた。ある小説の続編やシリーズ化を乞われても頑なに拒んできたのだ。

だが、『アンタッチャブル』はシリーズ化を念頭に書いた。

この点でもわたしにとっては画期的な作品なのだ。
椿警視と宮君コンビの新たな物語は来年（二〇一七年）に書きはじめる予定だ。
乞うご期待。

# 解説——書き手の愉しみ、読み手の愉しみ

村上貴史

## ■ステップ&スピン

なんて愉しい本だ！

この文庫本を両手で持って立ち上がり、ステップでも踏みながらページをめくりたくなる。

なんならスピンを加えてもいい。

そんな具合に愉しい本なのだ。

## ■椿&宮澤

宮澤武は、しでかしてしまった。

捜査一課の刑事として手柄を焦るあまり、浅田浩介を病院送りにしてしまったのである。実のところ浅田浩介は、特に何らかの事件との関わりを持っていたわけではなかっ

た。単なる一般人である。にもかかわらず、宮澤武のせいで――大切なことだから繰り返すが、宮澤武のせいで――植物状態に陥り、未だに意識を回復していない。警視庁に採用されて十五年、刑事一筋で来た宮澤の人生は、このしでかしによって大きな転換点を迎えることになった。捜査一課を放り出されることになったのである。

行き先は警視庁公安部外事三課特別事項捜査係。宮澤は、そう、刑事警察から公安警察へと異例の異動を命じられたのである。上司となるのは椿警視だ。身長一九〇センチはあろうかという巨漢だが、特徴はそれだけではない。父親は駐米大使を務めたこともある外務省キャリアで、母方の祖父は大物経営者という強大な力を持つ家庭の出身なのだ。本人はといえば、東大法学部を首席で卒業し、国家公務員I種にトップ合格し、公安警察においても外事三課という対テロ防テロを任務とする部門で圧倒的な実績を上げ、エースとして活躍していた。エリート中のエリートなのである。

だが――ある出来事をきっかけに、椿のなかでなにかがおかしくなってしまった。頭の切れは従来通りだが、頭のネジは吹き飛んでしまっている模様なのだ。それは徐々に周囲にも伝わり、椿の出世はストップした。だが、公安の重要機密を知悉しているだけに組織から放り出すわけにも行かず、結果として椿は外事三課の特別事項捜査係という無任所班、換言するならば窓際部署で過ごすこととなった。とはいえ、能力は人一倍ある椿だ。〝公安のアンタッチャブル〟を自任し、好き勝手に行動するようになってしまった。故にお目付役が必要となる。過去のお目付役たちがそれぞれ短命に終わり、死屍累々となるなかで（比喩です）、新たにその役を割り当てられたのが、宮澤武だったわけだ。南無阿弥陀仏。

という具合に『アンタッチャブル』の紹介をしたうえで改めて念押しするが、本書はコメディである。ノワール、あるいは暗黒小説の書き手として語られることが多い馳星周の手による小説なのだが、コメディなのである。とことんコメディなのだ。

まずは、椿というキャラクターが強烈である。体格といい家柄といい経歴といい、さらにアンタッチャブルを自任する点といい、〝馳星周が描く公安の切れ者〟というイメージとはまるでかけ離れた存在だ。自分を〝ぼく〟と呼ぶし。そして、序盤で読者に提示されるこれらの特徴的な属性だけでなく、思考や言動もまた半端でなく強烈であることが判っていく――宮澤が椿に振り回される姿を見て。

その姿は、公安警察官としては全くの素人である宮澤武が、公安のイロハを学び、そして椿警視という異形の上司の実力を徐々に知っていくという物語のなかにちりばめられている。尾行などの実技の面でも公安のエリートとしての才能を発揮する椿によって、本書の語り手である宮澤は、揶揄され、見透かされ、外堀を埋められ、飲食費を負担させられたりするのだ。この椿と宮澤のやりとりが、まずは本書の大きな魅力なのである。

椿は自分自身で宮澤を振り回すだけでなく、浅田浩介をも巻き込んで、宮澤を更に振り回す。といってもさすがに浅田浩介本人は動かしようがないので、その娘を巻き込むのだ。浅田千紗。三十二歳。長身。美女。宮澤を振り回すだけの要素は十二分に備わっている。そのうえ彼女は……というわけで、彼女と宮澤のやりとりや関係性の変化もまた、読み手を愉しませてくれる。

宮澤がそんな具合に公安の特別事項捜査係での生活をスタートさせて程なく、椿は、宮澤の見聞きした事項から、あるテロ計画が進行中であることを察知した。マジかよ、なのだが、そこは捜査一課で叩き込まれた上位の者への絶対的服従意識を持つ宮澤のこと、椿に逆らわず、椿の指示のもと、そのテロ計画に関する捜査を進めていくことになる……。

驚くべきことに、というか馳星周の日頃の小説であれば驚くべきことでもないのだが、物語はテロリスト対公安警察という構図にもなっていくのである。特徴は、そのテロ計画が実在するのか、それとも、椿がその超一流の頭脳を（もしかすると無意識のうちに）駆使して構築した妄想なのかが不明な点である。この夢だかうつつだか判らない陰謀のなかでの捜査行が、また愉快だ。椿のテクニックは一流で魅了されるし、捜査一課時代には決して用いなかったであろう手段を宮澤が使っていく逡巡もまた読ませる。捜査対象者を通じて見えてくる椿の情報も新鮮だ。さらには、警察内部もしくは公安内部での権力闘争の実情も、この捜査のなかで見えてきたりする。コメディの衣をまとってはいるが、物語の骨格は、シリアスな小説でも十分活かしうる頑丈さを備えているのだ。素晴らしい。

そしてなにより素敵なのが——著者本人があとがきで述べていて、読み手としてそれを実感したのだが――作者が愉しんで書いていることである。文章に、セリフに、展開に、それがにじみ出ている。その愉しさが読み手に伝わってきて、読み手を愉しくさせてくれるのである。作者が愉しんでいるからこそキャラクターはよりいっそう暴れ、夢もしくはうつつの陰謀は、よりいっそう深く精緻なものとなる。物語の展開も先がまるで読めなくなる。宮澤の苦労も増して増して増す。六百三十六頁まで、まったくその愉しさで走り続けるのだ。踊り出したくなるほどの愉しさで。なんとも得がたい一冊である。

## ■コメディ＆先達

それにしても、馳星周がコメディを書くとは――。

従来の作風からすると想定外ではあったが、実際に刊行されてみると、それほどの不自然さも感じなかった。馳星周が冒険小説の読み手であり、日本冒険作家クラブのメンバーでもあったことを知っていたからかもしれない。

冒険小説『飢えて狼』で一九八一年に衝撃的なデビューを果たし、第二作『裂けて海峡』（八三年）でその圧倒的な実力を世に知らしめた志水辰夫という作家がいる。人物造形や冒険の描写に抜群の冴えを見せ、文体でも読者を魅了したこの冒険小説作家も、八四年に『あっちが上海』というコメディを放ったのである。コメディ化したこのスパイ小説を、『尋ねて雪か』『散る花もあり』という、『飢えて狼』『裂けて海峡』に連なる代表的な作品と同年に、志水辰夫はしれっと放ったのである。そのぬけぬけとした曲者作家っぷりは、一九六五年生まれで当時は大学生だった馳星周にとって、おそらく強く印象に残ったものと想像する。ちなみに志水辰夫は八八年に『あっちが上海』の続篇、『こっちは渤海』も発表している。これまた愉しい一冊だった。

後に「暗殺者グラナダに死す」と改題する短篇でオール讀物推理小説新人賞を受賞して八〇年にデビューした逢坂剛は、翌年、公安警察に着目した『裏切りの日日』という第一長篇を発表し、その後も、続篇となる『百舌の叫ぶ夜』（八六年）や、スペインを舞台とする冒険小説『カディスの赤い星』（八六年）などを発表し、冒険小説やハードボイルドの書き手として知られるようになる。そんな彼も『しのびよる月』でコミカルな警察小説を書き始め、シリーズ化までしてしまう。ちなみに『しのびよる月』の刊行は九七年。馳星周のデビュー作『不夜城』（九六年）が直木賞候補になり、吉川英治文学新人賞を獲得し、日本冒険小説協会大賞の国内部門を獲得したのも、九七年のことだった。

馳星周が本書執筆にあたってこれらのコメディを意識したかもしれない、というのは所詮解説者の〝妄想〟だし、もしかするとドナルド・E・ウェストレイクのシリアス／コメディなのかもしれないが、これらの先達の作品からも、やはりのびのびと愉しんで書いている感触が伝わってくる。それを味わえることは、やはり読者としても愉しいことなのだ。何度愉しんでも、やはり心地よい。

## ■公安&公安

さて。

この『アンタッチャブル』は、なんだかんだで公安警察の小説でもある。馳星周が本年世に送り出した『蒼き山嶺』(一八年一月刊)も、そして『パーフェクトワールド』(一八年四月刊)も、同様に公安警察の小説であった。一五年に刊行された『アンタッチャブル』の今回の文庫化を含め、これら三作品が二〇一八年前半に並んだのは、おそらく偶然なのだろう。なにしろ『パーフェクトワールド』という文庫本上下巻の作品は、新刊ではあるが、『週刊プレイボーイ』二〇〇五年八月十六日号から〇六年八月七日号に連載された作品なのだ。しかしながら、この偶然を通じて、我々は馳星周という作家が、幅広い作品を書く才能を備えていることを、公安警察を共通項として、しっかりと味わうことが出来るのだ。嬉しい偶然である。

まず『蒼き山嶺』は、登場人物の数を徹底的に絞り、また、舞台を後立山連峰に絞った山岳冒険小説である。その絞り込まれた登場人物の一人が公安警察官だ。主人公は、その公安警察官になる人物と大学時代をともに過ごした男である。山岳遭難救助隊から外れることになったことをきっかけに長野県警を辞めて、白馬村観光課の顧問をしながら、山岳ガイドをしている。その二人が、大学卒業の二十年後、山で再会し、そして〝敵〟と雪山と己の体力と闘うことになるという作品だ。

もう一方の『パーフェクトワールド』は、一九七二年の返還を目前に控えた沖縄が舞台の大長篇。米国にも日本にも支配を委ねず、琉球独立に向けて動こうという一派を、一人の若者を中心に描きつつ、沖縄生まれで本土育ちの公安警察官が沖縄に潜入し、現地で密かに情報を握り、それを私利私欲で冷酷に〝利用〟していく様を描く。純粋な心(目指す方向はともかく)に悪を鮮やかに絡みつかせた暗黒小説で、まさに馳星周らしい一作である。

本書『アンタッチャブル』を含め、これらを是非読み比べて戴きたいものだ。馳星周の多様な凄味を堪能できるであろうから。

そしてこの二〇一八年、実は、椿警視は、あいかわらず宮澤武を振り回し続けている。『アンタッチャブル』の続篇、『殺しの許可証』の連載が続いているのである(『サンデー毎日』一七年八月二十・二十七日号から連載開始)。本稿執筆時点ではまだ完結しておらず、どんな決着になるか判らないのだが、いや、これまたとんでもない事件を椿は見つけてきたものだ。長期にわたって政権を握り続けている総理大臣が登場するのだが、彼に不都合な騒動が起きようとすると(たとえていえば加計学園を巡る騒動のようなものだ)、キーマンが不審な死を遂げるという出来事が連続し、椿がそこに事件性、つまりは陰謀を見出してしまったのである。かくして彼は宮澤を巻き込んで捜査を進めるのだが、宮澤は一方で、意識を取り戻した浅田浩介の予想だにしなかった振る舞いによっても振り回される。もちろん千紗にも振り回されるし、兼務することになった新たな部署の個性的な面々にも振り回される。そんなコメディなのである。完結と単行本化を待ちわびながらも、一方で、馳星周には、著者が愉しいと感じるがままに『殺しの許可証』を書き進めて欲しいとも思う。

実力派の作家が、プロとしての冷静な判断力を脳の片隅に置きつつ、本気で愉しんで書いた作品は、やはり問答無用で読み手を愉しませてくれるものだ。椿警視と宮澤武。彼等のコンビワークは、まさしくその代表例なのである。実をいうと直木賞の候補にもなったりしたそんな作品が、手に取ったまま踊り易い文庫本で刊行される。嬉しさの極みである。

（書評家）

単行本　二〇一五年五月　毎日新聞出版刊
ノベルス版　二〇一六年十一月　毎日新聞出版刊
DTP制作　萩原印刷

文春文庫

定価はカバーに
表示してあります

アンタッチャブル

2018年7月10日　第1刷
2025年7月15日　第3刷

著　者　馳《はせ》 星《せい》周《しゆう》
発行者　大沼貴之
発行所　株式会社 文藝春秋

東京都千代田区紀尾井町 3-23　〒102-8008
TEL 03・3265・1211㈹
文藝春秋ホームページ https://www.bunshun.co.jp

落丁、乱丁本は、お手数ですが小社製作部宛お送り下さい。送料小社負担でお取替致します。

印刷製本・TOPPANクロレ
Printed in Japan
ISBN978-4-16-791099-0

（　）内は解説者。品切の節はご容赦下さい。

林　真理子
**最高のオバハン**
中島ハルコの恋愛相談室
中島ハルコ、52歳。金持ちなのにドケチで口の悪さは天下一品。嫌われても仕方がないほど自分勝手な性格なのに、なぜか悩み事を抱えた人間が寄ってくる。痛快エンタテインメント！
は-3-51

馳　星周
**アンタッチャブル**
ドジを踏んで左遷された宮澤と、頭がおかしくなったと噂される公安の〝アンタッチャブル〟椿。迷コンビが北朝鮮工作員のテロ計画を追う！　著者新境地のコメディ・ノワール。（村上貴史）
は-25-9

馳　星周
**少年と犬**
犯罪に手を染めた男や壊れかけた夫婦など傷つき悩む人々に寄り添う一匹の犬は、なぜかいつも南の方角を向いていた。人と犬の種を超えた深い絆を描く直木賞受賞作。（北方謙三）
は-25-10

原田マハ
**キネマの神様**
四十歳を前に突然会社を辞め無職になった娘と、借金が発覚したギャンブル依存のダメな父。ふたりに奇跡が舞い降りた！　壊れかけた家族を映画が救う、感動の物語。（片桐はいり）
は-40-1

原田マハ
**お帰り　キネマの神様**
映画人の熱い想いと挑戦を描いた「キネマの神様」は、山田洋次監督の手で原作小説が大幅に変更され製作された名作。その映画に感銘を受けた原作者の原田が、映画を自らノベライズ。
は-40-7

原田マハ
**太陽の棘《とげ》**
終戦後の沖縄。米軍の若き軍医・エドは、沖縄の画家たちが集団で暮らすニシムイ美術村を見つけ、美術を愛するもの同士として交流を深めるが…。実話をもとにした感動作。（佐藤　優）
は-40-2

原田マハ
**美しき愚かものたちのタブロー**
美術館創設という夢を実現するため、絵を一心に買い集めた男がいた。しかし、戦争が起き、絵画は数奇な運命を辿り……。〝松方コレクション〟流転の歴史を描く傑作長編。（馬渕明子）
は-40-6

（　）内は解説者。品切の節はご容赦下さい。

濱　嘉之
警視庁公安部・青山望
**完全黙秘**

財務大臣が刺殺された。犯人は完黙し身元不明のまま。捜査する青山望は政治家と暴力団・芸能界の闇に突き当たる。元公安マンが圧倒的なリアリティで描くインテリジェンス警察小説。

は-41-1

濱　嘉之
警視庁公安部・片野坂彰
**紅旗の陰謀**

コロナ禍の中、家畜泥棒のベトナム人が斬殺された。警視庁公安部付・片野坂彰率いるチームの捜査により、中国の国家ぐるみの〝食の簒奪〟が明らかに。書き下ろし公安シリーズ第三弾！

は-41-43

濱　嘉之
警視庁公安部・片野坂彰
**群狼の海域**

地方公務員への国際結婚斡旋にロシアンマフィアが暗躍。警視庁の片野坂彰チームの更なる調査で、日本の防衛情報が盗まれている事実が判明した。片野坂は決戦の場を日本海に定め——。

は-41-44

濱　嘉之
警視庁公安部・片野坂彰
**天空の魔手**

ドローン競技大会や新進のゲーム会社を訪れた片野坂彰。中国による台湾侵攻への対抗策を練るが……激変する世界情勢の中、日本を守る公安マンたちの活躍を描く大人気シリーズ第五弾！

は-41-45

羽田圭介
**スクラップ・アンド・ビルド**

「死にたか」と漏らす八十七歳の祖父の手助けを決意した健斗の意外な行動とは!?　人生を再構築中の青年は、祖父との共生を通して次第に変化してゆく。第153回芥川賞受賞作。

は-48-2

蜂須賀敬明
**横浜大戦争**

保土ケ谷の神、中の神、金沢の神——ある日、横浜の中心を決めるため、神々の戦いが始まる。はたして勝者は？　ハマに大旋風を巻き起こす超弩級エンタテイメント！　未体験ゾーンへ！

は-54-2

蜂須賀敬明
**横浜大戦争　明治編**

「ハマ」を興奮の渦に巻き込んだ土地神たちが帰ってきた！　今回は横浜の土地神たちが明治時代にタイムスリップ。前代未聞の大ボリュームで贈る特別付録「神々名鑑と掌編」も必読！

は-54-3

（　）内は解説者。品切の節はご容赦下さい。

バイク川崎バイク
BKBショートショート小説集
電話をしてるふり
思わず涙するドラマ化もされて話題の表題作や、巧みなユーモアに笑い展開に驚くショートショートなど、見えていた世界がガラリとかわる50篇。モモコグミカンパニーとの対談も収録。
は-58-1

東野圭吾
レイクサイド
中学受験合宿のため湖畔の別荘に集った四組の家族。夫の愛人が殺され妻が犯行を告白、死体を湖に沈め事件を葬り去ろうとするが……。人間の狂気を描いた傑作ミステリー。（千街晶之）
ひ-13-5

東野圭吾
手紙
兄は強盗殺人の罪で服役中。弟のもとには月に一度、獄中から手紙が届く。だが、弟が幸せを摑もうとするたび苛酷な運命が立ち塞がる。爆発的ヒットを記録したベストセラー。（井上夢人）
ひ-13-6

辻村深月・伊坂幸太郎・阿川佐和子
恩田　陸・柚木麻子・東野圭吾
時ひらく
350年の長い時を刻んできた老舗デパート。楽しいときも悲しいときも、いつでも迎えてくれる場所。過去と今が繫がっていく、人気作家6人が紡ぐ心揺さぶる物語。文庫オリジナル。
ひ-13-51

姫野カオルコ
彼女は頭が悪いから
東大生集団猥褻事件で被害者の美咲が東大生の将来をダメにした〝勘違い女〟と非難されてしまう。現代人の内なる差別意識に切り込んだ社会派小説の新境地！　柴田錬三郎賞選考委員絶賛。
ひ-14-4

姫野カオルコ
青春とは、
名簿と本から蘇る、地方の共学の公立高校時代の鮮明な記憶。スマホもコンビニもなく家より学校が居場所だったあの頃。恥ずかしさも理不尽さもすべてが青春だった。（タカザワケンジ）
ひ-14-5

東山彰良
僕が殺した人と僕を殺した人
一九八四年台湾。四人の少年は友情を育んでいた。三十年後、人生の歯車は彼らを大きく変える。読売文学賞、織田作之助賞、渡辺淳一文学賞受賞の青春ミステリ。（小川洋子）
ひ-27-2

（　）内は解説者。品切の節はご容赦下さい。

東山彰良
**小さな場所**
台北の猥雑な街、紋身街。食堂の息子、景健武は、狡猾で強欲なだらしない大人たちに囲まれて、大人への階段をのぼっていく……。切なく心に沁み入る傑作連作短編集。（澤田瞳子）
ひ-27-3

平山夢明
**デブを捨てに**
「うで」と「デブ」どっちがいい？　最悪の状況、最低の選択。究極の選択から始まる表題作をはじめ〈泥沼〉の極限で咲く美しき〝クズの花〟〈最悪劇場〉四編。（杉江松恋）
ひ-29-1

百田尚樹
**幻庵**《げんなん》（全三冊）
「史上最強の名人になる」囲碁に大望を抱いた服部立徹、幼名・吉之助は、後に「幻庵」と呼ばれ、囲碁史にその名を刻む風雲児だった。天才たちの熱き激闘の幕が上がる！（趙　治勲）
ひ-30-1

藤田宜永
**愛の領分**
仕立屋の淳蔵はかつての親友夫婦に招かれ、昔追われるように去った故郷を三十五年ぶりに訪れて佳世と出会う。二人は年齢差を超えて惹かれ合うのだが……。直木賞受賞作。（渡辺淳一）
ふ-14-6

藤原伊織
**テロリストのパラソル**
爆弾テロ事件の容疑者となったバーテンダーが、過去と対峙しながら事件の真相に迫る。乱歩賞&直木賞をダブル受賞した不朽の名作。逢坂剛・黒川博行両氏による追悼対談を特別収録。
ふ-16-7

古川日出男
**ベルカ、吠えないのか？**
日本軍が撤収した後、キスカ島にとり残された四頭の軍用犬。彼らを始祖として交配と混血を繰り返し繁殖した無数のイヌが、あらゆる境界を越え、〝戦争の世紀＝二十世紀〟を駆け抜ける。
ふ-25-2

福澤徹三
**侠飯**《おとこめし》
就職活動中の大学生が暮らす1Kのマンションに転がり込んできたヤクザは、妙に「食」にウルサイ男だった！　まったく異質なふたつが交差して生まれた、新感覚の任侠グルメ小説。
ふ-35-2